Jenny Colgan est une écrivaine britannique autrice de nombreux romans et d'autant de délicieuses recettes de cuisine. Après la trilogie de *La Petite Boulangerie* (Prisma, 2015-2017), Jenny Colgan a publié le diptyque du *Cupcake Café* (Prisma, 2017-2018) ainsi que les séries *Au bord de l'eau* (Prisma, 2018-2023), *La Charmante Librairie* (Prisma, 2020-2022) et *La Confiserie de Rosie* (Prisma, 2023). Les derniers romans de l'autrice, *Au-delà des nuages* et *Minuit à la charmante librairie*, ont paru en 2024 aux éditions Charleston. *De fil en aiguille* paraît chez le même éditeur en avril 2025.

JENNY COLGAN

AU-DELÀ DES NUAGES

ÉGALEMENT CHEZ POCKET

La Petite Boulangerie du bout du monde
Une saison à la petite boulangerie
Noël à la petite boulangerie

—

Rendez-vous au Cupcake Café
Le Cupcake Café sous la neige

—

Une saison au bord de l'eau
Une rencontre au bord de l'eau
Noël au bord de l'eau
L'Hôtel du bord de l'eau sous la neige
Un mariage au bord de l'eau

—

La Charmante Librairie des jours heureux
La Charmante Librairie des flots tranquilles
La Charmante Librairie des amours lointaines
Noël à la charmante librairie

—

La Confiserie de Rosie
Noël à la confiserie de Rosie

—

Au-delà des nuages

JENNY COLGAN

AU-DELÀ DES NUAGES

ROMAN

*Traduit de l'anglais
par Laure Motet*

Titre original :
THE SUMMER SKIES

Le Code de la propriété intellectuelle n'autorisant, aux termes de l'article L. 122-5, 2° et 3° a), d'une part, que les « copies ou reproductions strictement réservées à l'usage privé du copiste et non destinées à une utilisation collective » et, d'autre part, que les analyses et les courtes citations dans un but d'exemple et d'illustration, « toute représentation ou reproduction intégrale ou partielle faite sans le consentement de l'auteur ou de ses ayants droit ou ayants cause est illicite » (art. L. 122-4).
Cette représentation ou reproduction, par quelque procédé que ce soit, constituerait donc une contrefaçon, sanctionnée par les articles L. 335-2 et suivants du Code de la propriété intellectuelle.

Copyright © 2023 by Calibris Ltd
Tous droits réservés.
© Charleston, une marque des éditions Leduc, 2024
ISBN : 978-2-266-34750-1
Dépôt légal : avril 2025

Pour Leonid, qui a entrepris un si grand voyage.
Tu es si courageuse.

Nous sommes très fiers de toi.

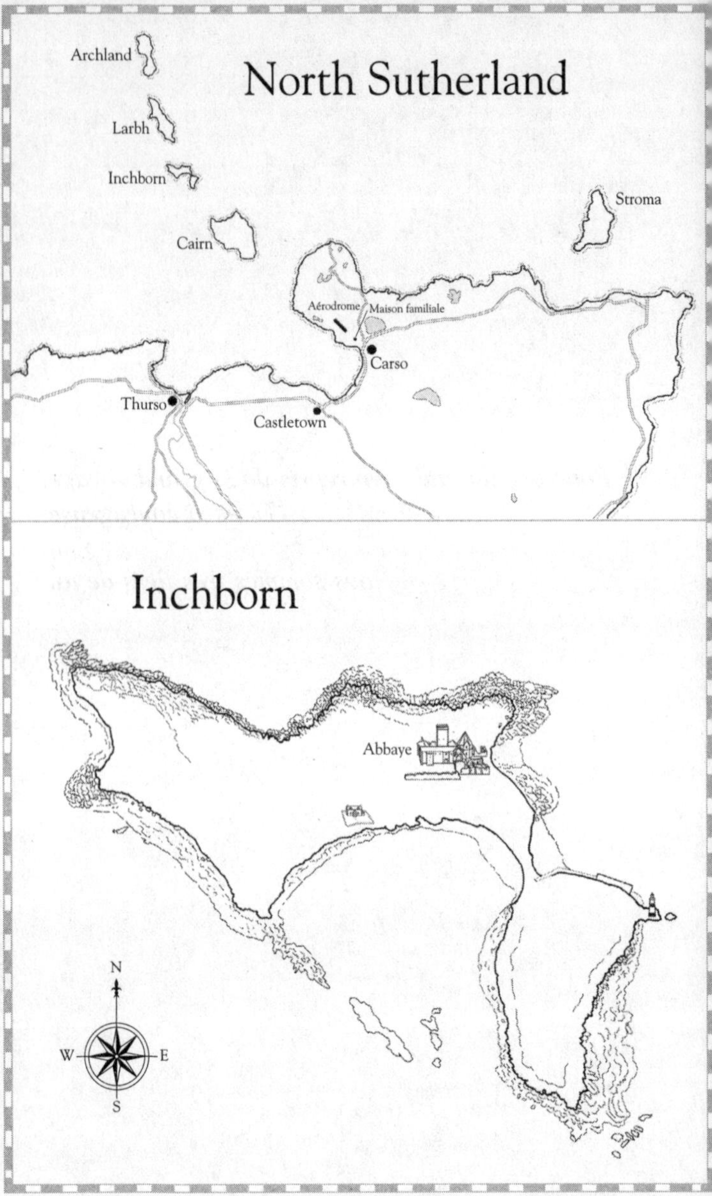
North Sutherland
Archland
Larbh
Inchborn
Cairn
Stroma
Aérodrome
Maison familiale
Carso
Thurso
Castletown
Inchborn
Abbaye
N
W
E
S

« Si l'on se met à douter qu'on peut voler,
on devient incapable de voler[1]. »
Peter Pan dans les jardins de Kensington,
J. M. Barrie

---

1. Paris, Hachette et Cie, 1907 (traducteur inconnu). (N.d.T.)

AVANT-PROPOS

Au-delà des nuages n'est pas un livre sur une pilote. Cette affirmation peut sembler absurde, j'en ai conscience, puisque « Morag est pilote » est sans doute écrit quelque part sur la couverture et que l'héroïne de ce roman est bel et bien une jeune femme prénommée Morag.

Ce n'est pourtant pas un livre sur une pilote. La preuve : un jour, après m'avoir corrigée une énième fois (« Jen, les pilotes ne font pas de marche arrière. On n'a pas de rétroviseurs extérieurs »), l'un des adorables professionnels qui a eu la gentillesse de m'éclairer sur les aspects techniques de son travail (qui est extraordinaire, ai-je découvert) m'a dit : « Tu sais, ce n'est pas grave si tu ne me cites pas dans les remerciements. »

Et quand je lui ai rétorqué : « Oh, mais tu m'as tant aidée ! », il a plus ou moins laissé entendre que j'étais *si* nulle en aviation que cela entacherait sa réputation ☺. Je lui suis néanmoins redevable, ainsi qu'à Colin Rutter, commandant de bord chez British Airways, que cela ne dérange pas d'être remercié en public, mais qui aimerait toutefois faire remarquer que ces pages fourmillent d'inexactitudes et qu'il n'y peut rien si je ne comprends pas le fonctionnement d'un gyroscope.

La genèse de ce livre remonte à l'été dernier, quand l'un de mes fils m'a emmenée au National Museum of Flight, en Écosse. Il adore ce musée de l'aviation, mais son frère, lui, a traîné des pieds pendant toute la visite : « Qu'est-ce que ça a de marrant ? » – si vous avez plusieurs enfants, ce scénario vous dira sans doute quelque chose.

J'ai trouvé ça follement romanesque (ils ont un *Concorde* ! et un hydravion !) : jusque-là, je ne m'étais jamais rendu compte que les pilotes aiment autant voler. Lorsqu'ils sont dans les airs, ils sont tout à leur tâche, concentrés à cent pour cent, et tout le reste leur semble très lointain. Cela m'a intéressée, car on se laisse si facilement distraire de nos jours : notre attention est sans cesse accaparée par des nouvelles épouvantables, par Internet qui nous hurle continuellement dessus, et j'avais envie d'imaginer ce que l'on ressent quand on est totalement absorbé par une activité aussi sensationnelle.

Et puis, la première fois que j'ai repris l'avion après le confinement, j'ai réalisé que j'avais oublié à quel point c'était extraordinaire. Cette sensation d'accélération dans le ventre ; la facilité avec laquelle une lourde boîte en métal pleine de passagers s'élève dans le ciel ; le moment où l'on perce les nuages gris pour sortir dans la lumière éblouissante du soleil ; l'excitation quand on croise un autre appareil. Il faut faire la queue, c'est cher, il y a beaucoup de monde et d'agitation, mais cela reste prodigieux, et je l'avais oublié.

Enfin, je souhaitais écrire sur ce que l'avion représente réellement : la possibilité de faire une pause et de changer de vie, que ce soit temporaire (comme quand on part en vacances) ou définitif (comme quand on déménage) ; la possibilité d'entreprendre un nouveau voyage en terre inconnue. Je voulais m'élever au-dessus des nuages pour rêver à cette autre vie et à la liberté qui l'accompagne, pour défendre l'idée que, si l'on est assez courageux, le monde nous tend les bras, qu'il n'est jamais trop tard, que de nouveaux horizons s'ouvrent toujours à nous.

Voici donc une histoire inédite. Ce n'est pas un livre sur une pilote. Mais j'espère qu'il vous plaira quand même. (Sauf si vous êtes pilote : dans ce cas, s'il vous plaît, ne m'écrivez pas. Je vous trouve géniaux.)

Jenny
xxxx

PROLOGUE

Alarme sonore
CONTRÔLE AÉRIEN : *Sunbird 247*, avis de trafic à 10 heures, maintenir niveau de vol actuel ; dans un rayon d'environ 15 kilomètres, d'après le radar.
PILOTE : Vérifions sur le TCAS.
COPILOTE : Rien sur le TCAS.
PILOTE : Légèrement hors de sa trajectoire.

— *Vous repassez-vous l'incident dans votre tête ?*
L'employé des ressources humaines était si gentil, si soucieux de tout arranger. Je secouai la tête.
— Non, pas du tout. Tout va bien.
— *Vous avez fait ce qu'il fallait.*
— *Je sais.*
— *L'avion a atterri en toute sécurité.*
— *Je n'ai fait que mon travail.*

Nous avions posé l'avion, je le savais. Mais était-ce vraiment un réconfort ? Les passagers ne s'étaient rendu compte de rien. Cela ne s'était pas passé comme vous l'imaginez. Personne n'avait eu de haut-le-cœur quand nous nous étions subitement élevés dans les airs, personne n'avait crié. Enfin, pas dans notre appareil. Aucun chariot n'avait dévalé le couloir à toute allure. Nous avions tué deux personnes, mais les passagers avaient à peine relevé le nez de leur téléphone.

C'était une journée on ne peut plus normale, un vol banal à destination d'Alicante. L'avion était rempli de joyeux vacanciers : des groupes de filles ou de garçons qui partaient fêter des enterrements de vie de célibataire et buvaient des pintes depuis 6 heures du matin au bar de l'aéroport ; des parents avec des enfants trépignant d'aller à la plage et furieux de devoir passer quatre heures attachés dans un petit siège ; de jeunes mariés en voyage de noces, qui riaient et commandaient du prosecco au personnel de bord souriant. Normal. Totalement, complètement, normal.

CONTRÔLE AÉRIEN : Avez-vous un visuel, *Sunbird 247* ?
PILOTE : *Stand-by*.
COPILOTE : Pas de visuel.
CONTRÔLE AÉRIEN : *Stand-by*. Montez à douze mille pieds, *Sunbird 247*.
PILOTE : Répétez.
CONTRÔLE AÉRIEN : Douze mille pieds, *Sunbird 247*.

J'étais assise dans le siège de droite, celui du copilote, et je m'attendais à une journée de travail ordinaire. Bob Brechin était notre commandant de bord. Un bon pilote, fiable. Le ciel était dégagé jusqu'à destination. Rien d'inhabituel.

Nous ne les avions même pas entendus crier quand leur petit avion s'était mis à vriller, puis à tomber, tomber...

— *Est-ce que vous dormez bien ?*

Contrôle aérien : Annulez...
Copilote : ON A UN VISUEL ! ON A UN VISUEL ! *(Bruit dans le cockpit.) CLIMB ! CLIMB ! CLIMB ! CLIMB !*
Vrombissement du moteur.

Un mois de débriefing pour un incident de catégorie 2 semblait raisonnable. Et tout se passait bien. J'avais effectué quatre séances d'entraînement sur simulateur depuis, toutes parfaites, et subi un nouvel examen médical, sans problème.

Je n'allais pas être une victime, hors de question. J'allais retourner dans les airs, avec calme et professionnalisme, et faire mon travail.

CLIMB ! CLIMB !

— *Vous sentez-vous prête à y retourner ?*
J'affichai un air vaillant.
— *Bien sûr ! J'ai hâte ! Il me tarde d'être copilote sur de gros avions.*
L'employé des RH sourit.
— *Rien ne vous en empêche, Morag.*

Je lui adressai un sourire que j'espérais encourageant, mais je voyais le blanc des yeux du pilote du minuscule

Osprey qui était sorti d'un nuage pour se retrouver dans l'ombre immense, menaçante, de notre A320. Chaque fois que je fermais les paupières.

Un avion-pulvérisateur, avions-nous appris plus tard. Un jeune agriculteur. Luis. Qui voulait épater sa petite amie.

Nous étions montés. Ils avaient plongé. Nous avions ralenti pour prendre de l'altitude. Ce n'était pas si impressionnant, de notre point de vue. Du leur, je n'ose l'imaginer.

Ils avaient paniqué, vrillé. Luis et sa petite amie. Elle s'appelait Serenata. Un si joli prénom. Dieu merci, ils étaient tombés dans un champ, près de Yecla.

Je n'avais pas commis d'erreur. J'avais gardé mon sang-froid. Bob aussi. C'était du bon travail d'équipe. Nous avions échangé un regard.

Une fois notre trajectoire stabilisée, nous étions restés assis, retenant notre souffle, attendant qu'on nous confirme l'effroyable nouvelle, que nous redoutions depuis que le petit appareil était sorti de notre champ de vision en vrillant.

Par plaisanterie, on dit qu'aujourd'hui les pilotes, dans leurs avions sûrs et informatisés, sont payés pour travailler deux minutes par an. Cependant, il y a une part de vérité là-dedans, et nos deux minutes venaient de passer.

PREMIÈRE PARTIE

CHAPITRE 1

Mon arrière-grand-père, le capitaine Ranald Murdo MacIntyre, de l'escadron auxiliaire 162 de la Royal Air Force, « City of Aberdeen », n'était pas bien grand. Ce qui expliquait sans doute son tempérament de feu, s'accordaient à dire la plupart des gens. Mais il était trapu, avec une tête ronde et une expression qui invitait presque à le défier, si l'on était prêt à en subir les conséquences. Il fut de ceux pour qui la guerre représenta une opportunité ; une grande aventure qui lui permit d'élargir la vision étroite qu'il avait du monde depuis sa petite ville côtière du nord de l'Écosse.

Il s'engagea aussitôt dans l'armée, dans la Royal Air Force, à une époque où l'espérance de vie des jeunes soldats était d'environ six mois. Dès son premier vol à bord d'un Spitfire, il adora piloter. Il volait sans crainte, par tous les temps, pour défendre l'estuaire du fleuve Forth, frôlant plus que de raison leur ennemi juré – pas la Luftwaffe, en l'occurrence, mais l'escadron auxiliaire 602 de Glasgow, leurs rivaux de la côte ouest.

Finalement, moins de six mois plus tard, avant que la loi des probabilités ne l'emporte (même si Ranald MacIntyre n'entrait pas dans ce genre de considérations), la RAF le retint au sol, à Leuchars, afin qu'il forme la cohorte suivante, puis la suivante, ce qu'il entreprit avec la même fougue, la même exubérance que lorsqu'il s'était attaqué au ciel. Et, une fois la guerre terminée, il n'était plus question pour lui de retourner s'occuper de la ferme familiale.

Il dégota un petit avion quelque part, un Cessna (il était tout à fait possible, disait la rumeur, que la RAF le lui ait donné pour le pousser à partir, puisque apprendre aux pilotes à se battre avec une bravoure suicidaire n'était plus une compétence aussi recherchée dans l'après-guerre), et lança aussitôt un service de taxi aérien dans l'archipel, le majestueux chapelet d'îles au large de la côte nord de l'Écosse, jusqu'alors uniquement desservi par de rares ferries et, le plus souvent, par de simples barques ou voiliers.

Les insulaires estimaient s'en sortir très bien tout seuls, merci beaucoup, et ne pas avoir besoin de cette intrusion bruyante, infernale, pleine de kérosène, qui venait troubler le rythme de leur existence, jusqu'à ce qu'ils commencent à trouver de plus en plus utile de pouvoir se procurer le journal de la veille, consulter un médecin, ou même visiter pour la journée les grandes villes d'Oban et d'Inverness, avec leurs lumières irrésistibles. L'Église ne voyait pas cela d'un bon œil, mais elle ne voyait pas grand-chose d'un bon œil, de toute façon.

Et ce petit service d'avion-taxi, qui s'arrêtait prendre n'importe qui plus ou moins n'importe où, prospéra.

Il devait avant tout son succès à l'attrait de la nouveauté et à son aspect pratique, mais aussi à l'incapacité totale de Ranald à se laisser décourager ou intimider par les conditions météorologiques extrêmes – et quiconque connaît un tant soit peu la côte nord de l'Écosse sait que c'est une qualité extraordinaire.

On croyait Ranald MacIntyre marié à son avion, de sorte qu'il surprit tout le monde, lui le premier, quand il épousa à l'âge de cinquante ans la jolie Margaret Wise, native de Thurso, qui donna naissance au petit Murdo l'année suivante.

Bientôt, on vit régulièrement le garçonnet assis dans le cockpit entre son père et son vieux copain Jimmy Convery, originaire des bas quartiers de Glasgow et si mal dégrossi qu'on le comprenait à peine. Mais c'était le meilleur, le plus fidèle copilote que Ranald ait jamais eu. Il l'avait ramené avec lui après leur démobilisation, car il savait que son ami, qui vivait déjà dans une grande pauvreté avant la guerre, n'avait pas de foyer où rentrer. Ils avaient loué une vieille maison pleine de courants d'air dont même le vicaire ne voulait pas, et Jimmy n'était jamais reparti.

Murdo grandit, puis entra à l'école de pilotage à seize ans, ce qui était possible à l'époque. Très peu de choses pouvaient déstabiliser un pilote habitué à atterrir dans le climat écossais : brouillard fréquent, pluie latérale, neige, grêle, le tout sur des pistes minuscules. Inchborn, l'une des îles de l'archipel, n'avait même pas de piste : Ranald se posait sur sa longue plage à marée basse.

À vingt et un ans, Murdo emprunta de l'argent pour acheter un nouvel avion – *Dolly*, un Twin Otter flambant neuf, la prunelle de ses yeux. Puis il s'efforça de professionnaliser leur activité en établissant des horaires, des livraisons régulières, et en proposant des vols touristiques, car le niveau de vie de la population s'était amélioré. Mais il n'hésitait jamais à prendre un colis pour rendre service s'il n'avait pas atteint la limite de poids maximale ; à transporter, pour une somme très modique, une maman qui devait se rendre sur l'île principale avec son bébé pour une consultation médicale ; ni à donner un coup de main à l'ambulance aérienne en cas de besoin.

Murdo se maria jeune, impatient d'élever la prochaine génération pour assurer la relève de MacIntyre Air, et le petit Iain devint vite aussi féru d'aviation que son père et son grand-père avant lui.

Il fut leur soleil et leur joie, tout comme Murdo l'avait été pour Ranald, et ils projetèrent avec enthousiasme d'agrandir leur flotte à l'avenir – jusqu'à ce qu'Iain, à qui l'on avait demandé de rapporter un kilo de pommes rouges du marché, revienne avec des pommes vertes et qu'éclate l'affreuse vérité : le garçonnet non seulement était daltonien mais avait une vue épouvantable, et l'ophtalmologue qu'ils consultèrent à Wick leur reprocha ouvertement d'avoir tardé à le lui amener.

Ce fut un coup terrible pour Iain, comparable à une blessure pour un footballeur professionnel. Adolescent sentimental, ses énormes lunettes payées par la Sécurité sociale sur le nez, il partit à l'école de comptabilité, travailla dur, puis trouva un emploi à la direction financière d'une grosse compagnie aérienne commerciale basée près d'Aberdeen, où il pouvait passer ses journées en compagnie de pilotes. Il assurait la gestion des avions, s'occupant des factures et des dépenses liées aux appareils, au carburant et au fret, mais n'en pilota jamais un seul. Cela fut-il une consolation ou un supplice pour ce garçon, dont l'unique rêve était de pouvoir voler ? Difficile à dire.

Restait malgré tout à assurer la génération suivante. Iain MacIntyre ne questionnait pas explicitement les femmes qu'il fréquentait sur leur vue, mais, quand il rencontra Katherine Trawley, une jolie rousse qui avait dix sur dix aux deux yeux, l'affaire fut vite entendue, et, lorsque le petit Jamie fit son entrée dans leur vie, toutes les conditions furent réunies.

Or, chaque fois qu'on l'obligeait à monter dans un avion pendant les longues journées d'été, à Wick, Jamie geignait et pleurait à chaudes larmes. Il ne comprenait pas pourquoi on tenait tant à l'attacher dans une boîte en métal bruyante, terrifiante, quand il y avait une plage entière dehors, avec du sable, de l'eau, des crabes, des oiseaux, des épuisettes, des animaux sauvages et toutes les merveilles de la nature qu'offrait la sublime pointe nord de l'Écosse. Il en faisait une telle histoire que la famille finit par renoncer et se tourner à contrecœur vers son dernier espoir, la petite Morag.

Et, enfin bon, c'était moi.

Les médailles de Ranald, mon arrière-grand-père, s'alignaient sur une étagère dans sa grande maison traversée de courants d'air, à Carso, la ville la plus septentrionale du Sutherland, tout au nord des Highlands écossais, avec son minuscule aérodrome et ses vieilles demeures de pierre grise battus par les vents, au confluent des mers du Nord et d'Irlande. Je me souviens de lui comme d'un vieux monsieur bourru, au caractère bien trempé, qui riait de bon cœur à des blagues que je ne comprenais pas et aimait raconter de très longues histoires que la plupart des gens connaissaient déjà.

Mon arrière-grand-mère, Margaret, était morte prématurément, emportée par un cancer du sein quand Murdo avait vingt ans (l'une des raisons pour lesquelles il avait tenu à se marier jeune, d'après ma mère), et Ranald vécut avec son meilleur ami, Jimmy Convery, jusqu'à la fin de ses jours. Jimmy n'était pas très loquace, mais ponctuait toutes ses anecdotes de son rire rauque de fumeur de Woodbine. Je garde le vague souvenir d'une présence un peu dérangeante, pourvue de rouflaquettes, mais Murdo – papi – l'adorait, et comme j'adorais mon grand-père, j'imaginais que c'était quelqu'un de bien.

La joie qui régna dans cette maison (nous vivions près d'Aberdeen avec nos parents, mais nous passions de nombreux week-ends et tous nos étés à Carso) quand je commençai à m'intéresser aux avions me parut extraordinaire. Ranald décéda la même année, suivi de près par Jimmy, et une superstition familiale voulait que je sois en quelque sorte la réincarnation de mon arrière-grand-père.

J'étais habituée à ce que mon frère soit le centre de l'attention : c'était un enfant d'une beauté hors du commun, aux cheveux roux et aux yeux gris. J'avais une tignasse brune bouclée, que j'avais apparemment héritée de Margaret, mais qui m'en faisait voir de toutes les couleurs, puisque la mode était alors aux fers à lisser et aux sourcils fins comme un trait de crayon. À l'école, on m'appelait Morag Grobag, parce que j'avais l'air d'avoir poussé dans un sac de culture.

Jamie, intelligent et sensible, était un merveilleux artiste. J'étais réservée, d'une timidité maladive et, étant la première fille de la famille depuis trois générations, j'avais du mal à trouver ma place. Jusqu'à ce que je grimpe dans le cockpit du Twin Otter.

Ce fut immédiat : je fis la fierté de toute ma famille, qui ne cacha pas un certain soulagement. Chaque été, partout où nous allions, ils me présentaient comme leur petite pilote, Morag, qui allait sauver MacIntyre Air. Les gens nous arrêtaient dans la rue pour me parler d'avions, tandis que Jamie restait planté à côté, l'air sombre, serrant le carnet de croquis qu'il gardait toujours à portée de main, attendant de pouvoir s'éclipser à la première occasion vers le ruisseau ou l'arbre le plus proche.

Je me rappelle avoir pris mes options au lycée, mais sans vraiment avoir le choix : maths pour les calculs, physique et géographie, bien entendu. Réunir l'argent pour l'école de pilotage fut une véritable entreprise familiale – c'est cher, *très* cher, même si l'on est assuré de trouver un emploi à la fin de ses études. Ruineux. Tout le monde fit des sacrifices, j'en étais pleinement consciente. Mais j'appris à piloter, et plus rien ne pouvait m'arrêter. C'est terrible à dire, mais quand je me rendis compte que cela me valait plus d'attention qu'à mon adorable frère à la popularité sans faille, j'y consacrai toute mon énergie.

Enfant, j'étais timide et nerveuse. Je me cramponnais à ma mère quand elle m'emmenait à l'école. J'avais une seule amie, Nalitha Khan, qui était tout sauf timide et me laissait la suivre partout. Néanmoins, lorsque ma famille misa sur moi pour reprendre l'entreprise familiale, eh bien, tout changea. La ville bavarde et cancanière où vivait mon grand-père (qui m'intimidait en temps normal, car les vieilles dames me lançaient des « Mais parle donc plus fort, ma p'tite Morag, oh là là, t'es toute maigrichonne ! Si c'est pas malheureux, quand on voit notre Jamie qui est si beau ») me devint plus supportable.

Je croyais que ma vie deviendrait encore plus facile quand j'intégrerais l'école de pilotage, mais non. « Oooh, tu es tout le temps entourée de beaux pilotes ! Chanceuse, va ! » : voilà ce que quatre-vingt-dix pour cent des gens me disaient en premier, ce qui est à l'évidence très, très sexiste, mais aussi totalement faux, hélas. Certes, il n'y avait quasiment que des hommes dans ma promotion, mais ils nous considéraient, les deux autres filles et moi, comme des copains, presque comme des garçons. Ils couraient tous après les belles blondes qui étudiaient le théâtre à la fac d'à côté, comme les autres. Ce qui ne me pose pas de problème, soyons clairs. J'aime qu'on me traite comme une professionnelle. Bien sûr que j'aimais ça. Mais ils se montraient peut-être un tout petit peu trop professionnels à mon goût.

Ça me plaisait de faire partie de leur bande. J'étais une bonne élève, douée dans mon domaine, et on ne me laissait jamais à l'écart. J'aimais parler moteurs et vitesse du vent en buvant des pintes de bière. Vraiment. Et parler voitures, aussi.

Puis Jai, Abdul et Connor montaient dans leur grosse cylindrée pour passer prendre des filles moins mordues de mécanique avec lesquelles finir la soirée, et je rentrais chez moi, dans le petit appartement neuf que j'avais loué parce qu'il n'était pas loin de l'aéroport et pas trop cher, point barre. Ce n'était qu'un endroit où me poser entre deux entraînements.

J'eus quelques jolies relations amoureuses avec des ingénieurs, mais, après avoir obtenu mon diplôme et m'être lancée dans la vie active, eh bien, j'étais toujours par monts et par vaux. Pour résumer, j'étais un peu trop banale pour les garçons habitués aux filles absentes, mais un peu trop originale pour les autres. Soit les hommes étaient intimidés par mon métier et ne m'en parlaient jamais (tout en se vantant de savoir réparer des voitures), soit ils me posaient des tas de questions sur les crashs aériens et d'autres choses terrifiantes, qui, jusque très récemment, ne m'étaient jamais arrivées, ni à personne de ma connaissance – c'est très, *très* rare. Sinon, ils feignaient vaguement de me plaindre et me demandaient si ce n'était pas affreusement ennuyeux, faisant l'amalgame entre leurs mauvaises expériences de voyage et mon job de rêve.

Et je ne savais pas comment leur expliquer exactement la sensation que l'on éprouve au moment où l'on s'apprête à soulever un énorme avion pour quitter la surface de la Terre, à la seconde où l'on cesse de rouler lentement sur la piste pour s'élancer dans les airs, plus haut, toujours plus haut, soudain libéré des chaînes de la gravité. Quand on prend de l'altitude, puis qu'on perce les nuages, même les jours de grisaille les plus maussades, laissant les pauvres automobilistes loin dessous, coincés dans les éternels embouteillages, sous la pluie, tandis qu'on rejoint la route des rois, le ciel bleu s'étendant à perte de vue, la courbe sombre de l'horizon se dessinant devant nous, les nuages évoquant des coussins moelleux, les montagnes enneigées elles-mêmes reculant face à notre puissance.

Ce qui est ma façon de vous dire que, d'ordinaire, j'aime vraiment mon travail. Ou que je l'aimais vraiment, du moins.

Malgré tout, s'agissant des relations amoureuses, je ne vais pas vous mentir, c'est un casse-tête. Pour moi, en tout cas. Certains pilotes résolvent le problème en ayant une femme ou un homme dans chaque aéroport, mais j'ai constaté, à mon grand désarroi, que je n'étais pas taillée pour ce genre de vie. Je suis pourtant d'une génération pour qui tout ça est très cool, en théorie. Mais on est rarement cool quand on a autant étudié les maths et l'ingénierie que moi. D'après ma mère, je n'avais pas le temps pour tout cela parce que j'étais une fille très carriériste. Mais c'est ma mère, et elle utilise vraiment des expressions comme « fille carriériste ».

Bref. Mon téléphone sonna à la seconde où je quittai la salle de débriefing des RH, alors que je faisais la queue à la cafétéria. J'avais absolument besoin d'un café. Ou peut-être juste d'avoir quelque chose dans les mains, pour me réchauffer et me réconforter.

— Comment s'est passé ton entretien ?
— Papi ! Ça s'est bien passé.
— Évidemment, répondit-il, satisfait. Ça ne m'étonne pas de toi.
— Je n'ai plus qu'à attendre qu'ils referment l'enquête sur l'incident. Puis je repars...
— Mais tu es autorisée à voler ?
— Il me reste quelques étapes à franchir, mais... je crois que ça va aller.

Ma voix ne tremblait pas. Pas du tout.

— Donc tu vas avoir un peu de temps libre, commenta-t-il, ravi.

— Papi…, l'avertis-je.

Il n'avait jamais perdu espoir que je rentre un jour en Écosse. Même si je ne cessais de lui répéter qu'avoir quitté le froid glacial pour voler dans toute l'Europe et me rendre dans des villes où les magasins de vêtements ne se limitaient pas au projet post-divorce de l'ex-Mme Haglye (qu'elle appelait fièrement « boutique » et où elle vendait des twin-sets beiges dernier cri présentés sur des mannequins aux formes très généreuses, en fermant toujours plus tôt le mercredi) ne faisait pas de moi une mauvaise personne. Qu'une vie de brunchs à volonté et de séjours lointains au soleil était sans doute ce à quoi je devais aspirer (cela figurait en bonne place sur la liste de mes collègues, en tout cas), et puis, est-ce qu'il n'aimerait pas avoir une piscine si l'occasion se présentait ?

— Pourquoi j'aurais besoin d'une piscine ? répondit-il, déconcerté. On a la mer, ici, ma p'tite. Juste sous notre nez.

— Tu devrais rejoindre la civilisation plus souvent. Franchement. Ça pourrait te plaire.

— Je connais la civilisation. Ça sent mauvais.

— Les gens aiment avoir des toilettes à bord des avions, papi. C'est on ne peut plus normal.

Il n'y avait pas de toilettes à bord du Twin Otter. Il fallait donc se retenir, mais aucun vol ne durait plus d'une heure.

— C'est dégoûtant.

Je ne pouvais pas le contredire sur ce point, surtout quand on ramenait des groupes d'enterrement de vie de garçon, encore vaseux, le dimanche matin.

— Viens, poursuivit-il. Viens nous voir. Les jonquilles sont en fleurs.

— Elles sont déjà fanées, ici.

— Et tout le monde demande de tes nouvelles.

— Oui, c'est bien le problème ! « Oooh, la p'tite Morag qui est tellement timide ! » « Oooh, la p'tite Morag et son affreuse tignasse ! » « Oooh, Morag, tu te rappelles quand tu as fait pipi dans ta culotte devant la Mercat Cross, à Édimbourg ? »

— Mais c'était marrant.

— Non, ce n'était pas marrant ! Jamie m'avait glissé un serpent en plastique dans le cou.

J'en tremblais encore.

— Oui, bon, mais c'est pas sa faute si tu n'aimes pas les animaux.

— Ce n'est pas que je n'aime *pas* les animaux, je préfère juste les choses utiles. Comme les avions. Et les restaurants, la civilisation, les routes qui conduisent quelque part, au lieu de se perdre dans un champ.

— Ah ça, tu mènes la grande vie, maintenant, Morag.

— Pitié, pas ça.

— Tu as oublié tes racines.

— Mais non ! dis-je, pas pour la première fois ni pour la dernière, je le savais. J'ai juste découvert... un monde plus vaste.

— Qui pue.

— *Papi !*

Il baissa la voix.

— Mais, Morag, est-ce que tu es sûre… tu es bien sûre d'être remise ? Tu as frôlé la collision.

Je relevai alors les yeux dans le bâtiment aseptisé. L'employé des RH qui s'était chargé de mon entretien venait de rejoindre la file d'attente de la cafétéria. Hum, c'était un peu bizarre. J'avais du mal à imaginer ces gens mener une vie hors des petites pièces peintes dans des tons apaisants où ils nous recevaient. Un peu comme quand un enfant croise son instituteur en dehors de l'école. Aller déjeuner, choisir entre un sandwich au poulet et une salade, ça paraissait à peu près normal. Je remarquai qu'il avait choisi une salade.

Je pensais qu'il ne me reconnaîtrait pas, mais, quand il tourna la tête, je vis que c'était pourtant le cas. Je me surpris à reconsidérer le muffin que je prévoyais de commander. Un muffin, au lieu d'une salade saine et raisonnable, me ferait peut-être passer pour une personne en manque d'affection, accro au sucre, émotionnellement instable. Je ferais peut-être mieux de commander un déca. Mais ça me ferait peut-être passer pour une névrosée.

La voix de mon grand-père retentissait toujours à l'autre bout du fil.

— Parce que quand ça m'est arrivé, j'étais dévasté !

— Mais tu t'es retrouvé face à un bombardier furtif, fis-je remarquer, connaissant par cœur cette vieille histoire. Tu étais le petit. On était les gros.

Je m'efforçais de parler tout bas, mais l'employé des RH avait avancé dans la file et pouvait difficilement ne pas m'entendre.

— Personne n'est gros à trente mille pieds. Nous sommes tous minuscules aux yeux de Dieu, là-haut.

— Je vais très bien, répondis-je d'une voix qui me parut soudain sonner faux, même à mes propres oreilles. Tous mes amis trouvent que je vais très bien, j'ai une vie sociale satisfaisante et harmonieuse… Euh, un jus de fruits frais, s'il vous plaît.

— Ça fera 4 livres 49.

— *4 livres 49 ? Pour un jus ?!*

Mon grand-père ne s'en était toujours pas remis quand on se dit au revoir.

Après avoir raccroché, je me rendis compte que la personne qui attendait derrière moi s'était éloignée : il ne restait plus que le type des RH dans la file.

— Euh, allez-y, dis-je, gênée, en essayant de ranger mon téléphone dans mon sac.

— UN JUS CAROTTE-GINGEMBRE ! hurla la serveuse.

— Non, je vous en prie, répondit-il en me faisant signe d'avancer.

Je lui souris. J'avais l'étrange impression de perdre mes moyens. Piloter un A380 avec une masse maximale au décollage de cinq cents tonnes ne me fait jamais perdre mes moyens. Mais les ressources humaines, si.

— Je prends juste mon… euh… mon jus. Rien de plus normal, dis-je, comme si je répondais de mes actes devant un tribunal, me promettant de ne plus jamais remettre les pieds à la cafétéria du département RH.

Il sourit à son tour, l'air de ne pas savoir quoi répondre. Il avait des cheveux blond-roux et portait une chemise et une cravate bleues : il avait l'allure d'un prof sympa. Une gentille épouse et deux petits angelots l'attendaient sans doute à la maison. Il devait entraîner l'équipe de foot de ses enfants et avoir une vie parfaitement organisée. Je me rappelai avoir trouvé sa voix douce, plutôt séduisante, en fait. Ressaisis-toi, Morag, me dis-je. Les choses étaient déjà assez compliquées comme cela.

— Bonjour ! le salua la voix derrière le comptoir. Pas de sandwich au bacon, aujourd'hui ?

Je lui jetai un coup d'œil étonné. Il rougit.

— Euh, non, merci.

— Et votre Twix ?

— Je… euh, je ne veux pas de Twix.

— Mais vous en prenez toujours un !

— Je… Juste la salade, s'il vous plaît.

Il tendit sa carte bancaire, et je détalai avec mon jus, bizarrement bien plus détendue.

Je devais passer par tout un processus, cocher certaines cases – le commandant de bord y avait droit, lui aussi – et, deux jours plus tard, je me retrouvai donc à nouveau dans la petite salle insipide décorée d'une plante en pot, me préparant mentalement. Je comprenais la procédure : pour contrôler la véracité de nos réponses et s'assurer que nous allions bien, ils nous posaient plus ou moins les mêmes questions, tout en consultant le journal de bord et en inspectant l'appareil.

L'homme aux cheveux blond-roux sourit en me voyant entrer. Il était assis derrière son bureau. Je dus me résoudre à prendre une chaise.

— Bonjour, officier pilote MacIntyre.

— Euh, bonjour…

Il s'était présenté la première fois ; il avait un prénom étrange, mais je ne m'en souvenais pas.

— Hayden. Hayden Telford.

Oui, c'était ça. Ça ressemblait un peu à un prénom de fille, mais c'était plutôt joli.

— Désolée, dis-je, sentant que je m'étais légèrement empourprée. Je me rappelle bien les petits détails, en général ! Ça fait partie de mon travail !

Il ne portait pas d'alliance, remarquai-je. Il l'enlevait peut-être au bureau. Morag, me repris-je sévèrement. Cesse tes bêtises.

— Ce n'est pas grave, répondit-il de sa belle voix.

Il avait un léger accent, que je ne parvenais pas à identifier. Je me ressaisis. Ma présence ici était cruciale. Quelle que soit la case qu'il devait cocher sur son ordinateur, il devait la cocher aujourd'hui.

— Et vous êtes psychologue depuis longtemps ? me surpris-je à bredouiller malgré tout.

Il releva les yeux, un sourire aimable aux lèvres.

— Oh, non, je suis spécialiste en ressources humaines.

— Ah. Donc, vous n'êtes pas médecin ou quelque chose comme ça ?

Il me considéra.

— Non, je ne suis pas médecin, répondit-il avec un sourire rassurant.

— Non pas que ce soit important, me hâtai-je d'ajouter.

Je m'enfonçais.

— Eh bien, non. Pourquoi ça le serait ?

— Ça ne l'est pas.

Il me regarda d'un air curieux, que je fus incapable d'interpréter. Oh, bon sang, peut-être qu'il me prenait juste pour une folle.

Je me tus.

— Bien ! s'exclama-t-il, avant de faire glisser sa chaise pour se rapprocher un peu de moi. Écoutez, Morag, c'est normal d'être nerveuse. Je comprends. J'ai souvent affaire à des pilotes et des copilotes dans votre situation. Si vous pensez avoir besoin de consulter un thérapeute, je peux vous adresser à quelqu'un.

— Non, je vais bien, répondis-je du tac au tac.

— Je ne fais que mon travail. Pour que tout le monde soit en sécurité là-haut, d'accord ?

Sa voix avait un je-ne-sais-quoi de très rassurant. C'était plus fort que moi. Il me plaisait.

Il s'interrompit une seconde.

— J'aime bien que vous me preniez pour un médecin, cela dit. Je devrais peut-être écrire ça sur ma porte. Ce serait un peu plus intéressant qu'être costard-cravate aux RH.

— Votre travail doit être très intéressant.

— Oui, enfin, pas autant que pilote.

Il se replaça derrière son bureau, puis ouvrit un document sur son ordinateur.

— Bien. Désolé de vous demander ça, mais... pourriez-vous me raconter à nouveau ce qui s'est passé ?

J'avais espéré que raconter une seconde fois le déroulement des faits m'aiderait. Mais ce ne fut pas le cas. C'était trop horrible. Voir la mort de mes propres yeux avait été un tel choc.

— Avez-vous eu la moindre hésitation à dire au commandant de bord ce qui se passait ?
— Non.

CLIMB ! CLIMB ! CLIMB ! CLIMB !

— Vous n'avez pas craint qu'il ne vous écoute pas ? Auriez-vous agi différemment ?
— Non.
Le point sur le radar. Disparu.
Tiens le coup, Morag. Il n'est pas médecin, mais il a sans doute encore plus de pouvoir. Un clic de souris, et toute cette histoire pourrait…
— Nous avons respecté la procédure, poursuivis-je d'une voix monocorde.
Je parlais plus lentement. Je savais d'expérience que cela apaisait les gens (et quand je dis « les gens », je parle des passagers masculins qui trouvent hilarant d'avoir une femme pilote).
— L'issue pour le petit avion a été désolante. J'aurais aimé qu'ils déposent leur plan de vol. J'aurais aimé que cela finisse autrement.
J'aurais aimé dormir la nuit.
Hayden opina du chef.
— Bien. Merci, officier pilote…
— Morag, vous pouvez m'appeler Morag, le coupai-je, m'efforçant de paraître sûre de moi.
Il lâcha sa souris, puis me sourit, comme pour m'encourager. Il avait un joli sourire ; ses incisives étaient légèrement de travers, ce qui lui donnait un charme espiègle.

— D'accord. Sincèrement, vous n'avez aucune raison de vous inquiéter, d'après moi.

— Je ne suis pas inquiète, mentis-je.

— Et qu'envisagez-vous à l'avenir ? Souhaitez-vous passer sur le siège de gauche ?

C'était la trajectoire habituelle : copilote, commandant de bord sur des court-courriers, puis copilote sur des long-courriers. C'était considéré comme l'objectif à atteindre, en tout cas. Certains pilotes ne le supportaient pas – mon grand-père, par exemple. Il aimait décoller et atterrir (les moments les plus excitants d'un vol), puis rentrer dormir dans son lit le soir. Passer des années de sa vie à survoler la Sibérie ou le Sahara ne l'intéressait pas, disait-il souvent.

Mais j'y avais réfléchi. C'était une pensée insidieuse, négative. Que je ne pouvais confier à personne.

Si je passais aux long-courriers... eh bien, je pourrais rester copilote toute ma vie. Jouer la montre. Aussi longtemps qu'il le faudrait, du moins. Je pourrais même être troisième pilote sur des long-courriers. J'aurais à peine à prendre les commandes, excepté dans un simulateur. Je serais en sécurité. Et les magnifiques couchers de soleil embrasés sur le Sahara valaient le coup d'œil. Personne ne pourrait m'accuser d'avoir peur si je gravissais les échelons, si ma carrière progressait. Juste le temps de me remettre. Parce que je me remettrais, n'est-ce pas ?

C'était une très mauvaise idée. Mais, pour le moment, je n'en avais pas de meilleure.

— En fait, j'ai envie de passer un peu de temps sur des long-courriers, expliquai-je d'une voix que je tâchai de garder légère. De faire de longs trajets dans de beaux avions récents.

— Ah, vous voulez partir à Dubaï, c'est ça ?

De nombreux pilotes s'installaient là-bas, c'était devenu une blague. Exonéré d'impôt, au soleil, au centre du monde. Il faudrait changer de compagnie aérienne, bien sûr, mais je pourrais évoluer professionnellement. Je haussai les épaules.

— Peut-être.

— Vous allez monter en grade, commenta-t-il avec admiration.

Je m'épatais moi-même : mon stratagème avait fonctionné. Je pouvais facilement dissimuler ma peur et ma peine, si évidentes pour moi, même à un professionnel.

Je tentai de ne pas culpabiliser. En vain.

— C'est l'idée, oui, ajoutai-je crânement. Laisser tout ça derrière moi.

— Ou sous vous, plutôt ! lança-t-il avant de grimacer. Pardon, c'était nul : une vraie *dad joke*.

— Ha, ha ! C'est vrai, vous avez un style de papa.

Il fronça les sourcils.

— Ah bon ? Je n'ai pourtant pas…

Cette conversation prenait un tour plus personnel, subitement : nous en eûmes tous les deux conscience. Il jeta un rapide coup d'œil à la pendule.

— Eh bien, merci encore pour…

Je me levai d'un bond, et il m'imita, ce à quoi je ne m'attendais pas. Puis il tendit un bras au-dessus de son bureau pour me serrer la main. J'eus l'impression qu'il la conservait dans la sienne juste une seconde de plus que nécessaire. Non, je n'étais pas dans mon état normal. Assurément.

— Bon, c'est sans doute la dernière fois que je vous vois, dit-il.

— Espérons ! répondis-je bêtement.

— Eh bien, oui, espérons. Oui, j'imagine.

Il retira sa main, et je sentis le rose me monter à nouveau aux joues.

— Je vous souhaite le meilleur, Morag.

Ben ça alors, songeai-je.

— Au revoir, fut tout ce que je pus répondre.

— Et bon vol ! ajouta-t-il, avant d'esquisser une nouvelle grimace, comme s'il venait de dire une énormité.

Si seulement il savait à quel point c'en était une, dans ma situation.

CHAPITRE 2

Les semaines suivantes, j'enchaînai les vols sur simulateur, puis assistai à un débriefing conjoint avec les ingénieurs et les hauts responsables, où je pensais voir Hayden – j'avais même glissé un Twix dans mon sac que je comptais lui donner en guise de cadeau d'adieu ou quelque chose comme ça, juste pour rire, pas de quoi fouetter un chat. Bref, de toute façon, il n'était pas là.

Quoi qu'il en soit, Bob et moi étions en passe de pouvoir retourner dans les airs. J'étais chaque jour plus terrorisée, mais j'avais envoyé ma candidature au poste de copilote sur des long-courriers. Je l'avais fait. Je me remettrais à temps, c'était certain.

Je gagnerais plus d'argent et… qui sait ? Je tomberais peut-être amoureuse du beau temps et de la *dolce vita* que mes collègues n'arrêtaient pas de me vanter, en m'installant dans un pays où le soleil brillait en permanence et où j'aurais une villa avec piscine, et non un appartement près de l'aéroport, dans un petit lotissement de maisons toutes identiques, alignées comme des boîtes, sous un ciel gris. Je n'avais jamais vraiment été attirée par ce mode de vie. Les filles en bikini aux ongles impeccables et aux lèvres gonflées m'impressionnaient un peu, à vrai dire. Mais tout le monde (sauf papi) était ravi que j'aie postulé : pour eux, c'était l'évidence même. Tous mes amis pilotes se passionnaient pour les avions gigantesques, les nouveaux appareils moins gourmands en carburant, l'avenir de l'aéronautique, et n'avaient qu'un souhait : voler. J'essayais de partager leur enthousiasme, de ressentir la même chose, et je parvenais presque à me convaincre. Parfois.

Derrière l'aéroport (derrière tous les aéroports, en réalité) se niche un bar secret où se retrouvent les pilotes. Il est doté d'une ligne directe vers une compagnie de taxi qui n'applique pas le tarif aéroport, ainsi que d'un parking gratuit où on peut laisser sa voiture pour la nuit : naturellement, pour des raisons évidentes, je ne peux pas vous révéler son emplacement. En outre, les serveurs comprennent très bien qu'après un vol de dix heures, un pilote puisse être déphasé et avoir envie de se détendre devant une pinte, et la lui serviront toujours, quelle que soit l'heure GMT.

Je m'y rendis avec Bob Brechin pour débriefer notre dernier vol sur simulateur. Ça me faisait tout drôle de venir travailler pour effectuer différentes tâches, mais sans jamais décoller. Le bar était plein de pilotes étrangers en escale, ainsi que de membres du personnel au sol de l'aéroport. Il y avait quelques femmes, pas beaucoup, mais si les groupes majoritairement masculins avaient dû m'intimider, j'aurais depuis longtemps dit adieu à l'aéronautique.

Bob commanda une pinte. J'optai pour un café. Je voulais pouvoir rentrer chez moi en voiture.

— Alors, qu'est-ce que tu vas faire, après ?

Je lui racontai que je prévoyais de devenir copilote sur les long-courriers, et il fit la moue.

— Nan, tu ne devrais pas faire ça. Tu devrais être commandant de bord sur les court-courriers. C'est évident, non ? D'ailleurs, tu n'as pas une compagnie aérienne qui t'attend ?

— À t'entendre, on croirait que c'est une grosse entreprise familiale ! C'est juste un Twin Otter grinçant qu'on pose sur le sable en priant.

Il fit un grand sourire.

— J'ai rencontré ton grand-père, une fois, je te l'ai déjà dit ?

— Murdo ?

— Un sacré pilote. Je n'étais qu'un jeune plouc en route pour Glasgow. Il m'en a raconté de belles.

— J'imagine, répondis-je avec un sourire.

— Tu n'as pas envie de reprendre cette ligne ? Au moins, tu piloterais vraiment.

— J'ai l'impression d'entendre mon grand-père.

— Ouille ! Eh ben, je ne te croyais pas du genre expat' à Dubaï. Les Écossais prennent feu au soleil, non ?

— Arrête un peu.

En promenant mon regard dans la salle, j'aperçus Hayden Telford dans un coin, en train de discuter avec d'autres employés des RH.

— Tiens, regarde, dis-je à Bob en lui montrant Hayden.

Bob jeta un coup d'œil dans sa direction, puis lui fit un petit signe désinvolte de la main.

— Ah oui, le consultant RH. Il avait l'air sympa, non ?

— Il est consultant ? m'enquis-je avec un intérêt soudain. Tu veux dire qu'il ne travaille pas pour la compagnie ?

— Pourquoi ? m'interrogea Bob, un sourire bienveillant aux lèvres, avant de boire une longue gorgée de bière.

— Pour rien.

Il me considéra avec suspicion. Je n'évoquais jamais ma vie privée au travail. Jamais. En partie pour rester professionnelle, en partie pour m'entourer de mystère, et en partie aussi parce que je n'avais pas vraiment de vie privée.

Quand Hayden me vit, il esquissa un grand sourire, puis me fit signe d'approcher. Bob venait de commencer à parler foot au comptoir avec des collègues de KLM, aussi le rejoignis-je, surprise, mais ravie.

— Bonjour, dis-je timidement.

— Salut.

Il sourit à nouveau, révélant ses incisives. Je ne reconnaissais jamais les signes qu'on m'envoyait, d'habitude, mais, là, je me fis la réflexion : cet homme avait l'air content de me voir.

— Hayden s'en va ! s'écria l'une de ses collègues des RH, une jeune femme pleine d'entrain qui semblait passablement ivre.

— Je n'étais là que pour quelques semaines, protesta-t-il. Je suis consultant.

— Mais on aimait t'avoir avec nous ! On aimait l'avoir avec nous, précisa-t-elle à mon intention en l'attrapant par la manche pour bien se faire comprendre, manquant de renverser son verre de prosecco. Il nous abaaandooonne, ajouta-t-elle en laissant glisser sa main le long de la manche d'Hayden, puis vers les boutons de sa chemise.

Je n'en revenais pas. J'avais toujours cru que ce genre de comportement était précisément ce que les RH étaient censées prévenir. Hayden pensait visiblement la même chose. Il croisa mon regard, le soutint un instant, m'adressa un clin d'œil discret, puis déclara haut et fort :

— Ah, officier pilote MacIntyre, je suis content de vous voir... Pourriez-vous m'accorder quelques secondes de votre temps ? Excuse-moi, Rosie.

Il retira doucement la main de la jeune femme, qui fit la moue.

— Reviens vite ! lança-t-elle.

Hayden me suivit à l'autre bout de la salle.

— Une employée RH modèle, à ce que je vois, ne pus-je m'empêcher de remarquer.

— Oh, ils travaillent dur.

Il jeta un coup d'œil en arrière.

— Tout le monde a besoin de décompresser, de temps à autre. Ne racontez pas aux RH que j'ai dit ça... Mais pas vous, je vois, ajouta-t-il en regardant mon café de manière appuyée.

— Je n'ai pas envie de rentrer en taxi, c'est tout. Et je n'aime pas boire devant mes collègues de travail.

— Ah, fit-il, l'air gêné, en levant sa bouteille de bière, mais il ne semblait pas ivre du tout.

— Alors, vous partez ?

Il acquiesça.

— Où allez-vous ?

— Il y a plusieurs possibilités sur la table… J'attends de voir. C'est la vie d'un consultant.

— On vous a envoyé promener ? l'interrogeai-je tout à coup.

— Euh, non, c'est juste la fin d'une mission. Vous non plus, on ne vous a pas envoyée promener.

— Non, je sais. J'aime bien cette expression, c'est tout.

— Vous aimez vous promener ?

— Ah ! Non, je ne sors jamais.

Il me regarda avec curiosité, et je me surpris une nouvelle fois à rougir. C'est ridicule, Morag, songeai-je. Il a un sourire amical, c'est tout.

Et ce n'est pas mon psy, me rappelai-je.

— Donc, dans les faits, vous n'avez plus rien à voir avec mon dossier ? demandai-je tout bas, sans savoir d'où me venait cette audace.

J'allais bientôt partir, moi aussi, après tout. C'était peut-être cela. Si ça tournait mal, eh bien, on ne se reverrait jamais.

— Oui, l'affaire est classée.

Il regarda sa bière.

— Je ne me promène pas souvent, moi non plus, déclara-t-il subitement.

— Hmm-hmm, fis-je en baissant les yeux.

— Enfin, si ça vous dit, un jour…

— Ça ne…

Ma gorge se serra. Au moins, je serais fixée.

— Ça ne… gênerait pas votre petite amie ou… votre je sais pas quoi ?

— Eh bien, contrairement à ce que je viens de dire à Rosie, je n'ai pas de petite amie… ni de je sais pas quoi.

J'eus l'impression que tout le monde dans le bar se taisait. Il n'aurait pu être plus direct.

— Eh bien, ça… ça pourrait être sympa, oui.

CHAPITRE 3

— Tu es sûre et certaine que ce n'est pas un tueur en série, hein ? m'interrogea Nalitha. Qui ferait une chose pareille, sinon ? Inviter quelqu'un à sortir *en personne* ? *Bon sang !*

On était au téléphone. Dans le nord de la Grande-Bretagne où elle se trouvait, il neigeait encore. Dans le Sud, le soleil était déjà chaud. J'entendais le vent souffler autour d'elle.

— Des tas de gens se rencontrent comme ça.

— *Non*. Ils s'inscrivent sur des sites de rencontre, ils sont malheureux pendant des mois et des mois, puis ils se contentent de la première personne qui a encore toutes ses dents, ou presque.

— Il n'est peut-être pas inscrit sur des sites de rencontre.

— Est-ce que tu as vérifié ?

— Je n'ai pas pris cette peine.

J'avais bien trop peur.

— Oh là là, espèce de menteuse ! Je vais vérifier. Il ne doit pas y avoir cinquante Hayden Telford.
— *Ne vérifie pas !* Oh, non, c'est trop pour moi.

Airport Tinder était un vrai nid de vipères, à éviter en toutes circonstances. Des vipères si méchantes que même les autres serpents ne voulaient pas les fréquenter.

Je soupirai.

— C'est juste un rendez-vous normal, comme des gens normaux. On va juste se balader.
— C'est vraiment trop bizarre.
— C'est toi qui es bizarre !
— Je n'en reviens pas que tu ne rentres pas à la maison. Ce matin, on a transporté un litre de sperme de taureau. C'est de l'or liquide, apparemment, ce truc. Si on en avait perdu une goutte, on aurait dû vendre l'avion.

Avec Nalitha, on était amies depuis l'école. Elle n'avait pas voulu s'installer en ville, et je lui avais suggéré de travailler avec papi. L'idée leur avait tout de suite plu. Elle s'occupait de tout : accueil, enregistrement, contrôle de sécurité, piste, paperasse. Elle aurait pu trouver un emploi bien mieux rémunéré auprès d'une grande compagnie aérienne, mais elle aimait Carso – sa famille, ses amis y vivaient, et elle pouvait avoir une belle et grande maison au lieu d'un placard infesté de rats à Aberdeen ou à Édimbourg.

— Arrête !
— Et neuf réalisateurs qui essayaient tous de tourner la même scène pour leur documentaire intitulé *L'Écosse secrète*, ce qui signifie qu'elle n'est sans doute plus aussi secrète que ça. Merci bien !

J'éclatai de rire. J'aimais ce qu'ils vivaient, là-bas. Mon quotidien se résumait en général à effectuer des allers-retours entre Londres et Malaga pour transporter des gens fatigués et de mauvaise humeur après avoir attendu une éternité au contrôle de sécurité.

— Quand est-ce que tu auras l'autorisation de reprendre les vols ? Et pour ton nouveau boulot, tu sauras quand ?

— En temps voulu, répondis-je, croisant les doigts pour que cela ne tarde pas et que je ne sois pas obligée de voler pour MacIntyre Air.

Car avec Hayden, c'était nouveau, excitant. Mais je n'en oubliais pas mon vrai problème pour autant : étais-je encore capable d'exercer mon métier ?

En ce dimanche de printemps, la matinée était exceptionnellement belle, et le parc, noir de monde. Des bambins en trottinette filaient devant nous à une vitesse terrifiante. Des hommes adultes, censés avoir plus de jugeote, passaient encore plus vite sur leur trottinette électrique, ce qui me transforma en vieille fille offusquée. Des disputes éclataient entre cyclistes et piétons ; des chiens, certains en laisse, d'autres non, se ruaient sur des enfants qui tenaient des cornets de glace à la hauteur stratégique de leur nez. Le sud-est de l'Angleterre était surpeuplé : ça ne manquait jamais de m'étonner, à chaque décollage. Les innombrables maisons, les innombrables voitures. Comme si on avait soulevé le pays entier et que tout le monde avait glissé vers le bas.

Je le vis la première : Hayden portait un chino, une chemise bleue et des chaussures en daim – le même style de daron que j'avais remarqué lors de notre première rencontre. Un vrai daron. Cela ne me dérangeait pas du tout. Je trouvais ça plutôt attirant, en réalité. J'avais l'impression de sortir avec un adulte, un vrai, qui ne passait pas sa vie devant les jeux vidéo. Quelqu'un qui aurait à cœur de manger sainement et de prendre des décisions rationnelles. Je trouvais ça sexy, comme j'avais aimé les cheveux bleus et les tatouages dix ans plus tôt.

J'agitai la main, lui souris, et il me sourit en retour, dévoilant ses jolies incisives, le visage ouvert, avenant. Un rendez-vous en pleine journée. Quelle idée loufoque, avais-je décrété plus tôt dans la matinée. Et sobre, de surcroît : c'était encore plus saugrenu.

Mais voilà : à la seconde où il s'approcha de moi, sourire aux lèvres, sans chercher à m'embrasser maladroitement sur la joue, puis s'exclama « Morag ! », comme si me voir était la meilleure chose qui lui soit arrivée de la journée, tout me parut simple.

Si simple, en réalité, que je le soupçonnai d'user de ses pouvoirs vaudous de RH. Il me paya une glace, puis on se promena, et il me posa des questions sur mon travail, mais pas d'un ton admiratif empreint de sarcasme, comme le faisaient certains hommes.

Je l'interrogeai ensuite sur le sien et trouvai cela très intéressant. Il était originaire de Hull – plus nous parlions, plus il avalait les voyelles ; de mon côté, je cessai de gommer mon accent chantant, ce que l'on doit faire dans le sud de l'Angleterre, et même dans les airs, en particulier lorsqu'on s'adresse à la tour de contrôle. J'appris qu'il avait étudié la psychologie, puis qu'il avait emménagé à Londres avec sa petite amie de l'université, mais ça n'avait pas marché et il louait maintenant une chambre chez un ami en attendant la suite des événements.

Puis il nous sembla logique de nous arrêter à la terrasse d'un café et, eh bien, ils servaient du rosé, et nous pouvions voir le monde défiler sous nos yeux – le monde entier, aurait-on dit. Le parc était toujours bondé : des gens jouaient au foot, d'autres allumaient des barbecues ou donnaient des spectacles de danse indienne traditionnelle, et un groupe de jeunes faisaient du parkour dans les arbres[1]. Après avoir fini nos verres, on plaisanta en se disant que c'était vraiment génial de ne pas devoir aller travailler le lendemain, et puis, bon, on n'était pas *si* loin de mon petit appartement. En temps normal, je ne serais pas allée aussi vite, mais j'étais là, en congé, avec un homme gentil, qui portait une chemise bleue, avait l'accent de Hull et souriait chaque fois qu'un enfant lui fonçait dans les tibias avec sa trottinette sans que ses parents relèvent la tête de leur téléphone... et nous buvions une bouteille de rosé.

Mais ce n'était pas tout. J'avais réellement le sentiment qu'on ressemblait à tous les autres couples dans le parc, que j'avais si souvent croisés en rentrant de l'aéroport ou en m'y rendant à une heure indue, en me disant, bon sang, ma pauvre Morag, espèce de ringarde, pourquoi tu ne peux pas être *normale* ?

---

1. Discipline sportive acrobatique qui consiste à franchir des obstacles urbains ou naturels avec fluidité, sans l'aide d'aucun équipement. (N.d.T.)

Alors, même si ça ne me ressemblait pas, mais alors pas du tout, j'achetai une autre bouteille à l'épicerie du coin, puis je l'entraînai dans un Uber et, une fois chez moi, j'embrassai son sourire acéré, déboutonnai sa chemise toute simple (qu'il plia sur une chaise) et pris du bon temps, comme cela ne m'était pas arrivé depuis longtemps.

Je pourrais m'y habituer, songeai-je le lendemain matin, comme nous échangions des sourires gênés et qu'il me demandait s'il pouvait sortir en vitesse nous chercher des cafés. Je dus lui expliquer que je vivais dans un lotissement à des kilomètres de tout et qu'on ne pouvait pas se contenter de sortir en vitesse, qu'il fallait faire quinze minutes de route jusqu'au supermarché Tesco si on voulait acheter un litre de lait. Puis il fouilla dans mes placards, annonçant qu'il aimerait me préparer un petit déjeuner, mais…

Et je dus lui avouer que je n'étais jamais là et que je ne cuisinais pas vraiment, de toute façon.

— Tu te nourris de plateaux-repas d'avion ? me demanda-t-il, les yeux écarquillés.

— Plus ou moins, répondis-je avec une grimace, avant d'ajouter que j'avais appris à boire mon café noir s'il le fallait.

Comme cela lui convenait, il nous prépara du café noir, puis se remit au lit.

— Il n'y a aucune photo ni rien aux murs, constata-t-il avec un sourire. Tu vis vraiment ici, ou bien c'est un appartement témoin où tu t'es introduite par effraction pour arriver à tes fins avec moi ?

Je souris de toutes mes dents.

— Non… J'aime juste que tout soit bien rangé, minimaliste…

Je regardai autour de moi. Je n'avais ajouté qu'un élément de décoration : des rideaux opaques, pour pouvoir dormir à n'importe quelle heure.

— Comme dans mon cockpit.

— Je vois. Ça ne fait pas longtemps que tu vis là ?

Je répondis d'un haussement d'épaules. Je ne voulais pas lui avouer la vérité : quatre ans. Mais je ne me sentais pas vraiment chez moi ici.

— Je pars, de toute façon, lui rappelai-je.

— Ah oui ! répondit-il en sirotant son café, avant de grimacer. Moi aussi.

Puis il planta ses yeux dans les miens.

— Et je commence à me dire que c'est bien dommage.

Je me penchai vers lui. Il avait des poils épais, frisés, sur le torse, et un peu de bedaine, que l'on ne devinait pas sous ses vêtements. Ces deux détails me plaisaient chez lui, me rassuraient, car un homme avec des abdos en béton m'aurait sans doute forcée à aller à la salle de sport, à boire des boissons protéinées et à m'épiler intégralement.

Ce beau début de printemps fut un vrai cadeau.

Nous deux, rien à faire à part flâner, main dans la main. Tout au fond de moi, je me demandais si une personne aussi gentille que Hayden pouvait être la solution, s'il pouvait m'aider à aller mieux. Un thérapeute dirait que les réponses à nos problèmes résident uniquement en nous, j'imagine. Mais il était si attentionné, si à l'écoute, si intéressé par mon travail. Je faillis lui révéler mon plus grand secret, ma plus grande peur. Presque.

Un jour, il m'accompagna voir *Top Gun* avec mes copains pilotes, qui ne manquèrent évidemment pas de me charrier, mais sans excès : nous étions trop occupés à relever les inexactitudes et à nous moquer des violations incessantes des règles d'hygiène et de sécurité, tout en aimant sincèrement le film. Hayden ne se plaignit pas, mais ne resta pas non plus sans rien dire : il rit avec nous et tenta même quelques *dad jokes* pas mauvaises. Il s'intégra à merveille et, oh, voir que des personnes importantes dans ma vie l'acceptaient et l'appréciaient fut un véritable plaisir.

Il ne me « ghosta » pas, ne rata aucun rendez-vous. Ne fit rien de tordu. Il m'appelait toujours quand il s'y était engagé, ne jouait pas avec moi et, s'il donnait l'impression d'avoir cinquante-cinq ans et planifié sa retraite, comme le prétendait Nalitha, eh bien, il faut croire que ça me plaisait. Peut-être que ça me plaisait de sortir avec un adulte, pour une fois. Et Nalitha l'apprécierait, elle aussi, quand elle le rencontrerait. Tout le monde l'appréciait. Il était comme ça.

Et, même si je savais qu'un jour plus ou moins proche mon congé prendrait fin et que je devrais me confronter au fait de revoler, même s'il lui arrivait de me surprendre le regard perdu dans le vague et de me demander à quoi je pensais, il était pour moi la meilleure des distractions.

Un soir, nous nous rendîmes dans le quartier de Covent Garden, à la recherche d'une terrasse pas trop bondée. Comme Hayden avait besoin de nouvelles baskets, nous étions venus faire du shopping en ville – cette expérience intime, exaltante à vivre à deux pour la première fois ; cette sensation d'apprendre à se connaître, de découvrir les goûts de l'autre – et nous nous étions moqués des dernières tendances et de notre propre ringardise, avec la tranquille assurance des trentenaires qui n'ont plus à s'en soucier.

— Je suis anti-glamour au possible, lança-t-il en s'installant enfin à une table tout juste libérée, que mon œil d'aigle venait de repérer. Franchement. Ta vie à toi est tellement glamour et je suis tellement rasoir.

Je le dévisageai.

— Quoi ? fit-il.

— J'essaie de décider ce qui te ferait le plus plaisir. Que je te dise : « Tu n'es pas du tout rasoir », ou « Il se trouve que j'aime bien les gens rasoir » ?

Il fronça les sourcils, ses cheveux blond-roux lui tombant sur le front.

— Oh ! Quel dilemme. Pourquoi pas : « Pas du tout rasoir » ?

— Tu ne l'es pas, à mes yeux. J'aime bien parler chaussures, boulot et trucs de tous les jours. Peut-être que je suis rasoir, moi aussi.

— Mais tu es pilote !

— Justement, c'est une bonne chose, quand on est pilote ! Personne ne demande à un pilote d'être une rock-star, je te jure. Les gens tout-fous, super fun, déjantés, font de très mauvais pilotes.

— Bien sûr, répondit-il avec un sourire. Enfin bon, c'est pas grave.

Nous désespérions presque d'être servis, quand un serveur nous remarqua enfin, et Hayden me fit la surprise de commander du champagne.

— Eh ben, ce n'est pas du tout rasoir, ça !
— J'espère bien.

Commander du champagne eut manifestement pour effet d'accélérer le service, puisqu'un seau à glace et deux verres se matérialisèrent tout à coup devant nous. Je les considérai.

— Je ne t'ai jamais trouvé rasoir, sincèrement. Mais je te le dirai plus souvent, si ça se finit comme ça.

Il attendit qu'on nous serve, puis se tourna vers moi. Je n'avais aucune idée de ce qu'il allait me dire, mais, intérieurement, je pétillais plus que le champagne.

— Morag, je dois t'avouer quelque chose : tu m'as plu à la seconde où tu es entrée dans mon bureau, même si ce n'est pas du tout professionnel. J'ai été très heureux de te donner mon feu vert. J'espérais te croiser au bar des pilotes. J'y allais tout le temps.

— Vraiment ? répondis-je, stupéfaite.

Il acquiesça.

— Et j'étais super content quand c'est arrivé.

Je rougis. On ne me disait pas souvent ce genre de choses. Jamais, en réalité. J'avais plutôt l'habitude que des types avec des horaires de travail décalés m'envoient des textos à 2 h 30 du matin, au cas où je serais dans le même fuseau horaire qu'eux.

— Et je voulais te poser une question. Est-ce que ça te dirait de… ?

Il regarda le champagne, puis releva les yeux vers moi. J'aimais son visage ouvert, serein. Je l'aimais beaucoup.

— Eh bien, voilà. L'un des boulots auxquels j'ai postulé est basé à Dubaï. Et ils veulent me rencontrer. Ils ne m'ont pas encore officiellement proposé le poste, mais… je crois que, si je le veux, il est à moi.

— Oh là là ! C'est génial.

— Tu auras pas mal d'escales à Dubaï dans ton futur boulot, non ? Tu pourrais même envisager de t'y installer ?

— Ce n'est pas encore gagné…, répondis-je avec un haussement d'épaules.

— Mais…

— Mais ?

— Si ça marche… on pourrait passer du temps ensemble, là-bas ?

— On pourrait.

— Je pourrais… venir mettre du lait dans ton frigo ?

Je souris.

— Faire des achats utiles et responsables n'a rien de rasoir.

— Et je pourrais être… ton petit ami ?

— Est-ce qu'on a le droit d'avoir un petit ami à Dubaï ? demandai-je d'un air songeur. Je croyais qu'ils n'aimaient pas trop ce genre de choses.

— Eh bien, ce serait notre petit secret. Et ce ne serait peut-être pas *du tout* rasoir.

Je fus incapable de contenir ma joie plus longtemps : un sourire fendit mon visage. Puis, sous un ciel couvert, sur cette place londonienne pavée, nous levâmes nos verres. Intérieurement, je sautais de joie, je débordais d'enthousiasme. J'avais un avenir. Il se passait quelque chose. Quelque chose de normal dans ma vie, qui ne l'avait jamais totalement été jusque-là. Je ne pouvais me départir de mon sourire ni cesser de penser que tout allait s'arranger. Que, avec Hayden à mes côtés, je pouvais y arriver. Que cet homme allait m'ancrer et m'aider à m'envoler, tout en même temps.

CHAPITRE 4

Le téléphone sonna, encore et encore. Je me retournai avec un grognement. Hayden était à côté de moi, son dos rassurant. Il avait laissé un flacon de solution pour lentilles de contact dans mon armoire de toilette. Cela me faisait me sentir très adulte. J'aurais pu me rendre chez Boots Opticians et dire à la vendeuse : « Oh, je ne me rappelle pas quelle marque utilise mon *petit ami*. Est-ce que ce sont toutes les mêmes ? »

Je décrochai à tâtons. Il n'était pourtant pas si tôt.

— Moooraggg ?

C'était une voix chevrotante, qui me disait quelque chose.

— Moooooraggg ?
— Oui ?
— C'est Peigi.

Peigi, prononcé Peggy, était la veuve qui s'occupait de papi. Ou plutôt, elle avait emménagé chez lui à la mort de son mari, en théorie pour lui faire la cuisine et le ménage en échange du gîte, du couvert et d'un peu d'argent de poche, mais nous étions à peu près certains qu'en réalité, elle était folle amoureuse de lui, et ce depuis l'école primaire. À sa décharge, papi ne semblait pas l'avoir remarqué.

— Qu'est-ce qui se passe ? l'interrogeai-je, aussitôt prise d'inquiétude, en me levant sans faire de bruit pour passer dans le petit salon-cuisine. C'est papi ? Est-ce qu'il va bien ?

S'ensuivit un long silence, et je sentis mon cœur dégringoler, comme un ascenseur.

— Peigi ?

Je me rapprochai du canapé pour m'asseoir, me préparant mentalement.

— Oh, oui, ça va. C'est juste une petite grippe, hein. Ça circule en ce moment, tu sais.

— Oui, répondis-je, ressentant un tel soulagement que je fus comme saisie de vertige.

Je jetai un coup d'œil à ma main gauche, qui serrait un coussin que je ne me rappelai même pas avoir attrapé.

— Bon, vous avez toujours Erno, non ?

Le copilote de papi n'aimait pas beaucoup prendre les commandes. C'était pourtant un sacré pilote. Formé par la marine finlandaise, il n'avait peur de rien.

— Il doit bien avoir un copain disponible.

— Personne. Pâques approche. C'est le début de la saison, tout le monde est occupé. On n'a personne. Enfin, personne à qui on confierait *Dolly*...

Elle n'aurait pu être plus claire, mais je ne vis rien venir, parce que je suis une idiote. Une idiote avec la tête ailleurs, de surcroît.

— ... il voudrait que tu viennes.

— Comment ça ?
— Pour assurer la liaison. Juste quelques jours.
— Mais…
Peigi resta muette.
— Je travaille…
Ce n'était pas tout à fait vrai, bien sûr.
— Ah, oui.
— Enfin, j'attends la réponse pour mon nouveau boulot et l'autorisation de voler…
— Ah, oui, répéta Peigi.
Ce n'était pas qu'elle ne me croyait pas. Au ton de sa voix, je savais qu'elle ne croyait pas un traître mot de ce que je racontais. Elle me connaissait depuis que j'étais toute petite et était toujours fourrée chez nous – son pauvre mari, quand on y pense. Bref. Elle savait à peu près tout de moi.
— Quoi ? Il veut que je laisse tout tomber et que je vienne tout de suite, c'est ça ?
— Il n'est vraiment pas en forme.
— Pour combien de temps ? Le week-end ?
— Oui. Une semaine, peut-être.
Mon portable bipa. Je le regardai. Oh, bon sang. Le destin.
Je venais de recevoir un e-mail. Les conclusions de l'enquête. Je jetai un coup d'œil en direction de la chambre. J'avais le sentiment que la petite bulle que nous nous étions créée, Hayden et moi, était assaillie de toutes parts. Le monde réel nous rattrapait. Mes épaules s'affaissèrent.
— Je peux te rappeler ?
Peigi renâcla, comme si je venais de lui demander si je pouvais tuer son chien.

— Tout le temps que tu pourras consacrer à ton grand-père pour honorer ses réservations sera le bienvenu, pour sûr.

Je lui dis au revoir, puis ouvris l'e-mail de la compagnie aérienne, les mains tremblantes. J'avais du mal à distinguer les mots, mais je lus quelque part, la vision un peu floue : « totalement hors de cause... autorisée à reprendre le service immédiatement... promotion au poste de copilote... sur des long-courriers acceptée... se présenter pour vols supplémentaires sur simulateur... ».

Et voilà.

Je m'écroulai de nouveau sur le canapé. C'était réglé. J'aurais dû être heureuse. J'étais sauvée. Tout allait bien. Ma joie dura moins d'une seconde.

Je... je les avais dupés, supposai-je. Cela ne me réjouit pas, bizarrement. Ils me croyaient prête. Hayden m'avait crue prête. Bob m'envoya aussitôt un texto enthousiaste : il ne faisait aucun doute qu'il nous pensait tous les deux prêts à reprendre du service, lui aussi. Papi voulait que je vole. La compagnie aérienne me voulait.

J'eus alors un éclair de lucidité. Le fait qu'ils me jugent apte à voler ne signifiait rien. J'y avais pourtant cru, j'avais cru que leur confiance en moi pourrait changer ce que je ressentais.

Ce ne fut pas le cas.

Et avoir postulé au poste de copilote, ce subterfuge coupable, n'allait pas fonctionner, pas une seconde. Je devais avoir perdu la tête, si j'avais cru le contraire.

Je ne pouvais pas accepter cet emploi si je n'étais pas capable de piloter un fichu avion. C'était dangereux, c'était illégal. Et si je paniquais ? Si je paniquais au pire moment ?

Je ne pouvais plus avouer la vérité. C'était allé bien trop loin. L'homme qui m'avait autorisée à voler était dans mon lit en ce moment même. Oh, non. Il perdrait son boulot, lui aussi.

Ne panique pas, me dis-je. Car la solution était là, évidente : j'allais faire la seule chose que je savais faire, que je faisais depuis l'âge de seize ans. Piloter pour mon grand-père.

CHAPITRE 5

— Ce n'est que pour quelques jours, expliquai-je le lendemain matin.

Hayden sourit. J'aimais me réveiller à ses côtés.

— Je suis sûr que ça va être chouette.

Je répondis d'un haussement d'épaules. Il partait à Dubaï pour rencontrer ses nouveaux employeurs et chercher un appartement à louer. J'avais caressé l'espoir qu'il m'emmène avec lui. L'occasion ne s'était pas présentée – il était bien trop raisonnable pour précipiter les choses entre nous. D'un autre côté, je pourrais réserver une place sur un vol pour presque rien et, bon, peut-être que ça vaudrait le coup de me montrer là-bas, à l'aéroport…

— Mais j'aurais bien aimé… Je me disais que tu pourrais… Enfin, j'allais te demander si tu voulais m'accompagner.

Mon visage s'épanouit en un grand sourire.

— Eh bien, j'aurais dit non. Pour me faire désirer.

— Vraiment ?

— Carrément.

Il me suivit jusqu'à la cafetière.

— Je m'habitue à boire mon café noir, tu sais, dit-il en appuyant sa tête contre la mienne.

Je souris. Puis je repensai à la tâche qui m'attendait.

— Quel âge a ton grand-père ? m'interrogea Hayden, soudain sérieux. Il ne doit plus être tout jeune, pour un pilote.

Admets-le, Morag, il vieillit. Et ce n'est que le début. Il tombera plus souvent malade, il aura d'autres problèmes de santé et…

— Il n'a que soixante-trois ans ! Il se porte comme un charme.

— Euh, ce n'est plus tout jeune pour un pilote, répondit Hayden d'une voix douce.

— Eh bien, il trouvera quelqu'un pour le remplacer.

— Tu es certaine de ne pas vouloir prendre la relève ?

Je le regardai avec assurance.

— Absolument certaine, répliquai-je, et c'était vrai.

Je n'avais aucune envie de le quitter. Mais il le fallait. Pour l'instant.

Il m'embrassa.

— Qu'est-ce qu'il va faire quand il prendra sa retraite ?

— Je préfère ne pas y penser.

Il pourrait vendre le couloir aérien, ainsi que les créneaux de décollage et d'atterrissage. À une grosse compagnie touristique qui pratiquerait des tarifs exorbitants, ferait pleurer les gens en leur facturant 60 livres quand leurs bagages excéderaient la limite de poids d'un kilo, et les abandonnerait à leur sort, sans aucune pitié. Je ne voulais pas non plus que les choses se passent ainsi.

Se rendre à l'aéroport tous les deux fut une expérience douce-amère. Je m'étais déjà habituée à la présence de Hayden à mes côtés, bien que nous ayons passé très peu de temps ensemble.

Mais cela eut aussi quelque chose de plaisant. Mon petit ami et moi, à l'aéroport. Nous nous rendîmes au contrôle du personnel main dans la main ; tous mes amis et collègues se montrèrent aimables, souriants. Je trouvai cela agréable. Et puis ce fut l'occasion pour moi de faire ce que je voyais tous les jours à l'aéroport, mais que je n'avais jamais eu la chance d'expérimenter moi-même : embrasser quelqu'un pour lui dire au revoir, m'attarder pour le regarder s'éloigner, toute triste. Oui, ce fut doux-amer, mais surtout doux. Mon avenir se mettait en marche. Et je le retrouverais. Bientôt. Il fallait juste que je règle mon problème. Je quittai le terminal des départs internationaux pour emprunter la petite navette jusqu'au hall des vols intérieurs.

Puis j'appelai mon père pour prendre des nouvelles de papi, qui ne pouvait pas être si mal en point. Au bout du fil, mon paternel était tout fier.

— Tu seras mieux ici, loin de ces gros avions. Peut-être même que tu resteras.

— J'ai décroché le poste, papa !

— Oui, oui.

À 17 h 40, je montai à bord d'un Saab 340, un joli petit appareil. Par habitude, je m'assis à ma place préférée, la 4F, du côté droit, parce que j'aimais admirer la vue qu'elle offrait sur Londres si l'on devait tourner au-dessus de la ville, ce qui arrivait souvent. Comme je m'apprêtais à éteindre mon téléphone, je remarquai que j'avais reçu un message confirmant mon entraînement obligatoire en simulateur le jeudi suivant, jour où je reprendrais le travail. Et puis, les dés seraient jetés.

Nalitha vint me chercher à l'aérodrome en voiture, un immense sourire aux lèvres.

— Comment va papi ? l'interrogeai-je, et elle détourna les yeux, ce qui m'inquiéta aussitôt. Quoi ? C'est plus grave ? Qu'est-ce qui lui arrive ?

— Oh, non… il… C'est juste un rhume.

— Peigi m'a dit que c'était une grippe.

— Peigi veut qu'il reste cloué au lit pour pouvoir l'admirer en pyjama.

Il y avait peut-être du vrai là-dedans.

— Alors, dis-moi tout à propos de Hayden.

— Oh, il est… il est adorable, répondis-je en souriant toute seule.

— Je ne t'ai jamais vue comme ça, commenta Nalitha, qui m'entendait chanter ses louanges depuis plusieurs semaines maintenant. C'est sérieux, hein ?

J'inclinai la tête.

— Je crois… je crois que ça pourrait le devenir.

— Eh ben, fit-elle, incrédule. Un vrai gentleman anglais.

— Je n'irais pas jusque-là. Il n'est pas snob, ni rien.

— Tu as rencontré ses parents ?

— Pas encore, mais ça ne va pas tarder. Il dit beaucoup de bien d'eux.

— Tu es *sûre* qu'il n'est pas trop beau pour être vrai ?

— Il aime Coldplay.

— Ah, OK. Personne n'est parfait.

Elle regarda par la fenêtre.

— Sinon, la quasi-collision... Enfin, je sais que Hayden est important pour toi, mais comment tu vis ça ? Ç'avait l'air effrayant.

J'eus envie de tout lui avouer, de lui raconter à quel point ç'avait été horrible – et combien ça l'était toujours. C'était ma plus vieille amie, ma meilleure amie, mais peut-être qu'elle serait forcée de me dénoncer. Le ferait-elle ? Je commencerais dans le siège de copilote avec Erno, me rassurai-je. Je ne serais pas aux commandes. Si je me sentais trop nerveuse, si je me mettais à paniquer ou je ne sais quoi, je me retirerais sur-le-champ, je descendrais de l'avion, je sortirais de là. Puis je ferais tout pour retrouver ma place.

Je savais que j'étais *apte* à voler, que je ne risquais rien. Mais craignais-je d'y arriver et de devoir partir ? Ou de ne pas y arriver et de compromettre mon avenir ? Ce nouvel avenir excitant, dont Hayden faisait partie, ainsi qu'un déménagement, une promotion et toutes sortes d'aventures ? J'étais incapable de le dire. Est-ce que je réfléchissais trop, au risque de ne plus pouvoir aller jusqu'au bout ? De toute ma vie, je ne m'étais jamais sentie aussi perdue. Mon métier exigeait d'être vigilant, maître de soi – mais si l'accident m'avait changée ? Si je n'avais plus ces qualités, à présent ? Si je ne pouvais plus me faire confiance ?

— Oh, ça va, répondis-je prudemment.

Le petit avion qui vrillait, puis tombait, tombait, dans mes rêves.

Peigi ouvrit la porte, suivie par le deuxième grand amour de sa vie (après papi) : Skellington, l'épagneul le plus moche au monde, avec ses taches noires et blanches, ses yeux cerclés de rouge, ses babines mouchetées, ses moustaches tombantes et son pelage miteux. Il laissait toujours une traînée de boue derrière lui et avait l'air malheureux comme les pierres, alors que c'était le chien le plus gâté, le plus choyé de la planète.

Quand mes parents s'étaient rendu compte que Peigi était toujours là quand ils passaient voir papi, ils lui avaient poliment demandé combien de temps elle comptait rester, mais Skellington avait eu la diarrhée sur le tapis, et Peigi s'était dépêchée de nettoyer, puis de préparer un ragoût et, au bout du compte, il avait été plus simple de la laisser rester et de ne jamais en reparler. Avec le temps, elle avait fini par se charger de la préparation de tous les repas, mais papi n'avait pas capitulé devant sa dernière source d'embarras : pas question qu'elle touche à son linge sale. Il ne semblait pas plus susceptible de succomber à ses charmes que par le passé, mais, curieusement, ils ne s'entendaient pas trop mal, à part au sujet de Skellington – le prix à payer, plus ou moins, pour manger un rôti gris et mou le dimanche midi, après un vol matinal agité, tout en déplorant que les gens n'achètent plus autant de journaux qu'avant.

Ce pavillon biscornu aurait valu des millions de livres partout ailleurs, mais, ici, on le voyait plus comme un désagrément, avec son simple vitrage et ses murs décrépis : la plupart des gens préféraient les constructions récentes, à basse consommation d'énergie, équipées de pompes à chaleur et de triple vitrage. Et isoler correctement la bâtisse coûterait… eh bien, il faudrait sans doute vendre l'avion.

L'entrée, au sol décoré de jolis carreaux de ciment datant de l'époque victorienne, était garnie d'un petit meuble à chaussures et d'un porte-manteaux, où était toujours accrochée la veste d'aviateur de mon arrière-grand-père. C'était purement sentimental. La peau de mouton était crasseuse, bien sûr, le cuir, tout craquelé, décoloré, mais, étonnamment, il s'en dégageait encore une légère odeur de cigarettes Woodbine. Elle aurait sans doute dû être exposée au National Museum of Flight, mais, à ce compte-là, *Dolly* aussi, ainsi que papi, et aucun de nous ne tenait à aller dans cette direction. Des factures récentes s'accumulaient sur le paillasson, remarquai-je.

À droite, un escalier menait aux chambres – les marches étaient toujours recouvertes de lino, froid et glissant en hiver. J'aurais aimé que papi le remplace par une moquette douce, épaisse, mais le confort n'avait jamais été sa *priorité*. J'estimais malgré tout que ce serait bénéfique : j'étais terrifiée à l'idée qu'il puisse tomber. Mais je me gardais bien de le dire.

À gauche, le salon, une pièce exposée au nord un rien sinistre, était meublé de vieux fauteuils à dossier droit, surmontés de têtières brodées par mon arrière-grand-mère des décennies plus tôt. C'était un lieu déprimant, sauf quand le feu y était allumé. La cuisine, en revanche, était grande, encombrée, réchauffée par la cuisinière et, juste à côté, à la place de l'ancien cellier, se trouvait le bureau : les étagères, qui accueillaient autrefois des bocaux et des bocaux de chutney, de confitures et de pickles, étaient à présent jonchées de papiers et de boîtes de rangement.

C'était étonnamment bon d'être de retour. La patine du temps, de décennies d'une existence immuable, qui suivait tranquillement son cours : les Noëls joyeux, les départs aux aurores, les petits traits au mur, témoins de la croissance de mon père, et le sentiment que, dès qu'on passait la porte, on pouvait être soi-même. Qu'on était désiré, accepté, ici. Sauf par Skellington, bien sûr.

— Je vais monter voir papi, annonçai-je à Peigi, me sentant ridicule de devoir me justifier auprès d'elle.

— Il a dit non. Il a besoin de sommeil.

— Ce n'est que moi. Je passerai seulement la tête à la porte.

— Je ne crois pas, non, insista Peigi, à la suite de quoi Skellington lâcha un pet sonore, comme pour mettre fin à la discussion.

Je poussai un soupir.

— D'accord, mais est-ce que je peux au moins aller poser mes affaires dans *ma* chambre ? demandai-je avec une certaine irritation.

Ce n'était pas ma chambre, bien sûr, mais je dormais chaque été avec Jamie dans cette pièce, qui avait une pile de *Harry Potter* gondolés dans un coin, une seule prise de courant (qu'on se disputait avec acharnement pour nos Nintendo), et un lavabo qu'on n'avait pas le droit d'utiliser, sous peine de mort, pour des raisons que j'avais oubliées depuis longtemps. L'aérodrome se trouvait juste en face de la maison (*Dolly* étant soit alignée sur la piste, prête à partir, soit en train de dormir dans son hangar) et, au-delà, c'était la pointe de la Grande-Bretagne, la mer et le Grand Nord. Un cumulus gris filait dans le ciel à toute allure, surmonté d'un petit cirrus blanc très rapide. Ce serait une belle journée pour voler, me surpris-je à penser. Bien. Bien. Juste un vol. Juste un voyage à bord de *Dolly*. Pas de quoi s'inquiéter.

Je me détournai avant de regarder trop fixement le hangar, puis sortis mes quelques vêtements de ma valise (des pulls, surtout : le printemps était une saison plutôt agréable dans le Sud, mais totalement imprévisible ici, où l'on pouvait aussi bien voir des milliers de jonquilles dans la lumière aveuglante du soleil que subir une tempête de grêle) et allai les ranger dans mon armoire. Il était là, suspendu.

— Papi !

Ce fut plus fort que moi. J'entendis Peigi s'offusquer au rez-de-chaussée, mais je frappai et entrai dans la chambre de mon grand-père. Puis je baissai la voix : il y avait une forme sous le vieil édredon et un exemplaire du *Racing Post* sur la table de chevet. Je reculai.

— Morag ? C'est toi ? grogna la voix familière.

— Désolée ! murmurai-je. Je venais à propos de mon...

C'était un uniforme que ma mère m'avait confectionné quand j'avais commencé à effectuer mes heures de pilotage avec papi, à l'âge de dix-sept ans. Je craignais de ne plus pouvoir rentrer dedans, mais c'était gentil de sa part d'y avoir pensé.

— Oui, oui. N'entre pas, ma chérie : si je te refile ma grippe, on finira tous à l'hôpital, et ça ne serait bon pour personne.

— D'accord, répondis-je en reculant.

— Mais tu pourras glisser ton plan de vol sous la porte, demain matin.

Il ne pouvait pas être si mal en point, s'il fallait toujours que je trace des vecteurs sur un itinéraire qu'il avait emprunté des milliards de fois.

— Entendu.

CHAPITRE 6

Mes parents et Jamie devaient venir passer quelques jours avec nous. En attendant qu'ils arrivent pour le dîner (un *fish and chips* sur le port, espérais-je, et non le ragoût grisâtre et trop liquide de Peigi), je me rendis au hangar. Un cadenas pendait à la porte, mais allez savoir où était la clé ; personne ne l'avait vue depuis des années. L'aérodrome de Carso était principalement utilisé par des appareils militaires et des avions de transport à destination des plateformes pétrolières, qui disposaient de hangars bien plus grands et sophistiqués que le nôtre. Papi devait penser qu'on figurerait tout en bas de la liste si quelqu'un comptait cambrioler un aérodrome.

Je tirai les énormes portes, qui s'ouvrirent avec un bruit de ferraille satisfaisant.

Et *Dolly* apparut, là, devant moi ! Un Twin Otter, l'un des meilleurs avions, des plus fiables, jamais construits. Ces appareils simples, épurés, évidents, étaient indestructibles. Après avoir piloté pendant si longtemps des A320, ça me fit tout drôle d'en voir un, comme si je passais d'un poids lourd à une Mini. Il était si petit ! Ses minuscules jambes arrière, écartées sur les côtés, évoquaient celles d'un enfant allongé en train de lire ; ses pneus n'étaient pas plus grands que ceux d'une voiture, quoique bien plus résistants.

L'intérieur de ses deux portes était équipé d'un petit escalier – on pouvait entrer par l'avant ou par l'arrière, la classe. Une fois à bord, à moins d'être vraiment très petit, on ne tenait pas debout. On trouvait six rangées de trois sièges : deux d'un côté de l'allée centrale, un de l'autre. Pour rejoindre le cockpit, le pilote devait se faufiler à travers les jambes des passagers, ce qui manquait un peu de dignité. Je souris en me remémorant mon grand-père en train de m'installer dedans.

Le jour de mon premier vol en solitaire, il ne m'avait pas prévenue qu'il ne m'accompagnerait pas. Nous avions suivi la procédure habituelle : examiné l'appareil, déposé le plan de vol, vérifié que le couvercle du réservoir de carburant était bien fermé, parlé à la tour de contrôle, puis, à la dernière minute, il m'avait poussée en avant en murmurant :

— C'est le grand jour.

— Quoi ?

— Tu es prête. Vas-y. Survole deux fois Inchborn, frôle les mouettes et viens reposer *Dolly* ici. On se revoit dans trente minutes.

Il n'avait pas voulu que je panique, que l'appréhension m'empêche de dormir. Il avait voulu me rappeler que j'étais compétente, que tout se passerait bien. Il n'avait même pas jeté un coup d'œil quand j'étais montée dans le cockpit seule, âgée de dix-neuf ans, repassant les check-lists dans ma tête, encore et encore, vérifiant et revérifiant tout, jusqu'à ce que la tour de contrôle me donne l'autorisation de rouler...

Cette sensation. La piste (d'une longueur rassurante, bien que le Twin Otter soit un appareil à décollage court – seul un Hawker Siddeley Harrier pouvait se contenter d'une piste encore plus courte) s'étirait à perte de vue, jusqu'à ce que les lignes parallèles donnent l'impression de se rejoindre, floues dans le lointain. J'avais effectué les vérifications pré-vol, tout était en place. Quand j'avais démarré le moteur, les hélices s'étaient mises à tourner avec un ronronnement familier. Ne pas avoir papi à mes côtés, pour la première fois, était étrange. D'habitude, il restait tranquillement assis dans le siège du copilote, des heures durant, sans rien dire, sans toucher la manette des gaz. Il attendait patiemment pendant les décollages et les atterrissages, remplissait les plans de vol, comptabilisait mes heures, heureux de parler de la structure des nuages, de la vitesse du vent, des courants contraires, de la vitesse relative, de l'entretien du moteur et de l'appareil dans ses moindres détails.

Mais nous parlions aussi d'autres choses : du ciel, qui n'était jamais immobile, mais dansait, bougeait, en fonction du vent, les nuages s'accumulant pour envelopper le monde ; du mauvais temps, qu'on voyait arriver à des kilomètres et qu'on pouvait facilement contourner ou survoler ; du firmament à l'aube, qu'on voyait passer du noir au marine au bleu clair, puis se couvrir de grands châteaux gris et blancs ; de la mer, ornée de crêtes blanches, ou lisse et pâle, telle la lointaine Caraïbe bordée de longues plages dorées.

En se rapprochant de l'archipel, on voit clairement que ces îles minuscules, toutes alignées, pareilles aux breloques d'un bracelet, sont en réalité une chaîne de montagnes apparue à la surface de l'eau il y a des millions d'années, une simple ligne entre la terre et la mer, à laquelle nous nous agrippons tous. Les balises radar, qui nous guident en nous fournissant la carte du ciel, tendent à suivre le modèle des phares, car c'est ainsi que les premiers pilotes se déplaçaient : de phare en phare. Il avait donc paru logique de continuer à procéder de la même manière à l'arrivée de la haute technologie.

Mais au moment où tout bascule, où l'on sent l'avion trembler, désireux de s'envoler et de rejoindre le ciel, puis se soulever, brisant les chaînes de la gravité, on a l'impression que le monde se transforme autour de nous, qu'il passe de deux dimensions (nous, sur terre, toujours à la même distance du sol, en train d'avancer le long d'une ligne) à trois ou plus, à mesure que l'appareil s'élève librement dans les airs, son élément – et le mien aussi, me dis-je parfois. Les marins se languissent de la mer ; moi, je ne peux pas voir un nuage sans avoir envie de l'examiner.

Le sentiment que j'éprouvai ce premier jour – de puissance, de maîtrise, tout se passant à merveille – eut un effet étrange sur moi. Et sans le poids de mon grand-père, piloter *Dolly* me parut complètement différent. Ma timidité, la nervosité que je ressentais tous les jours au sol, l'habitude que j'avais de me cacher derrière mes cheveux frisés et d'ignorer les moqueries, parce que j'étais une matheuse, une première de la classe, ou qu'on pensait que j'étais imbue de ma personne car mon grand-père possédait un avion… rien de tout cela n'avait plus d'importance. Seul importait de parler au contrôle aérien, de vérifier mon radar, ma vitesse et mon altitude. Il n'y avait pas de place pour autre chose dans mon esprit. Des années plus tard, j'ai entendu parler de l'état de « flow » – quand on est tellement absorbé par ce qu'on fait que le reste du monde n'existe plus. Les musiciens, les artistes, le ressentent, et je le ressentis, moi aussi, ce jour-là. Je ne faisais plus qu'un avec mon avion : nous étions dans notre élément.

On a moins ce sentiment dans les plus gros appareils, à commandes de vol électriques, car on sait que l'ordinateur – les très nombreux ordinateurs – anticipe nos moindres mouvements. Mais c'est toujours là. Le cœur qui bat pendant la montée, la concentration totale.

Je n'avais pas perdu ça. Je ne pouvais pas le perdre. Certainement pas.

CHAPITRE 7

Le dîner fut parfait : un *fish and chips* comme à la maison – savoureux, imbibé de vinaigre, chaud dans mes mains – acheté au restaurant du port. Comme toujours, ma mère me taquina sur ma vie amoureuse, et je finis par leur avouer du bout des lèvres que j'avais rencontré quelqu'un. Cela m'évitait de penser à mon vol du lendemain. Mes parents me mitraillèrent de questions, ravis. Jamie, lui, n'arrêtait pas de lever les yeux au ciel, agacé. Il faut dire que c'était une nouveauté : la vie amoureuse riche et mouvementée de son magnifique fils bisexuel désarçonnait tant ma mère qu'elle n'osait plus l'interroger à ce sujet, mais, avec moi, en général, c'était le calme plat. Une certaine déception se lut sur son visage lorsqu'elle découvrit que Hayden était anglais, puis elle se renseigna sur mon nouveau travail, un sourire brave aux lèvres (j'insistai sur le fait que j'effectuerais de nombreux vols internationaux et qu'ils auraient droit à des billets gratuits). Mais nous passâmes une soirée agréable, tous les quatre. Mon père monta voir papi dans sa chambre et lui apporta même un *fish and chips* : on pouvait donc supposer qu'il était en voie de guérison. Peigi, elle, nous tournait autour, vexée, faisant remarquer qu'un ragoût mijotait sur la cuisinière (tous les plats qu'elle préparait ressemblaient de près ou de loin à un ragoût, mais cela ne paraissait pas déranger mon grand-père).

Malgré tout, je dormis mal dans ma vieille chambre à l'étage, où les dessins d'oiseaux de Jamie ornaient toujours les murs. Hayden avait atterri à Dubaï et m'envoyait des photos des immeubles les plus laids qu'il voyait, pour m'amuser. Je trouvais cela rassurant : il m'envoyait tout. Il voulait que je participe à sa prise de décision pour… Bon. Il avait envie de construire un avenir, me semblait-il. Et ma tâche ici consistait à m'assurer que je pouvais en faire partie.

Papi n'était toujours pas sur pied quand il fut enfin une heure acceptable pour se lever – environ 6 heures. Skellington me hurla dessus, comme s'il ne m'avait jamais vue de sa vie et qu'il me prenait pour une cambrioleuse, puis, quand je le fis sortir, il me lança un regard offensé, comme si je le privais de son droit immuable à faire pipi dans un coin de la cuisine.

C'était une belle journée pour voler : fraîche et ensoleillée, avec de légers vents d'ouest, mais rien d'inquiétant. Tout se passerait bien, me dis-je. Bien.

Je me servis du porridge salé que Peigi avait préparé, me sentant un peu mieux. Je n'en mangeais jamais dans le Sud : ça me semblait incongru. Ici, avec le lait crémeux, épais, des vaches nourries à la bonne herbe verte, bien grasse, sans cesse arrosée par la pluie, ça me paraissait parfait.

Puis je regardai mon bol. Et cela me coupa toute envie.

J'attrapai le plan de vol avec un soupir. De Carso à Cairn, la plus grande île de l'archipel, sur laquelle on trouvait une agglomération avec une école primaire ; on faisait l'impasse sur Larbh aujourd'hui, puis – hum, c'était inhabituel – on s'arrêtait à Inchborn.

Larbh-Inchborn est le vol régulier le plus court au monde, mais vous seriez étonnés du nombre de gens qui viennent exprès pour l'effectuer. Je me rappelle que, quand j'étais petite, de nombreux messieurs – c'était toujours des hommes, allez savoir pourquoi – venaient ici, annonçant qu'ils avaient déjà effectué le vol le plus long au monde (New York-Johannesburg à l'époque, Londres-Perth aujourd'hui) et qu'ils souhaitaient maintenant faire le plus court. J'imagine que c'est plus facile qu'escalader l'Everest, comme hobby.

Mais débarquer ne les intéressait pas beaucoup, et c'était bien dommage, parce qu'ils rataient quelque chose. On trouve dans les îles de l'archipel certains des plus anciens lieux de peuplement d'Europe. Il y a des milliers d'années, les occupants de ces abris souterrains, creusés dans la terre et tapissés de pierres, qui se nourrissaient d'algues et de viande de phoque et se racontaient des histoires autour du feu, à l'abri des tempêtes, avaient sans doute l'un des meilleurs niveaux de vie au monde. Des gens ont habité ces villages pendant des centaines et des centaines d'années. Ils devaient vivre relativement en paix et en sécurité. Ils avaient le loisir de se fabriquer des bijoux, de magnifiques sculptures en os. Ils vivaient comme des rois.

Inchborn abrite également les vestiges d'une ancienne abbaye, la plus septentrionale d'Écosse, à l'état de ruine, mais étonnamment bien préservée. L'été, l'île grouille de monde : un bateau s'y rend chaque jour. Outre l'abbaye, on y trouve des ouvrages défensifs de la seconde guerre mondiale, dont un tunnel qui s'enfonce dans la colline et qu'on peut parcourir de bout en bout : les enfants l'adorent. L'île est constituée de deux collines reliées par une langue de terre bordée de deux plages dorées. L'abbaye, perchée sur la partie nord, est toujours très ensoleillée, mais c'est peut-être une impression, car, chaque fois que je la survolais, je remarquais quand un rayon de soleil isolé venait frapper son vieux clocher. Le spectacle est d'une beauté saisissante.

Inchborn est aussi une réserve ornithologique, et je sais que des gens y vivent toute l'année pour s'en occuper. Je ne peux imaginer travail plus solitaire, mais on doit voir tout un éventail d'oiseaux : des macareux peinant à avancer sur les rochers, d'énormes goélands railleurs, des fous de Bassan, bien sûr, et même des crécerelles. On s'y sent plus isolé que dans la station spatiale internationale ; il n'y a même plus de phare habité. L'Antarctique offre plus de distractions que ce minuscule point au bout du monde.

Tous les six mois, mon grand-père transporte les gardiens d'Inchborn. Des hommes, pour la plupart, parfois des couples, habitués à ce genre de vie, bien que certains reviennent en se jetant des regards glacials, ce qui ne me surprend pas vraiment. Ils doivent vite se taper sur les nerfs, surtout en hiver, quand les touristes se raréfient et qu'il ne reste que quelques ornithologues acharnés. Et comme personne ne peut passer la nuit sur l'île, les gardiens ne profitent guère de la compagnie de ces derniers – même si ça leur est bénéfique, puisqu'ils sont là pour travailler et ont besoin de paix et de tranquillité. À la fin de leur mission, lorsqu'ils retournent sur l'île principale, Carso leur apparaît en comparaison comme une métropole animée, avec ses cafés, ses rues pavées et son éclairage public.

Ce n'était pas une journée très chargée, selon mes critères – quand je volais dans le reste de l'Europe, je pouvais facilement me poser dans quatre pays différents en une seule journée. Mais je n'étais que copilote ici, me rappelai-je. Erno gérerait tout. Je n'aurais qu'à remplir le journal de bord et effectuer les vérifications, ce que j'avais déjà fait un million de fois, dans un avion que je connaissais mieux que ma Fiat 500. Tout se passerait bien. Très bien.

Il était encore beaucoup trop tôt, et je décidai de marcher jusqu'à l'aérodrome. Le soleil avait beau être levé, il faisait frais, mais j'aimais sentir le vent froid sur mon visage. Je passais trop de temps dans des espaces climatisés, pressurisés, où la température restait toujours la même, qu'on soit à l'intérieur ou à l'extérieur ; où tout était blanc, vitré, où qu'on se trouve dans le monde ; et où le ronronnement des machines qui nettoyaient le sol sans relâche pour effacer les traces de pas de millions de passagers constituait le fond sonore, pas les cris des mouettes. Je marchai d'un pas vif, en partie pour tenter d'oublier mes peurs et mes inquiétudes, en partie pour éviter tous ceux en ville qui savaient que j'étais la petite-fille de Murdo (c'est-à-dire tout le monde) et qui seraient très curieux de savoir pourquoi je portais mon uniforme.

La ville était paisible à cette heure-ci, de toute façon : seule la boulangerie aux murs blanchis à la chaux était ouverte, l'odeur des *pan loaves* fraîchement sortis du four embaumant l'air. Il est difficile d'expliquer ce qu'est un *pan loaf*, si vous n'en avez jamais vu. Imaginez un pain de mie entouré d'une croûte dure et salée, et qui, coupé en tranches et toasté, est délicieux recouvert d'un beurre fondant, crémeux et salé... Cela me donna presque faim, mais je me rappelai avec un haut-le-cœur la raison de ma présence ici. L'appétit coupé, je repris ma route, passant devant la coopérative, puis le minuscule marchand de journaux qui avait l'habitude de commander chaque mois deux exemplaires de *Pilot Magazine* pour que papi et moi puissions le lire et en discuter avant d'en envoyer un à papa.

Seuls quelques cirrus et cirrostratus flottaient dans le ciel. Partout ailleurs, ç'aurait été une journée splendide. Enfin, ici aussi, à condition de porter des vêtements thermiques. En poursuivant mon chemin sur la route pavée, je longeai le vieux collège de pierre grise dont nous avions intégré la chorale, Nalitha et moi, parce que nous étions folles amoureuses de Connall Alton. Ça n'avait servi à rien, puisque Connall Alton aimait Patricia Murphy – ou, plutôt, il aimait la voiture que ses parents lui avaient offerte pour ses dix-sept ans. Recevoir une voiture en cadeau me paraissait inimaginable. D'un autre côté, mes parents m'avaient offert encore mieux de mes seize à mes vingt ans :

des leçons de vol, pour lesquelles ils économisaient soigneusement et qu'ils me donnaient, le regard plein d'espoir et d'amour.

Je bifurquai, puis me dirigeai d'un pas lourd vers le petit aérodrome. En réalité, c'était une simple cabane de tôle, que la Civil Aviation Authority essayait de promouvoir comme « l'Aéroport des Highlands et des îles écossaises ! », « le Vrai Nord ! », pour attirer les touristes, comme cela avait été fait dans le nord du pays avec l'invention de la North Coast 500[1]. Ça n'avait pas vraiment pris : la boutique de souvenirs vendait du whisky, mais il fallait dissuader les passagers d'ouvrir leur bouteille quand ils voyaient la taille des avions dans lesquels ils étaient censés monter.

Lorsqu'elle m'aperçut, Nalitha sortit, secouant la tête en me voyant en uniforme.

— Reviens pour de bon, lança-t-elle, en colère, comme toujours. Tu n'es jamais là.

— Parce que mon boulot consiste à m'envoler. Vers des endroits qui ne sont pas ici, tu vois ?

— Ouais, ouais, c'est ça. Quel ennui...

— Et je t'emmènerai gratuitement à Dubaï.

Elle me serra la main, puis me regarda, sourcils froncés.

— Tu as les cheveux très lisses.

Nalitha est la seule autorisée à avoir une chevelure brune lisse et brillante, tel un miroir : c'est la règle.

---

[1]. La North Coast 500 est un itinéraire touristique inventé en 2015, qui forme une boucle de 500 miles (830 kilomètres) depuis le château d'Inverness en longeant la côte nord-ouest de l'Écosse. (N.d.T.)

— Tu parles.
— Et tu es trop mince.
— *Toi*, tu es trop mince !
— Je suis une grosse dondon.

Une fois ces amabilités de lycéennes échangées, je jetai un coup d'œil à la petite file d'attente dans le hangar, et lui glissai :

— Je ne suis pas sûre d'être capable de faire décoller cet avion.

— Argh, répondit-elle. Bon, je vais voir les passagers.
— Où est Erno ?
— Endormi, dans sa voiture.
— Bien.

Je ne débordais pas de confiance, mais le fait que mon commandant de bord dorme encore n'était pas une mauvaise chose, en l'occurrence. Manifestement, il n'appréhendait pas de voler avec moi. Je serais la seule à bord à manquer de sommeil. C'était réconfortant. Même si Erno était un gros dormeur. Nalitha regagna le comptoir d'enregistrement.

Un homme grand, brun, avec une barbe naissante, était en train de s'enregistrer, l'air exaspéré. Nalitha lui adressa un sourire que je connaissais bien et qui signifiait : « Je suis aimable maintenant, mais, tout à l'heure, j'enfoncerai des aiguilles dans une poupée vaudoue à votre effigie. » Il gesticulait en montrant sa montagne de bagages.

— Qui était-ce ? lui demandai-je alors que nous nous dirigions vers l'avion.

— Un con. Qui croit que c'est la première fois que je charge un microscope dans un avion.

Je ricanai. Se mettre Nalitha à dos est rarement une bonne idée.

— C'est peut-être lui qu'on dépose à Inchborn.

— Possible, oui, répondit-elle après réflexion. Mais pourquoi il ne peut pas prendre le ferry, comme tout le monde ?

Je répondis d'un haussement d'épaules.

— Fraser McLintock rentre, cela dit. On passe le prendre. C'est logique, j'imagine.

— Oh, bon sang ! m'exclamai-je. Je n'avais pas pensé à lui depuis des années !

— Tu seras ravie d'apprendre que passer régulièrement six mois totalement seul sur une île déserte, en plein hiver, ne l'a pas changé du tout.

Je souris à l'évocation de ce souvenir. Fraser était un homme gentil, solitaire, qui s'intéressait beaucoup plus aux oiseaux, aux rochers, à la terre, aux livres – à presque tout, en réalité – qu'aux gens. Il avait été le dernier moine d'Inchborn, disait la rumeur, et je voulais bien y croire : il était grand, maigre, sans âge. Impossible de l'imaginer jeune. Il n'avait qu'une chose en horreur, tout le monde le savait : l'eau. Il effectuait toujours les allers-retours en avion.

— Tu crois que les gens qui se comportent comme des cons à l'aéroport se comportent pareil dans la vie ? m'interrogea Nalitha pour la énième fois, tandis que le grand monsieur hissait lui-même ses valises dans le minuscule trou qui servait de tapis à bagages. Ou tu crois qu'ils rentrent chez eux et qu'ils embrassent leurs enfants pour leur souhaiter bonne nuit, tout ça ?

— Je pense que les voyages rendent les gens anxieux, répondis-je en haussant les épaules.

— Mais pourquoi ça les rend cons ?

— Ce ne sont pas tous des cons, la repris-je d'un air désapprobateur. La plupart d'entre eux sont gentils. Certains deviennent juste un peu nerveux et perdent leur carte d'embarquement.

— Il y a quarante mètres entre le comptoir d'enregistrement et l'avion.

— Je sais. Je dis ça comme ça. Mais bon, tu as un poste au contact des clients, ajoutai-je, m'excusant presque.

— Ouais. Au contact des clients, pas des cons. Je devrais bénéficier d'une exemption pour les cons. Pour raisons médicales.

— Lesquelles ?

— Ils me cassent les pieds.

Ce monsieur, à présent assis dans la zone « rafraîchissements » de l'aéroport (à savoir, le côté de l'abri en tôle le moins exposé aux courants d'air, équipé d'une infecte machine à café), releva les yeux, comme s'il avait tout entendu, et je détournai vite le regard : notre conversation manquait de professionnalisme. N'empêche, voir Nalitha me faisait du bien. Elle me remontait le moral.

— Chut, murmurai-je.

Elle ne me demanda même pas si j'allais m'en sortir. C'est dire si elle avait confiance en moi.

Je restai dehors. Erno était levé : il inspectait l'extérieur de l'appareil, comme je venais de le faire. Il sourit en me voyant.

— Salut, ma belle ! J'ai entendu dire que tu avais été très courageuse.
— Je n'ai rien fait.
Il haussa les épaules.
— Tu n'as rien fait, mais tu l'as fait comme il fallait, non ?
— Je suis autorisée à voler, si c'est ce que tu veux savoir.
— Tu veux piloter, aujourd'hui ?
— Non ! répondis-je, trop vite.
Il me jeta un bref regard.
— Enfin, ça va, bafouillai-je. C'est juste que ça fait un petit moment.
— Hmm-hmm, fit-il, l'air inquiet. Donc, tu veux que je pilote tout du long ?

Je le regardai. Comme toujours, même en uniforme, il ressemblait à un lit défait. Il était en si mauvaise forme pour un pilote qu'il devait passer une visite médicale tous les six mois. Il détestait piloter. Il restait avec nous uniquement parce que papi aimait tant voler qu'il ne le laissait presque jamais prendre les commandes, ce qui lui convenait parfaitement. Il appréciait aussi les vols courts – le plus court étant le mieux. Il était simplement très fainéant.

— Je ne t'ai jamais vu piloter, lançai-je en souriant pour bien montrer que je plaisantais.
— Parce que piloter, c'est barbant, répliqua-t-il avec une moue. Comparé à la télé.

Je n'avais jamais vu d'émissions télévisées comparables au moment où l'on perce les nuages à l'aube sur un vol matinal, mais je m'abstins de répondre.

Nalitha sortit alors du terminal, les bras chargés de sacs. Elle en faisait des tonnes, pour nous montrer que nous devions sur-le-champ venir en aide au petit être fragile qu'elle était.

— Qu'est-ce que c'est, bon sang ? demandai-je en attrapant un bateau pirate en carton mal empaqueté. Un canot de sauvetage, au cas où les choses tourneraient mal ?

— C'est à la troupe de théâtre ! répondit-elle en jetant un coup d'œil vers l'aérogare.

Je la regardai, perplexe. Je ne voyais pas de quoi elle parlait.

— Ils font une tournée dans les îles : ils vont jouer dans les petites salles communales.

— Hmm.

Effectivement, comme je terminais les vérifications pré-vol, la porte entrouverte pour pouvoir discuter avec Nalitha, je les entendis avant de les voir. L'embarquement venait de commencer, et Nalitha installait les passagers. Elle nous accompagnait pour enregistrer Fraser à Inchborn ainsi que les personnes qu'on passerait prendre à Larbh, qui semblait de nouveau figurer sur notre plan de vol. Je regardai le ciel. La couverture nuageuse s'épaississait, mais rien de bien sérieux. Je sentis une boule se former dans mon ventre. Non. Ne sois pas bête. On ne me demandait même pas de piloter.

Et si je n'en étais plus capable ? songeai-je. Si c'était fini pour moi ?

Je pris place dans le cockpit, m'asseyant sur le siège de droite, déposai le plan de vol, puis entrepris les vérifications du poste de pilotage pour me calmer.

L'avion se remplissait des passagers typiques de cette période de l'année : des ornithologues, leurs jumelles bien serrées dans les mains ; quelques touristes qui, voyant la pluie froide fouetter les hublots, tripotaient leur blouson The North Face tout neuf, l'air de regretter d'avoir choisi le nord de l'Écosse comme destination ; et des gens du coin, qui considéraient *Dolly* comme un bus scolaire et se mettaient à genoux sur les sièges pour discuter avec leurs amis et voisins, éparpillaient leurs sacs de courses partout et, à l'occasion (mais pas aujourd'hui), essayaient de transporter leurs bêtes en les faisant passer pour des poules de soutien émotionnel, par exemple. Sans vouloir vous embrouiller avec des connaissances aéronautiques très pointues, je dirais que, moins il y a de poules vivantes en train de caqueter dans un avion, mieux on se porte, en général.

Je compris de qui parlait Nalitha en entendant un petit groupe approcher, mené par un homme barbu, à la voix forte et bien articulée. Il passa une tête à l'intérieur de l'appareil.

— Ça alors ! Regardez-moi cet *adorable* mini-avion, dans lequel nous allons tous mourir dans une boule de feu... C'est un vrai ? demanda-t-il, sourcils froncés. Je me demande qui apparaîtra en premier dans la nécrologie. Sûrement toi, Netflix Boy.

Derrière lui, un très beau jeune homme aux traits fins et délicats sourit mollement. Il donnait l'impression d'être en train de mourir de la tuberculose en 1834, mais il me disait quelque chose. Une jeune femme noire d'une beauté incroyable, avec de longues tresses épaisses, les accompagnait. Toujours sur le tarmac, elle levait les yeux au ciel.

— Hors de question que je monte là-dedans, décréta-t-elle avec un accent du Nord prononcé, refusant d'avancer.

Je jetai un coup d'œil à Nalitha. Certaines personnes, habituées aux terminaux modernes blancs et propres et aux gros-porteurs (comme ceux d'EasyJet, qui reliaient les villes du monde entier), perdaient leurs moyens devant les petits avions à hélices de seize places, surtout les jours bien nuageux, tel que celui-ci était maintenant en passe de devenir.

Nalitha les gérait de différentes façons : elle pouvait les charrier (« un grand costaud comme vous ? »), les réconforter ou les aider à comprendre, les vieilles dames, en particulier, qu'elles étaient en sécurité et que la partie de leur voyage la plus dangereuse d'un point de vue statistique (le trajet en voiture jusqu'à l'aéroport) était passée.

La jeune femme restait plantée là.

— Tu ne m'avais pas dit que ce serait une minuscule boîte de conserve !

— Qu'est-ce que tu croyais ? Qu'il y avait une liaison quotidienne par 747 ? répondit le barbu de sa voix forte.

Il semblait penser que les autres passagers étaient ravis de l'entendre. Je jetai un coup d'œil à ma montre, inquiète à l'idée de rater notre créneau horaire. Puis je me rendis compte que ce genre de considérations importaient à l'aéroport de Gatwick, mais ici, beaucoup moins.

— Je pensais qu'on prenait un *avion*, pas un *sèche-cheveux*.

La jeune femme souriait, mais paraissait inflexible.

— Non, non. Hors de question.

— Allez, l'encouragea le barbu d'une voix retentissante. Ils font ce trajet tous les jours, n'est-ce pas ?

Nalitha hocha jovialement la tête.

— Eh bien, ils ont peut-être des pulsions suicidaires, mais pas moi, rétorqua la jeune femme en se tournant pour regagner l'aérogare.

Papi avait parfois droit à des récalcitrants, lui aussi, mais il s'agissait surtout de passagers qui avaient peur pendant le vol, quand on rencontrait des turbulences, et Nalitha était très douée pour les calmer. Elle adoptait une approche pragmatique, comme une bonne élève – la meilleure manière de procéder, avait-elle appris à la longue. Si elle se montrait trop indulgente, les gens pensaient avoir raison et qu'il y avait quelque chose à craindre. Si elle était trop stricte, eh bien, c'était la crise de nerfs.

Elle prenait donc une voix extrêmement enjouée d'écolière bourgeoise, qui n'était pas du tout sa voix habituelle. Cela avait un effet secondaire malencontreux : les hommes qui avaient été pensionnaires tombaient aussitôt amoureux d'elle, ce qu'elle balayait d'un revers de la main avec un charme rieur qui ne faisait qu'aggraver la situation. Il y avait un excédent d'hommes dans les îles, qui offraient de nombreux emplois dans l'agriculture, la foresterie, l'élevage, la pêche, le pétrole, le gaz, l'éolien et le transport maritime. Et le transport aérien. J'étais une exception, bien sûr. Nalitha était donc habituée aux déclarations d'amour, qu'elle acceptait sans sourciller, sachant que le bel Asif l'attendait dans leur jolie maison de Carso, où il s'occupait de leur adorable enfant de deux ans, tout en réussissant à conserver un emploi bien rémunéré dans l'informatique, qu'il pouvait exercer à domicile.

J'effectuais mes dernières vérifications, dans l'espoir que cela me calmerait les nerfs (même si la jeune femme sur le tarmac paraissait toujours aussi inflexible, alors qu'elle n'avait pas le droit de rester là), quand une tête apparut à la porte du cockpit.

— Bonjour ! lança l'homme barbu d'une voix tonitruante. TIENS DONC, une FEMME pilote ! Merveilleux.

Je n'ai pas rencontré beaucoup de comédiens, j'ignore donc s'ils sont tous aussi exubérants. Je suis sûre que non. Quoi qu'il en soit, celui-ci l'était. Très.

— Pouvez-vous reculer, monsieur, s'il vous plaît ? demandai-je aussitôt.

Le détournement d'un petit avion touristique à destination des îles me semblait peu crédible, mais j'étais formée à parer à toute éventualité.

— Reculez, s'il vous plaît. Immédiatement.

Erno releva la tête, moins troublé que moi, mais l'air sans doute plus persuasif.

— Ouais, reculez, mon vieux.

Le barbu se décomposa.

— Désolé ! Désolé ! Je suis SINCÈREMENT DÉSOLÉ ! Je vous promets que je ne suis pas un terroriste !

— Qu'est-ce que vous venez de dire ?

— Non, non, je ne l'ai pas fait exprès ! Il ne faut pas prononcer le mot en « t ». Je suis désolé, vraiment désolé.

Il recula, agitant ses mains immenses. Il était devenu rose vif, mais avait déjà le teint un rien rougeaud.

— Bon sang, Leopold, soupira l'élégant jeune homme derrière lui. On va tous se faire virer.

Je jetai un coup d'œil dans mon rétroviseur pour regarder dans la cabine. Normalement, sur un vol quotidien, en cas de retard, les autres passagers auraient râlé et levé les yeux au ciel, scandalisés. Mais ici, dans l'ensemble, les gens étaient surtout contents que leur vol n'ait pas été annulé à cause du mauvais temps et ne se plaignaient donc pas.

— Je voulais juste vous demander si vous pouviez parler à ma jeune camarade, dit-il après s'être éloigné de quelques dizaines de centimètres, d'une voix qui portait parfaitement bien, même dans la cabine bruyante. Elle a peur de prendre l'avion.

— Je n'ai pas peur de prendre l'avion ! répondit une voix qui portait bien, elle aussi, depuis le tarmac. Parce que je ne vais nulle part !

— Comme vous le voyez, nous sommes une troupe de comédiens itinérants très nerveux, mais prêts à divertir les merveilleux habitants de vos îles !

Je fronçai les sourcils. Nous n'étions pas un genre de sous-espèce pittoresque.

— Pardon ?

— Nous sommes des comédiens en tournée ! Nous venons jouer aux confins de la civilisation, pour votre plus grand plaisir.

Je fronçai à nouveau les sourcils. J'avais le droit de dire cela de l'archipel, pas lui.

— Non pas que vous ne soyez pas à la pointe de la technologie, bien sûr !

Je lui jetai un regard, auquel il répondit par un large sourire.

La jeune femme sur le tarmac semblait clouée au sol, résolue, et notre heure de départ approchait à grands pas. Je regardai Erno, qui haussa les épaules.

— Tu devrais y aller, sifflai-je.

— Je devrais. Mais je m'en moque.

Agacée, je me levai pour me diriger vers la porte, me faufilant devant Nalitha avec un sourire.

— Soulève-la et ramène-la sur ton dos, si c'est nécessaire, me souffla-t-elle sans cesser de sourire aux autres passagers. Si je ne rentre pas à temps pour la séance de Gymboree[1] avec mon bébé, je la plante.

— Tu ne planteras personne, répondis-je du coin des lèvres. Personne.

— Je lui casserai les deux bras, alors. Oh, *bonjour*, salua-t-elle d'une voix totalement différente l'un de nos habitués qui montait à bord avec son équipement de plongée dans un grand sac. Contente de te voir, Georgie ! Comment vas-tu ?

Georgie répondit par un grognement. Les plongeurs sur épave étaient nombreux dans les îles. Des milliers de bateaux s'y étaient abîmés, entre les guerres, les explorateurs partis à la recherche du passage du Nord-Ouest et les Vikings. Ces passionnés bravaient les eaux glaciales pour aller les observer – j'en aurais été incapable : je tremblais rien qu'à l'idée de m'immerger dans cette mer noire et gelée. Sur l'un des plus petits îlots, près de la baie de Scapa Flow, où reposaient des navires sabordés par les Allemands, la légende disait qu'à la nuit tombée, on entendait encore, vaguement, au large, les tapotements ténus d'un appel à l'aide en

---

1. Activité d'éveil et de jeu parent-enfant. (N.d.T.)

morse, un SOS désespéré, longtemps après que toute chance de sauvetage eut sombré dans les flots glacés.

Je descendis les marches de l'avion. Le vent balayait la piste.

— Bonjour, dis-je à la jeune femme d'une beauté saisissante.

— Je ne monte pas là-dedans, hors de question, lança-t-elle sans même regarder l'avion, ni moi.

Je souris.

— Je n'en reviens pas que vous manquiez de respect à *Dolly*.

— Qui est *Dolly* ?

— C'est le nom de l'avion, expliquai-je, toute fière, en me tournant vers ma vieille copine.

— On dirait qu'il va tomber en morceaux.

— Il a passé tous ses tests et toutes ses vérifications avec succès, répondis-je avec tendresse, sans mentionner que mon grand-père était l'ingénieur aéronautique en chef, le mécanicien et, plus généralement, l'homme à tout faire. C'est un super petit avion.

— Je ne veux pas d'un super petit avion, je veux un gros-porteur aux lignes pures, ultra sûr. En fait, je ne veux même pas vraiment d'un gros-porteur. Je veux juste rentrer chez moi.

Je changeai d'approche.

— Vous êtes comédienne, c'est ça ?

Elle acquiesça.

— C'est génial. Qu'est-ce que vous allez jouer ?

— *Peter Pan et Wendy*, répondit-elle avec un haussement d'épaules.

— Oh, j'adore *Peter Pan* !

— Ce n'est pas vraiment *Peter Pan* : c'est un genre d'interprétation pour adultes. Mais les enfants peuvent venir... ce n'est pas pour adultes adultes. C'est plutôt chouette.

J'opinai du chef.

— Vous jouez qui ?

— Euh... Wendy.

— Oh ! C'est... enfin, ce serait difficile de jouer sans vous, non ?

— Hmm, fit-elle en haussant les épaules.

— Vous savez, les enfants qui vivent dans les îles... ils ne vont jamais à la fête foraine. Il n'y a pas de théâtre. Les musiciens ne viennent jamais en tournée.

Je forçais un peu le trait, bien sûr. Il y avait des tas de musiciens sur les îles, et tous les enfants savaient jouer d'un instrument ou chanter une chanson, si on leur demandait. Et, à chaque nouveau sondage, les résultats tombaient, toujours les mêmes : les enfants des îles du Nord, élevés au grand air, préservés, étaient de loin les plus heureux du Royaume-Uni.

— Je ne peux pas imaginer ce que ça signifierait pour eux de vous voir jouer, poursuivis-je, luttant pour me faire entendre par-dessus le vent. Ça pourrait changer leur vie. Ce n'est pas pour ça que vous faites du théâtre itinérant ?

— Non. J'en fais parce que j'ai raté l'audition du Théâtral national.

Je souris.

— Il y a plein de petits enfants qui vont vous trouver géniale. Trop cool. Leur vie ne sera plus la même.

— Le spectacle n'est pas si bon.

— Je suis sûre que si ! De toute façon, même s'il est nul, les enfants ne le remarqueront pas, puisqu'ils n'ont pas de point de comparaison. Vous pouvez presque leur faire croire que vous êtes la troupe de la comédie musicale *Wicked*. Ils n'auront jamais rien vu d'aussi impressionnant.

— Pas si je suis au fond de l'océan.

Une bourrasque particulièrement forte souleva ses tresses, les ramenant autour de son visage. Elle fixa l'avion, et je me tournai pour le regarder, moi aussi. Je ne savais pas comment lui dire que je partageais ses craintes. Mais je devais croire que tout se passerait bien, et elle aussi.

— Je sais qu'il ne paie pas de mine, dis-je, autant pour elle que pour moi. Mais il est en parfait état de vol, je vous le promets. Et vous apporterez tant de joie aux insulaires.

Elle me regarda droit dans les yeux.

— Vous me le promettez ?

— Non, répondis-je en souriant. Je ne vous ai pas vue jouer. Et puis, vous savez, l'audition…

— J'étais dans un mauvais jour.

— D'accord.

— J'ai des enfants. Si je devais mourir dans un crash d'avion, ce serait très, très triste.

— C'est vrai, répondis-je gravement. Alors que moi, je n'ai pas procréé : je peux donc mourir dans un accident d'avion.

Elle me fixa une seconde, puis son visage se fendit en un grand sourire.

— Allez, Boona ! cria le barbu du haut de l'escalier. Tu peux le faire !

— Et vous êtes la pilote ? m'interrogea Boona.
— Je suis l'une des pilotes.
— Et vous allez me ramener chez moi, auprès de mes enfants ?
— Est-ce que vous les aimez ?
— Quoi ?! Oui !
— Dans ce cas, d'accord.

Erno semblait mécontent de s'installer dans le siège de gauche au lieu de s'avachir dans son siège habituel de copilote. Il était né dans une famille de pilotes (son père avait volé pour l'armée de l'air finlandaise, puis pour la compagnie russe Aeroflot, sans jamais se crasher, un sacré exploit) et, dès son plus jeune âge, on attendit de lui qu'il suive la voie familiale. Il commença donc à voler pendant son service militaire. Et détesta chaque seconde. Hélas, avec dix sur dix aux deux yeux, des aptitudes pour la mécanique, de très bons réflexes et une coordination main-œil impressionnante, c'était un aviateur-né. Il n'existait aucun appareil qu'il ne puisse piloter. Malheureusement, encore une fois, il ne voulait en piloter aucun.

Mais c'était une chance pour mon grand-père. Erno acceptait de travailler pour MacIntyre Air uniquement parce que notre compagnie assurait la liaison aérienne la plus courte au monde : cela limitait le temps qu'il passait dans les airs. En outre, étant originaire de Finlande, il trouvait le climat des îles écossaises agréablement chaud et sec.

Je jetai un coup d'œil dans la cabine désormais pleine. Boona, assise à côté du barbu qui lui tapotait la main, gardait les yeux fixés au sol. Je lui adressai un sourire, même si elle ne pouvait pas me voir, et entendis un profond soupir quelques sièges plus loin, là où l'homme avec la montagne de bagages était installé, un livre relié sur les genoux. Il avait des sourcils broussailleux, qu'il fronçait, et consultait sa montre en soupirant.

— Vous êtes attendu quelque part ? l'interrogea Nalitha d'une voix qui semblait compatissante, même si je savais d'expérience qu'elle était totalement sarcastique.

Il ne se passait jamais rien qui ne puisse attendre, dans les îles.

— Non… mais est-ce qu'on décolle bientôt ? grommela-t-il, l'air très en colère.

Nalitha me jeta un regard, et cet homme m'agaça aussitôt. Oui, comme lui, des tas de gens n'avaient pas peur de prendre l'avion. La belle affaire ! Mais redouter de monter dans un petit appareil n'était pas signe d'une faiblesse de caractère, si ? Est-ce qu'il ne pouvait pas se mettre deux secondes à la place de quelqu'un d'autre ?

— Heureux de faire votre connaissance, mon vieux, lui cria le barbu depuis l'autre côté de l'allée en se penchant pour lui serrer la main.

Le grincheux le fixa, atterré.

— Qu'est-ce qui vous amène dans notre petite cabine miraculeuse ?

— Elle n'a rien de miraculeux, me hâtai-je de le contredire en regardant Boona. C'est un bel exemple d'ingénierie moderne, qui obéit aux lois de la physique.

De toute façon, le grincheux ne fit pas attention à lui. Il s'apprêtait à passer six mois sans compagnie humaine ; il s'entraînait déjà, semblait-il.

La pluie avait cessé quand la tour de contrôle nous autorisa à partir. Un autre avion attendait à côté de nous, bien plus grand – il assurait la liaison avec Londres trois fois par jour. Je vis Boona lui jeter un regard envieux à travers son hublot. Erno sortit tranquillement sur la piste, bien plus longue que nécessaire, comme si on s'attendait vraiment à ce qu'un Airbus y atterrisse un jour. *Dolly* roula en cahotant, tel un jouet, et j'éprouvai une sensation à la fois étrange et familière, comme lorsqu'on retourne dans son ancienne école et qu'on se souvient de chaque détail tout en s'étonnant que tout soit si petit.

Professionnel, Erno plaça l'avion sur la ligne centrale sans même un regard. J'effectuai les dernières vérifications en écoutant les murmures rassurants du contrôle aérien dans mon oreillette, tandis que Nalitha veillait à ce que tous les passagers aient attaché leur ceinture. Je jetai un coup d'œil dans mon rétroviseur : elle tapotait la main de Boona, tout en lançant des regards assassins au grincheux. Rien d'inhabituel.

Dolly roula de plus en plus vite sur le tarmac parfaitement lisse, et, malgré mes peurs et mes inquiétudes au sujet de l'avenir, je ne pus nier le sentiment d'euphorie, la sensation de légèreté que j'éprouvais chaque fois que les roues quittaient la piste, qu'un véhicule rivé au sol se libérait, se lançait un défi, accomplissait ce que les hommes avaient toujours brûlé, rêvé, de faire – monter droit vers les nuages, tel un oiseau. Un rayon de soleil illumina le hangar en métal que nous laissions derrière nous, le faisant étinceler, et tous mes problèmes, tous mes soucis restèrent sur terre, s'évanouirent. N'existait plus que le ronronnement rassurant du moteur de *Dolly*.

Comme Erno virait sur l'aile gauche à la perfection et que nous nous préparions à mettre le cap sur le nord-nord-ouest (je crus entendre Boona pousser un cri de surprise quand elle ne vit plus que de l'eau dans son hublot), je me remémorai la conversation que j'avais eue la veille au soir avec Hayden. Il était en train de barboter, m'avait-il semblé. J'entendais des femmes à la voix haut perchée derrière lui. J'avais essayé de lui dire ce que je ressentais, à quel point j'étais anxieuse. On est censé pouvoir se confier à la personne avec laquelle on est presque fiancé, non ? La personne qui compte le plus pour nous ? On ne devrait pas avoir de secrets pour elle.

— Ma chérie, m'avait-il dit. Une fois que tu seras là-haut, tout ira bien. Tu t'en fais pour rien. Tu es irréprochable. Tu es autorisée à voler.

Il n'avait pas ajouté : « Ressaisis-toi ! », mais c'était tout comme. J'avais perçu son impatience au bout du fil. Quelqu'un lui avait lancé ce qui devait être un ballon de plage.

Or, ici, je pouvais respirer. Le vrombissement apaisant. Le radar et la carte sous mes doigts. Erno, qui gardait un œil sur le cap, concentré, poursuivant sa route avec assurance, tandis que je traçais notre itinéraire sur une carte papier. Il n'y avait plus de carte papier depuis longtemps dans les gros-porteurs, mais papi ne faisait pas confiance à cent pour cent à l'informatique. Erno me regarda à son tour.

— Est-ce que ça va ?

— Ça va, répondis-je, et c'était vrai.

J'avais appréhendé, la nuit précédente – mais de piloter, pas d'être à bord de *Dolly*. Je me sentais bien, ici. Il fallait vingt minutes pour gagner Inchborn, le premier grain du chapelet d'îles. Ses deux plages dorées scintillaient sous le soleil printanier, qui illuminait les ruines de l'abbaye. Erno fit le tour de l'île pour évaluer le vent. Du côté opposé à celui d'où il soufflait, l'eau s'était retirée très loin, et le sable blond s'étendait sur des kilomètres. Il effectua un dernier tour, descendant de plus en plus, telle une bille dévalant un toboggan en spirale, réduisant les gaz, diminuant notre vitesse pour atterrir en douceur sur le sable.

— C'était de la rigolade, dis-je avec un sourire.

Erno me dévisagea.

— Tu peux te charger du prochain, si tu veux.

— Voyons, tu sais bien que je suis en congé forcé, répondis-je en secouant la tête.

Il acquiesça, l'air de ne pas en croire un mot.

Dehors, Nalitha, qui avait installé les cales, aidait le grincheux à descendre ses bagages – ou, plutôt, elle avait ouvert la soute et le laissait sortir seul ses grosses valises, tout en le regardant, bras croisés. Il s'exécutait de mauvaise grâce.

— Qui est-ce ? demandai-je à Erno, qui leva les yeux au ciel.

Un rosbif, sans doute. Savait-il dans quoi il s'embarquait ? Un printemps, des années plus tôt, avec papi, nous avions récupéré un couple marié qui avait passé l'hiver sur l'île, et la tension était si palpable dans la minuscule cabine – ils s'étaient installés chacun à un bout – que tout le monde était resté muet sur le chemin du retour, au cas où ils sortiraient de leurs gonds. Ce monsieur serait seul, mais sa propre compagnie ne donnait pas l'impression d'être très agréable.

Je repérai la silhouette dégingandée de Fraser McLintock qui longeait la plage, munie d'une seule petite valise. J'aimais beaucoup Fraser quand j'étais petite. Ses liens avec Inchborn remontaient au temps où l'île était encore un lieu de pèlerinage. Enfin, c'était toujours un lieu de pèlerinage, mais pour les gens qui vouaient un culte aux oiseaux. Même s'ils détestaient qu'on dise cela d'eux.

— De rien, lança Nalitha quand le grincheux passa devant elle sans la remercier.

Comme le voulait l'usage, Fraser resta près de la soute pour aider à décharger les provisions de son remplaçant pour les trois prochains mois. Nous pouvions revenir entre-temps, bien sûr, mais ça coûtait cher : les personnes qui venaient passer la journée sur l'île étaient plus susceptibles de lui apporter des denrées.

Le ferry qui amenait les touristes, les ornithologues amateurs et les écoliers était équipé d'un petit bar qui vendait des chips et des barres chocolatées. Si on avait un mot gentil pour le capitaine, on pouvait donc être assez bien approvisionné. Bonne chance si l'on avait envie d'une pizza à emporter, en revanche. C'était un fait : ce monsieur pouvait être aussi grincheux qu'il le voulait sur Inchborn, mais, dans l'archipel dans son ensemble, cette attitude ne le mènerait à rien.

On en voyait beaucoup, des gens qui arrivaient en pensant que l'archipel était un havre de paix et de solitude. Ce qu'il était, dans une certaine mesure. Si l'on ne voulait entendre que le clapotis des vagues et le chant des oiseaux, on était au bon endroit. Il n'y avait pas de sirènes, pas de camion de glaces, pas de rame de métro grondante, pas de boîte de nuit, pas de voiture qui passait, la musique à fond.

Mais il fallait interagir. Sur une île comme Larbh par exemple, où il n'y a pas d'hôpital, les habitants se reposent les uns sur les autres. Quand le temps rend impossible la livraison de marchandises vitales, il arrive qu'on dépende de ses voisins pour pratiquement tout : nourriture, chaleur humaine, conseils. L'échange de compétences est courant dans l'archipel (j'en sais quelque chose : je répare les vélos des autres depuis l'âge de sept ans). C'est une communauté très solidaire. De ce fait, même si la solitude existe, je sais que les gens se sentent bien plus seuls dans les grandes villes. Ici, on connaît ses voisins – ils débarquent avec une brioche écossaise avant qu'on n'ait eu le temps de déballer la vaisselle. Dans mon lotissement, je n'ai jamais rencontré aucun de mes voisins.

Et même sur Inchborn, où ce monsieur resterait seul pendant six mois – enfin, oui et non, supposai-je. Même hors saison, il y avait des visiteurs. Des historiens, des pèlerins, des passionnés d'ornithologie (bien sûr), des groupes scolaires : il devrait les accueillir, répondre à leurs questions, prodiguer les éventuels premiers soins. J'imagine que c'est un peu comme l'Antarctique : un éden pour des individualistes un peu ours qui souhaitent se retirer du monde mais finissent par vivre à l'étroit, les uns sur les autres, pendant des mois. Sauf qu'ici, une fois les touristes repartis, on se retrouve bel et bien seul, nuit après nuit.

Enfin bon, le grincheux avait décroché le poste, les responsables de l'île devaient donc avoir estimé qu'il s'en sortirait. Je savais qu'ils recevaient de nombreuses candidatures. Je regardai sa silhouette longer la plage pour aller démarrer la vieille Land Rover mise à la disposition des différents gardiens de l'île.

Fraser, lui, monta les marches en saluant tout le monde avec entrain. Les autres passagers le saluèrent en retour, avec le même entrain, jusqu'à ce qu'ils remarquent que toute sa personne était imprégnée d'une forte odeur de poisson et d'oiseau. Je suppose que quand on vit seul, au milieu de la faune sauvage, il doit être difficile de remarquer qu'on sent plus mauvais qu'un phoque, mais je peux vous dire que c'était incontestablement le cas de Fraser.

Je regardai Erno, incommodée.

— Tu crois qu'on pourrait ouvrir les fenêtres du cockpit pour le prochain vol ?

Il haussa les épaules.

— Est-ce que tu pourrais piloter, que je fasse une petite sieste ?

— Non ! Erno, c'est un vol d'une demi-heure... Ce n'est quand même pas trop long pour toi, si ?

— C'est beaucoup trop long pour moi.

— C'est littéralement le vol régulier le plus court au monde !

Il soupira, puis nous entreprîmes de nouveau les vérifications.

Ce vol s'avéra trop long pour tout le monde, en réalité. Après le trajet depuis l'île principale, la température dans l'avion était montée, et la cabine était si petite que, lorsque Fraser s'assit, un grand sourire aux lèvres, les autres passagers se ratatinèrent sur leur siège, s'éloignant le plus possible.

— Ah, que c'est bon d'être au chaud et de revoir tous ces visages ! Qu'est-ce qui s'est passé dans *EastEnders* ?

Il y avait une radio sur Inchborn, mais pas de ligne téléphonique ni de réseau Internet, et les portables ne captaient évidemment pas. Fraser avait tenté d'encourager ses proches à apprendre le morse pour qu'ils puissent le tenir informé de ce qui se passait dans son feuilleton préféré, mais personne ne s'était porté volontaire jusque-là, et il n'avait pas le droit d'encombrer les ondes radio toute la soirée pour écouter la télé de quelqu'un sur l'île principale, au cas où les garde-côtes en auraient besoin.

— Différents trucs, répondit Boona, qui était la plus près de lui.

Fraser la dévisagea longuement. Mal à l'aise, toujours tendue, elle se penchait en arrière pour échapper aux relents de poisson et à sa barbe ridiculement longue.

— Fraser ! lança sévèrement Nalitha après avoir fermé la porte. Tu *empestes* ! Laisse cette pauvre femme tranquille.

Mais Fraser était dans tous ses états.

— *Vous !* s'exclama-t-il, les yeux écarquillés. Vous étiez dans *EastEnders* !

Boona parut gênée.

— Pas vraiment, se hâta-t-elle de répondre, comme les autres passagers se tournaient vers elle.

— Mais si ! Vous êtes l'une des vendeuses du marché !

— C'était un tout petit rôle, expliqua-t-elle, les joues rouges. Je ne suis qu'une actrice.

Fraser secoua sa grosse tête burinée.

— Vous êtes une star, lança-t-il d'un ton admiratif. Je suis dans le même avion qu'une star. Est-ce qu'on peut faire un selfie ?

— *Assis !* le somma Nalitha. Je ne plaisante pas.

— Mais elle est *célèbre*.

— Et tu vas le devenir aussi, face de hareng. Pour avoir été éjecté d'un coucou ! répliqua Nalitha, mais avec le sourire, parce que c'était Fraser.

Il secoua la tête.

— Alors ça. Je n'en crois pas mes yeux, poursuivit-il avec une incrédulité naïve, tout en attachant sa ceinture. Une célébrité. Dans le vieil avion pourri de Murdo !

— Hé ! le repris-je.

— Oh, arrête, c'est un vieux tas de ferraille.

Boona s'étrangla.

— Pas du tout. Et si tu veux quitter cette île, retire ce que tu viens de dire et reste sagement assis.

Il s'exécuta, mais tendit le cou pour fixer Boona avec un mélange de stupéfaction et d'émerveillement.

— Ne vous inquiétez pas, jeune fille, dit-il, remarquant sa nervosité. *Dolly* ne nous a encore jamais précipités dans l'eau. Mais il faut un début à tout, bien sûr.

— Fraser McLintock, c'est moi qui vais te précipiter hors de cet avion ! criai-je, et il finit par se taire.

Le ciel se couvrait quand Erno se replaça sur la longue langue de sable, le nez pointé vers le large. Le grincheux attendait toujours sur la plage, remarquai-je, tous ses bagages à ses pieds, la Land Rover de l'île garée à côté de lui, avec (espérons-le) les clés sur le contact et, j'en étais à peu près certaine, l'odeur persistante et nauséabonde de Fraser McLintock à l'intérieur. Ce serait sans doute encore pire dans la maison. Il semblait un peu abasourdi, devenant minuscule derrière nous, comme *Dolly* prenait son envol.

Le ciel pourpre déversait à nouveau de la pluie, qui laissait de longues traînées sur les fenêtres du cockpit. Le vent se levait, certaines rafales soufflant en travers, mais je distinguais un petit attroupement au bord de la piste d'atterrissage, devant nous. La population entière de l'île, certainement : elle ne comptait que quarante-neuf habitants, et ils étaient tous là. Je souris en regardant en bas. On aurait pu s'attendre à ce que les insulaires soient en manque de Netflix, de restaurants ou d'Internet pour pouvoir jouer à la Xbox et se faire livrer par Amazon, mais ils paraissaient être en manque de théâtre. Eh bien, en voici.

Erno atterrit par paliers, comme si nous descendions un escalier. C'était de loin la solution la plus sûre par ce temps – descendre un peu, puis encore un peu –, mais il semblait, aux cris étranglés derrière la porte, que Boona et les autres ne le vivaient pas très bien. Tu pourrais le faire, me dis-je. Tu pourrais y arriver.

Malgré tout, quand Donald (qui, en plus de ses neuf emplois à temps partiel, s'occupait de l'aérodrome de l'île, prenant ses responsabilités très au sérieux) eut dégagé la piste et vérifié que tout était en ordre, nous nous posâmes sous les acclamations de l'île entière.

— Tiens donc ! s'exclama le barbu avec un sourire. Oserai-je dire… Serait-ce notre cher public ?

— Oui ! répondis-je en lui souriant à mon tour. On repassera vous prendre dans deux jours.

— Ça alors ! lança Boona en se levant, rayonnante. On ne m'a jamais accueillie pendant une tournée.

— Ils sont très impatients de vous voir. Tout le monde est là.

— Tout le monde ? s'étonna le benjamin de la troupe. Mais comment est-ce qu'on va pouvoir donner trois représentations ?

— Oh, ils vont tous assister aux trois, prédis-je avec assurance. Ils connaîtront le texte par cœur à la fin. Bon séjour !

Et les comédiens en tournée, fatigués et frigorifiés, descendirent l'escalier de mon petit avion en saluant la foule de la main, tel Brad Pitt sur les marches du Palais des festivals de Cannes.

CHAPITRE 8

À mon retour, papi n'allait pas mieux ; il ne se leva pas pour le dîner, ce qui m'inquiéta un peu. Mais j'avais survécu à cette journée : je m'étais sentie bien dans le siège de droite.

Malgré tout, j'avais cru que je serais capable de prendre les commandes. J'avais cru pouvoir y parvenir. Pourtant, sur le moment, la nervosité et les doutes m'avaient à nouveau envahie. Erno n'avait cessé de se plaindre de devoir piloter et je savais qu'il détestait ça, mais j'avais une boule au ventre, j'étais comme figée, et je n'avais pu me débarrasser de cette sensation désagréable.

Hayden passait la soirée avec sa nouvelle équipe, donc je ne pouvais pas lui téléphoner. Nalitha était rentrée retrouver ses hommes : elle m'avait invitée, mais je ne pouvais pas… Je n'étais tout bonnement pas d'humeur à voir sa jolie petite famille ce soir-là. Je repensai au passager grincheux qu'on avait laissé seul sur une île pour six mois. De toute évidence, il s'accommodait de la solitude. Pas moi, pas cette nuit-là.

Le lendemain matin, je me levai une nouvelle fois de bonne heure. Nalitha m'avait laissé un message sur mon répondeur : on devait livrer un mouton. Il paraissait absurde qu'une compagnie aérienne livre un mouton, mais ce n'était pas n'importe quel mouton. Il s'agissait de Ramsay McRamson, un bélier apparemment très célèbre acheté à prix d'or pour la qualité extraordinaire de sa laine. Manifestement, on considérait que douze heures de ferry seraient trop éprouvantes pour cette personnalité délicate, et papi avait donc accepté de le prendre. Ramsay avait droit à ce qu'il y avait de mieux.

— Je ne lui servirai pas de thé, déclara Nalitha avec dédain.

— Il ne sera pas en cabine, répondis-je. Il sera en soute, avec le fret. C'est une cargaison très précieuse. Hein ?

En effet. L'éleveur qui l'avait acheté nous avait demandé si on pouvait allumer le chauffage pour lui. Apparemment, Ramsay allait mener la vie de château sur Larbh : gardé dans un enclos chauffé, rien à faire, à part savourer une herbe délicieuse et copuler avec un bon millier de brebis. En arrivant à l'aérodrome, je m'étais demandé tout haut si la prochaine génération de moutons ne risquait pas d'être consanguine, et le marchand m'avait répondu avec une moue que, franchement, ce n'était pas l'agilité mentale qu'on recherchait chez un mouton. J'avais alors moi aussi esquissé une moue et expliqué que, comme la plupart des avions, *Dolly* n'avait pas le chauffage en soute. Erno ne s'en était pas mêlé : en ce qui le concernait, ce fichu mouton pouvait passer le voyage suspendu au train d'atterrissage, peu lui importait.

— Êtes-vous sûre de ne pas pouvoir le prendre en cabine ?

Le marchand se montrait étonnamment insistant.

— Un mouton ? répliqua Nalitha.

— Ce mouton a plus de valeur que votre avion, répondit-il avec grandiloquence.

— Ça n'a rien de surprenant.

— Arrête ! la repris-je.

Comme toujours, je redoutais que Nalitha ne quitte papi pour aller travailler pour Gulfstream Aerospace et transporter de riches Américains qui partaient en séjour dans des complexes de golf. Heureusement pour moi, les compagnies de jets privés ne voyaient pas d'un bon œil les hôtesses de l'air qui couvraient sans arrêt leurs clients de sarcasmes.

— Je ne peux pas quitter Ramsay des yeux.

— Mais vous ne pouvez pas voyager en soute, lui expliqua-t-elle.

Il soupira.

— Avez-vous une première classe ?

— Euh, bien sûr, un fauteuil-lit, ça vous ira ? répondit-elle avec un sourire narquois.

— Vraiment ?

Mais il réalisa vite qu'elle le charriait.

— Je rigole ! ajouta-t-il d'une voix forte, comme s'il l'avait compris depuis le début.

— Alors, est-ce que vous accompagnez beaucoup d'animaux exotiques à travers le monde ? l'interrogea-t-elle en imprimant sa carte d'embarquement, quand ils se furent mis d'accord.

— Seulement les meilleurs, répondit-il en caressant la tête de Ramsay.

Le bélier n'entrerait dans sa cage qu'au dernier moment, leur avait-on expliqué, pour ne pas le traumatiser. Il avait déjà laissé une traînée de petites surprises sur le sol de l'aérogare, preuve qu'il était nerveux, et Nalitha refusait catégoriquement de les nettoyer : elle s'occupait déjà du vomi. J'aurais bien argumenté, mais elle marquait un point.

La journée était chargée. La sympathique Mme Fletcher figurait aussi parmi les passagers. Elle allait rendre visite à sa sœur sur Larbh. Nalitha sourit en l'enregistrant.

— Vous restez pour le week-end ? lui demanda-t-elle d'une voix douce.

— Oui, oui. Je lui apporte de la belle laine de l'île principale pour ses tricots. Arc-en-ciel, vous vous rendez compte ! Elle ne va pas en revenir ! Ça va lui faire plaisir. Elle va être ravie de me voir, pour sûr. Cette chère Lizzie.

— Est-ce qu'on a une place libre sur le vol retour ? m'interrogea Nalitha entre ses dents en la regardant monter les marches d'un air affairé.

— Pourquoi ?

— Elles se disputent toujours comme des chiffonnières une demi-heure après son arrivée. Elle est censée s'acheter un nouveau billet retour, mais elle nous passe toujours un coup de fil pour nous supplier. Du coup, je lui dis chaque fois de prendre un billet open, mais elle répond que ce n'est pas la peine, que cette fois ça se passera bien.

— Pourquoi elles se disputent ?

— Apparemment, Lizzie ne supporte pas ses manières de citadine arrogante.

— De citadine de Carso ?

Je jetai un regard en direction de la jolie petite ville, que j'aimais beaucoup, mais qui, en fin de compte, se résumait à une rue principale et une coopérative. Le *nec plus ultra* aurait été l'installation d'un fast-food Greggs.

— Je dis ça comme ça. Elle va sangloter, dire du mal de sa sœur et demander pourquoi on ne sert pas de mini-bouteilles de whisky.

— D'accord, d'accord. C'est bon, dis-je en le notant sur le manifeste de vol.

J'aurais dû le prévoir (je suis sûre que papi l'aurait fait), mais, à la dernière minute, Ramsay reçut un e-mail officiel, signé de la main d'un médecin, déclarant que c'était un bélier de soutien émotionnel et qu'il avait donc le droit de voyager en cabine. Pire (et je démontrai là toute ma lâcheté), je proposai de garder un œil sur lui. Erno accepta facilement : il préférait de loin piloter un avion que de s'occuper d'un tas de laine de quatre-vingts kilos qui détruisait tout sur son passage. On installa Ramsay à côté de Mme Fletcher, qui le caressa, aux anges. Le bélier lui montra les dents. Le marchand le caressa, lui aussi.

— Pourriez-vous au moins lui donner un sédatif ? l'interrogeai-je, nerveuse, comme on roulait vers la petite piste.

— Vous êtes en train de me demander de donner des produits chimiques à ce parfait spécimen de l'espèce ovine ? Ce mouton bio ? Ce chef-d'œuvre de… moutonnomie !

Ramsay lui lança une ruade. Je jetai un coup d'œil à Erno, qui resta impassible. Connaissant son histoire, il avait sans doute transporté un ou deux ours en son temps.

Par chance, les seuls autres passagers à bord étaient notre arrivage habituel de gentils touristes américains et canadiens, qui trouvaient tout adorable, pittoresque, alors même qu'on essayait de plaquer un bélier au sol et que je me demandais quand on m'avait appris à ramasser des crottes de mouton à l'école de pilotage.

Heureusement, Ramsay ne tarderait pas à descendre. En survolant Inchborn, je me demandai comment se passait le séjour du grincheux (très, très mal, espérai-je), puis, sur Larbh, je vis Mme Fletcher et sa sœur se tomber dans les bras, s'enlaçant comme si elles ne s'étaient pas vues depuis des mois. Nalitha devait se tromper.

Puis une jeune femme très enceinte monta à bord en soufflant. Elle se disputait avec le jeune homme propre sur lui qui l'accompagnait.

— Tu ne peux pas dire que tu veux vivre librement au bout du monde, puis décider subitement que tu as besoin de tout un tas de gadgets médicaux !

— Je veux vivre dans un endroit sain et beau, mais pas si mon bébé a des fesses à la place du visage[1]. Du moins, si c'est le cas, je veux le savoir à l'avance.

Son compagnon arborait des dreadlocks blondes et tout un tas de foulards colorés.

— Et on prend *l'avion* ! Je veux dire, pour le développement durable, on repassera, Sycamore.

— En fait, tu peux m'appeler Jill, *Simon*. C'est mon prénom.

— Et le mien, c'est Spirit… il faut que je te le répète combien de fois ?

---

1. Allusion à un sketch de l'émission *That Mitchell and Webb Look*, intitulé « The Boy With an Arse for a Face ». (N.d.T.)

Je leur adressai un sourire poli depuis le cockpit quand ils s'assirent, puis déposai le plan de vol pendant qu'Erno se plaignait de devoir décoller avec le soleil dans les yeux ou quelque chose comme ça.

— Et ils vont sans doute te dire de quel sexe il est !

— Eh bien peut-être que j'ai envie de le savoir, répliqua Jill.

Le jeune homme parut horrifié.

— Hors de question que tu assignes un genre à ce bébé. *Hors de question.*

Je pensai à Hayden. Il ne voudrait pas que sa femme accouche dans un champ au milieu de nulle part sans assistance médicale, songeai-je, avant de me rendre compte que je m'emballais un peu et de me sentir rougir.

Pour couronner le tout, ça ne rata pas : quelques minutes plus tard, on nous demanda par radio de repasser prendre Mme Fletcher, qui apparut sur le tarmac d'un pas décidé, l'air en colère.

— Espèce d'ingrate, marmonnait-elle. Je ne sais pas pourquoi je perds mon temps avec cette affreuse bonne femme.

Lorsqu'elle prit place sur l'un des petits sièges, elle avisa le jeune couple.

— Oh, comme c'est mignon ! s'exclama-t-elle, retrouvant le sourire. C'est un garçon ou une fille ?

Le lendemain matin, Callie, la factrice du village, passa sa tête bouclée à la porte de l'aérogare.

— Euh, j'ai un colis en poste restante. Vous voulez bien le prendre ?

Je fronçai les sourcils.

— Non, Callie, ne nous demande pas ça.

Papi transportait les sacs de courrier, cela ne posait pas de problème. Un habitant était désigné sur chaque île pour le distribuer. Or, pour les colis en poste restante, c'était différent : il fallait se rendre au bureau de poste et montrer sa carte d'identité pour les récupérer. Mais, bien sûr, cela nécessitait de faire l'aller-retour jusqu'à Carso, ça ne s'improvisait pas, et certaines personnes ne le pouvaient tout bonnement pas. Dans le cas d'Inchborn, papi et Erno déposaient leur courrier au gardien quand ils avaient cinq minutes dans leur emploi du temps : le déchargement de la cargaison s'effectuait parfois plus vite que prévu, ou c'était simplement une journée tranquille.

Callie tint bon, me regardant d'un air implorant.

— Je touche au Royal Mail, répondis-je avec mauvaise humeur. Il y a cinquante ans, c'était un crime de lèse-majesté, littéralement. On nous envoyait directement à la potence, si on trafiquait le courrier.

— Tu en rajoutes un peu. C'est juste une boîte.

Je voulais râler, mais nous n'étions pas surchargés ce jour-là : nous ne transportions que quelques cartes d'anniversaire pour ce petit veinard de Lucas Croan, sur Cairn. Et nous avions pour passagers un groupe d'alpinistes de l'extrême, ce qui signifiait que le vol serait calme. Ils partaient escalader le mont Ben Garrold, sur Larbh, un défi de taille, surtout si l'on avait envie de souffrir et de mourir de froid. Ils étaient silencieux, pleins d'appréhension, et à juste titre : le Ben Garrold est une énorme colonne de roche qui semble tombée du ciel, comme si un extraterrestre l'avait déposée là.

Sa base est percée d'un trou rond, puis elle s'élève dans les airs, en pointe, évoquant une aiguille à l'envers. Un bête éperon rocheux, dont l'ascension est terrifiante. Cela m'inquiétait un peu : si l'un d'eux tombait de ce truc pour la simple raison qu'ils avaient un passe-temps complètement stupide, et si l'hélicoptère d'évacuation médicale n'était pas disponible, il faudrait qu'on aille les secourir, Erno et moi. Papi était plus d'une fois allé chercher au pied levé des grimpeurs au dos cassé et des femmes sur le point d'accoucher, mais je n'étais pas du tout d'humeur.

Quoi qu'il en soit, la plupart du temps, les alpinistes, qui ont tous un menton saillant et l'air de vouloir participer à l'émission *SAS: Are You Tough Enough?*[1], passent le vol à se mesurer du regard. Ils ne pèsent rien, parce qu'ils sont tous maigres comme des clous et ont des sacs ultra-légers : ce sont donc des clients plutôt faciles à tous les égards. Il arrive que l'un d'eux vienne nous voir et insinue que nous nous y prenons mal avec le moteur, nous posant quelques questions techniques pour tenter de nous piéger – grand bien lui fasse –, mais à part cela, ils ne sont généralement pas dérangeants.

— D'accord, dis-je. Mais je ne le fais pas de bon cœur et je veux que ça figure dans le dossier de vol. Pour quand je serai en prison.

---

1. Série documentaire télévisée diffusée sur la BBC de 2002 à 2004, dans laquelle des citoyens ordinaires suivaient les entraînements du Special Air Service, l'unité spéciale d'intervention britannique. (N.d.T.)

— Si je n'avais pas le meilleur mari au monde, je crois que je me ferais volontiers l'un de ces alpinistes, lança Nalitha en les regardant s'installer dans la cabine.

Ils nous montraient très clairement qu'ils avaient l'habitude des petits avions et savaient qu'ils devaient répartir leur poids dans la cabine.

— Vraiment ? Ce serait très intense. Et pas dans le bon sens.

— Peut-être que si. J'aime les gens qui prennent le temps d'apprendre à bien faire des choses difficiles.

— Tu n'as pas tort.

— Et ils sont tellement secs ! Bien musclés du haut du corps.

Je plissai le nez.

— Il mettrait un point d'honneur à se contorsionner pour admirer ses biceps dans le miroir.

— Mouais, fit Nalitha en enroulant une mèche de ses épais cheveux bruns, avant de me regarder. De toute façon, tu n'es plus sur le marché, si ?

Je me mordillai la lèvre.

— Je ne t'ai jamais vue comme ça ! s'exclama-t-elle. Oh là là. Tu es vraiment amoureuse.

Je répondis d'un haussement d'épaules.

— Franchement. Je ne... Ça va vite, non ?

— Oh, non, c'est juste que... Enfin, il va être en poste à Dubaï, et j'y serai souvent, moi aussi...

— Oui, et si vous êtes à Dubaï ensemble, vous allez devoir vous M-A-R-I-E-R ! s'écria-t-elle triomphalement.

— Mais non, répondis-je du tac au tac.

— Ooh, tu as vérifié ! Tu as vérifié !

Je rougis. C'est le propre des vieux amis, même si on les aime de tout notre cœur : ils se souviennent de la personne qu'on était par le passé. La timide, la maladroite Morag Grobag (mes cheveux avaient poussé d'un coup, un été ; c'était un surnom mesquin, mais qui ne me fait plus ni chaud ni froid, aujourd'hui). Nalitha était habituée à plaire à tous les garçons et à ce que je sois sa copine intello. Cette situation était inédite.

— Peu importe, répondis-je.

Ça aussi, c'est le propre des très vieux amis : ils lisent en nous comme dans un livre ouvert. Nalitha fit volte-face.

— Je te taquine, dit-elle en me tapotant le bras. Je suis super contente pour toi. Tu sais ce qu'on dit : quand on sait, on sait. Et si vous le savez tous les deux en même temps, eh bien, c'est simple.

Ça pourrait être aussi simple que cela, songeai-je. Et cela me réchauffa le cœur.

— CAVOK ? aboya alors l'un des hommes assis à la première rangée.

Ses camarades hochèrent la tête, l'air ennuyé de ne pas avoir pensé à poser la question en premier. Je me retins de lever les yeux au ciel (pas Nalitha), mais il demandait si la visibilité était bonne de la manière la plus macho possible.

— Tout à fait, répondis-je sans me démonter.

Ils acquiescèrent comme s'ils le savaient déjà, l'air d'être experts en tout, et que c'était ce qui les sauverait s'ils tombaient du haut d'une montagne, non leur mutuelle hors de prix, qui nous enverrait, Jimbo (le pilote de l'hélicoptère, qui était extrêmement beau, extrêmement bête et, heureusement, extrêmement compétent) ou moi, pour leur sauver la mise. Nalitha m'avait fait remarquer que notre prime en cas de mission de sauvetage pour les clients bénéficiant d'une assurance médicale privée était si astronomique que ça vaudrait la peine de saboter leurs cordes ou quelque chose du genre. Puis, quand l'un d'eux l'interrogea en aboyant sur la vitesse du vent en altitude, elle menaça de passer à l'acte de façon désintéressée.

En tout cas, ils ne se comportaient pas trop mal pour des frimeurs et ils étaient légers, aussi acceptai-je de prendre ce stupide colis en poste restante. Il était pour Inchborn, comme je le soupçonnais.

— Super ! s'exclama Callie avant de disparaître.

À mon grand dam, je la vis revenir avec un chariot sur lequel était posée une grosse boîte qui semblait lourde.

— Mais ! C'est notre chariot !

— Ce n'est pas ma faute si la compagnie aérienne de ton grand-père ne possède qu'un seul chariot, répondit Callie, l'air un peu irrité.

— On avait *huit* chariots, avant, répliquai-je avec une grimace.

Ce qui avait été vrai, à un moment. Puis, lors d'un hiver particulièrement verglacé, on avait trouvé des gamins de Carso, l'air un rien coupable, et des tas de chariots en morceaux en bas de Tigh Na Bruach Road.

— Combien ça pèse, ce truc ? C'est de la folie.

C'était une vieille malle de voyage, ornée d'étiquettes de transport, faite de bois et recouverte de tissu, avec des fermoirs en laiton et des sangles en cuir maintenant l'ensemble.

— C'est ridicule, dis-je, sans pouvoir m'empêcher de l'admirer.

C'était un très bel objet, une pièce de mobilier datant d'une époque où les voyages étaient synonymes d'aventure et de glamour, où ils ne duraient pas quelques heures, mais plusieurs semaines, voire plusieurs mois. Cette malle évoquait des pays lointains et des épices exotiques.

— Il l'a sûrement achetée chez TK Maxx, lança Nalitha, narquoise.

Mais je me penchais. Elle était bien d'époque.

— Qu'est-ce qu'elle contient ? demandai-je.

Callie pinça les lèvres.

— En qualité de factrice, je ne peux rien te dire.

— Voilà que tu respectes la loi, toi, *maintenant*, répliquai-je en lui jetant un regard noir. Merci, madame la *factrice*.

— On devrait facturer le transport, commenta Nalitha. Elle va peser bien plus lourd que tous ces maigrichons.

— Je sais, répondit Callie, l'air suppliant. Je devrais la garder. Il aurait dû venir la chercher plus tôt. Mais ça encombre ma réserve, je n'ai plus de place. Elle est dans le passage, je n'arrête pas de me cogner les tibias dessus, et il ne répond pas aux textos lui disant de venir la chercher, parce…

— … parce qu'il n'a pas de réseau, finis-je.

C'était problématique, d'autant que personne n'imaginait qu'on puisse vivre sans connexion Internet pour gérer ses opérations bancaires, ses colis, et tout le reste. On vous considérait comme une bête curieuse.

Je regardai *Dolly*.

— D'accord, dis-je. Charge-la, mais n'en parle à personne.

Callie m'adressa un grand sourire.

— Tu es de *loin* ma pilote préférée. Je suis si contente que tu sois de retour.

— Je ne suis pas de retour ! répondis-je.

Ni la pilote, pensai-je en mon for intérieur.

Erno était déjà dans le cockpit. Il resserrait un écrou, notait quelque chose dans le carnet de vol de sa petite écriture illisible, et mangeait un sandwich, tout en même temps. Gros sagouin, sacré pilote.

— Erno ! Est-ce que tu pourrais éviter de… ?

— Non. Est-ce que tu pourrais piloter ce fichu avion ?

La journée était claire, lumineuse et froide, vraiment superbe : l'horizon s'étirait devant nous à perte de vue, dessinant une courbe magnifique, les dernières taches de rose et de jaune se fondant dans la grande étendue de ciel bleu. On sentait le froid rien qu'en touchant le pare-brise. Mais le monde n'aurait pu être plus beau. Les îles se déployaient dans le lointain, telles les perles d'un collier, nombre d'entre elles inhabitées, excepté par les oiseaux. J'avais l'impression que le monde m'appartenait, désert, pur ; que le ciel était à moi. Il suffit de le prendre, me dis-je. Prends-le. Prends…

Je jetai un coup d'œil à la manette des gaz. Et j'eus un affreux serrement de cœur, comme quand nous étions montés à la verticale, tentant désespérément de nous éloigner, d'éviter l'inévitable, la chute en vrille interminable d'un avion de la taille de *Dolly*...

Je n'eus plus aucun doute : je m'installai dans le siège de droite, tandis qu'Erno finissait son sandwich au bacon avec mauvaise humeur et vérifiait les instruments de bord avec ses doigts gras. Puis il décolla, et je m'efforçai d'oublier mes peurs. Nous nous élançâmes dans les airs, tandis que les roues se repliaient en douceur. Le sol s'éloigna, et nous nous retrouvâmes au-dessus de la mer, le monde se déployant devant nous. Tous mes sens étaient en éveil ; je vérifiais notre cap, le fax météo, le radar, en oubliant de boire mon café. Au loin, sur ma gauche, je distinguais Inchborn : la silhouette caractéristique de son abbaye en ruine se détachait contre la lande broussailleuse. Au nord de l'île, on voyait la grande falaise, blanchie par les fientes des mouettes et des macareux. Puis, comme nous survolions toujours l'immensité des flots, un ou deux cargos apparurent : ils sillonnaient les eaux profondes, tellement plus lents que nous, dans notre ascension vers des hauteurs majestueuses – je connais pourtant des marins aussi attachés à leur élément que je le suis au mien, et qui seraient stupéfaits de savoir que je les trouve à plaindre. À mes yeux, cependant, ils s'égarent sur l'océan, alors que je file à toute allure. Et, d'en haut, je vois le soleil scintiller à la crête des vagues, l'eau changer de couleurs sous l'ombre des nuages lointains, passant du bleu-vert au bleu nuit profond, avant de disparaître sous mes ailes. Tout cela m'appartient, et, devant cette vue, je sentis la flamme se raviver dans mon cœur. Cette flamme qui ne faiblissait pas, ne s'éteignait pas, jour après jour.

Comme je l'avais anticipé, nous déposâmes les alpinistes en un temps record : ils mouraient tous d'envie de nous montrer avec quelle facilité ils jetaient leur sac à dos fluo sur leurs épaules et s'éloignaient du terminal en trottinant. Ces abrutis allaient sans doute faire la course pour escalader la montagne. Évidemment, je souhaitais qu'aucun d'eux ne tombe – ce serait terrible.

— J'espère qu'ils vont tous tomber et dégringoler jusqu'en bas, déclara Nalitha en regardant par-dessus mon épaule, pendant qu'ils échangeaient des exclamations viriles. Comme ça, on devra revenir les secourir un par un, et on se fera payer par leur assurance pour chaque voyage. Un dimanche.

— Tu n'espères pas ça.

— Mais si ! J'ai dû rester assise à l'arrière pendant le vol, moi. Tu sais de quoi ils parlaient ? De leurs femmes et de leurs copines, qui les avaient gonflés parce qu'elles n'étaient pas contentes qu'ils partent en week-end. Puis ils ont tous rigolé en disant qu'elles étaient beaucoup plus marrantes avant la naissance du bébé et que la maternité les avait rendues super chiantes.

Je grimaçai.

— OK, peut-être quelques entorses, alors.

— Une mort lente et douloureuse. Je vais leur montrer, moi.

— Au moins, on est dans les temps, notai-je en regardant ma montre.

Il n'y avait que deux passagères pour le retour : deux femmes qui allaient passer la semaine sur l'île principale et qui ne tenaient pas en place.

— N'oublie pas qu'on doit déposer ce colis en poste restante, me rappela Nalitha.

— Oh, bon sang, répondis-je en remontant à bord. On a accepté de transporter un colis, alors qu'on ne sait même pas ce que c'est. De la dynamite ? De la cocaïne ? De l'ADN de dinosaure ?

— Arrête avec l'ADN de dinosaure.

Je regrettais un peu qu'on se dirige vers le sud, et j'y vis un bon signe. Atterrir sur Inchborn était tellement amusant : se poser sur cette plage, bordée par l'eau bleu pâle d'un côté et les collines de sable blond de l'autre.

Je sentis les vents de travers sous les volets de courbure quand Erno amorça la descente et qu'on quitta le ciel, cédant une fois de plus à l'attrait du sol, où l'on ne serait plus cet aigle magnifique, mais un vulgaire tas de ferraille soumis à la gravité, comme tout le monde.

N'empêche, quel endroit de rêve pour atterrir. Erno descendit tout doucement, nez vers le bas, et le vent s'engouffra sous les roues quand on toucha le sable. Puis *Dolly* finit lentement sa course sur la plage, qui s'étirait sur des kilomètres, pour aller s'arrêter parallèlement aux dunes. Si Erno avait effectué mon trajet jusqu'à Malaga, il aurait eu droit aux applaudissements des groupes d'enterrement de vie de jeune fille.

Étrangement, il n'y avait personne pour nous accueillir. Je fis la grimace.

— Je vais juste balancer son colis par la fenêtre. Sérieux. Il vit sur une île où il ne se passe jamais rien, il veut qu'on lui apporte une énorme malle ridicule, *un avion se pose*, et il n'y prête même pas attention, ce gros malpoli ?

Je descendis pour aider Nalitha. Le ciel était dégagé, un petit vent frais soufflait, le soleil brillait. L'air était d'une pureté incroyable, mais il faisait un froid glacial.

— Hors de question que j'aille jusqu'à la maison pour la lui livrer, déclarai-je avec fermeté.

Cependant, quelques secondes plus tard, une silhouette apparut sur les dunes. Vêtue d'un long manteau sombre, elle ne se pressait pas.

— Ouais, c'est ça, prends ton temps, le hobbit, ronchonnai-je. J'ai rien d'autre à faire aujourd'hui.

— Ben non, justement, lâcha Nalitha d'un ton agaçant. Tu ne vas pas vouloir venir à la maison. Tu vas juste rentrer chez toi pour regarder *Mariés au premier regard* toute seule.

— Eh bien, c'est *quelque chose*, répliquai-je sèchement.

La silhouette se précisa peu à peu. Un bonnet enfoncé sur ses sourcils broussailleux, il arborait la même expression pincée que dans l'avion. Il n'était pas aussi vieux que je le croyais ; il ne devait pas être beaucoup plus âgé que moi. Bon sang, quel type étrange.

— Quoi ? cria-t-il dans le vent rugissant. Qu'est-ce qui se passe ?

— On vous apporte votre stupide colis ! hurla Nalitha en retour, sa voix emportée par les rafales.

Il leva les bras, ne comprenant pas ce qu'elle disait.

— Oh, bon sang, marmonnai-je, morte de froid mais réticente à mettre mon manteau. C'est lui qui a commandé ce truc.

Nalitha souleva la malle, qui semblait lourde et très peu maniable. Elle n'arriverait jamais à la descendre seule. Erno était resté dans le cockpit, sans doute pour faire un petit somme. Agacée, j'attrapai donc l'autre bout de l'objet.

— Oh ! fit-il en nous regardant la sortir de la soute et nous écrouler dans le sable, sans nous proposer son aide. Pardon, mais c'est pour moi ?

— Non, rétorquai-je. C'est pour toutes les autres personnes qui vivent ici.

— Je suis sincèrement désolé... Je ne... Je pensais que le bureau de poste me le garderait : c'est un colis en poste restante.

— Oui, mais le bureau de poste est grand comme un placard, et ils ne voulaient pas que ce machin encombre le peu d'espace qu'ils ont.

— Oh. Je n'y avais pas pensé.

Nous fixâmes la malle, puis, suivant son regard, nous nous tournâmes vers les dunes. L'île avait beau être minuscule, au moins cinq cents mètres nous séparaient de l'abbaye et de la jolie maison grise voisine où logeait le gardien.

— Qu'est-ce que c'est ? demandai-je.

Il fronça les sourcils, mais ne répondit pas à ma question.

— Je m'inquiète plus de savoir comment je vais la transporter jusque là-bas.

— Eh bien, vous avez tout le temps de la traîner ! m'exclamai-je d'une voix enjouée en regardant ma montre.

— Hmm, fit-il.

Nalitha me jeta un regard en coin, me reprochant mon impolitesse.

— Où est la Land Rover ? m'enquis-je.

— Il faut la réparer. Fraser roulait avec un pneu à plat. Plein d'hameçons.

— Logique.

Nous restâmes un moment autour de la malle.

— Bon, est-ce que vous voulez qu'on la rapporte ? finis-je par demander de mauvaise grâce.

— Je n'y tiens pas, non.

Cela ne nous avançait pas vraiment. Je jetai un coup d'œil au ciel, mais, à mon grand dam, il était dégagé : je ne pouvais donc pas prétexter un orage en approche. Nous restâmes plantés là, à nous regarder. J'étais franchement énervée. On avait rendu un énorme service à ce type, et il agissait comme si on avait gâché sa journée.

— Bon, on la laisse sur la plage, dans ce cas ? lançai-je d'une voix boudeuse.

— Eh bien, ma maison est…

Il la montra vaguement du doigt, mais sans se comporter comme une personne normale : soit ne rien nous demander et se débrouiller seul, soit nous supplier de l'aider en étant gentil et en nous promettant un morceau de gâteau au chocolat – nous savions qu'il en avait, car nous avions vu l'étiquette sur l'une des boîtes que nous avions transportées.

Mais non. Il resta cloué sur place, comme si tout cela n'était pas son problème. Nalitha elle-même commençait à avoir l'air de regretter toute cette histoire, or elle ne regrettait jamais rien.

Alors que la situation n'aurait pu être plus gênante et que nous étions tous frigorifiés, une tache noire apparut dans mon champ de vision, sur la gauche. Je me retournai, d'abord incapable de voir ce dont il s'agissait. Puis la tache se transforma peu à peu en plusieurs petites taches, qui se révélèrent être des personnes – ou plutôt des enfants, pour la plupart, vêtus de parkas colorées.

— Qu'est-ce que c'est que ça ? demanda Nalitha.

— Vous gardez des enfants prisonniers sur cette île ? lançai-je. Ils ont subitement trouvé le moyen de s'échapper, c'est ça ?

— Oh, bon sang ! lâcha-t-il sans m'écouter, les yeux fixés sur le groupe.

— C'est ça, ils se sont échappés, dis-je à Nalitha.

— Le bateau a dû arriver. J'aurais dû être là.

Il fronça les sourcils, puis fit coucou aux enfants qui venaient vers lui.

— Monsieur MacAleese ! Bonjour, monsieur MacAleese !

— Oui, oui, bonjour, répondit-il en fronçant une nouvelle fois les sourcils.

— Sérieusement… Vous entraînez une milice d'enfants pour la fin du monde ? s'enquit Nalitha.

— C'est le groupe scolaire, expliqua-t-il, en rogne. Le bateau est arrivé, et manifestement je l'ai raté parce que quelqu'un a posé un avion sur ma plage.

— Ouais, sur *votre* plage, rétorquai-je.

— Mais je vous félicite d'avoir gâché tout ce carburant, ajouta-t-il.

Je lançai un regard à Nalitha, ébahie de sa grossièreté.

— La prochaine fois, on se contentera de balancer le colis, hein ?

Les enfants nous rejoignirent.

— Est-ce que c'est votre avion, madame ? Est-ce que c'est votre avion ?

— Est-ce qu'on peut voir les mouettes, monsieur MacAleese ? Et est-ce qu'il y a des bébés macareux ? On peut jouer avec les macareux ?

— Oui, non, vous ne pouvez pas. Vous n'avez pas le droit de toucher les oiseaux, d'accord ?

Les petits poussèrent un soupir.

— Est-ce que je peux toucher votre avion ? m'interrogea l'un des garçons.

— Vous n'avez pas le droit non plus, j'en ai bien peur. Et puis, on s'en allait.

— Le bruit et les fumées sont très mauvais pour les oiseaux, lança l'homme, et ça me démangea de lui donner un coup de pied dans les genoux.

Les enfants hochèrent la tête.

— C'est nocif pour l'environnement, ajouta une fillette qui portait une écharpe tricotée à la main.

L'envie me titilla de lui faire remarquer que le ferry qui les avait emmenés sur l'île pour leur simple plaisir fonctionnait au diesel, mais la méchanceté envers les enfants n'était pas un trait de caractère que je souhaitais développer, alors je me contentai d'esquisser un sourire crispé.

— Bon, avant qu'on visite l'île et qu'on aille voir les phoques, qui veut m'aider à porter cette malle ?

— Youpi ! s'exclamèrent en chœur une dizaine de voix fluettes, sous le regard de leur sympathique professeur.

Les volontaires s'approchèrent de la malle avec détermination, en faisant un bazar pas possible, puis ils la traînèrent dans la joie et la bonne humeur, jacassant à tue-tête, pareils à des oiseaux exotiques dans leurs blousons et bonnets colorés.

— Je ne rendrai plus jamais service à quelqu'un, décrétai-je en regagnant la chaleur plus que bienvenue de la cabine.

— Enfin, c'est réglé, répondit Nalitha avec pragmatisme. En tout cas, on a livré la malle et ils l'ont emportée.

En jetant un coup d'œil par le hublot, j'aperçus les enfants au sommet de la dune. Ils transportaient la malle avec entrain.

— Qu'est-ce que c'était, ce *truc* ? demandai-je.

— Je ne sais pas. Je n'en ai pas la moindre idée. Il y avait juste écrit « matériel » sur l'étiquette. Sûrement un… truc pour classer les oiseaux.

— Il classe les oiseaux ?

— Qu'est-ce que j'en sais, moi ?

Erno effectuait les vérifications pré-vol. J'avais inspecté les pneus et le réservoir de carburant avant de remonter dans la cabine. Simple mesure de sécurité.

— C'est peut-être une carte au trésor. C'est peut-être *vraiment* une armée secrète d'enfants soldats, reprit Nalitha.

— Ou c'est peut-être juste un individu très grossier et mal élevé, répondis-je, tandis qu'Erno commençait à rouler.

Avant de se diriger vers le sud, il décrivit un cercle au-dessus de l'île, et je jetai un coup d'œil en bas. Le petit ferry, le *Mary Lise*, était amarré au quai qui menait à la plage et à la maison des gardiens sur la rive sud-ouest, du côté opposé à celui où nous avions atterri. On apercevait le groupe d'enfants, tout petits, sagement assis sur le sable à présent, pendant qu'une silhouette sombre, sans doute M. MacAleese, leur montrait quelque chose en gesticulant.

— Qu'est-ce qu'il fabrique ? lançai-je, résistant à l'envie de demander à Erno de voler plus bas pour mieux voir.

Erno baissa les yeux.

— J'en sais rien, répondit-il. Mais les enfants ont l'air très enthousiastes.

Il avait raison : les petits blousons colorés sautaient sur place. L'homme, lui, paraissait immobile.

— Il doit les captiver avec son intelligence et son charme incomparables.

— Il a peut-être un truc pour amuser les enfants.

— Ce n'est pas un euphémisme, j'espère, répondis-je au moment où l'on virait sur l'aile pour rentrer chez nous.

CHAPITRE 9

Ça ne s'était pas si mal passé, me dis-je en rentrant à pied à la maison. Je remontai la rue pavée depuis l'aérodrome, sentant l'air froid, pur, dans mes poumons, et m'arrêtai à la boulangerie pour acheter trois pâtisseries. Si papi n'était pas assez en forme pour manger une pâtisserie, eh bien, il était vraiment malade, et je pourrais commencer à m'inquiéter. Et sans doute manger sa part.

Peigi ouvrit la porte ; Skellington, à ses pieds, me jeta un regard mauvais.

— Ah, te voilà ! lança-t-elle, comme si j'avais filé au cinéma pendant deux heures. Il y a quelqu'un qui t'attend.

Hayden ! songeai-je aussitôt. Il avait compris ce que j'éprouvais, que je me sentais seule, que j'étais terrifiée à l'idée de tout perdre. Il s'était dépêché de rentrer de Dubaï ! Je me préparai à afficher un grand sourire.

— Oh, super !

— Oooh, oui. Un homme, ajouta Peigi d'une voix lourde de sens. Pour *toi*. J'ai sorti les bons biscuits.

Il s'est aussi beaucoup intéressé à Skellington. Je lui ai raconté pour sa maladie rénale, et il a été très compatissant.

Skellington ne souffrait d'aucune maladie rénale ; on emmenait ce chien chez le vétérinaire au moindre rhume. C'était l'excuse de Peigi pour ses affreux yeux jaunes et l'habitude qu'il avait de faire pipi chez les gens par vengeance.

— Coucou ! m'exclamai-je avec entrain en pénétrant à grandes enjambées dans le salon, la pièce à l'avant de la maison qu'on n'utilisait jamais et où Peigi l'avait forcément conduit. Salut, chéri !

J'entrai avec détermination, profondément soulagée.

Pour tomber sur un drôle de type. Il contemplait le feu – ou, plutôt, il contemplait l'endroit où il y aurait eu un feu, si on en avait allumé un. Il ne regardait pas son téléphone, ce que je croyais être un réflexe chez tous les êtres humains. Au lieu de cela, il se tenait debout, bien droit, et se contentait de fixer le vide. Comme un cheval, songeai-je.

Il était grand, avec des cheveux clairs, un gros nez et des lèvres assez charnues, qui paraissaient incongrues. Il portait un blouson The North Face jaune ridicule, qu'il avait bien fait de ne pas enlever, pour être honnête.

— Euh, bonjour ? répondit-il avec un léger accent scandinave.

Je jure que j'entendis Peigi ricaner derrière la porte.

— Oh ! lâchai-je, totalement déçappointée. Désolée, je pensais que c'était quelqu'un d'autre.

— Je sais. J'ai entendu des rumeurs et... enfin... excusez-moi, j'espère que ma visite ne vous dérange pas.

— Monsieur Frost ?

C'était le P-DG de la grosse compagnie aérienne qui voulait exploiter notre ligne.

Il acquiesça.

— J'espère que ma visite ne vous dérange pas, répéta-t-il. Je voulais juste jeter un œil au terminal, alors…

— Ce n'est pas vraiment un terminal, répliquai-je, toujours déboussolée.

Il se retourna, en prenant tout son temps, et je me demandai s'il était réellement lent ou s'il s'agissait d'un genre de technique de management bizarroïde qu'on apprend en formation au leadership.

— Commandant MacIntyre…

— Vous pouvez m'appeler Morag.

— D'accord. J'espère sincèrement que le chien de votre grand-mère va mieux.

Oh, bon sang, cette Peigi. Quel culot ! Enfin, je n'allais pas prendre la peine de le corriger.

— Je suis désolée, dis-je avec fermeté. Je crois qu'il y a erreur. Mon grand-père… le commandant MacIntyre, le vrai… est souffrant. Il ne peut pas vous recevoir.

La porte du salon s'ouvrit alors d'un coup.

Peigi avait déjà rempli la vieille théière et miraculeusement dégoté deux tasses assorties, même si elles étaient aux couleurs d'une compagnie pétrolière. Elle nous apportait aussi du gâteau – elle avait presque toujours un cake aux fruits prêt, car papi aimait ça (ou, s'il n'aimait pas ça, il avait dû la complimenter une fois des années plus tôt, et elle lui en préparait un chaque semaine depuis). Elle avait coupé quelques tranches et disposé le tout sur la table en bois ciré dont papi ne se servait qu'à Noël.

M. Frost ôta son blouson The North Face hors de prix, pour révéler un costume tout aussi coûteux, quoique gris foncé. Il détonnait dans notre intérieur décrépi. Je pris ma tasse dans mes mains pour les réchauffer.

— Alors, poursuivit-il en souriant. Voici donc la base de MacIntyre Air.

— Inutile d'être sarcastique, rétorquai-je d'un ton glacial.

Il releva les yeux de son thé, surpris. C'était bizarre. En temps normal, je n'aurais jamais prêté attention à Callum Frost. Mais j'étais là, de retour dans la maison familiale, à l'endroit même où Ranald avait passé de longues nuits à calculer ses charges utiles et ses frais de carburant avec Jimmy, où il avait bâti cette entreprise à partir de rien, avant que les gens d'ici n'aient le téléphone et que la plupart des îles n'aient même l'électricité. Ce qu'il avait accompli était extraordinaire. Un tour de force. Et ce connard arrogant dans son blouson The North Face ridicule voulait nous le prendre, pour le transformer en colonnes sur une feuille de calcul. Tout à coup, ça me mit hors de moi. Comment *osait*-il ?

— Je ne…, balbutia-t-il en battant des paupières. Enfin, votre arrière-grand-père… c'était une légende. Mon père l'a rencontré. Il disait que c'était un vrai dur à cuire.

Il sourit, et mes yeux vagabondèrent vers la photo de Ranald sur le manteau de la cheminée, debout à côté de mon arrière-grand-mère Margaret. Ils étaient jeunes et beaux. Callum Frost suivit mon regard.

— Puis, quand Murdo a pris la relève… Je me suis toujours demandé : pourquoi est-ce qu'il ne s'est pas diversifié ? Avec un esprit de pionnier comme le sien ?

Je répondis d'un haussement d'épaules.

— Enfin... Nous avons commencé à aller en Norvège, en Islande, en Suède, poursuivit-il. Nous avons ajouté cinq nouvelles lignes en seulement deux ans.

— Tant mieux pour vous. Personnellement, j'aime surtout la façon dont vous laissez tomber vos passagers si le vol est annulé, sans vous donner la peine de les ramener chez eux. Et les 9 euros que vous faites payer pour un sandwich.

— Je suis touché que vous ayez voyagé à bord d'un de nos avions ! s'exclama-t-il en souriant.

— Murdo ne voit pas les choses comme ça. Il ne fait pas seulement ça pour gagner de l'argent.

Callum Frost s'efforça de ne pas parcourir des yeux la pièce miteuse, sans y parvenir.

— Il nous voit comme un service, quelque chose dont les habitants des îles ont besoin. Un lien vital pour sa propre communauté, pas un genre de projet d'OPA.

Il haussa les épaules.

— Est-ce que vous ne pourriez pas être les deux ?

— Non. On ne gagne pas assez d'argent. *Ils* ne gagnent pas assez d'argent, m'empressai-je de rectifier.

— Parce que vous n'avez pas assez d'avions et que vous ne voyez pas assez grand. Vous devriez emmener des tas de gens ici.

Il se dirigea vers la vieille fenêtre branlante. Sur le côté de la maison, on voyait jusqu'aux falaises qui rougeoyaient dans la lumière du soir, le ciel au-dessus d'elles se teintant de rose, l'eau à leur pied mouchetée de doré.

— Regardez ça. C'est magnifique. Sauvage, désert.

— Oui, enfin, ça ne le sera plus si vous obtenez gain de cause, remarquai-je.

— Vous ne pensez pas que davantage de gens méritent de voir ça ?

Un vol de martinets passa dans le ciel, formant un V parfait, telle une escadrille d'avions de chasse.

Je fronçai les sourcils.

— Eh bien…

— Voyez la North Coast 500.

Il parlait de la route touristique côtière qui partait d'Inverness, puis traversait le Sutherland, le comté de Caithness et le village de John O' Groats. Cet itinéraire magnifique était très populaire depuis qu'il avait été valorisé. Ce qui signifiait, dans la pratique, que la région entière était saturée de voitures, de camping-cars qui roulaient à deux à l'heure, de détritus, d'embouteillages et de gens qui lâchaient leur chien dans des champs où paissaient des moutons.

— Oui, et alors ?

— Voyez l'argent que ça a rapporté.

C'était également indéniable. L'itinéraire avait été une manne dont tous les riverains avaient profité. Malgré tout, je ne pensais toujours pas qu'on devait affréter d'énormes avions et encombrer encore davantage les routes. J'avais sans doute tort, bien sûr. C'était vraiment un crime d'avoir un aussi beau pays que l'Écosse et de vouloir le garder pour soi, songeai-je.

— Mais c'est tout l'intérêt de l'archipel. Les gens n'ont pas envie d'être envahis de visiteurs. Ils n'ont pas envie que des hordes de touristes débarquent pour les observer. Ce ne sont pas des attractions touristiques ! Ce sont des gens qui travaillent !

— Oui, des gens qui travaillent et qui aiment l'argent autant que les autres.

Il y eut un blanc, et je me crispai tout à coup, sans bien savoir pourquoi. Au fond, ce n'était pas vraiment mon problème. Je partais m'installer à Dubaï avec mon adorable petit ami.

— Alors, de quoi vouliez-vous parler à mon grand-père ? hasardai-je d'un ton plus conciliant tandis qu'il sirotait une gorgée de thé sans toucher au cake aux fruits.

Mais, au fond de moi, je le savais.

Il regarda à nouveau autour de lui, et je le vis examiner la peinture écaillée des placards, les fenêtres branlantes, l'état de délabrement général.

Je crois que c'est la culpabilité qui me mettait dans une telle colère. Car, d'un certain point de vue – totalement cynique –, c'était ce qu'il fallait faire. Vendre, obtenir une coquette somme pour papi, et me libérer du sentiment de culpabilité qui me rongeait, parce que je ne voulais pas revenir. Tout le monde y trouverait son compte. Mais ce n'était pas ce que souhaitait papi. Savoir ce qu'il souhaitait – que je revienne – et que cela ne se produirait pas me rendait agressive, irascible, méfiante.

Callum Frost me considéra.

— Je crois que nous pourrions faire une offre à votre famille pour votre liaison aérienne.

— Ah oui. Et pourquoi ? demandai-je en croisant les bras. Elle ne rapporte pas d'argent. Et papi... Murdo est très content de faire ce qu'il fait.

— Pour l'instant. Mais, Morag, vous imaginez ? Des avions flambant neufs, moins bruyants, moins gourmands en carburant, plus respectueux de l'environnement.

Je pouffai.

— Et surtout plus d'avions ! s'entêta-t-il. Qui emmèneraient des visiteurs prêts à dépenser beaucoup d'argent pour profiter de la beauté des paysages et des grands espaces. Des groupes scolaires, des étudiants…

— … des prospecteurs pétroliers et des gens qui veulent voler des œufs d'oiseaux, le coupai-je. Et facturer 40 livres à des petites mamies qui n'ont pas réussi à imprimer leur carte d'embarquement, et appeler « bagage à main » un sac minuscule…

— … et des défenseurs de la nature, des écologistes. Vous savez que les budgets sont serrés, poursuivit-il en plantant ses yeux dans les miens. Qu'est-ce qui empêchera le gouvernement de vendre l'une de ces réserves ornithologiques ou de couper les subventions agricoles ? Ou la vôtre. Que ferez-vous, dans ce cas ?

— Ça n'arrivera pas, répondis-je avec assurance. C'est un service indispensable pour ces îles. Elles en ont besoin.

— Vous ne croyez pas qu'il serait utile d'avoir plus de cinq vols par semaine ? me demanda Callum, et son air suffisant me sortit par les yeux. Et un avion qui ne se désagrège pas s'il gèle deux jours d'affilée ?

— C'est très injuste. *Dolly* n'a aucun problème.

— Elle a fait son temps. Et vous le savez. Que ferez-vous quand elle rendra l'âme ? Vous louerez un autre avion ?

— On trouvera une solution, répondis-je d'un air grave.

— Ça n'intéresse pas du tout votre grand-père de vendre sa liaison ?

— Pas du tout.

— Il y aurait un emploi pour vous.

Je relevai les yeux vers lui.

— J'ai un emploi ! Je travaille pour une…

— … une vraie compagnie aérienne, finit-il avec un sourire narquois. Eh bien, vous pourriez transformer MacIntyre Air en vraie compagnie aérienne.

— Je ne crois pas, non.

— Et votre grand-père pense la même chose, n'est-ce pas ?

— Il sait quoi faire. Vous oubliez la joie, l'émerveillement qu'on ressent en vol, et vous ne pensez qu'au profit. Vous oubliez que ce monde est beau : vous le rendez laid, stressant et sordide. Vous transformez une invention humaine extraordinaire en expérience désastreuse, tout ça pour vous enrichir un peu plus, alors que vous n'en avez pas besoin. Vous entassez les gens les uns sur les autres, vous leur faites payer une fortune pour leurs bagages et vous les déposez à des kilomètres de leur destination. Est-ce que vous déclinerez toute responsabilité en cas de mauvais temps ? Quand on ne peut pas voler, on ramène les gens chez eux dès qu'on le peut. Vous, vous leur demandez juste de racheter un billet et de payer leur nuit d'hôtel.

Callum parut agacé.

— Nous dirigeons une entreprise, et des millions de gens sont heureux de voyager avec nous chaque année !

— Ils ne sont pas heureux de voyager avec vous ! Ils le font parce qu'ils n'ont pas les moyens de voyager autrement.

— Non, ils choisissent de voyager à moindres frais. Ce sont eux qui décident s'ils veulent acheter un muffin hors de prix ou non. Nous avons un bilan parfait en matière de sécurité et notre niveau de ponctualité est nettement supérieur au vôtre.

— Nous accueillons la moitié de nos passagers par leur nom.

— Quelle horreur.

— C'est juste une liaison aérienne, repris-je après un silence gêné. Le ciel ne nous appartient pas. Pourquoi est-ce que vous ne demandez pas à l'exploiter de votre côté ?

— Oh, on est loin de Heathrow-Berlin. Les vols ne sont jamais complets. Si on n'obtient pas la subvention gouvernementale, ça n'a aucun intérêt.

— Je vois que vous suivez ça de près.

— Bien sûr. Quoi qu'il en soit, nous réduirions le prix de moitié, et vous fermeriez boutique au bout de dix jours. Ce n'est pas ce que je veux. Nous aimerions nouer de bonnes relations.

— Avec mon grand-père ?

— Eh bien… ça dépend de lui.

Je le dévisageai.

— Vous ne voulez pas nouer de bonnes relations, comme vous dites. Vous ne voulez pas de l'avion. Vous ne voulez pas de la liaison, sinon vous l'exploiteriez déjà. Je sais ce que vous voulez. La subvention gouvernementale. Vous promettriez de créer de nouveaux emplois et profiteriez des allégements fiscaux pour toutes vos autres activités, toutes les lignes bien lucratives au départ de Glasgow.

Il cligna des yeux, puis se leva.

— Non. Je veux diriger une compagnie exceptionnelle, qui dessert des endroits exceptionnels.

Je me levai aussi, ébranlée, me sentant ridicule. En temps normal, je me considère comme une personne calme (ça fait plus ou moins partie de mon travail), aussi sentir mon estomac et ma gorge se nouer au point de ne plus être capable de parler était-il très déroutant. La confrontation directe, en face-à-face, n'était pas du tout mon genre, d'autant que ça n'avait manifestement fait ni chaud ni froid à Callum : il remit son blouson hors de prix, imperturbable, puis posa sa carte sur la table.

— Juste au cas où…, conclut-il avec un sourire poli.

— Combien ? me demanda patiemment Hayden. Je veux dire, est-ce que ça permettrait à ton grand-père de vivre dans l'opulence jusqu'à la fin de ses jours ? J'ai un peu de mal à comprendre pourquoi ce type serait le diable en personne, à vrai dire.

J'entendis à nouveau des clapotis derrière lui.

— Où es-tu ?

— Oh, bon sang, je ne voulais pas t'en parler, mais… mon nouveau bureau. Il organise des soirées piscine.

— C'est une blague ?

— Je sais !

J'entendais des filles crier.

— C'est un vrai cauchemar pour les RH ! m'exclamai-je. Et si quelqu'un perdait son maillot de bain ?

— Il est 15 heures.

— Hmm. Et tu es entouré de jolies filles légèrement vêtues ?

— Pas vraiment. Je suis surtout avec Pat, de la compta, qui porte une grande robe hawaïenne.

— Eh bien, ça me réconforte.

— Mais il y a une jolie fille que j'aimerais *beaucoup* voir légèrement vêtue, alors est-ce que tu peux te dépêcher de vendre à un millionnaire ?

Je regardai par la fenêtre. Un rayon de soleil aveuglant illuminait l'archipel, les îles lointaines évoquant des pierres précieuses sur une chaîne. Le vent balayait l'herbe du petit jardin à l'avant de la maison, découvrant des éclats de verre brillants dans la rocaille qu'avait aménagée mon arrière-grand-mère autrefois.

— Tu verras ça quand tu viendras. Et je ne suis pas légèrement vêtue aujourd'hui. Je porte mes vêtements thermiques.

— J'espère pouvoir venir. Bientôt.

J'entendis une éclaboussure, comme si un ballon de plage venait d'atterrir tout près de lui.

— Hum, hum, dis-je avec un sourire.

— Qu'est-ce que ton grand-père pense de tout ça ?

Mon cœur bondit dans ma poitrine. Quelqu'un se souciait de ce qui se passait dans ma famille.

— Il est toujours au lit. Il a une méchante grippe.

— Oh, non. J'espère que ça va aller.

— Tu me manques, dis-je du fond du cœur.

Il était devenu une part essentielle de ma vie, si vite. Et je voulais qu'il nous voie, qu'il découvre Carso, qu'il rencontre tout le monde. Enfin, peut-être pas ce sale type. Mais je mourais d'envie de le voir, tout à coup.

— Eh bien, je t'attends.

J'entendis d'autres cris perçants. Oui, songeai-je. Mais je veux que tu viennes ici.

Je balayai des yeux la vieille cuisine. Skellington, assoupi devant la cuisinière, lâchait des pets nauséabonds. Il avait l'horrible habitude de garder ses yeux cerclés de rouge ouverts quand il dormait, ce qui me répugnait, et ses poils noir et blanc étaient tout emmêlés par la boue dans laquelle le bas de son corps avait traîné ce jour-là. L'air était imprégné d'une odeur de chien mouillé. Dehors, malgré la lumière pâle du soleil, les gens marchaient penchés en avant, luttant contre le vent, le col de leur manteau relevé.

— Alors, tu pilotes demain ?
— Je suis inscrite au tableau de service.
— Bonne chance. Tu vas assurer.

Si Hayden croyait en moi, si papi croyait en moi, je devais en être capable. Sans le moindre doute.

CHAPITRE 10

Je ne dormis pas beaucoup. C'était peut-être évident, et Hayden avait probablement raison : *Dolly* vieillissait, papi vieillissait. Mais pour le moment, c'était le dernier de mes soucis.

Je regardai par la fenêtre. Une vieille habitude : je ne fermais jamais les rideaux. J'aimais contempler le ciel, j'avais toujours aimé cela. Quand j'étais petite, l'été, je pouvais m'endormir devant un ciel qui virait au rose vers 23 heures, amorçant lentement la plus courte et la plus douce des nuits, et me réveiller devant un magnifique soleil qui dansait sur l'eau. L'hiver, j'aimais être bien au chaud, emmitouflée sous ma couette et le vieil édredon à fleurs dont j'avais hérité, qui avait été confectionné par ma grand-mère et ses sœurs en guise de trousseau de mariage. J'observais les étoiles, dont une ou deux clignotaient parfois, se révélant ne pas être des étoiles, mais de petits groupes de gens dans les airs, en route vers des villes lointaines, comme Reykjavik, Bergen, Stockholm ou Arkhangelsk. Voir un avion passer dans le ciel, savoir que le pilote veillait attentivement sur ses passagers endormis, saluait les contrôleurs aériens en passant du centre de contrôle océanique de Shanwick à celui d'Écosse, traçant de longues lignes lumineuses sur le dôme bleu profond du ciel, notre terrain de jeu, me réconfortait. Cependant, en temps normal, je m'endormais aussitôt.

Ce ne fut pas le cas ce soir-là. J'étais terrifiée. Et si papi croyait que j'avais décrété savoir mieux que lui, alors que cela faisait cinq minutes que j'étais là ? S'il croyait que j'avais plus ou moins ouvert la porte à Callum Frost ? Que je l'encourageais. Comme si je pensais que c'était fini pour lui, qu'il avait passé l'âge, que tout devait disparaître, qu'il devrait se contenter de vendre et en rester là, qu'il était trop vieux. Mais être celle qui mettrait fin au rêve, aux grandes ambitions de Ranald et de Murdo, de tous les MacIntyre – pourrais-je assumer cette responsabilité ? Troquer leur rêve contre de l'argent ?

Encore fallait-il que je puisse piloter. J'en étais capable. Papi croyait en moi. Hayden croyait en moi. Il fallait juste que je croie en moi. Soudain, un souvenir me revint : dans son bureau, en parcourant mon dossier, Hayden m'avait demandé si je souhaitais consulter un psychologue ou un thérapeute. J'avais voulu l'impressionner, j'avais voulu qu'il me voie comme une super pilote aguerrie. J'avais dit non. Quelle idiote. Une autre pensée me vint, terrifiante. Et si la compagnie aérienne apprenait que je n'étais pas capable de piloter et accusait Hayden de ne pas avoir découvert le pot aux roses ? C'était son boulot, après tout. Et s'ils annulaient sa mutation à cause de moi ? Je grimaçai.

Oh, non. Oh, non, comment pouvais-je le lui avouer ? Devrait-il en parler à la compagnie ?

Bon, me dis-je. Calme-toi. J'allais passer quelques jours ici pour donner un coup de main, dire non à Callum, puis rentrer à Londres effectuer mon dernier vol sur simulateur… ensuite l'avenir me tendait les bras. Une nouvelle vie dans le désert brûlant. Avec un homme qui faisait ressortir le meilleur de moi-même. Tout était là, à portée de main. Je n'avais qu'à poser un avion que je connaissais comme ma poche.

— Alors, est-ce que tu pilotes, aujourd'hui ?

Erno, les joues roses, semblait mal luné, ce matin.

— Euh…, commençai-je, avant de m'interrompre.

J'étais incapable de répondre. Dis oui, Morag. Dis oui, andouille.

Erno me toisa.

— C'est juste des vacances pour toi, hein ?

— Non, glapis-je. Je suis venue pour vous aider.

Puis je le dis. Je me trahis. Je ne pus m'en empêcher.

— Et pour être ton copilote. Je suis premier officier !

— Pas sur cet avion.

Ma gorge se serra.

— Sérieusement, Erno.

— Je suis au courant pour ton problème.

Je m'empourprai aussitôt.

— Ce n'est pas ça, répondis-je du tac au tac.

Nalitha était en train de faire monter les passagers dans la petite cabine, et je m'occupai en effectuant les vérifications pré-vol, refusant de quitter le siège de droite.

— Hum, hum, fit-il en s'asseyant lourdement, avec un profond soupir.

D'accord. Non. Mon avenir en dépendait. J'en étais capable. Il le fallait. La peur que Hayden n'ait des ennuis ressurgit. Je ne pouvais pas le décevoir, même si je me décevais, moi.

— OK, dis-je subitement, me surprenant moi-même. Je vais piloter.

Erno me dévisagea, puis se leva.

Ce jour-là, nous transportions un groupe de copines parties fêter un enterrement de vie de jeune fille : elles occupaient tous les sièges de l'avion. Je me levai pour vérifier que tout allait bien. Elles avaient remonté le tarmac en faisant la chenille, en tenue d'apparat, et nous imploraient maintenant, Nalitha et moi, de boire un petit verre de prosecco, une idée terriblement dangereuse, même si ça ne semblait pas leur avoir effleuré l'esprit.

— Non, merci, déclinai-je poliment.

— Mais vous êtes obligées ! Ça porte malheur de ne pas trinquer avec la future mariée !

La future mariée, une jeune fille de Glasgow aux formes généreuses, portait d'épaisses extensions blondes et des faux cils recourbés qui lui touchaient presque le haut du front, lui donnant l'air d'une vache affectueuse. Sa lèvre supérieure, recouverte d'une bonne couche de rouge à lèvres rose, semblait avoir été gonflée à l'aide d'une pompe à vélo. Je pouvais comprendre que ça plaise, sans personnellement ressentir le besoin d'aller un jour me faire enfoncer une aiguille dans la lèvre – et payer pour ça. Je me demandai si c'était courant à Dubaï. Bon sang. Sûrement. J'espérais que la loi ne l'exigeait pas.

— D'accord, répondit Nalitha.

— Non ! la repris-je. Désolée, les filles. Mais nous sommes ravies de vous avoir à bord. Et félicitations !

— Ouiiii ! crièrent-elles en chœur.

— Vous devriez le voir ! s'exclama l'une d'elles, habillée en demoiselle d'honneur. Il est super sexy !

Et elles entreprirent de nous montrer des photos d'un maigrichon mal fagoté, qui, à côté de l'amazone glamour qu'il épousait, semblait tantôt éberlué, tantôt enchanté, comme s'il n'en revenait pas de la chance qu'il avait, tout en étant un peu terrifié.

— Charmant, commentai-je.

Je ne pouvais m'empêcher de sourire : leur optimisme béat, leur joie, leur enthousiasme un tantinet éméché étaient contagieux.

— Il est *hyper sexy*, confirma la mariée. Et il a son propre garage !

— Ça a l'air génial, répondis-je sans me départir de mon sourire.

— Ça l'est, acquiesça-t-elle en chancelant.

Ses amies, l'air un peu inquiet, la firent asseoir, puis attachèrent sa ceinture.

— C'est vraiment, vraiment génial, reprit-elle avec un grand sourire. Et vous, z'êtes mariées ?

Nalitha opina, et je secouai la tête, réalisant subitement, horrifiée, que je devais paraître très vieille à leurs yeux.

— Vous devriez prendre plus soin de vous, vous savez. Z'êtes pas si mal.

— Merci, répondis-je, médusée. Bon, je vais aller piloter cet avion, moi.

— YOUPIII !

En temps normal, je me serais sentie insultée. Mais chaque fois que je pensais à Hayden, j'avais des papillons dans le ventre. Quoi qu'il en soit, je ne voudrais pas d'un enterrement de vie de jeune fille comme celui-là. Puis je me dis de cesser d'être ridicule : je m'emballais un peu.

Les filles applaudirent, puis sortirent des pailles et de petites bouteilles de prosecco de leurs sacs. Je jetai un coup d'œil à Nalitha, qui me répondit d'un sourire – elles pouvaient boire un verre à bord, Larbh n'était qu'à un saut de puce, et elles étaient gaies, pas ivres.

Avant d'entrer dans le cockpit, je glissai la main dans ma poche pour éteindre mon portable. Pas parce qu'il interférait avec les systèmes de navigation – on vous dit ça pour vous embêter. Mais on nous martelait tant que c'était interdit pendant notre formation que je ne me posais plus de question : c'était devenu un automatisme. Le téléphone était mis de côté, sauf en cas d'extrême urgence.

Au moment même où je m'en emparais, il sonna. C'était le numéro de Hayden. Je souris.

— Chéri ! J'ai un avion à piloter, tu te rappelles ?

J'entendis de la friture au bout du fil.

— Allô ?

Nalitha me regarda, sourcils froncés. Il était presque l'heure de décoller. Cela n'avait pas d'importance à l'échelle locale – il ne se produirait rien d'autre aujourd'hui, mais le vol Helsinki-Reykjavik de 9 h 40 passait tout près, et mieux valait éviter de se retrouver sur son chemin. Et les gens avaient des obligations, comme le prouvait le tapage des filles à l'arrière : une fois sur Larbh, elles prendraient le bateau pour aller observer les phoques. Même si les phoques risquaient de ne pas s'attarder bien longtemps si elles continuaient de faire un boucan pareil. Au moment même où je me disais cela, l'une d'elles entonna une chanson de Céline Dion d'une voix chevrotante. On n'aurait peut-être pas dû les laisser ouvrir le prosecco à bord, en fin de compte.

Toutes ces pensées me passèrent par la tête alors que j'attendais que la ligne s'établisse.

— Allô ? Chéri ? Hayden ? Allô ?

Il y eut à nouveau de la friture, mais cela ne coupa pas.

J'entendais un bruit sourd dans le fond, et je compris peu à peu que c'était de la musique.

— Salut, *babe*, lança une voix.

Celle de Hayden. Oh, tant mieux.

— Chéri ?

Il ne m'appelait pas *babe*, d'habitude.

— Salut, *babe*, répéta-t-il, et, comme une idiote, je ne comprenais que maintenant.

Il ne me parlait pas. Son portable m'avait appelée tout seul.

Il avait l'air saoul. Ça ne lui ressemblait pas du tout : il aimait boire un petit verre de vin de temps à autre, mais ce n'était pas un gros fêtard. Il était raisonnable.

— Alors, tu travailles pour la compagnie aérienne ?

La voix semblait jeune, européenne – allemande ? suédoise ? Impossible à dire. Mon cœur cognait si fort dans ma poitrine que j'étais persuadée qu'il allait l'entendre.

— Ouais.

Je me figeai. J'aurais dû jeter le téléphone par terre, comme s'il s'agissait d'un serpent ou d'un scorpion, je le savais – il était tout aussi nuisible. Mais je ne pouvais pas bouger. Littéralement. Mon cerveau refusait de comprendre. C'était Hayden, le doux, le gentil Hayden, avec son petit accent de Hull que j'aimais tant.

— Raconte-moi la pire chose qui te soit jamais arrivée.

— Eh bien…

On aurait dit quelqu'un d'autre. Il avait adopté un ton légèrement traînant. Qui était cet homme ?

— On survolait l'Espagne, et ce minuscule avion d'épandage…

Ma mâchoire se décrocha.

— Nalitha…, appelai-je d'une voix rauque.

Elle se pencha vers moi, me prit le téléphone des mains, le colla à son oreille, et je vis à son expression que c'était aussi grave que ça en avait l'air. Elle hocha brusquement la tête, puis raccrocha.

— C'est lui ?

J'acquiesçai sans rien dire.

— Je croyais qu'il était anglais : on dirait qu'il est canadien ou un truc du genre.

— Je sais.

— Et il racontait à cette fille ce qui t'est arrivé comme si ça lui était arrivé à lui.

Je hochai à nouveau la tête.

— Et merde, siffla-t-elle.

Puis elle me poussa plus ou moins dans le cockpit et fit un signe à Erno pour qu'il repasse sur le siège de gauche.

— Erno, tu prends les manettes.

L'intéressé souleva le chapeau qui cachait son visage avec un grognement de surprise.

— Quoi ?
— C'est toi qui pilotes.

Il poussa un soupir.

— Mais...
— Ne discute pas.

Il se déplaça de mauvaise grâce, pendant que Nalitha allait donner les consignes de sécurité aux filles, qui chantaient en chœur avec enthousiasme. Je m'assis, puis effectuai les vérifications pré-vol machinalement, à peine consciente de ce que je faisais.

C'était quoi, ce délire ? Qu'est-ce qu'il fabriquait ? J'avais... Je croyais... Enfin, il était si normal. Si ordinaire, avec sa coupe de cheveux soignée et son intention – que je partageais – de devenir un jour membre du National Trust[1], d'aller voir plus de films d'art et d'essai, d'apprendre à faire des mots croisés et... Oh ! Tous mes projets. Tous mes projets ridicules. Ridicules.

Je regardais droit devant moi. Il n'y avait pas un souffle de vent ; le soleil printanier se reflétait sur la mer d'huile. La journée était belle, idéale pour voler, à condition de porter de bonnes lunettes de soleil, mais ça ne posait pas de problème quand on se dirigeait vers le nord. Aucun incident, rien d'inattendu, une journée

---

1. Organisation de sauvegarde et de promotion du patrimoine historique et naturel. (N.d.T.)

ordinaire à tous autres égards. Sauf que mon cœur, qui venait tout juste d'éclore, après des années à avoir travaillé, étudié, fait ce que l'on attendait de moi, mon cœur, qui s'était épanoui sur le tard, venait d'être piétiné.

Erno décolla, puis vola à basse altitude. Sur une plage totalement vide, je vis un superbe héron aux longues pattes déployer ses ailes et s'envoler avec une telle grâce, une telle beauté, qu'à côté, même *Dolly* faisait pâle figure. Ils s'en moquaient, songeai-je. Les oiseaux s'en moquaient. Ils n'avaient besoin ni de transpondeur ni de gyroscope. Ils étaient nés pour voler à l'estime. Et ils se moquaient des crétins de petits amis qui faisaient n'importe quoi dès qu'on avait le dos tourné, alors qu'on était censé pouvoir avoir une confiance totale, absolue, en eux. Une larme perla sous mes lunettes et coula sur ma joue. Un pilote ne devrait pas pleurer.

Erno se posa sur Larbh, sans aucun vent de travers. Il eut la délicatesse de ne pas souffler mot, de ne pas relever quand les filles se mirent à applaudir et à crier « Hourra pour la pilote ! ». Nalitha alla s'occuper d'elles.

Debout près de la porte du cockpit, je les regardai débarquer, le cœur gros. La future mariée, avec ses fausses boucles blondes qui lui volaient dans le dos, avec son voile et sa robe à froufrous ridicule, parut soudain magnifique sur le sable doré, dans l'éclat du soleil. En bas des marches, elle enleva ses chaussures et se mit à courir sur la plage d'un air ravi, pendant que ses amies la photographiaient en riant. Oui, songeai-je. Elle était magnifique.

— C'est pas possible, lâchai-je d'une voix étranglée.

Nalitha me passa un bras autour du cou, sans rien dire. Il n'y avait rien à dire.

L'endroit était désert ; il n'y avait aucun café accessible à pied. Le capitaine du bateau venait d'arriver pour emmener les filles admirer la faune sauvage. Il y avait un minuscule village sur l'île, aux habitations éparpillées, mais il se trouvait à plus de trois kilomètres. Et, ce jour-là, nous repartions à vide ; personne ne rentrait avec nous. Les filles allaient camper dans une superbe cabane dans les arbres et nous repasserions les prendre le lendemain. Il n'y avait plus que nous regardant les oiseaux et les filles qui couraient toutes sur la plage à présent. Elles riaient, criaient, libres.

Je les enviais, en les voyant tourner le dos à l'avion, aux responsabilités et aux peurs qui m'avaient envahie insidieusement, telle une liane enserrant ma trachée. Il n'y avait presque personne d'autre sur l'île : elles l'avaient pour elles toutes seules. Elles poussaient des cris de joie, balançaient leurs chaussures pour plonger leurs pieds pédicurés de citadines dans l'eau glacée, riaient, s'éclaboussaient, sans le moindre souci – à mes yeux, du moins. J'aurais donné n'importe quoi pour être l'une d'elles à ce moment-là.

Nous avions un peu de temps avant de repartir. Une grande quantité de fourrage était entassée à l'arrière de l'appareil, ce qui, bien que léger, n'est jamais très agréable. Heureusement, il faisait assez chaud pour laisser l'avion ouvert, histoire de l'aérer un peu.

N'importe quel autre jour, l'air frais, vif, et le soleil chaud qui entrait à flots dans la cabine m'auraient paru délicieux. Ce jour-là, je les vivais comme une moquerie, alors même que le rire des filles s'évanouissait et qu'on n'entendait plus que les oiseaux. Je me sentais très loin de chez moi. Et j'avais l'impression de ne plus vraiment savoir où était mon chez-moi. Car, je m'en rendais compte à présent, j'avais commencé à penser que c'était là où se trouvait Hayden. Que c'était lui, mon chez-moi.

Nalitha me fit asseoir à l'avant de la cabine, puis m'apporta une tasse de café ; Erno sortit fumer l'une des infectes petites cigarettes brunes qu'il affectionnait, pendant que Nalitha me prenait dans ses bras. Je fixai mon téléphone, comme s'il s'agissait d'une créature vivante que j'avais trop peur de toucher.

— Tu ne veux pas l'appeler ? Il y a peut-être une explication.

— Qu'est-ce que tu crois ? répondis-je avec un geste de dépit. Qu'il parlait à Babe, le cochon devenu berger ?

— Et Babe prit sa retraite à Dubaï, dit Nalitha en opinant du chef. C'est possible.

— Oh, non. Oh, non, me lamentai-je en baissant la tête.

— Il y a plein d'autres garçons.

Elle se voulait encourageante, mais ce fut pire. Bien pire. Ça supposait que c'était fini, que c'était du passé. Que notre histoire était déjà terminée. Je me remis à pleurer.

— C'est lui que je veux.

— Donc, tu vas te contenter d'oublier qu'il raconte d'énormes bobards… Enfin quoi, il travaille dans les RH, non ?

J'acquiesçai.

— Et se faire passer pour un pilote, ce n'est pas un délit ?

— Sauf si tu essaies de piloter l'avion. J'imagine que tu as le droit de le dire dans une conversation informelle.

Je reniflai bruyamment.

— Bon sang. Il s'intéresse tellement à mon boulot. Je croyais qu'il s'intéressait à moi !

Je me rappelai son enthousiasme quand nous étions allés voir *Top Gun* avec mes copains pilotes. J'avais cru (quelle idiote !) qu'il était content de rencontrer mes amis, de passer du temps avec moi. Je secouai la tête, incrédule.

— Bon sang, mais qu'est-ce que j'ai été *bête*.

— Mais non. Il… il fait juste son intéressant.

— Pour impressionner les filles ! Pour les mettre dans son lit ! Pendant qu'il est à Dubaï, et pas moi !

— Je ne t'ai jamais vraiment imaginée à Dubaï, de toute façon.

Cela déclencha une nouvelle crise de larmes.

— Oh, non, je suis désolée. Est-ce que tu veux que je pénètre illicitement dans le système informatique de son avion retour pour qu'il se crashe ?

— Et tuer tous les autres passagers, juste parce qu'il est à bord ?

— Oui. Les dommages collatéraux sont toujours un risque lors d'une vengeance, tu sais.

Ma gorge se serra.

— Je croyais… je croyais que c'était peut-être le bon, Nalitha.

— Il a peut-être fait une commotion cérébrale ?

Je regardai à nouveau mon portable.

— Est-ce que tu vas l'appeler pour lui laisser une chance de s'expliquer ?

Je gardai les yeux rivés sur mon téléphone. Je ne pouvais rien faire pour le moment ; j'étais dans tous mes états, sur les nerfs, profondément blessée. Et mon cerveau fonctionnait à plein régime pour essayer de trouver une explication simple, innocente, sans y parvenir.

Je ne répondis pas, et observai une bécassine sur la plage : nullement effrayée par l'énorme oiseau de métal, elle pépiait de contentement en plongeant son long bec dans le sable, à la recherche de nourriture, pleinement heureuse, le soleil sur ses plumes.

— Oh, non, lâchai-je.

— Allez, c'est une petite journée. Erno va nous ramener, et on ira boire des verres. Pour évacuer tout ça. Ça va aller.

Nalitha s'allongea sur la première rangée de sièges, refusant de mettre sa ceinture, mais je n'y prêtai pas attention, et Erno décolla en direction du sud-sud-est, l'avion prenant plus de vitesse que nécessaire. Nous avions si peu de poids à bord qu'on aurait presque pu décoller comme un Hawker Siddeley Harrier. *Dolly* était un appareil léger, en métal brillant, avec des ailes argentées, conçu pour être dans un élément ; pour voler dans les airs, comme les poissons étaient censés nager dans l'eau.

D'aucuns prétendent que les avions sont des engins contre-nature, avec leurs kilomètres de câbles et tous ces rivets en aluminium, mais *Dolly* n'avait qu'un désir : être dans le ciel. Au sol, il lui arrivait même de battre un peu des ailes, de louvoyer, détestant rouler, ne désirant que décoller pour rejoindre les nuages. On volait à deux mille pieds, dans un ciel dégagé ; l'air était limpide et doux. Là, sentant le vent sur ses ailes, elle était libre de faire ce qu'elle voulait.

Je regardai par la fenêtre. À la radio, on parlait d'un front météorologique qui approchait rapidement. Je fronçai les sourcils. En effet, au loin, sur le côté, des nuages s'amoncelaient : telles des briques de Lego, ils se dressaient de manière imposante, se transformant en cité dans le ciel. Erno poussa un grognement agacé quand je tendis le cou pour mieux voir. Puis il grogna à nouveau, et je me tournai vers lui. Il ne tenait pas sereinement le manche comme il le faisait d'habitude ; il ne regardait pas les instruments de bord et sa montre, avec l'air de compter les minutes qui le séparaient du moment où il retrouverait la terre ferme et prendrait son prochain repas. Une fois, Nalitha avait dit que si l'on pouvait apprendre à un loup à piloter un avion, on ne verrait pas vraiment la différence avec Erno.

Il poussa un nouveau grognement.

— Erno ?

Je le regardai de plus près et Nalitha se leva : il était évident que quelque chose n'allait pas. Tout blanc, en nage, il fermait les yeux.

— Erno ?!

Nalitha se pencha vers lui pour desserrer sa cravate.

— Est-ce que tu m'entends ? Ça va ?

— Je ne me sens pas bien du tout, répondit-il en gémissant.

— Qu'est-ce que tu as mangé au petit déjeuner ?
— Comme d'habitude.
— C'est-à-dire ?
— Quatre saucisses, quatre tranches de bacon, deux galettes de pomme de terre.

J'échangeai un regard avec Nalitha.

— Eh bien, ça explique tout, dit-elle.

Je ne pensais plus à ma vie qui s'effondrait, à la gravité de la situation, à mon désarroi vis-à-vis de Hayden, à mes peurs, à ma nervosité, à mes problèmes. Je ne pensais plus à rien de tout cela. Tout s'évanouit, et mon expérience prit le relais.

— Erno, je prends les commandes, annonçai-je en actionnant les boutons et la gouverne de direction sans même m'en rendre compte.

Dolly fit un petit bond, mais cela se passa bien. Sentant une légère secousse, je vérifiai la vitesse. Sans surprise, le vent nous poussait.

Erno respirait mal ; Nalitha lui parlait. On était à environ trente-cinq minutes de Carso. Je leur jetai un coup d'œil. Il allait falloir que j'appelle la tour de contrôle par radio.

— Dis-moi où tu as mal, dit Nalitha.
— Je ne sens pas mon...

Et il s'affaissa subitement. Sa ceinture le retint dans son siège, inerte, mais il avait manifestement perdu connaissance.

— Merde ! lâchai-je en même temps que Nalitha.

CHAPITRE 11

Nalitha se faufila dans le minuscule cockpit (de la taille de l'avant d'une toute petite voiture, à peu près), puis défit la ceinture d'Erno, qui s'écroula au sol avec grâce malgré sa forte carrure. S'il avait des problèmes cardiaques, la visite médicale les aurait sûrement détectés, non ? Il respirait toujours. Je m'emparai de la radio.

— *Mayday, Mayday, Mayday.* Le commandant de bord de MacIntyre Air est dans l'incapacité de piloter. Le nombre minimal de membres d'équipage n'est plus respecté. L'appareil…

Ma gorge se serra. Par le passé, j'étais capable de piloter cet avion en solitaire. Plus aujourd'hui.

— … l'appareil est sous contrôle. J'attends vos instructions.

La voix du contrôleur aérien ne changea pas d'un iota.

— Autorisé à atterrir immédiatement ; Inchborn INB, autorisé atterrissage, MacIntyre Air, se contenta-t-il de répondre avec le plus grand calme.

Je n'avais pas besoin de consulter les cartes : je savais exactement où j'étais. Au milieu de l'archipel, Larbh derrière moi, Inchborn à tribord, droit devant, juste avant l'île principale. En bas, la mer était plus agitée, moins calme que ce matin, mais le ciel était toujours dégagé devant nous. L'inquiétude venait de derrière.

— On est trop près, expliquai-je. On n'a pas le temps d'effectuer une bonne descente. Je vais devoir tenter une autre approche.

— On ne peut pas l'emmener à l'hôpital ? Il doit aller à l'hôpital.

Je secouai la tête.

— Je n'ai pas le droit de voler avec un seul pilote, Nal, tu le sais. C'est impossible. C'est la loi. Je dois me poser au premier endroit où je peux. C'est-à-dire ici.

L'hôpital était encore à quarante minutes de vol, sans compter le temps d'attente à l'aéroport. Ce n'était ni légal ni sûr.

— Mais on pourrait le perdre !

— Je suis désolée.

J'allais devoir faire le tour de l'île, jusqu'à trouver un bon angle pour atterrir. Je pouvais y arriver, je pouvais y arriver, me répétais-je.

— Demande ambulance aérienne à Inchborn, dis-je à la radio afin qu'ils envoient l'hélicoptère.

Nalitha s'efforçait de faire revenir Erno à lui. Il avait un teint affreux, d'un vilain gris, et elle craignait qu'il ne reste inconscient.

— Il peut faire un arrêt cardiaque à tout moment. Erno ! Erno, réveille-toi !

La radio grésilla, puis confirma que l'hélicoptère était en route et que Dolly avait l'autorisation d'atterrir en urgence sur Inchborn.

— Mais je me poserais vite, à votre place, ajouta la voix. Il y a une supercellule derrière vous.

Il parlait de l'orage, mais il n'avait pas à me le dire. Je le sentais.

Nalitha essaya la fréquence radio d'Inchborn à plusieurs reprises pour prévenir le grincheux de notre arrivée imminente, mais personne ne répondit.

— Il nous ignore sûrement, dis-je en me concentrant sur les manœuvres que j'avais à effectuer pour atterrir en toute sécurité.

— Eh bien, il ne nous ignorera plus dans six minutes. Bon sang, Erno, réveille-toi ! s'écria-t-elle en lui donnant une petite claque. On devrait le mettre en position latérale de sécurité.

— Impossible, répondis-je, l'air grave. On va se poser, et ça va secouer. Il faut le rattacher.

J'amorçai la descente. Mais on était bien trop près, c'était toujours trop serré. La plage était trop courte. Je n'allais pas y arriver. J'essayai de me calmer. Personne ne pouvait y arriver.

Je cabrai brusquement l'avion et nous propulsai dans les airs. J'allais faire le tour pour tenter une deuxième approche. C'était la marche à suivre. Une conduite tout à fait normale. N'importe qui aurait agi ainsi.

Mes mains tremblaient sur le manche, mais je maîtrisais l'appareil. Puis on se retrouva face à ce qui était jusque-là derrière nous.

Les nuages s'étaient transformés en gratte-ciel ; de grandes tours noires qui se dressaient de tous côtés, écrasantes. Le bruit des moteurs couvrait le tonnerre, mais nous vîmes toutes les deux un éclair zébrer le ciel.

— Bon Dieu ! s'écria Nalitha.

L'orage fonçait sur nous à une vitesse surprenante. J'avais vu les prévisions météorologiques dans la matinée : il aurait dû passer à plus de cent cinquante kilomètres au nord, très loin de nous, et éclater sur l'Islande. Il n'aurait pas dû être ici. Pas maintenant.

En temps normal, on peut échapper à un front orageux : on peut le contourner, par le côté, par le haut ou par le bas ; en changeant de cap, tout simplement. Là, c'était impossible. Un Dieu vengeur nous accablait, il fallait qu'on se pose le plus vite possible.

Dolly lutta, puis tomba dans un trou d'air formé par la rencontre entre l'air chaud et l'air froid. Nous fûmes aussitôt secoués de haut en bas, Erno rebondissant sur son siège, telle une poupée de chiffon.

— Et merde, dit Nalitha.

Il n'y avait personne pour poser cet avion. Personne, à part moi.

CHAPITRE 12

— Boucle ta ceinture, ordonnai-je à Nalitha.

Elle avait le visage figé. Le contrôle aérien me parlait sans arrêt, me disant, je le savais, de poser ce fichu avion le plus vite possible.

— On doit se débarrasser de la cargaison ?

— Non, répondis-je aussitôt.

On n'aurait pas pu, même si on l'avait voulu, ce qui n'était pas le cas. Nalitha était brillante, mais elle ne connaissait pas les avions aussi bien que moi. On était ballottés dans les airs, comme si une main gigantesque avait attrapé le petit avion pour jouer avec. Je résistai, nous sentant tanguer, instables. Le vent, qui redoublait à chaque seconde, faisait pression sur le métal ; je l'entendais mugir malgré mon casque. Nalitha tentait toujours de joindre le gardien d'Inchborn, sans résultat. Il fallait que je me sorte de là, avant que le vent ne me fasse prendre trop d'altitude, avant que je ne puisse plus regagner le sol.

Je virai à plus de quarante-cinq degrés. Cela ne plut pas à *Dolly*, mais il fallait qu'on se replace dans le bon sens, il fallait qu'on perde de l'altitude. Atteindre Inchborn était déjà assez difficile ; je ne pouvais pas risquer d'aller jusqu'à Cairn, où il y avait des habitations et des granges.

Je n'avais pas peur, étrangement. Pas comme avant. Je ne pensai pas une seconde à l'Espagne. J'étais entièrement concentrée sur la situation, sur ce que je devais faire, mes années de formation prenant le relais.

On allait trop vite, on avait trop de carburant. L'alarme de *Dolly* se déclencha. Elle n'aimait pas se trouver aussi près du sol et me disait de remonter. Je voulais à tout prix tenter une nouvelle approche pour nous faire descendre en spirale, mais le ciel n'était plus qu'une immense masse noire d'où tombait un rideau de pluie battante. Je ne pouvais pas prendre le risque de me retrouver dans les vents de travers derrière les nuages illuminés d'éclairs. Ils pourraient nous aspirer, puis nous recracher, telle une minuscule boule de métal.

Neuf cents pieds, huit cents.

Le sol se rapprochait à chaque seconde, une étendue de sable doré devenue grise, menaçante, le soleil masqué par l'ombre monstrueuse qui semblait recouvrir la terre. Le monde n'était plus que tempête.

L'alarme se mit à sonner plus fort, mais j'étais déterminée à atterrir. Erno était à côté de moi, inconscient ; Nalitha, derrière, quelque part, plus silencieuse que jamais.

Pose-la, Morag, me dis-je. Pose-la. Et, soudain, plus rien n'eut d'importance : ni mes peurs, ni mon travail, ni mon avenir, ni Hayden. Ni papi ni la compagnie aérienne. Ni aucun de mes problèmes ridicules. Rien, à part cela : *Dolly* et moi contre le reste du monde, contre les éléments.

Trois cents pieds, deux cents. On allait trop vite. On était trop près. Je pouvais y arriver. Je le pouvais. Je le pouvais…

Je réduisis les gaz, tirant sur la manette, encore, encore, encore…

BANG !

Les roues touchèrent le sol. Trop vite, trop fort. Je le sentis. *Dolly* battit des ailes, protestant, rebondissant haut sur le sable. Elle voulait s'envoler à nouveau. Ne pas être soumise à la gravité, aux lois de la physique d'un monde en deux dimensions et d'une Terre implacablement plate. Je la comprenais parfaitement. Je n'avais aucune envie d'être là, moi non plus. On retomba brutalement, sans cesser d'avancer. Je voulais fermer les yeux, mais ne le pouvais pas.

Un violent vent de travers nous fit dévier de notre trajectoire, nous poussant presque dans la mer. Je la corrigeai trop vite, pestant contre moi-même, manquant de nous envoyer dans la dune. Des galets rebondirent sur l'aile avec un bruit métallique, et Nalitha jura entre ses dents. Si on s'immobilisait trop vite, on pouvait vriller ou se renverser. Mais j'avais un autre problème, plus pressant : on avait bientôt atteint le bout de la plage.

Je jetai un coup d'œil aux instruments. Deux choix s'offraient à moi : pousser la manette, remettre les gaz et redécoller (ce qui ne nous aiderait en rien), ou freiner de toutes mes forces, maintenir le cap, fermer les yeux et prier pour qu'on ne se fracasse pas contre la falaise au bout de la plage.

— Et merde, répétai-je, mais tout bas, dans un souffle.

J'appuyai à fond sur les freins, qui grincèrent en signe de protestation, dégageant une odeur d'amiante brûlée. Puis j'entendis une explosion et j'eus un vertige en réalisant que l'un des pneus venait d'éclater. Je contrôlais encore moins l'appareil désormais.

— Allez. Allez, *Dolly*, allez. Tu peux le faire. Tu peux le faire.

Nalitha écarquilla les yeux en voyant la paroi de la falaise emplir le pare-brise, se dressant au-dessus de nous, immense, impitoyable : on fonçait à toute allure vers ce monolithe gris, comme incapables de s'arrêter. Mais, tandis que je m'épuisais à pomper sur la pédale de frein en poussant des cris d'effort, l'énorme appareil, si gracieux dans les airs, si inadapté au terrain sur lequel il se retrouvait, finit par s'immobiliser, peu à peu, terriblement lentement, le bout de son nez touchant presque la roche.

Pendant une seconde, il régna un silence total. Je sentais les battements sourds de mon cœur, la sueur perler sous mes aisselles. Dans l'ombre de cette falaise monumentale, il faisait presque nuit. L'avion tremblait dans le vent qui se levait. Mais on avait atterri. On avait atterri.

— Putain, lâcha Nalitha tout bas.

Je ne pus qu'acquiescer. J'inspirai et expirai lentement, bouche, nez, bouche, nez, sentant la joie monter en moi. J'avais réussi. J'avais réussi. On était sauvés.

Après avoir débouclé ma ceinture, je me levai d'un bond pour m'occuper d'Erno. Nalitha m'aida à le détacher, les mains tremblantes, puis à le mettre en position latérale de sécurité. Il avait une mine épouvantable − d'une pâleur cadavérique, trempé de sueur −, mais il respirait et avait un pouls régulier. Nalitha courut chercher la trousse de premiers secours, puis sortit la cartouche d'oxygène, qu'elle plaça sur son nez et sa bouche. De mon côté, je passai un nouvel appel radio : on m'apprit qu'ils n'avaient pas pu envoyer l'ambulance aérienne à cause du vent, d'une force supérieure à 6, mais le petit hélicoptère était en chemin, nous devions donc continuer de surveiller Erno et de lui donner de l'oxygène.

Je m'approchai alors de la porte et l'ouvris.

J'eus l'impression d'avoir atterri sur la Lune, ou sur une planète lointaine, farouche, qui ne voulait pas de notre présence. Le vent me cingla le visage et, bien qu'il soit 16 heures un après-midi de printemps, le ciel était totalement noir. Le sable de la longue plage jaune se soulevait par vagues, me fouettant lui aussi le visage. La mer était encore pire : c'était un animal sauvage, déchaîné, surmonté d'un millier de griffes, qui luttait et rugissait ; une bête d'une force inouïe qui bouillonnait, assouvissant sa fureur. C'était une sacrée tempête. Prise d'inquiétude, je me demandai soudain jusqu'où monterait la marée. Et comment je pourrais remettre *Dolly* dans le bon sens.

Une chose après l'autre, me dis-je. Je fis le tour de l'avion par l'arrière, assaillie par la pluie, les idées embrouillées.

Au bout d'un moment, j'entendis quelque chose par-dessus le bruit assourdissant du vent qui me hurlait dans les oreilles. Un *flap flap flap*. Je relevai les yeux. Un hélicoptère essayait de se frayer un chemin à travers l'orage. C'était un appareil robuste, jaune vif – pas l'ambulance aérienne, mais un hélicoptère de la marine destiné aux opérations de recherche et de sauvetage, conçu pour affronter des vents forts et hélitreuiller les marins en haute mer. J'étais frigorifiée, réalisai-je tout à coup. Je ne m'en étais même pas rendu compte jusque-là. Mais je me détendais un peu, à présent. De vrais professionnels pilotaient ces engins ; ils allaient prendre les choses en main, à partir de maintenant. Or, au moment où je me disais cela, je vis l'hélicoptère virer d'un côté et de l'autre, tentant différentes approches pour que le sauveteur puisse sauter sur la plage, et je compris que se poser sur le sable était difficile pour eux aussi, naturellement : ils devaient trouver un endroit plus sûr. Je courus au sommet des dunes, où il y avait un terrain moins meuble, recouvert de joncs plats et de seigle de mer, puis, remarquant une surface plane suffisamment grande pour qu'ils puissent y atterrir, j'agitai les bras en croix.

L'hélicoptère suivit mes indications, puis je m'écartai, et il réussit à se poser sans soulever trop de sable et se faire ensevelir. Le pilote resta aux commandes, tandis que le secouriste descendait d'un bond. Il n'avait pas le temps d'échanger des politesses.

— Le patient ?

Extraire Erno de l'avion ne fut pas une mince affaire – c'était un grand gaillard. Le secouriste l'examina, félicita Nalitha pour ses premiers soins (elle sourit de toutes ses dents), puis souleva la tête de la civière pendant qu'on prenait l'autre bout. Ensemble, aussi délicatement que possible, on descendit l'escalier étroit, qui parut soudain aussi abrupt qu'une montagne, avant de sortir dans la tempête.

— Je ne peux emmener que l'une de vous, nous cria le secouriste.

J'échangeai un regard avec Nalitha.

— Ne sois pas bête, hurlai-je par-dessus le vent. Je dois rester avec *Dolly*.

— Mais tu pourrais repartir en hélico et revenir avec des renforts... ?

— Je ne peux pas voler par ce temps, arrête tes bêtises. Tu dois m'envoyer quelqu'un. De toute façon, j'ai un pneu crevé. Il faudra que tu en fasses venir un par ferry pour que je puisse déplacer l'avion. Tu vas devoir réveiller papi, te procurer un pneu et l'expédier par le premier ferry, d'accord ?

Elle acquiesça, puis on chargea la civière dans l'hélicoptère. Je caressai le front d'Erno. Il était tout moite.

— Tu vas t'en sortir, dis-je, et il marmonna quelque chose en finnois.

Nalitha lui prit la main.

— Allez ! nous pressa le secouriste en levant les yeux.

Au loin, un jet de lumière embrasa le ciel : d'autres éclairs, sans doute, qui approchaient vite.

— Il faut qu'on y aille. Vous vous êtes bien débrouillée, complimenta-t-il Nalitha.

En effet, Erno, sous son masque à oxygène, remuait. Je lui pris moi aussi la main.

— Ça va aller, lui dis-je en la serrant.

— Ça va aller, si vous nous laissez partir, lança le secouriste, mais sans méchanceté.

Le pilote les appelait, gesticulant avec insistance, et je leur fis signe de partir. Erno parvint même à agiter la main, ou à la soulever, du moins. Nalitha me regarda en levant le pouce, je l'imitai, puis on s'enlaça brièvement. Son cœur battait aussi vite que le mien.

Je finis par m'éloigner de la dune, me couvrant les yeux pour ne pas recevoir le sable soulevé par l'hélicoptère en partant. Après avoir passé le moins de temps possible au sol, celui-ci disparut dans les nuages noirs. Moment où je commençai à me dire que j'étais vraiment dans de beaux draps.

DEUXIÈME PARTIE

CHAPITRE 13

Je regardai autour de moi, inquiète. Pour la petite histoire, les pilotes sont formés à poser un avion en toute sécurité sur terre, et même en mer. Mais on ne nous prépare absolument pas à ce qui se passe ensuite, une fois qu'on a fait atterrir l'avion et sortir tous les passagers plus ou moins sains et saufs. On ne nous dit pas grand-chose de plus. On est sans doute censés être accueillis par une foule en délire qui nous hisse sur ses épaules.

Je sortis mon téléphone. Il n'y avait pas de réseau sur cette île inhabitée à l'extrémité nord du monde. Rien. Bien sûr. Il n'y avait rien, à part des oiseaux et la tempête imminente.

Enfin, il y avait quelqu'un sur l'île. J'étais tentée, en réalité, de me replier dans l'avion et d'allumer le moteur pour passer la nuit à l'abri. Nalitha avait sûrement laissé des muffins quelque part... Mais j'allais avoir besoin de l'électricité des générateurs pour d'autres usages. Le lendemain matin, quand quelqu'un viendrait avec un nouveau pneu – et avec mon grand-père, dans l'idéal, s'il n'était plus alité. Je poussai un soupir, remontai à l'intérieur, attrapai l'imperméable de Nalitha dans la porte, puis communiquai notre statut au contrôle aérien et à la base.

Ils compatirent, avant de m'annoncer une nouvelle déprimante : le grain s'intensifiait, se transformant en tempête de catégorie 3, voire 4. Je poussai un nouveau soupir. Enfin, Nalitha dirait à tout le monde qu'on allait bien, *Dolly* et moi.

J'appréhendais de ressortir sous l'orage, qui jetait désormais de la grêle par poignées contre les fenêtres du cockpit. La visibilité était quasi nulle, même sans falaise pour bloquer la vue, mais il fallait que je cherche cet homme, où qu'il soit. Je m'efforçai de me rappeler l'emplacement exact de la maison. Elle n'était pas loin, je le savais, juste de l'autre côté des dunes. L'île était si petite, on ne pouvait pas s'y perdre bien longtemps, si ? Je m'armai de la grosse lampe-tempête qu'on gardait dans le casier du cockpit.

Pourquoi n'avait-il pas entendu ni vu l'avion atterrir ? C'était un gros engin qui descendait du ciel, après tout. J'essayai à nouveau la radio, toutes les fréquences locales. Rien du tout. Ce n'était pas sérieux de sa part : il aurait dû l'écouter en permanence, surtout une journée comme celle-ci. Et si j'avais été un bateau qui s'apprêtait à se fracasser contre les rochers ? me dis-je avec colère. Ou, pire, un avion qui atterrissait en urgence ? J'aurais pu avoir besoin qu'il m'éclaire avec des fanaux. Mais il ne tenait pas son poste. Espèce d'abruti de citadin, il ne savait pas qu'on comptait les uns sur les autres, ici. Qu'on dépendait de nos voisins, amis et collègues. L'archipel était interconnecté – c'était son essence même. Ce n'était pas une maison de vacances pour ermites.

Je me rendis compte tout à coup que je m'étais incluse dans ce « on », comme si j'en faisais partie, moi aussi. Enfin, c'était le cas, pour l'instant.

Avoir peur sur une île plus petite que certains jardins privés peut sembler ridicule – comme ces explorateurs qui meurent à seulement quelques mètres de leur abri –, j'en ai conscience. Mais la visibilité était vraiment épouvantable. On n'y voyait absolument rien dehors. Et le vent allait essayer de me renverser.

D'un autre côté, je ne pouvais pas rester là, si ce gros fainéant ne répondait pas à la radio. Sans compter que *Dolly* penchait, instable, sur le sable, sur lequel elle n'était pas censée s'attarder. Le pneu crevé la rendait bancale, et j'avais beau connaître les marées pour le tronçon de la plage où l'on atterrissait en temps normal, je ne savais pas ce qu'il en était ici. J'ignorais si l'eau pouvait monter si haut. Je ne pouvais même pas examiner le sable pour essayer de trouver un indice, voir s'il était couvert d'algues ou non. Le vent mugissait, le tonnerre grondait au-dessus de moi. J'enfilai l'imperméable, me disant qu'il serait parfaitement ridicule de me mettre à pleurer maintenant. Mon téléphone traînait là, comme le morceau de plastique inutile qu'il était.

OK, me dis-je, en me levant. Allez. J'y vais. Lentement, prenant tout mon temps, dans l'espoir pathétique que la tempête se calme, j'éteignis le chauffage, l'éclairage – tous les systèmes. Je les désactivai, puis les sécurisai. Une bourrasque de pluie mêlée de grêle frappa le flanc de *Dolly*, me faisant sursauter.

C'était si bête. Ce vieil avion stupide, à propos duquel on nous avait tous charriés, que j'avais laissé derrière moi des années plus tôt pour m'ouvrir à de nouveaux horizons – il était comme un vieil ami, à présent, avec ses fenêtres tremblantes. Il m'était si familier : ça m'avait permis de me poser, dans tous les sens du terme. Et, malgré l'horreur de la situation, je ressentais aussi un certain soulagement. J'avais été à la hauteur. On avait atterri, même si ç'avait été mouvementé.

— Ça va aller, lui dis-je, souhaitant avoir raison, contre tout espoir.

Sur ce, je tournai la poignée et ouvris la porte, la nuit hurlante m'assaillant aussitôt de toutes ses forces. Je serrai les mâchoires, puis sortis.

Une phrase d'un vieux livre de Susan Cooper me vint à l'esprit : « La nuit va être dure et, demain, ce sera inimaginable[1]. » C'était inimaginable, dehors. Cette puissance. J'avais survolé, contourné des orages et, parfois, essuyé la queue d'une tempête qui n'avait pas évolué comme prévu. Les turbulences ne me dérangeaient pas : on était formés pour, même si je savais que les passagers n'aimaient pas ça. Contrôler l'appareil, essayer de trouver la trajectoire la plus fluide me grisait, et la façon dont l'air tourbillonnait, se déplaçait, montait ou descendait, les masses chaudes et les masses froides se rencontrant, occupant l'espace, ne cessait de m'intriguer. L'air étant invisible, on ne peut pas voir ses mouvements. Même si je pense que Van Gogh les percevait, lui. La première fois que j'ai admiré *La Nuit*

---

1. *Les Portes du temps. À l'assaut des ténèbres*, Paris, Gallimard jeunesse, 2007, p. 15 (traduction : Philippe Morgaut). (N.d.T.)

étoilée, j'ai vu qu'il peignait l'air, et le vent, tout ce qui bouge autour de nous en permanence. On ne prête pas attention à ce qu'on ne voit pas, puis on se laisse surprendre par la pluie. Mais si on suit les fluctuations, la succession des conditions météorologiques, influencées dans un sens ou un autre par le soleil, la lune et les marées, on les voit. Et, parfois, on ne peut pas les éviter.

En bas des marches, je mis les pieds dans l'eau glacée. Mes chaussures n'étaient vraiment pas adaptées : des derbys noirs, qui faisaient partie de mon uniforme et que j'avais adoptés ici. Je portais pourtant deux paires de chaussettes – j'avais toujours les pieds gelés en vol. Papi, lui, portait toujours des bottes d'aviateur ; je devrais peut-être songer à l'imiter. Le vent soulevait mes cheveux et ma capuche, les embruns me piquaient la peau. Je lâchai un juron.

Puis je jetai un coup d'œil au pneu crevé. Naturellement, le caoutchouc s'était arraché ; ne restait que la jante en métal, complètement ensablée. Déplacer l'avion était exclu pour l'instant : il était comme ancré dans le sol. Je l'éclairai avec ma lampe, m'efforçant d'éviter les vagues. Et merde. Merde, merde, merde. Il faudrait que je revienne avec des renforts, quand la tempête se serait calmée…

Je scrutai l'obscurité terrifiante, l'eau tumultueuse, les grosses vagues. L'une d'elles m'éclaboussa jusqu'à la taille, puis une autre approcha : on aurait dit qu'elle allait atteindre le haut des marches. Il fallait que je quitte cette plage, et vite : rester ici était extrêmement dangereux.

Je plongeai sous le fuselage (ce que je ne fais jamais – même à ce moment-là, j'eus l'impression que ça portait malheur), puis grimpai jusqu'au sommet de la dune, les pieds trempés, affrontant la fureur du vent, encore plus frigorifiée.

Soudain, je vis une grande lumière passer dans le ciel, et je faillis m'effondrer de soulagement, pensant que quelqu'un était venu me secourir. Mais l'instant d'après, je me rendis compte, confusément, que je venais de quitter l'ombre de la crique et que ce que je voyais, c'était le phare, qui venait de m'illuminer avant de retourner guider les navires en mer. Excepté ce faisceau, qui balayait l'île toutes les trente secondes, il n'y avait aucune lumière. Au moins, je n'étais pas en mer, songeai-je. Je n'étais pas en route pour l'hôpital, contrairement à Erno. Il y avait des âmes plus en peine que moi, ce soir.

Je m'emmitouflai dans mon imper déjà trempé, maudissant pour la énième fois mes godasses ridicules, puis regardai autour de moi, essayant de repérer la maison. Soudain, une pensée affreuse me vint. Il ne répondait pas à la radio, alors qu'il était tenu de la garder avec lui… il n'y avait pas de lumière… Je veux dire, qu'est-ce que je savais de ce type, au fond ? Je ne connaissais même pas son nom. Était-il là, au moins ? Il lui était peut-être arrivé malheur. Allez savoir pourquoi les gens acceptaient ce drôle de poste. Je me rappelai l'histoire d'Archland, l'un des îlots les plus éloignés de l'archipel. Ses habitants s'étaient peu à peu installés plus au sud, sur des îles plus peuplées, dotées d'une école et d'un bureau de poste, jusqu'à ce qu'il n'en reste plus qu'un : un vieux berger, qui refusait de quitter son troupeau adoré. Il vivait dans un petit cottage en pierre non chauffé, sans électricité ni eau courante, de sorte qu'il allumait des feux de tourbe, cultivait des pommes de terre et des légumes, et fabriquait son propre fromage. Il avait vécu en ermite pendant quinze ans, jusqu'à ce qu'un jour, un navire d'expédition géographique s'arrête sur l'île et le trouve mort près d'un de ses murets de pierre. Mon grand-père me racontait cette histoire quand j'étais petite. Elle était positive, à ses yeux : lorsqu'il survolait Archland, disait-il, il entendait toujours le berger appeler ses moutons, heureux comme un roi. Il se souvenait de l'immense troupeau et que, de temps à autre, il volait bas pour saluer l'ermite et lui lancer quelques chewing-gums. Le vieil homme n'avait jamais voulu qu'il se pose : il n'avait jamais semblé manquer de compagnie.

« C'était le plus heureux des hommes », disait toujours papi, mais cette histoire nous terrifiait, Jamie et moi. On imaginait l'ermite souffrant... son état empirant... sachant qu'il allait mourir... seul... puis hanter à jamais les terres qu'il avait arpentées toute sa vie, le même lopin, le même îlot minuscule. On s'interrogeait : si on entrait dans son petit cottage en ruine (qui était encore debout, on pouvait le survoler, mais on n'avait pas le droit de se poser sur l'île, le gouvernement l'ayant réquisitionnée à des fins potentiellement malveillantes), entendrait-on le *tap tap tap* d'un bâton de berger à la fenêtre ? Verrait-on deux yeux féroces, méchants, nous fixer ? Nous hurlerait-il qu'il voulait être SEUL ?!

Je me ressaisis. Les choses allaient déjà assez mal comme cela, pas la peine d'en rajouter en me faisant peur avec des histoires à dormir debout. Il devait y avoir une explication toute simple, forcément. Et, pendant ce temps, malgré mon imper, je me sentais frissonner et claquer des dents. Il gelait, sur les dunes.

Je plissai les yeux. La lumière tournante de ce fichu phare ne durait pas assez longtemps pour éclairer mon chemin. Je choisissais une direction, puis une autre, à l'aveuglette. Le mugissement du vent était infernal. Je pris une profonde inspiration, tentant de me rappeler par où l'homme était parti la dernière fois, furieux, quand nous lui avions déposé la malle. J'essayai aussi de me souvenir si j'avais vu des lumières, des années auparavant, pendant les matinées sombres d'hiver. C'était forcément le cas. La maison se trouvait sur la partie ouest de l'île, j'en étais certaine, près de l'endroit où les deux plages se rejoignaient, reliées par une langue de terre courbée couverte d'ajoncs.

Je poursuivis mon chemin, gardant le phare sur ma droite, terrifiée à l'idée de tourner en rond, m'efforçant de ne pas penser aux vagues qui léchaient les jambes de *Dolly*. Il ne servait à rien de crier : personne ne m'aurait entendue, même en étant à côté de moi. La visibilité était si mauvaise qu'on se serait cru en pleine nuit, et malgré tout, l'obscurité s'épaississait encore. Je ne m'étais jamais retrouvée dehors par un temps pareil, mais je ne pouvais que baisser la tête et continuer à avancer.

Je repensai aux livres que j'aimais enfant : des histoires d'aventure et de catastrophe en Antarctique. Cela ressemblait-il à ça ? Une progression difficile dans le noir et le vent ? Je relevai à nouveau les yeux, en vain : je n'y voyais rien, et les piles de ma lampe faiblissaient déjà. Je poussai un soupir.

— MERDE ! criai-je dans le vent. MERDE ! MERDE ! MERDE !

La seconde suivante, j'entendis un bruit et je bondis, morte de peur.

CHAPITRE 14

C'était un gloussement guttural, étonnamment audible, malgré l'orage. Un bruit démoniaque, terrifiant. Le rire d'un homme qui était resté quand tous les autres étaient partis ; que la solitude avait rendu fou, ou qui était déjà fou et avait eu besoin d'un endroit où laisser libre cours à sa folie… Un nouveau gloussement rauque se fit entendre dans l'obscurité, et je me retins de hurler.

— Qui est là ? criai-je, en vain. Où êtes-vous ?

Mon cœur battait si vite que j'avais l'impression qu'on le secouait en tous sens. J'en eus soudain des sueurs froides. J'agitai frénétiquement ma lampe, claquant des dents.

— QUI EST LÀ ?

Le vent hurlant, la pluie cinglante, le gloussement bas. Je battis des paupières, essayant d'ouvrir grand les yeux : allait-il m'attaquer ? Riait-il de mon malheur avant de m'entraîner dans le noir, jusqu'à sa remise, pour me faire Dieu sait quoi… ?

Je finis par braquer ma lampe au sol, et sursautai, sous le choc, avant d'éprouver un soulagement si immense, si bienfaisant, que les larmes me montèrent aux yeux et que j'eus soudain une envie pressante de faire pipi. Il y avait une poule à mes pieds : elle gloussait sans me regarder, comme si elle demandait, furieuse, pourquoi le monde était devenu si sombre, si étrange, si horrible.

— Oh, bon sang ! Tu m'as fait peur, cocotte ! m'exclamai-je d'une voix étranglée. C'est pas vrai.

Je me retournai. À ma connaissance, les poules ne s'éloignaient jamais trop de l'endroit où on les nourrissait : j'attendis donc la lumière du phare, puis distinguai les contours gris d'une maison sur le promontoire, à une cinquantaine de mètres de là.

— La voilà ! lançai-je, avant de me rappeler un détail que j'avais lu au sujet des poules. Ne regarde pas le ciel pendant l'orage, lui conseillai-je. Ton bec se remplirait d'eau et tu te noierais.

Je me penchai pour la prendre dans mes bras, mais elle poussa un haut cri, alarmée, et prit la fuite. Ne sachant que faire d'autre, je la suivis.

Je compris mon erreur en atteignant la porte, dans un état épouvantable, trempée, ruisselant de pluie, rendue sourde par le vent, ébouriffée, terrifiée, la poule criaillant à mes pieds avec colère, dans l'espoir que je lui donne à manger. Je me trouvais à l'arrière de la maison. C'était un grand bâtiment de pierre grise, massif, avec des fenêtres à guillotine : un genre de presbytère, érigé, je dirais, quand les Victoriens s'efforçaient encore de tourner la page de l'époque georgienne, mais avant qu'ils ne commencent à ajouter des ornements tarabiscotés partout (je ne suis pas experte en architecture). Cela dit, c'était une belle construction, où devaient loger l'abbé et les religieux de passage. Les derniers moines n'étaient partis que dans les années 1850, sans doute attirés par les lumières et les lieux de plaisir d'Oban, mais des prêtres avaient vécu ici : cette île avait été un lieu de pèlerinage, où s'étaient tenues des assemblées et des conférences religieuses jusqu'à récemment, quand l'Église d'Écosse l'avait cédée et qu'elle était devenue un site classé doublé d'une réserve ornithologique. De prime abord, la demeure semblait toujours plus ou moins habitable, bien que sombre et fermée, vue d'ici. Un cabanon conduisait à une cave à charbon, et des pelles, ainsi qu'une brouette, traînaient devant plusieurs dépendances.

Je fis lentement le tour de la maison, les yeux mi-clos sous la pluie diluvienne, jusqu'à ce que mes doigts touchent un grand bow-window – d'où filtrait une lumière chaleureuse, constatai-je avec soulagement. Je jetai un coup d'œil à l'intérieur… pour me retrouver nez à nez avec un homme grand, hirsute, qui poussa un hurlement.

Je n'ai jamais tué personne (je me rends compte que la plupart des gens n'ont pas à le préciser, mais on est parfois obligé, quand on est pilote), mais c'est sans doute à ce moment-là que je m'en suis le plus rapprochée. Je criai à mon tour, bien sûr – je ne savais pas que les cris étaient contagieux, mais c'est le cas. Puis, en me mettant à sa place, je pris conscience qu'il était en train de passer une soirée agréable chez lui, bien au chaud, sur une île inhabitée, quand une silhouette sombre, terrifiante, avec de longs cheveux noirs trempés, était subitement apparue à sa fenêtre.

Je pointai la porte du doigt, baissai ma capuche pour lui montrer que je n'étais ni un tueur en série ni un fantôme, et il finit par m'ouvrir, écarlate, horrifié. Quant à moi, j'étais mortifiée.

— Nom d'un chien ! lança-t-il en me fixant avec des yeux écarquillés.

La chaleur de la maison m'attira aussitôt irrésistiblement : je mourais d'envie d'entrer, de m'abriter, le vent et le tonnerre enflant dans mon dos.

— Est-ce que je peux entrer ? m'empressai-je de demander.

— Mais… qui êtes-vous ? D'où sortez-vous ?

Nous hurlions pour nous faire entendre par-dessus le bruit.

— Je peux entrer ? répétai-je, la pluie me coulant dans le dos.

Il fronça les sourcils.

— Je ne sais pas. Est-ce que vous êtes un fantôme ou une meurtrière ?

— Non. Mais, si vous ne me laissez pas entrer, je vais peut-être être obligée de me transformer en meurtrière.

Se ressaisissant, il se recula, puis m'invita à entrer dans le vestibule. Je me mis aussitôt à goutter sur le sol carrelé.

— Mais d'où *sortez*-vous ? répéta-t-il d'un ton plaintif. Oh, bon sang. Il y a eu un naufrage ? Un bateau s'est échoué ? Est-ce qu'il y a d'autres rescapés ?

Il ne me reconnaissait pas, manifestement, preuve que j'étais vraiment dans un état épouvantable.

— Ça se pourrait. Mais comment vous pourriez le savoir, puisque *votre radio n'est pas allumée* ?

Il fronça à nouveau les sourcils, et je me baissai pour enlever mes chaussures. De l'eau ruissela encore une fois sur le sol. Je me remis à frissonner.

— La radio est cassée. Fraser ne s'en est pas occupé. Il faut que je commande une pièce, mais ce n'est pas facile quand on… a une radio cassée.

Je clignai des yeux, puis ôtai mon imper.

— J'ai donc écrit une lettre au fabricant et j'attendais le prochain ferry pour la leur donner, ou l'avion… oh !

Il m'avait enfin reconnue.

— Oh, bon sang. Je sais qui vous êtes. La pilote. Oh, bon sang. Est-ce que vous vous êtes crashée ?

— Non, répondis-je avec raideur. J'ai parfaitement posé l'avion, grâce à mon excellent pilotage, merci.

Il regarda dehors, dans l'obscurité précoce.

— Il y a d'autres personnes, là-bas ?

— Il n'y a que moi. On a eu un problème médical. L'hélicoptère a pu les emmener… Sérieusement, vous n'entendez rien, ici, ou quoi ?

Je m'arrêtai de parler pour tendre l'oreille. Et je compris aussitôt. Je n'entendais que le vent : il sifflait autour de la maison, faisant trembler les vieux cadres des fenêtres. La pluie et la grêle se mêlaient pour se jeter contre les vitres. Puis, plus bas, je distinguai le crépitement d'un feu de bois et les notes d'une musique douce qui passait dans l'une des pièces de la maison... On aurait dit du Neil Young.

Il secoua la tête, puis reprit ses esprits.

— Oh, bon sang, entrez, entrez ! Je suis sincèrement désolé... Je ne voulais pas vous laisser sous la pluie. Enlevez ces vêtements trempés... Est-ce que vous voulez prendre un bain ? Il doit y avoir assez d'eau...

Il réfléchit une seconde.

— Oui, sûrement. J'essaie de ne pas me servir de la baignoire, mais il y en a une. Et vous devez avoir faim, non ?

— Vous avez des œufs, j'imagine ?

Il parut étonné.

— Comment... ? Oh, non ! Est-ce que les poules vont bien ?

— Elles ne sont pas ravies, je dirais. Mais je n'en ai vu qu'une.

— Ah, ça devait être Barbara. Elle n'arrête pas de râler et de partir en vadrouille.

— Ça y ressemble, oui...

Il portait une vieille chemise à carreaux avec des boutons manquants, un pantalon en velours élimé et un pull-over en Fair Isle qui avait presque autant de trous que de laine. Ses cheveux avaient besoin d'une bonne coupe, et sa barbe était hors de contrôle – il était tout le contraire de Hayden, songeai-je furtivement. Il paraissait aussi énervé que lorsque je l'avais vu dans l'avion.

Il remarqua que je le regardais.

— Je ne m'attendais pas à avoir de la visite, lança-t-il, sur la défensive.

— Je suis sûre que je ne suis pas sous mon meilleur jour, moi non plus.

Il pouffa, ce que je trouvai peu constructif.
— Morag.
— Gregor, répondit-il avant de se retourner et de s'éloigner dans le couloir.

L'intérieur de la maison était vieillot, voire vétuste. Elle n'était habitée que par des personnes de passage, qui se moquaient du confort et de la décoration. Tous les sols étaient carrelés, de la poussière et des toiles d'araignées recouvraient les plafonniers anciens, des appliques en laiton pendaient au mur, retenues par leurs fils électriques, et il n'y avait aucun tableau. L'entrée était froide, triste.

Il remarqua aussitôt mon regard dédaigneux.
— Je vous conduis dans l'aile est, si vous préférez ?
— Quoi ?
— Vous avez l'air de ne pas trouver la maison à votre goût.
— C'est juste que…, commençai-je en regardant autour de moi. Désolée. C'est juste qu'elle paraît si majestueuse de l'extérieur.
— Oui, enfin, que voulez-vous. Étonnamment, Inchborn n'est pas considéré comme une affectation de luxe.
— Eh bien, j'imagine que ce n'est pas trop grave si je mets de l'eau partout, alors.
— Oh, oui. Pas de problème.

La salle de bains était hideuse, avec ses éléments couleur avocat vieux de plusieurs décennies et son lino glacial, tout déchiré, au sol. Des bouts de savon rose traînaient un peu partout et une grande fenêtre couverte de givre vibrait dangereusement sous l'effet du vent.

Néanmoins, je m'en préoccupai beaucoup moins quand Gregor alluma un convecteur électrique anachronique, sûrement très dangereux : installé dans un coin du plafond, il rougeoyait de manière inquiétante. D'un autre côté, il réchauffa très vite la pièce.

Les grandes serviettes avaient été lavées et raccommodées à de nombreuses reprises, mais cela les avait rendues toutes douces, et la baignoire à pattes de lion se remplit très rapidement d'eau bouillante, constatai-je avec surprise. Sans doute parce qu'il n'y avait pas besoin de partager la pression... Et puis Gregor m'avait dit qu'il ne prenait pas de bain. Je savais que Fraser n'en raffolait pas non plus.

Il me laissa seule, puis, quelques minutes plus tard, frappa doucement à la vieille porte (qui n'avait pas de serrure, les prêtres n'ayant probablement pas besoin de ce genre de chose). Il m'adressa un sourire contrit, un tas de vêtements dans les mains.

— Désolé. J'ai regardé. Il y a plein de vêtements dans la maison, mais ils sont tous plus ou moins comme ça. Ils ont été laissés ici.

— Donc, ils appartiennent à... quoi, à un moine mort ?

— Ce serait sûrement un bon argument de vente en ville : ça fait artisanal.

Je souris mollement à sa blague, attrapant un vieux pyjama rayé, passé, mais propre, ainsi qu'un grand pull-over gris et doux, puis il ressortit. Je cessai peu à peu de frissonner, et les nerfs au bout de mes doigts commencèrent douloureusement à se réveiller.

Oh, ce bain. Ce bain. Quand j'arriverai à la fin de ma vie et que je devrai la revivre, ce sera de ce bain que je voudrai me souvenir.

Avant toute chose, j'ouvris la grande armoire de toilette – pas par curiosité, simplement par habitude. D'accord, un peu par curiosité, mais n'empêche. Tout le monde aurait fait pareil, non ?

J'eus la surprise d'y trouver un coffret-cadeau pour le bain. Je le fixai, les yeux plissés, croyant à une erreur. Une seconde, je me demandai si Gregor n'attirait pas par la ruse les femmes perdues sous la pluie, leur suggérant de prendre un bain en toute innocence… Puis je me rendis compte qu'il aurait fallu qu'il empoisonne Erno à distance, et ce dans l'éventualité improbable où je survolerais son île… C'était peu vraisemblable. J'examinai le coffret de plus près. Il était hors d'âge : le cube pétillant était tout effrité. Il avait sans doute été laissé là par l'un des couples qui avaient tenté l'aventure. Ils pensaient peut-être prendre de bons bains à deux, avant que la situation ne dégénère, se transformant en silences pesants et en bouderies longues de plusieurs mois.

Bref. Ils n'étaient plus là, et, si quelqu'un m'accusait d'avoir volé son coffret, je ferais mon possible pour le remplacer. J'ouvris le flacon de bain moussant – une odeur divine de magnolia blanc embauma aussitôt l'air –, puis le versai entièrement dans l'eau, où il fit beaucoup de mousse, dégageant de la vapeur.

Il y avait une étagère remplie de livres dans la salle de bains. En réalité, j'allais bientôt le découvrir, il y en avait une (au moins) dans chaque pièce de la maison, ainsi que des livres empilés sur chaque surface plane : sur les marches, dans la cage d'escalier, sous les lits, à côté des lits. En parcourant l'étagère des yeux, j'eus le plaisir de tomber sur un vieux roman d'amour de Jilly Cooper, qui s'était mystérieusement glissé entre le *Guide ornithologique des archipels du Nord* et un *Wisden Cricketers' Almanack*[1] datant de 1974.

J'enlevai mes vêtements trempés, les mis à sécher sous le terrifiant convecteur rouge, puis plongeai mon corps fatigué, courbaturé, chargé d'adrénaline dans cette eau profonde, brûlante et parfumée – oui, ce bain est l'une des expériences les plus agréables de toute ma vie. La mousse me recouvrit, telle une immense couette moelleuse.

J'entendis de nouveau frapper à la porte.

— Je suis dans le bain ! criai-je.

— D'accord, répondit la voix.

Et un bras se faufila dans l'embrasure de la porte pour laisser un grand verre de whisky sur le sol, juste à portée de main.

---

1. Almanach sportif consacré au cricket. (N.d.T.)

CHAPITRE 15

En regagnant le rez-de-chaussée après mon bain, vêtue du pyjama en flanelle et du vieux pull (mes sous-vêtements avaient séché en un rien de temps sous le convecteur – je préférais ne pas penser à l'effet qu'il devait avoir sur le groupe électrogène), revigorée par le whisky, je me sentais somnolente, un peu vaseuse.

C'était un désastre complet, j'en avais conscience. Les idées se bousculaient dans ma tête, tels de petits avions qui vrillaient, courant à la catastrophe. Mais cela ne nous était pas arrivé, me dis-je. Nous n'avions pas été ce petit avion au sort funeste. J'avais réussi. J'avais piloté et posé *Dolly*, et j'avais bon espoir qu'Erno s'en sortirait. Mais cela ne m'empêchait pas d'y penser, tout me revenant d'un coup. Oh, non. Et je ne pouvais rien y faire – absolument rien.

La tempête, qui battait toujours son plein, agitait tous les cadres des fenêtres. Je ne pouvais pas me laisser aller à penser à la situation. Dans l'immédiat, mon téléphone n'était qu'un bout de plastique inutile, et j'étais impuissante, du moins jusqu'à ce que l'orage soit passé. Je savais que j'aurais du pain sur la planche plus tard : je devrais m'occuper de l'avion, des pièces, de mon travail et, BON SANG, de Hayden et de ma vie, et agir avec professionnalisme. Ça faisait beaucoup. Or là, tout de suite, à ce moment précis, je ne pouvais rien faire. Je ne pouvais aller nulle part, m'atteler à rien. C'était un sentiment étrange, mais j'aurais eu tort de penser que ça pouvait durer.

Je frappai timidement à la porte du séjour. Gregor n'était pas là. Je me faufilai à l'intérieur, nauséeuse.

Cette pièce, l'ancien petit salon, était incroyablement douillette. Les rideaux du bow-window avaient été tirés – sans doute le meilleur moyen de se prémunir contre la pluie et les monstres trempés et terrifiants qui surgissaient dans la nuit.

Naturellement, ici aussi, les murs étaient couverts de livres, jusqu'au plafond, posés sur de vieilles étagères encastrées qui s'affaissaient au milieu, chacune garnie de deux ou trois rangées. Quand on restait coincé ici pendant tout l'hiver, lire était certainement la meilleure chose à faire – regarder Netflix étant exclu.

Gregor demeurait introuvable. La musique, remarquai-je, venait d'une platine à l'ancienne qui sautait, et je regardai un moment le vinyle tourner, encore et encore, subjuguée. Papi en avait une, lui aussi, mais je ne l'avais jamais vu s'en servir.

Puis je m'affalai dans un vieux fauteuil en crin étonnamment confortable, un fond de whisky encore dans mon verre.

À ma grande surprise, j'étais si épuisée que je sombrai presque dans le sommeil… mais, au moment où ma tête allait tomber, le tonnerre gronda dehors, un éclair illumina le ciel, et je me redressai brusquement, sous le coup de l'adrénaline, et tout me revint à nouveau en mémoire. Bon Dieu, non. Qu'allait-il se passer ? Est-ce qu'Erno allait bien ? Était-il *mort* ?

Je m'efforçai de me raccrocher à son signe de main, à la façon dont il avait parlé à Nalitha, à la relative sérénité du secouriste. Il allait s'en sortir. Cette fois-ci, mon cerveau perfide me dit que non – ou du moins il essaya. Erno devait être bordé dans son lit à présent, au chaud et en sécurité. Nalitha aussi.

Puis je pensai à *Dolly*. Oh, non. Que se passait-il dehors ? Le tonnerre continuait d'éclater, la pluie, de tomber à verse. Il était presque impossible qu'autant d'eau envahisse un si petit espace, mais elle l'assaillait malgré tout. Dans mon esprit, je voyais mon pauvre avion. Je l'imaginais posé là, s'enfonçant de plus en plus dans le sable détrempé, le vent soufflant d'un côté, enlisant ses jambes, le faisant pencher dangereusement, jusqu'à ce qu'il tombe, bascule dans les flots, qui l'entraîneraient peu à peu vers le large, où il croiserait des phoques, des baleines intriguées et d'autres créatures des profondeurs. Peut-être aimerait-il voguer sur les eaux sombres et tumultueuses autant qu'il avait aimé voler ; des coraux se formeraient sur ses ailes, et on confondrait ses ceintures détachées en train de flotter avec des anguilles...

Oh, bon sang, me dis-je. Tu es ridicule. De toute ma vie, je n'avais jamais nourri de tels sentiments à l'égard d'un avion. Les Airbus – les A320 – avaient tous des caractéristiques différentes, et j'avais mes préférences. Mais je n'entretenais pas de lien affectif avec mes avions. Ils étaient un instrument, rien de plus, comme un ordinateur ou une boîte à outils.

Mais pas *Dolly*. Je me revoyais petite, en train de courir sur le sable jaune vif : papi m'appelait en criant, me disant de ne *jamais* traverser la piste, puis me prenait la main pour m'emmener jusqu'à ce que je considérais alors comme un avion *gigantesque*... Je me rappelais parfaitement la sensation que j'éprouvais en montant les marches, m'arrêtant avec prudence sur chacune avant d'atteindre le cockpit et de m'asseoir sur les sièges en cuir, les jambes ballantes, mes pieds à plusieurs centimètres du sol, ce qui était une bonne chose, car je ne devais jamais, *jamais*, appuyer sur le palonnier.

Imaginer *Dolly*, la plus grande fierté de mon grand-père, dériver sur une mer sombre, seule, fichue, tout comme la compagnie, nos rêves, nos projets, était un crève-cœur. Bon sang, comment allais-je leur annoncer la nouvelle ? Ils allaient penser que tout était ma faute. Peut-être même que je l'avais fait exprès pour ne pas avoir à travailler pour MacIntyre Air, pour forcer papi à vendre. La visite de Callum Frost devait s'être ébruitée.

Ma gorge se serra, les larmes me montèrent aux yeux. En plus, j'étais coincée là, sans radio ni téléphone... Non, Nalitha informerait le ferry – ou, plutôt, elle mettrait tout le monde au courant à la seconde où elle sortirait de l'hélicoptère, et ils viendraient me chercher demain. Je me disais de me calmer, mais manifestement, je ne m'écoutais pas : je tremblais, prisonnière de ma panique.

La porte s'ouvrit alors d'une poussée, et Gregor entra à reculons. Il portait deux assiettes et des couverts, remarquai-je.

— Qu'est-ce qui ne va pas ? demanda-t-il lorsqu'il se retourna, voyant mon visage défait.

— Je m'inquiète pour mon avion, expliquai-je, incapable d'empêcher ma voix de chevroter.

Il me dévisagea.

— Mais tout le monde va bien ?

Je hochai la tête.

— Mais… je m'inquiète pour mon avion.

Son front se plissa encore plus.

— C'est… un avion magique ? Avec une âme ?

— Non ! répliquai-je, vexée.

— Bon. Et donc tout le monde va bien ?

— L'entreprise de mon grand-père pourrait faire faillite !

— Mais vous allez bien ?

— Je n'en suis pas sûre, répondis-je avec un haussement d'épaules.

Il baissa les yeux, puis me tendit une assiette.

— Je ne peux pas être triste pour du métal, désolé. Mangez.

Je suivis son regard. L'assiette, qui fumait un peu, sentait divinement bon. Elle contenait une tranche de pain complet grillé grossièrement coupée, dégoulinant de beurre fondu, recouverte d'une montagne d'œufs brouillés d'un jaune brillant et de deux morceaux de saumon.

— Vous êtes végétarienne ? m'interrogea-t-il en me voyant la fixer.

Il paraissait un peu renfrogné, comme s'il allait se mettre en colère si je m'avisais de lui demander autre chose à manger.

— Non.

Bizarrement, mon corps semblait savoir qu'il avait besoin de nourriture. En attrapant ma fourchette, je me rendis compte que je n'avais rien avalé depuis le petit déjeuner. Il n'y avait rien de mieux qu'un atterrissage en urgence pour ouvrir l'appétit, s'avéra-t-il. Je pris une bouchée, sentant ma panique s'estomper peu à peu, puis – presque aussitôt – une autre.

Le saumon était fumé artisanalement, salé, tendre, en rien comparable avec le truc rose et visqueux qu'on trouve au supermarché. Les œufs, goûteux, parfaitement assaisonnés, étaient bien crémeux. Le pain avait une saveur noisetée, et le beurre salé avait fondu à la perfection.

— Ça alors ! m'exclamai-je. C'est délicieux.

— Désolé, il n'y a pas de citron. Je crois que quelqu'un a essayé d'en cultiver dans la serre, mais sans résultat.

Je secouai la tête.

— Pas besoin. Ça sert juste à masquer le goût du mauvais saumon. C'est…

Je posai ma fourchette.

— Est-ce que vous l'avez fumé vous-même ?

Il haussa les épaules, s'efforçant de paraître modeste.

— Oui, il y a un fumoir ici. Ce n'est pas ma première saison sur l'île.

— Il est excellent. Et ces œufs viennent de… ? Ce sont ceux de Barbara ?

— Peut-être, oui, répondit-il avec un nouveau haussement d'épaules. Et probablement de Karen. C'est une très bonne pondeuse.

— C'est vous qui leur avez donné ces noms ?

Il se gratta la tête, pendant que je continuais à manger. C'était l'un des meilleurs plats que j'avais jamais goûtés, aussi simple soit-il.

— Vous avez fait le pain ?

— J'ai fait le pain.

— Vous avez une machine à pain ?

— C'est un interrogatoire, ou quoi ?

Il ne restait qu'un ingrédient dans l'assiette. Il me regarda ; je lui rendis son regard.

— Pas le beurre, quand même ?

Il balaya la question de la main.

— Comme je viens de vous le dire, j'ai déjà séjourné ici. Et j'ai du temps libre.

— Vous avez une vache ?

— Bien sûr que non.

— Qu'est-ce que c'est, alors ? l'interrogeai-je avec méfiance.

— Lindsay fait paître ses brebis sur l'île de temps à autre, m'expliqua-t-il tout bas.

— Il a le droit ?

— Ça permet de garder l'herbe rase. Ça évite de tondre.

Les Lindsay avaient une exploitation sur Cairn, l'île voisine, au sud de l'archipel, je le savais.

— Ils amènent des brebis ici en bateau ?

— Elles aiment ça. Ça leur fait une sortie.

— Vraiment ? ironisai-je. Pour tondre votre herbe et se faire traire ?

— Elles mangent ma délicieuse herbe, protesta-t-il. C'est un échange de bons procédés.

Je reposai ma tartine.

— Oh, ne soyez pas idiote.

— Je ne suis pas idiote ! répliquai-je, me sentant pourtant idiote.

— Vous êtes capable de poser un avion sur une plage en pleine tempête, mais vous avez peur de manger du beurre fait avec du lait de brebis. Sans compter que vous venez de manger les menstruations d'une poule *et* la chair d'un poisson.

Je ne répondis rien à cela. Je savais que je serais incapable de résister à l'envie de finir ma tartine, de toute façon : elle était si croustillante, si délicieuse. Je portai la dernière bouchée à mes lèvres en fermant les yeux, puis avalai le saumon salé, fumé, les œufs frais, crémeux, et le pain au goût de noisette, tout en même temps.

C'était exquis, et je regardai mon assiette vide avec regret.

— Merci, dis-je, et je ne parlais pas que du repas.

Après avoir mangé, je me levai en poussant un grognement, proposant d'emporter les assiettes à la cuisine.

— Oh, laissez ça.

— Ça ne m'embête pas.

— Je m'en occuperai plus tard.

Je reposai les assiettes sur la table, puis les fixai. J'aimais que tout soit bien en ordre.

— Avez-vous un lave-vaisselle ? l'interrogeai-je poliment.

Il pouffa, s'empara d'un gros livre, enfila une paire de lunettes rondes qui semblaient être plus vieilles que lui et avoir été fournies avec la maison, puis alla s'asseoir sous une lampe.

— Vous pouvez dormir à l'étage, deuxième porte à gauche. Le lit est fait.

— Euh, merci. Mais je vais devoir jeter un œil à la radio. Pour prévenir que je vais bien.

— Il manque une pièce. Je vous l'ai dit, vous vous rappelez ? J'attends une pièce de l'île principale.

Je le considérai sévèrement.

— Je n'en reviens pas qu'ils aient confié ce travail à quelqu'un qui n'est pas capable de réparer une radio. Vous savez faire du beurre avec du lait de brebis, mais vous ne savez pas réparer une radio ? Ça figurait sûrement sur la fiche de poste, non ?

Il baissa ses lunettes.

— J'ai une licence d'histoire et de biologie, quinze ans d'expérience dans mon domaine et un doctorat en science aviaire de l'Université des Highlands et des îles écossaises.

— Et vous ne savez pas réparer une radio. Est-ce que ce sont vos lunettes, au moins ?

— Quel est le rapport ?

— Il n'y en a pas. Pouvez-vous me dire où se trouve votre radio ?

Il poussa un soupir.

— Vous avoir secourue en pleine tempête et fourni le gîte et le couvert, ça ne vous suffit pas ?

— Ne pas m'avoir laissée mourir dehors, vous voulez dire ? Vous voulez une médaille ? Et puis réparer votre radio serait une bonne façon de vous remercier, non ?

Il ne sembla pas convaincu. Je m'étais apprêtée à lui exprimer toute ma gratitude pour le bain et le repas, mais il me traitait comme une parfaite inconnue et agissait comme s'il avait l'habitude de sauver des gens. Ou comme si je l'importunais. Enfin, j'étais une parfaite inconnue et je l'importunais, c'est évident, mais il n'avait pas besoin d'autant le laisser paraître.

En temps normal, je ne me serais pas montrée aussi susceptible. Mais j'avais eu une journée horrible, il se passait plein de choses dans ma vie et, pour être honnête, je n'estimais pas beaucoup les hommes, depuis peu. Puis, en regardant mon pyjama rayé en flanelle, cela me frappa. J'étais énervée pour une autre raison (il va sans dire que je suis une pilote très cool, professionnelle, et tout et tout) : j'étais contrariée d'être arrivée dans un état si épouvantable qu'il m'avait prise pour une créature nocturne. C'était absurde, mais, ensuite, j'avais aperçu mon reflet dans le miroir, avant de prendre mon bain : mes cheveux ressemblaient à un balai de sorcière, du mascara coulait sur mes joues, mes yeux n'étaient plus que des têtes d'épingle injectées de sang et mes lèvres étaient pâles, toutes gercées, après avoir crié, hurlé, couru dans le froid, j'en passe et des meilleures. Franchement, j'avais l'air d'une clocharde. J'étais donc passablement agacée : j'avais rencontré cet homme, qui n'était en rien séduisant avec son vieux pull troué, sa barbe hirsute et ses sourcils froncés, et il avait décrété que c'était *moi* qui avais l'air d'une folle qui ne méritait pas qu'*il* lui consacre du temps.

Était-ce comme cela que Hayden me voyait ? Une créature banale, débraillée, terne, cette bonne vieille Morag, qu'on remarquait à peine, comparée aux amazones blondes ? La fille à laquelle il parlait quand il m'avait appelée sans le vouloir avait pris chair dans ma tête : scandinave, elle devait mesurer environ 1 mètre 80, avoir une peau parfaite, une silhouette de rêve et des cheveux d'un blond brillant.

Si même ce gros tordu, qui vivait tout seul en ermite dans une maison au bout du monde – au sommet du monde, littéralement –, si même *lui* ne me voyait pas comme une femme... eh bien, il n'était pas surprenant que Hayden se laisse distraire, non ? Avais-je été bête de croire le contraire ?

J'avais des préoccupations plus importantes, bien sûr, mais... Enfin, j'avais remarqué son regard. Parce que, naturellement, je me demandais...

— Laissez-moi juste voir votre radio, dis-je d'un ton plus humble, résigné.

Il leva à peine les yeux de son livre.

— Pourquoi est-ce que vous ne me croyez pas ? Vous pensiez vraiment que j'étais parti au cinéma au lieu de répondre à votre SOS ?

— Non. Je sais que ça va être une vraie surprise pour vous, un truc que vous n'auriez jamais imaginé, mais certaines filles savent réparer les radios.

Il battit des paupières, ôta ses lunettes – il me vit les suivre des yeux – et se leva.

— Autant que j'emporte ça, tant que j'y suis, dis-je en prenant mon assiette sale.

Il la considéra.

— Bien sûr, répondit-il au bout d'un moment. Vous voulez que j'ajoute votre nom sur le bail ?

Sur ce, il tourna les talons puis sortit de la pièce, et je le suivis, m'en voulant d'avoir gâché l'ambiance. Mais il fallait que je rassure mes proches.

CHAPITRE 16

Dès que je quittai la chaleur agréable du poêle à bois, la maison me sembla glaciale, contrairement à ce que j'avais ressenti en arrivant, quand elle m'avait parue si chaude. À présent, je serrais le vieux pull-over contre moi, frissonnante.

Nous suivîmes le couloir carrelé jusqu'à la cuisine, à l'arrière de la maison. Elle me rappela celle de papi, avec sa grosse cuisinière qui brûlait en permanence, diffusant une lumière orange tamisée. Elle était meublée d'un grand buffet garni de vaisselle, ainsi que d'un bahut ouvert où étaient rangés des boîtes de conserve vieilles comme Hérode, de la lessive en poudre, de la mélasse dans des pots en fer-blanc, mais aussi des pickles, de la confiture et des légumes dans de vieux bocaux en verre, identifiés avec des étiquettes. Cette cuisine était sombre, mais pas triste.

Gregor se dirigea vers une porte dans le fond de la pièce. Elle menait à un appentis qui devait avoir été une buanderie autrefois. C'était étrange de se dire que les prêtres et les moines qui avaient vécu ici avaient des domestiques pour s'occuper de leur lessive et de leurs repas. Des hommes d'Église, certes, mais des hommes entourés de femmes pour faire leur sale besogne. À l'intérieur, il y avait toujours un grand évier en céramique, ainsi qu'une machine à laver plus ou moins déglinguée qui n'avait pas servi depuis des années. Et, sur une étagère, une radio qui semblait dater de la dernière guerre.

— Vous vous moquez de moi, lançai-je du ton le plus sarcastique possible.

— Quoi ? répondit Gregor en se renfrognant.

— C'est votre radio ?

— Je ne comprends pas comment vous pouvez être née dans l'archipel et vous attendre à ce que les gens aient des systèmes satellitaires de pointe, grommela-t-il.

— Ils en ont sur Larbh.

— Tout ce que j'ai à faire, c'est autoriser le bateau à accoster. Et, très rarement, vous autoriser à atterrir. Il ne se passe jamais rien ici. C'est tout l'intérêt. À part la sortie scolaire une fois par semaine, quand le bateau se met à quai, ce qui m'interrompt dans mon travail.

— Vous voudriez empêcher les *enfants* de venir ?

— Ils se balancent des œufs.

— Vous avez une interaction humaine par semaine, et vous voudriez l'interdire ?

— Eh bien, croyez-le ou non, mais certaines personnes aiment avoir la paix.

— *Ça ne veut pas dire que vous devez laisser votre radio rendre l'âme.*

J'étais vraiment en colère contre lui. J'étais en colère contre le monde entier, en réalité, et il en faisait les frais.

— Vous êtes sur un caillou perdu au milieu de l'Atlantique Nord, dis-je. Ces îles s'appellent douleur. Elles étaient le dernier arrêt des marins qui partaient chasser la baleine, explorer le pôle Nord ou chercher le passage du Nord-Ouest. Chaque centimètre carré de cet archipel est couvert de sang. Il y a des centaines… des milliers… d'épaves de navires dans ses eaux. Encore aujourd'hui, vivre ici, sous ces latitudes septentrionales, est très dangereux. Je ne sais pas pourquoi vous êtes si désinvolte à ce sujet. Vous voyez bien ce que ça signifie. Si vous n'aviez pas été là, ou si je ne vous avais pas trouvé, *parce que votre radio n'était pas allumée*, je n'aurais pas passé la nuit. Et on est au *printemps*. Je serais *morte*.

Il parut un peu coupable, mais ne répondit rien.

— Et si l'un des enfants se blessait ?

— Eh bien, ça réglerait le problème des sorties scolaires.

J'émis un son offusqué à la Marge Simpson, puis m'approchai de la radio et tournai le bouton. Je reconnus tout de suite le modèle : papi en avait une quand j'étais petite. D'ordinaire, dans les familles qui possèdent un système de radiocommunication opérationnel, on passe beaucoup de temps à répéter aux enfants de ne pas y toucher. Pas dans la nôtre, bien sûr. En général, on nous y encourageait, même si ça n'intéressait pas du tout Jamie.

Mais, moi, si. En effleurant le vieux bouton de bakélite, en sentant cette radio sous mes doigts, en la dépoussiérant et en l'entendant se mettre à bourdonner, je me rappelai comme je trouvais étrange de parcourir le cadran et de surprendre des bribes de conversation dans des langues étrangères, qui me paraissaient tantôt agressives comme des cris et tantôt chantantes, tantôt rapides et enthousiastes, et tantôt lentes et mal articulées. Je n'en comprenais aucune, mais j'étais chaque fois captivée. Et bien sûr, entre les voix, j'entendais la friture, que je prenais pour le bruit de l'eau des océans qui séparaient les nations, jusqu'à ce que papi m'apprenne que je me trompais. C'était le bruit de l'air (des électrons, même, qui se déplaçaient en tous sens) que la radio captait. Tout a un son, m'avait-il expliqué. Tout bourdonne. La nature n'est jamais silencieuse, mais généralement, on ne l'entend pas. Certains parasites sont dus à d'autres choses, comme des micro-ondes et d'autres radios. Et certains proviennent du rayonnement fossile de l'univers, résidu du Big Bang.

J'avais aussitôt été subjuguée et je passais des heures à essayer d'entendre quelque chose – même les extra-terrestres étaient susceptibles de faire du bruit, s'il y avait des atomes dans tout l'univers. Il arrivait aussi qu'une voix surgisse de nulle part. Une fois, j'entendis un : « Jeremy, non mais qu'est-ce que tu *fabriques* ? », très fort, d'un ton offensé, puis plus rien.

Nous ne sommes que des poissons au fond d'une mer d'air, disait toujours papi. Tous autant que nous sommes, nous demeurons dans les abysses sombres, lourds, de cette mer, si immergés dans l'air que nous n'y pensons même pas. Et seuls ceux qui volent, martelait-il, peuvent y échapper, peuvent s'élever et s'approcher du soleil. Mais pour fendre l'air, pour danser dedans, il faut d'abord comprendre qu'il est là, omniprésent, crépitant de vie. Je savais déjà que je voulais monter tout là-haut, moi aussi, en faire partie.

J'esquissai un petit sourire en enfilant le casque au cuir craquelé, si familier. Seul un reniflement dans mon dos me rappela la présence de Gregor.

Je tournai le bouton, mais n'entendis que des parasites ; des électrons qui crépitaient dans tout l'univers. Rien d'autre, pas même le sonar d'un navire qui passait au loin ou un signal sonore.

— L'alimentation fonctionne toujours, expliqua Gregor. Je ne comprends pas le problème. Elle s'allume. Mais je ne trouve personne.

— Elle est en mode FM.

— Vraiment ?

— Non. Pas vraiment, répondis-je en enlevant mon casque. Vous avez vérifié l'antenne ?

— Euh... non.

— Où est-elle ?

— Euh...

Je suivis des yeux le fil, qui montait sur le côté de l'appentis.

— Oh, fit-il.

— Vous n'avez pas vérifié en arrivant ?

— J'ai vérifié les trente-neuf espèces de sternes qui nichent sur l'île.

Je le dévisageai.

— Est-ce qu'elles sont douées pour réparer les radios ? ripostai-je avant de m'éloigner. Bon, ça ne sert à rien de monter voir l'antenne maintenant. Ça ne vous a vraiment jamais traversé l'esprit d'y jeter un œil ?

Il haussa les épaules.

— J'allais écrire au fabricant.

Je m'apprêtai à lui rétorquer que ce n'était pas Finn qui allait régler tous ses problèmes, mais je me rappelai que Finn commandait le ferry depuis vingt ans et savait tout réparer, en particulier les radios. C'était sans doute un plan tout à fait sensé.

— Mais... qu'est-ce que vous auriez fait si vous vous étiez cassé la jambe ?

— J'aurais écrit un grand SOS sur la plage avec des galets. Vous auriez fini par le survoler, à un moment ou à un autre.

J'y réfléchis une seconde.

— D'accord, mais si vous vous étiez cassé la jambe à l'intérieur ?

— J'aurais mis le feu à quelque chose.

— Hmm. Vous n'avez pas... ?

Je regardai autour de moi.

— Il y en a forcément un.

— Un quoi ?

— Un manipulateur morse.

Il haussa les épaules, et j'inspectai les étagères poussiéreuses de l'appentis, jonchées de pièces de machines à laver, de vieux outils tout rouillés, de boîtes de clous et d'autres bricoles dont quelqu'un avait dû penser qu'elles pourraient être utiles un jour.

— Vous ne connaissez pas le morse ?

— Non. Une fois encore, je suis...

— Oui, oui, vous avez un doctorat, super.

— Je ne comprends pas pourquoi vous êtes aussi impolie alors que je vous ai accueillie sous mon toit quand vous aviez besoin d'aide, remarqua-t-il avec une certaine douceur.

Cela me hérissa aussitôt : je ne me rendais absolument pas compte de mon impolitesse.

— Je suis impolie ?

— Eh bien, c'est à peine mieux que le fantôme cannibale pour lequel je vous ai prise quand vous êtes arrivée.

J'y réfléchis. Dehors, le vent nous assaillait toujours.

— Mais vous n'êtes pas préparé. Quand je vole, je dois tout vérifier un million de fois, parce que c'est dangereux et que je dois assurer la sécurité des passagers. Mais on dirait que vous vous fichez de votre propre sécurité.

— Les gens ont vécu sans radio pendant très longtemps.

— Non ! Ils avaient des accidents horribles et restaient allongés dans des fossés jusqu'à ce qu'ils meurent du tétanos.

Il cligna des yeux.

— Écoutez. Vous ne pourriez pas simplement accepter d'être coincée ici pendant quelques heures ? Même si ça ne vous arrange pas ?

— Pas vraiment. Jusqu'où monte l'eau, au nord de la plage ?

Il garda le silence, l'air perplexe.

— Là où j'ai posé l'avion…, précisai-je.

— Ah. Eh bien. Pas trop haut…

— Tout au bout ?

Il haussa les épaules.

— Je ne sais pas. Je n'y vais pas souvent. Et par un temps pareil…

— C'est pour ça que je pose la question. Sérieusement, je voudrais juste savoir si je vais perdre un avion… un avion entier… et demander des nouvelles de mon collègue gravement malade, et prévenir ma famille que je ne suis pas morte, et vous agissez comme si… comme si j'exigeais d'avoir un jacuzzi dans ma chambre.

— Je me rends bien compte que c'est dur pour vous, répondit-il avec irritation. Je dis juste que vous pouvez tripoter les affaires des autres autant que vous voulez, vous n'arriverez pas à transmettre un message ce soir, donc autant se mettre au chaud. On a largement de quoi manger. Vous pourrez réessayer demain matin, après une bonne nuit de sommeil.

— Abandonner, vous voulez dire.

Il me fixa, manifestement excédé, puis leva les bras au ciel.

— Oh, d'accord, faites comme vous voulez.

— Je pourrais difficilement aggraver la situation, rétorquai-je, ma peur et mon angoisse débordant pour se transformer en profond agacement.

Il tourna les talons, tandis que je me repenchais sur la radio hors d'usage – et, pile au même moment, toutes les lumières s'éteignirent.

Le noir était total dans l'appentis. Total, comme dans un four, noir de chez noir.

Je me figeai.

— Mais qu'est-ce que vous avez fait, bon sang ? lança une voix étranglée, qui donnait l'impression de s'efforcer de rester calme.

— Rien !

Au même moment, comme pour me contredire, les parasites s'affolèrent avant de s'interrompre.

— Vous avez fait sauter l'électricité ! En tripotant la radio.

— Non ! Ce n'est pas moi !

— Bon sang, on avait bien besoin de ça. Ça ne vous suffisait pas d'être coincée ici ? Il fallait que vous me rendiez la vie impossible, à moi aussi ? Pour me donner une bonne leçon sur… quoi ? Mon incompétence en matière de radio ?

— Je disais simplement que votre radio aurait dû... Non, bien sûr que non !

Un coup de tonnerre retentit juste au-dessus de nous, puis un éclair éblouissant nous illumina brièvement, révélant qu'aucun de nous n'avait bougé : Gregor se tenait toujours devant la porte, essayant de sortir, le visage figé. On se serait un peu cru dans un film d'horreur.

On se tut un moment. Les parasites s'étaient coupés en même temps que l'électricité. Il régnait un silence assourdissant, à donner la chair de poule. Je me serais bien passée de poser cette question, mais j'étais obligée.

— Savez-vous où se trouve la boîte à fu... ?
— Non !

La gêne s'entendait dans sa voix, à présent. Je fouillai dans ma poche et, par chance, j'y trouvai mon portable. Il était inutile pour téléphoner, évidemment, mais...

J'allumai la torche. Heureusement, elle marchait encore. Je suivis la lumière du regard, éblouie.

— Bien, dit Gregor. Retournons dans le salon. Au moins j'y vois quelque chose et je peux m'asseoir près du feu.

— *Vous*, vous retournez dans le salon. *Moi*, je vais trouver la boîte à fusibles.

Il sembla y réfléchir.

— D'accord.

Je l'éclairai, le temps qu'il traverse la cuisine et le couloir à tâtons, puis me remis à chercher dans l'appentis, sans succès. Je progressai alors le long des murs, jusqu'à ce que je trouve la boîte sous l'escalier. C'était déjà ça.

Malheureusement, il ne servit à rien d'appuyer sur le disjoncteur. Ce n'étaient pas les fusibles. Ce devait être le groupe électrogène. La bobine d'allumage devait avoir pris l'eau.

Je me redressai lentement. Gregor avait raison depuis le début, semblait-il : c'était rageant. Je regagnai le salon à reculons, éteignant le plus tôt possible la torche de mon téléphone qui n'avait presque plus de batterie. Bien sûr, je ne pouvais pas le recharger.

Dans le salon, la chaude lueur du feu était redoublée par celle de plusieurs bougies (des cierges, *a priori*), posées ici et là. Gregor était assis, de nouveau plongé dans son livre, ses lunettes sur le nez. Il leva à peine les yeux quand j'entrai.

— Je pense que le groupe électrogène a été inondé, dis-je d'un ton plus conciliant.

— Je suis sûr que vous avez raison, répondit-il en croisant les bras.

— Je pourrai y jeter un œil demain matin.

Il opina du chef.

— Vous pouvez dormir dans la deuxième chambre à gauche en haut de l'escalier…, me rappela-t-il en se levant et en prenant une bougie. Tenez.

— Je suis désolée pour votre groupe électrogène.

— Eh bien, vous n'auriez pas dû toucher…

— Ce n'est pas parce que j'ai touché la radio !

— Je suis certain que quelqu'un viendra vous secourir demain matin.

— Je n'en doute pas.

J'attrapai la bougie, puis tournai vivement les talons, gâchant ma sortie en trébuchant sur l'encadrement de la porte. De toute ma vie, je n'avais jamais été aussi pressée de décamper, et pourtant j'avais volé en montagne en plein hiver.

CHAPITRE 17

C'était indéniable : la chambre était sinistre. Le couloir était sinistre, l'escalier était sinistre (et grinçant), le palier était sinistre. Une légère odeur de magnolia blanc flottait dans l'air : mon lobe frontal savait qu'elle venait du bain moussant que j'avais trouvé dans l'armoire de toilette quelques heures plus tôt, mais, dans mon esprit fébrile et surmené, c'était le parfum d'un fantôme…

Non, arrête tes bêtises, Morag, me répétais-je. Tu es une scientifique, une ingénieure, c'est ridicule. Et j'avais eu assez de frayeurs comme ça pour ce soir. Les éclairs, le crash évité de justesse, cette satanée poule.

Je fis pipi le plus vite possible. Je ne pouvais pas me brosser les dents, mais me rinçai bien la bouche – il y avait de l'eau à profusion, je ne boudai pas ce petit plaisir.

Puis je traversai le couloir non chauffé sur la pointe des pieds, frigorifiée. Le sol recouvert de lino glissait sous mes orteils nus. Je trouvai plusieurs portes closes dans le couloir. J'espérais ne pas me tromper. La deuxième sur la gauche. Depuis le palier. C'était celle-là. Je tournai la vieille poignée ronde, blanche, un peu branlante, et la lourde porte s'ouvrit avec un déclic.

L'intérieur de la pièce dégageait une certaine froideur, ce sentiment étrange qu'on éprouve en pénétrant dans un lieu inhabité. Ce qui, en toute logique, supposerait que les gens laissent une trace… Ce qui me ramena aux fantômes – mais je chassai cette idée le plus rapidement possible. J'étais à bout de nerfs.

La pièce était nue, à l'exception des inévitables étagères de livres, qui sentaient le renfermé. Mais ce n'était pas désagréable ; au contraire, en réalité. La maison elle-même, bien que froide, n'était pas aussi humide que je le craignais.

Un édredon affreusement démodé, orné de franges qui pendaient, recouvrait le petit lit double en laiton. De vrais draps et couvertures, et non une couette, se cachaient dessous, bien bordés, comme à l'hôpital.

Je m'approchai de la fenêtre pour regarder dehors. Bon sang. Mon propre reflet, avec mes yeux caves, était franchement terrifiant, éclairé par la bougie derrière moi. C'était ridicule, mais je me rendis compte que j'avais trop peur de rester près de la fenêtre, au cas où un autre visage apparaîtrait à la vitre, alors même que j'étais au premier étage. C'était vraiment grotesque. Je me glissai vite dans le lit, ramenant l'édredon autour de mes épaules pour cesser de trembler. Il faisait aussi froid sous les couvertures que dehors.

La fenêtre donnait sur le néant, à perte de vue. En temps normal, l'effacement de la frontière entre la terre et le ciel ne me gênait pas. Quand je ne voyais rien d'autre que le ciel, de rares nuages glissant sous moi, bien plus bas, j'étais au comble du bonheur : je fendais mon élément, ne faisant qu'un avec l'air au-dessus de moi et la terre au-dessous.

Mais, ici, je ne voyais qu'un tourbillon : un maelström d'éléments déchaînés (l'air, la terre et l'eau), en guerre les uns contre les autres, se disputant le territoire, s'entrechoquant. On ne distinguait pas le sol du ciel, on ne savait pas si la pluie venait d'en haut, d'en bas, de la gauche ou de la droite. On n'apercevait ni la lune ni les étoiles à travers les nuages qui couraient dans le ciel. Seuls les éclairs en zigzag qui les déchiraient permettaient de se repérer dans la tempête qui faisait rage.

J'étais minuscule, je le sentais. Un minuscule point sombre sur une île minuscule, qui n'était qu'une goutte minuscule au milieu de l'océan, parmi une infinité d'autres gouttes. Tout autour de la Terre, vaste et ronde, des gens menaient des vies parfaitement normales, se levaient, prenaient le soleil, partaient au travail, embrassaient leurs proches.

Quand j'étais petite, on nous avait emmenés voir une œuvre intitulée *Field for the British Isles*, d'Antony Gormley. Cette installation occupait des pièces entières : des milliers et des milliers de petites figurines en terre cuite posées sur le sol nous regardaient, avec des trous en guise d'yeux. J'ignore ce que cette œuvre était censée nous faire ressentir. M. Bricketts, notre professeur d'arts plastiques, nous avait expliqué quelque chose au sujet du conformisme, de l'uniformité ou quelque chose comme ça. Mais je ne partageais pas du tout cet avis. J'avais adoré cette installation. Les petites figurines étaient si confiantes, si optimistes. Bien sûr, Garry Robinson avait essayé d'en voler une, et on s'était tous disputés, puis Flora MacGowan avait vomi dans le car qui nous ramenait à la maison, et l'école avait déclaré qu'elle n'organiserait plus de sorties si l'on n'était pas capables de bien se comporter – mais j'en gardais un excellent souvenir.

J'éprouvais parfois la même sensation en vol : j'imaginais que des gens, minuscules, bien au chaud, en sécurité, relevaient leurs petits yeux vers moi. La majorité des habitants de la planète sont rassemblés le long de deux axes : de l'Ouest à l'Est (de New York à l'Europe et à l'Afrique du Nord), et du Nord au Sud (de la Chine à l'Inde et aux pays d'Orient). Ailleurs, il y a de vastes étendues désertes. En avion, on survole la Sibérie pendant des heures, le Sahara également. L'Australie est immense, presque vide. Et, là aussi, il y a de l'eau partout et des îles minuscules.

À quarante mille pieds, il semble extraordinaire, stupéfiant, que les hommes aient réussi à vivre là. On ne peut pas survoler le nord de l'Écosse – ni le Groenland, ni les fjords norvégiens, ni aucun autre lieu éloigné des grandes métropoles mondiales – sans ressentir d'admiration devant ces tout petits villages implantés dans un environnement quasi désertique.

Aucun avion ne passerait cette nuit : ils seraient déroutés au-dessus de l'Islande ou resteraient cloués au sol pour ne pas risquer de se retrouver dans des vents de force 9.

Je me sentis subitement seule, sans la carte que j'avais toujours dans la tête, composée des routes aériennes qui quadrillaient tous les ciels vides au-dessus de moi et des traînées de condensation qui m'assuraient que quelqu'un – beaucoup de gens – était là-haut.

Dehors, les éclairs illuminaient l'étrange paysage. La maison était exposée au sud, je le voyais à présent ; j'avais atterri sur la plage à l'est de l'île. Elle donnait sur une autre côte. Devant, un jardin de rocaille qui semblait bien entretenu, traversé de chemins de galets, menait à un muret de pierre percé d'un portillon en fer forgé qui, à son tour, ouvrait sur le *machair*[1], les dunes, les herbes couchées par le vent. Et, au-delà, la mer déchaînée. J'entrevoyais tout cela fugitivement, quand un éclair zigzaguait au-dessus des flots. Une seconde, je me demandai si la maison était le bâtiment le plus haut à des kilomètres à la ronde et si elle allait attirer la foudre. Mais l'abbaye se trouvait derrière nous. Son clocher se dressait toujours, pratiquement intact. Certes, elle était millénaire et c'était un trésor national, mais je préférais malgré tout que ce soit elle qui s'embrase. Et puis, si elle avait réussi à rester debout pendant mille ans, j'imaginais qu'elle pouvait tenir huit heures de plus.

Ce temps orageux était beau, aussi, à sa façon. Tout ce qui se passait dans le ciel était intéressant à mes yeux. Si je ne m'étais pas trouvée aussi loin de chez moi, si je n'avais pas été terrifiée – en partie pour Erno, en partie pour *Dolly* –, j'aurais sans doute apprécié ce spectacle. Si j'avais été en sécurité, bien au chaud dans ma chambre à Carso.

Bizarre, songeai-je. J'aurais cru que le premier endroit auquel j'aurais pensé en m'imaginant en

---

1. Terme gaélique désignant les plaines côtières fertiles que l'on trouve en Écosse et en Irlande. (N.d.T.)

sécurité, bien au chaud, aurait été mon appartement, mais, de mes fenêtres, je ne voyais que des maisons, alignées à perte de vue, qui se ressemblaient toutes, avec de légères variations, et on ne voyait pas vraiment le ciel, seulement des morceaux. C'était si bas de plafond, les ouvertures étaient si petites. On pouvait sans doute sortir dans le jardin, s'allonger sur le dos et regarder en l'air. Mais quelqu'un appellerait probablement « Voisins vigilants ». De toute façon, il y avait tant de luminaires d'extérieur qu'on n'était même pas sûr d'y voir quelque chose, sans parler des lumières vives de la ville juste à côté.

Je serrai mes bras contre moi pour me réchauffer dans les draps froids. Au bout d'un moment, je finis par remettre mes chaussettes et ma surchemise, ce qui me fit le plus grand bien. J'envisageais d'ajouter une serviette ou deux de la salle de bains quand mon cerveau saturé dut se débrancher tout seul, car je ne me rappelle rien après cela. Je ne pensais pas trouver le sommeil : je m'attendais à rester allongée dans mon lit à me ronger les sangs ou, du moins, à ce que le vent, les coups de tonnerre et les flots agités, qui faisaient craquer la maison et nous ballottaient comme si l'on était en mer, m'empêchent de dormir.

Quand j'y repense, ça m'évoque les coupables dans leur cellule, qui dorment toujours bien, d'après la police. Car le pire s'est déjà produit et qu'il n'y a plus rien d'autre à faire.

CHAPITRE 18

Le lendemain matin, je mis un certain temps à me rappeler où je me trouvais et pourquoi j'étais enroulée dans un énorme édredon. Mais cela finit par me revenir d'un coup : je me remémorai l'horreur de la situation, et mon cœur se serra. Oh, non.

Puis quelque chose d'autre me frappa : bien qu'il fasse jour dans la pièce, dehors, le vent soufflait encore en bourrasque, et la pluie et la grêle continuaient de se jeter aux fenêtres. Cette tempête n'était pas près de passer. J'avais cru qu'elle finirait par s'apaiser dans la nuit, quand le vent hurlait à tue-tête, mais non, elle montrait toujours ses muscles.

Je me levai et courus aux toilettes. Grimaçant de froid, je pensai à mon père, qui me racontait souvent qu'ils n'avaient pas le chauffage central quand il était petit. Il nous traitait d'enfants gâtés, mais je ne m'étais jamais vraiment figuré ce que cela représentait. Sans le convecteur allumé, il gelait dans la salle de bains :

je m'efforçai de faire le plus vite possible, mais j'eus tout de même la chair de poule.

Puis je regagnai la chambre qui, de jour, paraissait délaissée. J'avisai un placard, mais il était vide. Je gardai donc mon pyjama, enfilant un pull par-dessus.

En bas, le feu avait été alimenté pendant la nuit : il brûlait toujours lentement, Dieu merci. Les doigts tremblants, j'ajoutai de la tourbe, puis l'attisai jusqu'à obtenir une belle flambée. Pleine d'optimisme, j'avais essayé d'appuyer sur l'interrupteur en entrant dans le salon, mais j'avais fait chou blanc. C'était une idée stupide, de toute façon, mais on ne savait jamais. Je comptais me rendre dans la cuisine d'une minute à l'autre dans l'espoir de faire chauffer de l'eau, mais, à la place, je me retrouvai à me tourner et me retourner devant le poêle pour essayer de me réchauffer. J'ajoutai encore de la tourbe jusqu'à ce que le feu ronfle.

Dehors, le paysage était totalement gris, pareil à une photo en noir et blanc. Les vagues atteignaient le haut du muret de pierre que j'avais aperçu à la lueur des éclairs, hier. Une table de jardin et plusieurs chaises en fer forgé gisaient par terre, telles des poupées de chiffon. La plage faisait peine à voir ; les herbes sur les dunes étaient complètement aplaties. Et la pluie continuait de tomber à verse.

— C'est pas possible, lâchai-je.

Je savais que j'aurais dû fermer les rideaux (confectionnés dans un velours épais, doublés, ils offraient une excellente isolation, et les fenêtres à simple vitrage étaient glaciales au toucher), mais je ne pouvais m'y résoudre. Il n'y avait presque pas de lumière, mais il y en avait au moins un peu, et c'était tout ce que j'avais.

Du café. Faites qu'il y ait du café ! Décidant de m'aventurer jusqu'à la cuisine, j'attrapai une vieille couverture en laine sur le canapé élimé – elle sentait le renfermé et les livres, mais ce n'était pas désagréable, cela évoquait un peu une odeur de chien. Un chien, songeai-je, aurait été le bienvenu à ce stade. Un gros toutou poilu, qui aurait pu servir de couverture chauffante. Même Skellington aurait fait l'affaire.

J'avançai à pas feutrés jusqu'à la cuisine, sentant le froid à travers mes chaussettes. J'ignorais s'il restait du fioul dans l'Aga, mais je ne pouvais qu'espérer qu'il y en avait assez. La cuisinière dégageait de la chaleur, mais, en regardant autour de moi, je ne vis rien qui ressemble à une cafetière. Puis je faillis me donner une tape sur le front : elle ne marcherait pas, de toute façon, si elle fonctionnait à l'électricité. Pas d'expresso fraîchement moulu pour moi ce matin.

Je repérai avec soulagement une bouilloire à sifflet, que je remplis de l'eau froide, pure et glaciale, du robinet. J'en bus un verre d'un trait, et sa fraîcheur me laissa haletante, sonnée. Cela me réveilla mieux que ne l'aurait fait un café, mais j'allumai malgré tout la cuisinière à l'aide d'une allumette, puis posai la bouilloire dessus avant d'inspecter le contenu des placards pour voir quelles provisions je pourrais y trouver.

Pendant que l'eau chauffait, je gardai les mains le plus près possible de la bouilloire. Je ne m'étais jamais considérée comme une personne pourrie gâtée, mais j'avais la sensation qu'il faisait à peine plus chaud que dehors. J'ouvris rapidement la porte de la cuisine, juste pour vérifier. Le vent glacial, hurlant, tourbillonnant, me fit très vite changer d'avis, et je me dépêchai de refermer la porte, qui claqua si fort que la maison entière en trembla – ce fut du moins mon impression.

Bon sang. Le frigo devait s'être éteint. Je n'y pensais que maintenant. Je l'ouvris et, sans surprise, j'avais vu juste – mais la température devait être assez basse dans la cuisine, non ? Je reniflai le lait dans son petit pot en émail. Du lait de brebis, bien sûr. Je me demandai si Gregor avait du lait longue conservation dans l'appentis. Il devait en avoir, quelqu'un en avait forcément stocké en cas d'urgence. Je n'aimais pas le lait de brebis ni le lait longue conservation dans mon café (ni dans mon thé, supposai-je, s'il y avait des sachets), mais une mendiante comme moi ne pouvait pas faire la difficile.

— Mais qu'est-ce que vous fabriquez avec ma bouilloire, bon sang ?

Je me retournai en sursaut, serrant ma couverture en laine autour de moi, telle une poissonnière du XVIIIe siècle.

— Vous m'avez fait peur.

— Bon, on pourrait peut-être arrêter de se faire peur, dit Gregor. Nous sommes les deux seules personnes sur cette île. C'est forcément vous ou moi... Et on pourrait peut-être se tutoyer aussi, non ? Oh, c'est pas vrai !

Il se précipita sur la bouilloire, mais trop tard : le fond avait brûlé. Une odeur nauséabonde flottait dans l'air, et ce n'était pas seulement celle de la vieille maison, mais celle du plastique fondu.

— Oh, non. Désolée. Je croyais que c'était une bouilloire traditionnelle.

Il me dévisagea. La bouilloire était percée.

— Je croyais que tu étais censée être une bricoleuse pragmatique, du genre à savoir réparer les radios, dit-il lentement.

— Bon sang. Je suis sincèrement désolée. J'ai un peu la tête dans le cirage...

— C'est une bouilloire *électrique*, poursuivit-il en me jetant un regard incrédule. Je croyais que l'électricité, les fusibles et tout le tralala n'avaient pas de secret pour toi ?

— C'est bon, j'ai dit que j'étais désolée, rétorquai-je, agacée. J'essayais juste de préparer du café.

— En faisant fondre une bouilloire ?

— Ah, tu ne comptes pas lâcher l'affaire, je vois.

Il passa devant moi d'un pas raide. Il portait lui aussi un pyjama désuet qui ne pouvait pas lui appartenir, ainsi que deux pulls. Allez savoir à quoi il ressemblait, sous sa barbe et ses vêtements informes ; on aurait dit un sac à patates, en réalité. Comme moi, sans doute. Il s'empara de la bouilloire fichue, la mit à refroidir dans l'évier, puis entrebâilla une fenêtre pour laisser la fumée s'échapper.

Il se dirigea ensuite vers le buffet, ouvrit l'un des placards et en sortit une minuscule cafetière italienne en inox dotée d'une poignée noire, qu'il remplit d'eau et posa sur la cuisinière. Puis il prit un sachet dans un plus grand placard, et je sentis aussitôt avec un plaisir non dissimulé qu'il contenait des grains de café. Il en attrapa une poignée, qu'il versa dans un moulin.

— Ouah !

— Quoi ?

— Rien. Je suis impressionnée. Qu'est-ce que tu caches d'autre ? Une dynamo, pour regarder Netflix en secret ?

Le moulin fit un vacarme pas possible quand Gregor tourna la manette, mais une odeur divine s'en dégagea. Je fermai les yeux.

Il ne prêta pas attention à ma remarque, préférant jeter un coup d'œil dehors.

— Je crois que la tempête se calme.

— Non, pas du tout, le contredis-je.

Il ajouta le café dans la petite cafetière, qui se mit bientôt à siffler. L'odeur donnait l'eau à la bouche. Il regarda le ciel.

— Si, elle va passer.

— Eh bien, oui, évidemment, elle va passer, à un moment ou à un autre.

Je n'appréciais pas trop qu'un homme essaie de me donner des leçons de météorologie.

— Mais pour l'instant elle est encore *là*.

Il nous versa deux minuscules tasses de café.

— Du lait ?

— Je prendrai celui en poudre, répondis-je en soulevant le paquet non entamé que j'avais trouvé.

Il fronça les sourcils.

— Quoi ? Plutôt que du lait de chèvre frais ?

— Du lait de *quoi* ? Je croyais que c'était du lait de brebis…

Il fit semblant de ne pas m'entendre.

— Ce qui me rappelle…

Mais, à ce moment-là, on frappa à la porte.

Mon cœur bondit dans ma poitrine. Quelqu'un était venu ! Ce devait être le ferry : Nalitha avait dû prévenir les autres, et Finn était aussitôt venu me chercher, bravant les éléments ! Génial ! Je me retournai, m'efforçant de ne pas accrocher ma couverture dans quoi que ce soit. Puis je fis un bond en arrière. Dans la tempête hurlante, une grosse tête ornée de grandes cornes torsadées et d'yeux fendus terrifiants, pareils à ceux d'un serpent, venait d'ouvrir la porte de la cuisine d'une poussée... Gregor ricana en me voyant sursauter.

— Oui, oui, j'arrive.

Il se dirigea vers la porte.

— Ne la laisse pas entrer ! lâchai-je malgré moi.

Les animaux n'étaient pas ma tasse de thé, pas du tout. Je leur préférais mes créatures d'acier et d'aluminium.

— Je crois que Frances a plus le droit d'être ici que toi, dit-il en ouvrant la porte. Elle est invitée.

La bête entra en claquant des sabots. Elle avait des poils rêches et une drôle d'expression qui donnait l'impression qu'elle souriait en permanence. Elle pencha la tête vers la main de Gregor, qui la gratta affectueusement derrière les oreilles.

— Oui, oui, ma belle. Je viens. Elle prend son petit déjeuner, on prendra le nôtre ensuite, m'apprit-il en descendant d'un trait sa tasse de café.

Je ne suivis pas son exemple, préférant siroter la mienne. Le café était chaud, boisé, délicieux.

Puis il posa une épaisse casquette en tweed sur ses cheveux indisciplinés, alla chercher un seau et disparut dans la tempête, Frances l'accompagnant dans un claquement de sabots. Quel homme horripilant. À sa décharge, j'avais fait fondre sa bouilloire. Je poussai un soupir.

— Tu as des vêtements ? lui demandai-je en criant.

Il se retourna, fronçant à nouveau les sourcils, l'air de trouver mes exigences ridicules.

— Regarde dans l'armoire à linge, répondit-il en agitant la main, comme si j'étais particulièrement pénible et que je le dérangeais.

Ce qui devait être le cas. Mais chacun sa croix.

Je n'attendais pas grand-chose de l'armoire à linge, et j'avais raison. Elle contenait toute une collection d'effets que les différents habitants avaient dû laisser derrière eux au fil des ans, dont (et je ne peux pas dire que je ne fus pas tentée) des robes de bure, ainsi qu'un vieux surplis de prêtre arborant une broderie spectaculaire de bâton pastoral embrasé. Je me demandai ce qui avait pu conduire quelqu'un à se séparer d'un habit pareil. Ces vêtements exhalaient une forte odeur de camphre – pour éloigner les mites, sans doute –, mais pas déplaisante.

Néanmoins, dans le fond, je dégotai une ample salopette qui conviendrait parfaitement, décrétai-je, ainsi qu'un gilet thermique de papi, sans manches, une grande marinière et un pull tout bouloché. Heureusement, il n'y avait pas de miroir en pied dans la pièce. Les religieux devaient estimer qu'ils incitaient au péché de vanité.

Je trouvai malgré tout un petit miroir de barbier – pour se raser, sans doute – suspendu juste au-dessus du lavabo de la salle de bains. J'étais différente, sans mon maquillage impeccable. J'avais nettoyé le mascara qui avait coulé sur mes joues et regrettais de ne pas porter mes faux cils. Je n'étais pas sortie sans maquillage depuis… eh bien, depuis belle lurette, me rendis-je compte. J'examinai mon visage de près. Je n'étais pas hideuse, en réalité, même si j'avais les cheveux hérissés sur la tête, sans mon lisseur. D'habitude, je considérais mes boucles comme mes pires ennemies : je les brûlais sans pitié pour en venir à bout, mais elles n'étaient pas si mal, en fait. Et ma peau était, eh bien, beaucoup moins bronzée. Mais cela m'allait plutôt bien, à vrai dire. J'avais les joues un peu roses, quoique ce soit sans doute dû au froid. Je fouillai dans mon sac, attrapai mon rouge à lèvres Dior et en appliquai une bonne couche pour voir si je pouvais retrouver une apparence normale. Non. En salopette, c'était d'un ridicule achevé. Je poussai un soupir, puis me débarbouillai à l'eau froide.

Je jetai un coup d'œil dehors. C'était énervant, mais il semblait bien que Gregor avait raison, en fin de compte : le soleil perçait à travers les nuages et, même si la pluie tombait encore, elle ne se jetait plus contre les fenêtres. Tout était aussi plus silencieux. Le bruit avait diminué. La tempête faiblissait.

Je redescendis, en quête d'un autre café – il n'y en avait plus, mais, mieux, l'odeur de plastique avait disparu. En revanche, je trouvai une belle miche de pain, brûlante, fraîchement sortie du four, en train de refroidir sur la cuisinière. Elle était trop chaude pour que je la touche, mais je salivais rien qu'à la regarder. À côté, je vis un pot ouvert, affublé d'une étiquette « Confiture 2022 ».

Je fermai les yeux. Le pain grillé était l'un de mes interdits. Vraiment. On passe beaucoup de temps assis quand on est pilote, on ne mange pas à heure fixe et on se nourrit essentiellement de plateaux-repas. Et puis je venais d'entamer une nouvelle relation amoureuse, avec son cortège de sorties au restaurant, de plats délicieux arrosés de bon vin, de soirées sur le canapé et, non, pas question de penser à Hayden maintenant. *Hors de question.* Bon. N'empêche, je devais faire très attention si je ne voulais pas prendre de poids, et ce n'était pas une sinécure.

Du coup, j'essayais (et échouais souvent) d'éviter le pain, les pommes de terre, le riz et à peu près tout ce que j'aimais. Adorais, en réalité. Je me penchai au-dessus de la miche. Oh, bon sang. Elle sentait divinement bon : c'était une petite beauté, toute gonflée, avec une croûte couleur miel encore fumante…

Oh, ça ne dérangerait pas Gregor, si ? Il n'allait pas manger un pain entier tout seul. Je regardai autour de moi, mais il restait introuvable. Il devait être très occupé, avec sa meilleure amie la chèvre.

Bon. J'allais mettre de l'eau à bouillir pour le thé et, s'il n'était toujours pas rentré… Il ne pouvait pas me priver de petit déjeuner – c'était sûrement un droit fondamental.

Je n'osai pas toucher à la cafetière, mais je découvris une grande boîte de sachets de thé dans un placard. Je mis de l'eau à bouillir dans une casserole, ce qui prit une éternité. Et je devrais me contenter d'un thé nature, car je me méfiais toujours du lait.

Je cherchai une dernière fois Gregor du regard… puis rompis voracement la miche à la main, n'ayant pas trouvé de couteau à pain.

Elle était toujours chaude. Je pris une noix de beurre dans le frigo à l'arrêt, qui fondit aussitôt. Puis je m'attaquai à la confiture. J'en tartinai généreusement le pain doré, puis le portai à mon nez pour le sentir avant de mordre dedans. Au même moment, un rayon de soleil perça un nuage et éclaira la petite cuisine désordonnée, révélant un grand tableau de la Cène que quelqu'un avait accroché sur le mur d'en face.

— Ce pain a été consacré par Dieu, me dis-je à moi-même. Il veut que je le mange.

Et j'en pris une énorme bouchée.

J'aurais aimé le savourer. J'aurais aimé le déguster lentement, que le temps s'arrête. Quand je serai vieille, grisonnante et grabataire, et que je ne me souviendrai plus de rien, je me rappellerai encore son goût exquis, j'en suis certaine.

Je dévorai ce premier morceau, puis en repris aussitôt un autre, que j'enduisis aussi de beurre et de confiture. Pour éviter de me transformer en bête sauvage, je me forçai à m'éloigner de la cuisinière. Je ne pouvais pas tout manger. C'était évident. Je considérai le morceau qui restait : il était si petit qu'il serait ridicule de le laisser, me dis-je en l'engloutissant. Gregor devait faire du pain tous les jours. Et puis, il aurait aussi bien pu ne pas y en avoir du tout, quand on y pense. Peut-être même que Gregor oublierait en avoir préparé, si je faisais disparaître toutes les preuves. Ou peut-être que je pourrais dire que la chèvre était entrée et l'avait mangé. Ça pourrait marcher.

Près de la moitié du pot de confiture avait disparu en un clin d'œil. Je me sentais mal. J'avais tout dévoré, sans pouvoir m'en empêcher – un peu comme une chèvre, maintenant que j'y pense. Enfin, à présent que la tempête se calmait, on viendrait sûrement vite nous porter secours, mais je culpabilisais quand même un brin.

Outre le cellier en appentis où se trouvait la radio, une autre pièce jouxtait la cuisine : un vestiaire, découvris-je, rempli de vêtements chauds et de bottes en caoutchouc. J'en choisis une paire au hasard, ainsi qu'un blouson, puis, jetant un coup d'œil gêné aux miettes éparpillées (c'était une toute petite miche, me rassurai-je), j'ouvris la porte et sortis dans la cour à l'arrière de la maison pour trouver un moyen de quitter ce rocher.

CHAPITRE 19

Au début, je ne vis que de la boue. De la boue et des objets non identifiés. On aurait dit que quelqu'un avait soulevé le monde et l'avait secoué avant de le reposer. La brouette était renversée sur le côté, comme la plupart des plantes.

Au bout d'un moment, je remarquai autre chose : le vent était tombé. Il s'était tu. On entendait toujours les vagues, mais ce n'étaient plus des monstres terrifiants qui s'écrasaient sur le rivage.

Et on entendait à nouveau les oiseaux : les mouettes jacassaient, se remettaient à se plaindre, comme toujours. Elles avaient été réduites au silence pendant la tempête et avaient dû chercher à se mettre à l'abri, elles aussi. Je m'enroulai dans mon gros blouson, mais le froid n'était plus aussi mordant. J'avais l'impression de ne plus être au même endroit. Je baissai ma capuche pour regarder le ciel. Les énormes nuages gris qui le traversaient s'enfuyaient en direction du nord-nord-est – pour aller importuner nos cousins norvégiens, sans doute. Ils laissaient la place à une étendue d'un bleu limpide, presque insolente, comme si le ciel entier clamait son innocence, disait, non, je n'ai pas provoqué de tempête, impossible, ce n'est pas moi. J'ai l'habitude de plonger ou de slalomer pour éviter les orages, qui surviennent les jours gris et humides, le plus souvent. Mais, d'autres fois, cela se passe comme ça : d'un coup, le rideau qui s'est refermé sur le ciel se rouvre sur une nouvelle scène, vierge, dégagée – une page blanche. Je souris malgré moi ; on aurait vraiment dit que la météo se moquait de moi.

Puis je regardai les alentours, sentant mes bottes coller à la boue.

L'austère maison en pierre ne paraissait plus aussi intimidante dans la lumière voilée du soleil. Je voyais mieux le grand bâtiment de deux étages, massif, qui avait été érigé avec assurance dans un monde où le bateau était le moyen de transport le plus rapide, de sorte que vivre sur une île n'était pas considéré comme un désagrément, comme c'est le cas aujourd'hui. Je repérai la fenêtre opaque de la salle de bains au premier étage ; celle de ma chambre devait être quelque part à côté. Du lierre grimpait sur les vieilles conduites noires et recouvrait la façade arrière de la maison. D'un vert tendre, printanier, il était vraiment ravissant.

Un chemin en pierre grise partait de la porte de la cuisine. Je l'empruntai, traversant ce qui ressemblait à un jardin potager, malgré les débris et le sable qui jonchaient le sol. Il était ceint de hauts murs, afin de protéger les semis les plus fragiles des conditions météorologiques extrêmes de l'Atlantique Nord. Les jeunes plants n'avaient pas mauvaise mine. Je n'étais pas une experte, mais on aurait dit des rangs de carottes, de pommes de terre et de choux, toujours en sécurité, bien au chaud dans leurs sillons. J'aperçus le portillon par lequel j'étais passée la veille, avec ses charnières de travers et sa peinture écaillée. Il fallait que j'aille voir *Dolly*, que j'aille vérifier comment elle s'en était sortie. Même si je n'en avais pas envie.

Je continuai à avancer, me retournant une nouvelle fois pour regarder la maison. Il n'y avait aucune antenne sur le toit, ni pour la télé ni pour la radio. Je fronçai les sourcils. Puis cela me frappa : il devrait y en avoir une sur le toit de l'appentis. Je fis donc le tour du bâtiment et, sans surprise, la trouvai là, renversée. Je pensais pouvoir la refixer, mais cela ne résoudrait pas le problème d'alimentation de la radio, qui était trop vieille pour fonctionner avec des piles, à supposer que Gregor en ait, ce dont je doutais fortement. Il faudrait que j'utilise celle de l'avion.

Au moment où je me remettais en route, un bruit à mes pieds accapara mon attention. Je baissai les yeux et vis une poule – celle qui était venue à mon secours la veille au soir, sans doute.

— Bonjour, dis-je en m'accroupissant. Est-ce que tu as le droit de te promener ici, dans le potager ?

— Certainement pas ! lança une voix bougonne.

En relevant les yeux, j'aperçus un autre portillon, presque sorti de ses gonds – raison pour laquelle la poule pouvait vagabonder en toute liberté, supposai-je.

— BARBARA ! cria Gregor. Viens là.

La poule me fixa de ses yeux perçants.

— Tout va bien, la rassurai-je, comme elle protestait.

Puis je franchis le portillon cassé. Le poulailler était un champ de bataille : des marches s'étaient effondrées, et la clôture en fil de fer était éventrée en plusieurs endroits. Gregor, armé d'une caisse à outils, restait planté là, l'air complètement déboussolé.

— Tout est sens dessus dessous.

— Oui, eh bien, c'est le climat local. Ils ont dû te prévenir.

Il me lança un regard noir.

— Ce n'est pas mon premier séjour ici. Mais je n'ai jamais vu un temps pareil.

— D'où est-ce que tu viens, d'ailleurs ?

— De Glasgow.

— Ah, un citadin.

— Oui, bon.

— Tu sais t'occuper des poules, alors ?

Il secoua la tête.

— Pas vraiment. Ils me les ont juste montrées en me disant : « Vous vous y connaissez en oiseaux, alors débrouillez-vous. »

Je posai Barbara, qui tenta aussitôt de s'échapper en direction du potager. D'autres poules, voyant qu'elle s'apprêtait à faire quelque chose d'amusant, la suivirent. Gregor poussa un grognement.

— Oh, bon sang, quelle plaie.

J'étais consciente de reprendre un ton condescendant, mais tant pis.

— Ça ne doit pas être si compliqué à réparer.

— Ah oui, j'avais oublié que tu savais tout et que je n'étais bon à rien.

— Je ne sais pas tout ! Je me disais juste que clouer un peu de fil de fer devant le portillon, le temps de trouver comment bien le réparer, ne serait pas une mauvaise idée. Ça éviterait que les poules ne s'échappent !

Il continuait de fixer sa caisse à outils, l'air désemparé.

— Et après, on pourra regarder un tuto sur YouTube. Allez, au boulot. Il faut que j'aille voir mon avion. Où est le fil de fer ?

Il eut un geste pathétique, ce qui me mit vraiment en colère. Il y avait des dépendances tout autour de la maison, et il avait déjà séjourné sur l'île : il n'avait même pas pensé à vérifier ?

Le plus bizarre, c'était que, lorsque l'annonce paraissait, elle était parfois reprise dans la presse nationale, accompagnée de titres comme : « Pourriez-vous vivre sur une île abandonnée ? » Ils recevaient toujours des tas de candidatures. Je veux dire, même en admettant qu'un certain nombre viennent de personnes complètement cinglées, ils avaient sûrement pléthore de candidats parmi lesquels choisir, non ?

Je sentais le soleil de mars me réchauffer à travers mon blouson. C'était si agréable – le temps avait été maussade depuis mon retour, même avant la tempête. « Si mars arrive comme un lion, il s'en ira comme un mouton » : voilà un proverbe qu'on n'utilise pas souvent en Écosse. En temps normal, mars arrive comme un lion et s'en va comme un lion encore plus déchaîné, et ivre, de surcroît, mais, parfois – parfois –, le soleil brille vraiment, et c'est comme une bénédiction.

J'avais beau être impatiente de voir *Dolly*, je continuais malgré tout à repousser ce moment. Et si je découvrais que je l'avais endommagée au point qu'elle soit irréparable ? Et si elle avait basculé sur le côté ou, pire, qu'elle n'était même plus là ?

J'entrepris donc de faire le tour de plusieurs dépendances, où s'entassaient des vieilleries invraisemblables. Quand un objet arrivait sur Inchborn, il y restait, supposai-je : les livraisons et les expéditions étaient très difficiles sans accès routier. On trouvait donc tout un tas de trucs étranges : des bureaux anciens, des pièces détachées, un cadran solaire cassé, trois éviers, des rouleaux de lino et, dans le fond, entre deux binettes disloquées, un rouleau de fil de fer.

Je le sortis d'un air triomphant.

— Bien, on va pouvoir commencer avec ça.

Cela ne sembla pas enchanter Gregor.

— Ça n'a pas besoin d'être parfait, poursuivis-je. Juste d'être *fait*.

Curieusement, comme j'étais agenouillée à donner des coups de marteau, je commençai à avoir si chaud que je finis par enlever mon gros blouson, puis mon pull, qui me démangeait. Clouer du fil de fer n'était pas si difficile, et Gregor m'apporta vite son aide en débobinant l'autre bout du rouleau. Barbara piaillait toujours, exprimant clairement son mécontentement, mais je ne lui prêtai pas attention, toute à ma tâche, jusqu'au moment où quelqu'un vint fourrer son nez dans mon oreille.

Je me relevai d'un bond en poussant un petit cri perçant, sous le choc. C'était la chèvre au pelage gris et crème, avec sa longue barbe et son air malin, curieux. Elle me poussait du museau.

— Frances ! m'exclamai-je.

Elle ne m'effraya pas *autant* que lorsqu'elle était entrée dans la maison, mais sa présence n'en restait pas moins troublante. Je m'attendais à ce qu'elle empeste, or elle sentait plutôt la boue propre.

— Elle te reconnaît, commenta Gregor en nous observant. Les chèvres sont intelligentes, tu sais.

Comme si elle avait entendu ce qu'il venait de dire, Frances me redonna un petit coup de tête, tout en douceur.

— Qu'est-ce qu'elle essaie de faire, me manger ?

— Et comment elle s'y prendrait ?

— Je ne sais pas, moi ! Elle commencerait par mes chaussettes, puis elle me grignoterait les orteils les uns après les autres.

— Je vois. Eh bien, non. Elle veut juste de l'affection.

— Comment elle pourrait vouloir de l'affection ? C'est une chèvre ! C'est un animal sauvage qui vit dans les montagnes !

Elle se frotta à nouveau contre moi, et je lui grattai l'arrière des oreilles presque malgré moi. Elle me poussa du museau, toute contente.

— Je suis sérieuse ! Comment elle aurait appris l'affection ?

— Par sa mère, répondit Gregor en me regardant comme si j'étais idiote. C'est un être vivant. Bien sûr qu'elle veut de l'affection.

— Je pensais que seuls les humains ressentaient de l'affection. Et les chiens, sans doute.

— Pourquoi ? C'est un peu anthropocentrique, comme vision, non ? Pourquoi les animaux ne ressentiraient pas les mêmes choses que les hommes ?

— Comme quoi ? Ils sont déçus quand ils perdent au Scrabble ?

— Tous les êtres vivants ont des émotions, répondit-il gravement. Au pied, Frances.

La chèvre se retourna, avant de trotter affectueusement vers lui.

— Tu as *dressé une chèvre* ? l'interrogeai-je, ébahie.

Il haussa les épaules, tout en sortant une friandise d'une des nombreuses poches de son manteau. Frances la prit en reniflant de contentement. Je les observais, curieuse.

— Tu n'aimes pas trop les animaux, hein ? me demanda-t-il.

Je haussai à mon tour les épaules.

— Il n'y a pas beaucoup de chèvres, là où je vis. J'ai plutôt affaire à des machines, en général. C'est tout.

Il opina du chef.

— Où est-ce que tu vis ?

— Près d'Heathrow.

Il me regarda.

— C'est un vrai lieu ? Ce n'est pas qu'un aéroport ?

— Évidemment.

Même si ce n'était pas tout à fait vrai, en réalité. C'était un entre-deux, un espace liminaire où l'on passait pour se rendre d'un point A à un point B. Ce qui me donnait parfois l'impression d'être un entre-deux, moi aussi, de vivre dans les aéroports, de n'être qu'une escale vers d'autres destinations. D'être en transit. Mais tout cela était en train de changer.

— J'envisage de déménager… Enfin, je dois déménager pour le travail.

— Hmm-hmm.

— À Dubaï.

Il haussa les sourcils.

— Sacré changement.

— Je sais. Ça va être génial, je pense.

Il regarda le ciel. L'air était rafraîchissant, les rayons du soleil réveillaient doucement les herbes chargées de pluie, le vent n'était plus qu'une légère brise dans les feuilles, comme s'il avait honte de son comportement passé.

— Oh, sûrement.

— Tu n'aimes pas Dubaï ?

— Je ne suis pas fan du béton. Ni de la clim'.

— Le climat est meilleur qu'ici.

Il me dévisagea.

— Tu plaisantes, hein ? C'est exactement le même, sauf qu'au lieu de ne pas pouvoir sortir de chez toi à cause du froid, c'est à cause de la chaleur que tu devras rester cloîtrée. Et tu ne pourras même pas régler le problème en ajoutant des couches de vêtements.

— Mais ça va être intéressant.

— Je n'en doute pas.

— Tu y es déjà allé ?

— Non, répondit-il avec un demi-sourire. Et je ne crois pas vouloir entrer en compétition avec une pilote au sujet des endroits où je suis allé.

— D'autant que ton univers se résume à six kilomètres carrés.

Il promena ses yeux autour de lui, comme s'il n'avait jamais envisagé les choses ainsi.

— Peut-être, oui, admit-il, mais cette idée ne sembla pas le contrarier.

Je me redressai. La pose de la clôture en fil barbelé n'était pas vraiment du travail de professionnel, mais elle éviterait que les poules ne s'échappent, jusqu'à la prochaine tempête, en tout cas. Je surpris Barbara en train de foncer vers le dernier trou et l'arrêtai.

— Désolée, ma belle. J'ai bien peur que tu doives retourner au gnouf.

— Oh, tu peux la laisser partir, lança Gregor avec dédain.

— Mais je viens juste de réparer le poulailler.

— Je sais. La plupart des poules aiment être en sécurité, avoir leur propre espace et un endroit où se percher. Mais Barbara déteste ça. Elle veut être libre. Tu peux la libérer.

— Elle ne va pas se faire dévorer ?

— Il n'y a pas de renard sur l'île. Les phoques ne s'approcheront pas d'elle et les castors n'en voudront pas. Tout se passera bien.

— Mais il n'y a pas d'aigles, ici ?

— Un aigle pourrait l'attraper aussi facilement dans le poulailler. Ça ne ferait pas une grande différence.

— Oh.

Je baissai les yeux vers Barbara, qui picorait rageusement en me jetant des regards en coin.

— Dans ce cas…, lui dis-je.

— Je ne sais pas pourquoi tu es aussi bizarre quand tu veux la prendre dans tes bras. Elle ne va pas te mordre.

— Mais elle pourrait me donner un coup de bec ! Je n'en ai pas plus envie !

— Pourquoi, tu t'inquiètes pour ta manucure ?

— Bien sûr. C'est pour ça que je viens de jouer avec du fil de fer et un marteau pendant une demi-heure. Dans *ton* jardin.

Quand je me penchai vers Barbara, elle battit des ailes, furieuse, mais Gregor me regardait et il avait stimulé mon esprit de compétition : je tendis donc un bras pour le passer sous son ventre, puis la soulevai malgré ses protestations véhémentes et la posai de l'autre côté de la barrière, le cœur battant. Elle s'élança aussitôt vers la mer, comme si elle avait des affaires extrêmement urgentes à régler et que je l'en avais empêchée.

À ce propos.

Je me redressai, m'essuyai les mains, puis rapportai la caisse à outils dans l'abri. Pendant tout ce temps, Gregor se contenta de me regarder. Ce qui ne me mit pas de meilleure humeur.

— Où tu vas ? finit-il par me demander.

— Eh bien, je sais que tu crois que je suis sortie des profondeurs de l'océan en rampant, mais il y a un avion, un vrai, qui s'est posé en catastrophe hier soir.

— Ah oui. Tu veux que je t'accompagne ?

— Tu viens juste de me dire que tu n'y connaissais rien en mécanique, tu sais à peine te servir d'un marteau et tu détestes la civilisation moderne. Donc, non, je devrais m'en sortir.

Sans compter que je ne le connaissais pas bien. Il pouvait être l'un de ces types qui aimaient regarder les autres travailler en grimaçant et en faisant des suggestions idiotes. J'en avais rencontré plus d'un comme ça.

— Comme tu veux, répondit-il, mais sans rancœur.

Bon. Il fallait que je m'y mette. Je n'avais plus le choix, plus d'excuse pour retarder ce moment. Il fallait que je retourne à mon avion et que je constate l'ampleur des dégâts.

Mais quelqu'un devait s'inquiéter pour nous, à cette heure-là. Nalitha devait avoir alerté tout le monde. Un ferry arriverait d'une minute à l'autre. Oui. À chaque pas que je faisais en direction des dunes, j'avais le cœur plus léger. Le ciel était d'un beau bleu délavé. Une petite brise soufflait, mais l'air, empreint d'une odeur de bruyère agréable, était chaud – une promesse d'été en ce jour de printemps, que l'on ressent tôt ici. Cela ne dure pas toujours, bien sûr : l'hiver se plaît à ressurgir de temps à autre pour nous rappeler qu'il guette encore. Mais une journée comme celle-ci… Malgré tout ce qui s'était passé, j'éprouvais une drôle de sensation en marchant au sommet des dunes, la maison de pierre grise disparaissant dans mon dos. Je voyais le bout de l'île sur ma gauche ; devant moi, la belle abbaye en ruine, qui n'était plus ni sinistre ni terrifiante, comme dans la tempête, mais m'évoquait plutôt un rempart, toujours debout, indestructible – un témoignage de l'esprit humain vieux de près de mille ans.

J'avais la sensation d'être présente. J'avais plein d'autres choses à faire, je le savais. Je savais que tout allait mal dans ma vie ; très mal, sans doute. Mais, ici, maintenant, le soleil me réchauffant le dos, le ventre plein (je culpabilisai en me rappelant subitement que j'avais mangé tout le pain de Gregor), je ne pouvais pas vraiment être malheureuse. Je sentais que mes problèmes se régleraient, que, comme l'abbaye, la vie subsisterait. Elle changerait peut-être, pour papi et la compagnie. Mais on s'en sortirait. Il irait bien.

Il faisait doux à présent, avec la petite brise, le soleil tiède. Tout finirait bien. Non ? Si. Sûrement. Tout s'arrangerait. Si on survivait à cette tempête. Et si je ne pensais pas à quelqu'un dont le prénom commençait par un H.

Je courus presque jusqu'à la plage. Comment avais-je pu oublier cette sensation ? Avec Jamie, on dévalait les dunes pendant des heures : on roulait, on se laissait tomber, on s'écroulait dans le sable doux et moelleux sous nos orteils, infatigables. Pendant ce temps, notre mère restait assise sur la plage, essayant d'empêcher les grains de sable de s'infiltrer dans nos paniers-repas, sans y parvenir. Le Tizer[1], les chips, les sandwichs jambon-fromage dégustés au grand air n'eurent jamais aussi bon goût. Après manger, on retournait se jeter dans la pente puis, si on en avait le courage, on allait barboter ou nager.

Comment avais-je pu oublier tout ça ? Mes cheveux s'étaient à nouveau dénoués : je devais avoir une tête de folle, avec ma tignasse indisciplinée. Mais je m'en moquais. Je retirai mes bottes en caoutchouc pour les poser en haut de la dune, secouai mes cheveux dans mon dos, puis m'élançai, dégringolant la pente en riant, à bout de souffle, me laissant glisser jusqu'en bas, sentant le sable se faufiler entre mes doigts de pied.

Je n'avais pas conscience d'avoir oublié tout cela quand j'allais et venais dans les aéroports du monde entier, dans cet air conditionné stérile, cet univers composé de Pringles, de panneaux indiquant les taxis et les toilettes, de files d'attente, de magazines et de cafés tous identiques.

---

1. Boisson gazeuse aromatisée aux agrumes. (N.d.T.)

Je finis par m'immobiliser, hors d'haleine, au pied de la dune. J'étais allée trop loin la veille, je m'en rendais compte à présent ; j'étais revenue sur mes pas, j'avais tourné en rond. Mais j'avais l'impression que c'était un mauvais rêve qui s'était évanoui au matin, comme la rosée au soleil.

Tout ira bien, me dis-je en contournant le cap qui donnait sur la crique. *Dolly* s'en sortira. Elle s'en sortira.

CHAPITRE 20

Au début, je distinguai tout juste l'avion. J'étais aux anges. Il était toujours là ! *Dolly* s'en sortirait ! Et la radio fonctionnerait !

J'allais pouvoir contacter papi, lui demander de m'envoyer un pneu neuf par le prochain ferry (il en avait certainement un de rechange dans son atelier), le réceptionner, et je serais de retour chez moi en un rien de temps, puis je retournerais à Londres pour mon dernier vol en simulateur. Tout se passerait bien.

Mieux que bien, songeai-je, à condition qu'Erno se rétablisse. Après tout, j'avais posé cet avion. J'allais bien. J'étais guérie. J'allais rentrer et vivre ma vie. Hayden se jetterait à mes pieds, m'expliquerait que son téléphone avait été volé par un type qui avait un peu la même voix que lui ou qu'il avait souffert d'amnésie temporaire ou... enfin, quoi qu'il en soit, ma vie reprendrait son cours d'avant.

Je me rapprochai, refusant de voir ce que j'avais sous les yeux. Le beau temps, avoir réussi à poser l'avion puis à réparer le poulailler (qui l'aurait cru ?), et même, c'était étonnant, la visite de Frances, m'avaient mise de trop bonne humeur.

La nuit dernière, tout était noir, froid, lugubre et terrifiant. Et, ce matin, le monde était totalement différent. Je devais y voir un signe, me dis-je en attrapant machinalement mon téléphone pour prendre une photo de cette belle journée avant de me rappeler que, bien sûr, il n'avait plus de batterie ni le moindre espoir d'être bientôt rechargé. Il faudrait aussi que je jette un coup d'œil au groupe électrogène.

Bon. Je pouvais y arriver. Et, un jour, quand je serais loin d'ici et que j'aurais réussi ma vie, ça ferait une bonne histoire à raconter.

Néanmoins, en m'approchant, il devint de plus en plus évident que quelque chose n'allait pas.

Dans un premier temps, mon cerveau refusa de comprendre ; il me mentit, me dit que c'était une illusion d'optique ou une simple question d'angle, mais c'était là, devant moi, ça se voyait comme le nez au milieu de la figure. *Dolly* penchait. Ça ne faisait aucun doute. Le côté gauche – celui où se trouve la porte – s'inclinait inexorablement vers les vagues qui léchaient la seule roue toujours en vue. L'autre était profondément enfoncée dans le sable. L'aile touchait presque la vase. Mon cœur s'arrêta, et je courus vers elle, comme si je pouvais faire quelque chose.

— Non !

J'étais peinée de la voir là, tapie, penchée sur le sable. Elle avait l'air ivre.

— Oh, ma belle.

Je m'approchai d'elle du côté incliné (j'avais laissé mes bottes au sommet de la dune, de sorte que je traversai l'eau glaciale pieds nus, mais je n'y prêtai pas attention, ou à peine) pour tenter de la redresser. Les avions sont légers, mais quand même pas à ce point-là : *Dolly* ne bougea pas d'un pouce. Le sol meuble aspirait son pneu crevé : on aurait dit qu'elle avait atterri dans des sables mouvants. La marée avait projeté du sable sur l'aile tombante. Et je sentais que l'eau commençait à remonter, lentement mais inexorablement. Il fallait que je la déplace, ou le bout de l'aile finirait par toucher le sol.

Je sortis la clé de ma poche pour déverrouiller l'escalier escamotable, qui descendit doucement. Mon cœur se serra, car, dès l'ouverture, de l'eau se mit à dévaler les marches. Au plus fort de la tempête, le petit avion avait dû être complètement submergé. Par la moindre fissure, le moindre trou – l'eau trouvera toujours le moyen d'entrer. Et la nuit dernière, le ciel n'était qu'un immense tourbillon d'eau. Les Twin Otter ne sont pas pressurisés ; ils ne sont pas hermétiques. Ils sont étanches, évidemment, mais… jusqu'à un certain point. Et ce point semblait être un petit vide entre l'escalier et la porte. La garniture devait avoir moisi… C'était un vieil appareil, après tout. Il n'était pas dangereux pour les passagers, hormis les courants d'air, mais, quand un accident se produisait, l'enfer pouvait se déchaîner.

L'eau descendit en cascade. Oh, bon Dieu.

Je pénétrai à l'intérieur. Tout était trempé. Des gilets de sauvetage, des papiers, des cartes, des check-lists, des consignes de sécurité jonchaient le sol, baignant ensemble pour former une sorte de magma noir et boueux. Je me frayai un chemin jusqu'au cockpit, regrettant d'avoir laissé mes bottes sur la dune.

Tous les instruments étaient trempés, eux aussi. Essayer d'allumer le moteur aurait été dangereux ; j'aurais pu mettre le feu et me tuer. Je jetai un regard envieux à la radio. Mais je ne pouvais pas m'en servir. Puis je me rendis compte, horrifiée, que l'avion chancelait encore plus depuis que j'étais à l'intérieur.

Je m'empressai de bondir de l'autre côté, me cognant le pied contre le siège du copilote et laissant échapper un petit cri de panique. La structure entière grinça, gémit de façon inquiétante. Il fallait que je sorte de là. Je battis en retraite avec prudence, puis redescendis les marches. J'eus toutes les peines du monde à les extraire du sable et les faire remonter, puis à fermer la porte ; j'avais l'impression que *Dolly* allait me tomber dessus. Mais je finis par réussir et la fixai, les yeux écarquillés. Était-ce mon imagination ou l'aile s'était-elle encore rapprochée du sol depuis que j'étais arrivée ? Avais-je aggravé la situation ?

Bon sang. Quelque chose m'apparut tout à coup : jusque-là, je m'étais dit que si j'avais consacré autant d'énergie à défendre *Dolly* devant Callum Frost, c'était pour papi, par simple altruisme. Mais était-ce vraiment la vérité ? Ou l'avais-je fait parce que, au fond de moi, j'aimais ce fichu avion ?

Le soleil se refléta sur les hublots de la malheureuse *Dolly*, posée là, estropiée, l'air perdue. J'eus soudain beaucoup de peine pour elle, pour moi, pour papi, pour le monde entier.

— Oh, *Dolly*.

En réponse, elle grinça dans le vent.

Bon, me dis-je. Il ne servait à rien de rester là à regarder les choses empirer. Il fallait que je m'organise. Que je rentre. Tout pouvait encore s'arranger. Non ?

J'escaladai la dune d'un pas décidé, ce qui était loin d'être aussi marrant que la dévaler à toute allure. J'avais chaud, j'étais triste, mais je préférai ne pas me retourner pour voir mon petit avion pencher pitoyablement vers les flots. En arrivant au potager, j'eus la surprise de constater que Gregor n'avait pas bougé. Il était toujours debout, en train de gratter les oreilles de Frances. Sincèrement, je ne le comprenais pas. On venait d'essuyer une tempête terrible, on n'avait plus d'électricité ni Internet, on était coupés du monde, et il n'essayait même pas d'arranger la situation, de faire en sorte que les choses rentrent dans l'ordre : il restait planté là, à contempler les champs, l'œil bovin.

Je m'approchai, abattue, les épaules tombantes.

— Salut, dis-je.

Il me regarda avec sévérité – réelle ou feinte, je n'aurais su le dire.

— Quoi ? demandai-je.

— Est-ce que tu as mangé mon déjeuner ?

J'avais complètement oublié cette histoire.

— Euh… Le truc, c'est que…

Il secoua la tête.

— Parce que... j'avais fait ce pain pour qu'on le partage.

Je levai les yeux vers lui. Ne comprenait-il pas qu'il y avait des choses autrement plus importantes que son pain ? Qu'un énorme avion, hors de prix, était en train d'agoniser sur le sable, derrière les dunes ?

— Est-il possible que ta chèvre l'ait mangé ? suggérai-je poliment.

Il se pencha vers Frances, qui approcha sa gentille tête de chèvre de la sienne et se frotta contre sa barbe. J'eus l'étrange impression qu'elle était amoureuse de lui.

— Je ne crois pas, non.

— Ah, donc tu préfères croire une chèvre plutôt que moi ? Je trouve ça invraisemblable.

— Et puis le pain était posé sur la cuisinière. C'est trop haut pour elle.

— Les chèvres sont *connues pour sauter*.

Il fronça à nouveau les sourcils, mais ses lèvres se contractèrent.

— Est-ce que tu es en train de me dire que tu n'as pas mangé mon pain ?

— Oh, fis-je en frappant le sol du bout de ma botte. En fait, je m'en souviens maintenant. Si. Je l'ai mangé. Je suis désolée. Il était trop bon.

Il était médusé.

— Mais il y avait... une miche entière.

— Ouiiiiii, je sais.

— Je veux dire, est-ce que Frances en a eu un bout, au moins ?

Si seulement, réalisai-je. Maintenant, j'avais l'impression d'être une morfale doublée d'une menteuse.

— Non. Je suis désolée. J'aurais dû te le dire.

Il me lança un regard amusé, sous ses sourcils fournis.

— Tu aurais aussi dû te retenir de manger *une miche entière de pain*.

— C'est bon, répondis-je, vexée. Tu vas continuer à parler de ça encore longtemps ? Je t'en ferai une autre.

— Tu sais faire ça ?

— Non. Je voulais juste te réconforter.

— Est-ce que ça marche, d'essayer de faire plaisir aux autres ?

— Tu devrais peut-être essayer, un jour. Bref. Ce n'est pas le moment de s'inquiéter de ça. Où est le groupe électrogène ? Il faut qu'on contacte l'île principale.

— Dans la dépendance.

— Le courant n'a pas mystérieusement été rétabli pendant mon absence ? lançai-je, pleine d'espoir.

— Non. Et personne n'a mystérieusement refait de pain non plus.

Je levai les yeux au ciel.

J'attendis qu'il prenne des nouvelles de *Dolly*, mais il n'en fit rien.

— Ça ne t'intéresse pas de savoir ce qui est arrivé à mon avion ? finis-je par lui demander.

— Il va bien et tu t'apprêtes à repartir ?

— Non.

— Dans ce cas, pas vraiment.

Je poussai un soupir, puis me tournai vers la dépendance. Il était vraiment très vexant.

— OK. Super. Merci. Laisse-moi régler tous les problèmes, alors.

Il haussa les épaules.

— Il n'y a aucun problème à régler, d'après moi. À part celui du déjeuner, et il est un peu tard pour ça.

Je lui lançai un regard noir.

— On est complètement coupés de la civilisation !

— La civilisation finit toujours par nous rattraper.

— Je n'ai aucune idée de comment va mon copilote et ma famille me croit peut-être morte !

— Je croyais que cette fille t'avait vue descendre de l'avion.

— Oui, d'accord, mais j'aurais pu mourir hier soir, après son départ.

— Eh bien, ça vaut pour tous les autres soirs, rétorqua-t-il avant de montrer le paysage d'un geste. Le soleil brille, on a des provisions, c'est la période de nidification, les poules pondent et on a de la tourbe pour le feu : je ne vois vraiment pas ce qui t'inquiète.

— Tout le monde n'aime pas vivre en ermite ! Certaines personnes ont de vraies choses à faire ! On pourrait perdre l'avion !

— De vraies choses à faire, répéta-t-il en ramassant sa binette avant de se diriger vers les plates-bandes de légumes. Je crois qu'on n'a pas la même vision de ce que sont les « vraies choses ». C'est toi qui n'arrêtes pas de vérifier ton téléphone, alors qu'il est absolument impossible que tu puisses regarder des photos de chatons. Pardon… des photos d'hélicoptères ou de trucs du genre.

Je poussai un soupir exaspéré, puis passai devant lui pour rejoindre la dépendance.

Le groupe électrogène, un gros modèle gris de la marque Hyundai, était graisseux et tout poussiéreux. Au-dessus, plusieurs bidons posés sur une étagère exhalaient une forte odeur d'essence. Je commençai par vérifier si, au cas où et avec un peu de chance, il ne serait pas simplement à court de combustible. Cela me semblait être le genre de chose que Gregor pouvait laisser se produire sans trop s'en inquiéter.

Mais il devint vite évident que le réservoir était plein, ce n'était donc pas pour ça qu'il ne marchait pas. En revanche, il y avait beaucoup d'eau par terre, sur les étagères, et sur la seule chose qui devait rester sèche à tout prix : le groupe électrogène lui-même. En me penchant, je découvris la coupable : une partie de la porte était carrément pourrie. C'était de la négligence, pure et simple. Cela me fit pester.

Sans surprise, la bobine d'allumage était trempée. Quand un téléphone ou des écouteurs prennent l'eau, on peut les faire sécher dans du riz et, avec un peu de chance, ils se remettent à fonctionner quelques jours plus tard. Pas un groupe électrogène. Si un groupe électrogène prend l'eau alors qu'il est allumé, il se produit un court-circuit. J'ai appris cela lors de ma formation sur les moteurs d'avion, mais ça vaut pour tous les moteurs. Il avait grillé. Pour de bon. Je balayai l'abri des yeux. Il faudrait des pièces de rechange. Dans un endroit bien organisé, il y en aurait sûrement, mais…

Non, bien sûr, il n'y avait rien. Quelques vis, du fil de fer et un marteau, sans doute pour donner des coups sur le groupe électrogène s'il avait des difficultés à s'allumer.

Comment quelqu'un pouvait-il venir vivre ici en se préoccupant si peu de son bien-être personnel ? Dans mon cockpit, je n'avais que cela en tête, toute la journée : sécurité, sécurité, sécurité ; check, check, check.

On me l'avait martelé toute ma vie : veille à ta sécurité. J'avais choisi un emploi raisonnable et sûr, une carrière raisonnable et sûre, un petit ami raisonnable et sûr (c'était du moins ce que je croyais) et, ici, c'était... tout le contraire de sûr. Tout était négligé et potentiellement dangereux. Et ça l'était toujours, puisque, sans le groupe électrogène, nous n'avions pas d'électricité, aucun moyen de recharger la radio ni de contacter l'île principale.

Je fixai l'engin, consternée.

Bien sûr, je n'allais pas... Après tout, il ne se passerait rien de grave. On était à une quinzaine de kilomètres de la côte, pas sur la Lune. Quelqu'un viendrait, d'une minute à l'autre, sans doute. Enfin, d'un moment à l'autre. Le ferry viendrait. Il faisait beau. Tout était revenu à la normale.

Mais on était dimanche, songeai-je après quelques secondes de réflexion. Ce qui n'aidait pas, puisque les ferries ne fonctionnaient généralement pas le dimanche, mais quelqu'un passerait nous voir, non ? Ils enverraient certainement un hélicoptère. Je devrais peut-être écrire un message sur la plage. Quelqu'un viendrait vérifier qu'on allait bien.

Dimanche. Je devais être à Londres jeudi. Il faudrait qu'on déplace *Dolly*, d'une manière ou d'une autre. Oh, bon sang. On ferait sans doute mieux de contacter l'assurance. Elle enverrait un bateau pour la récupérer – le plus tôt serait le mieux. À chaque seconde que cet avion détrempé passait sur cette plage, la situation empirait, et elle pourrait devenir irréversible.

Je ne pouvais supporter l'idée de devoir annoncer à papi que j'avais pris son bébé et que j'avais tout gâché.

Je sentis les larmes me piquer les yeux et les essuyai, en colère. Pleurer ne servirait à rien. Je ne l'avais pas fait exprès.

Mais je ne pus les arrêter. Une première larme roula sur ma joue, une boule douloureuse se forma dans ma gorge, et j'éclatai malgré moi en sanglots bruyants. J'étais coincée sur cette île ridicule, nous n'avions pas d'électricité et tout allait de travers. Je voulais croire que Nalitha allait nous envoyer de l'aide, mais comment en être sûre ? Elle pouvait être coincée à l'hôpital ou… enfin… En temps normal, mon amie ramperait sur du verre brisé pour me venir en aide, j'en étais certaine. Alors pourquoi n'avait-elle pas envoyé la cavalerie ?

CHAPITRE 21

Après une bonne crise de larmes (de celles qui vous brouillent le teint, pas de celles qui vous rendent toute jolie, comme dans les films), j'essuyai mon nez morveux avec une feuille, ce qui ne se révéla pas très efficace, puis partis à la recherche d'une tasse de thé.

Gregor travaillait toujours dans le potager.

— Qu'est-ce qu'il se passe ? demanda-t-il en relevant les yeux, remarquant mon visage baigné de larmes. Je ne suis pas fâché à ce point-là pour le pain.

— Ce n'est pas à cause de toi ! Tu es au courant que le groupe électrogène est foutu ? Le bâtiment dans lequel il se trouve n'a pas été entretenu, il n'y a pas de pièce de rechange, tout s'écroule. Résultat : pas d'électricité.

Il haussa les épaules.

— Ce n'est pas grave : on a des bougies. Et plein de tourbe.

— Ce n'est pas le problème ! Le problème, c'est qu'il y a des choses à faire. Il faut que je quitte cette fichue île, que je détermine comment déplacer l'avion et que je trouve des vêtements qui n'appartiennent pas à une personne morte depuis soixante ans !

Je tirai sur mes cheveux, en colère.

— Je n'en reviens pas : on est complètement isolés, et on dirait que ça ne te fait ni chaud ni froid.

— Oh, ça arrive tout le temps en hiver, expliqua-t-il avec un nouveau haussement d'épaules. On fait avec, c'est tout.

— Parle pour *toi*. Vu que ton travail, c'est de rester assis toute la journée à ne rien faire. Mais certains d'entre nous ont une vie, merci beaucoup.

Il parut blessé.

— Je suis…

— Pardon, le coupai-je aussitôt. Ce n'était pas juste.

— Pas vraiment, non. Mais je comprends, ajouta-t-il. Je suis désolé. Je sais que c'est dur pour toi et que tu veux rentrer chez toi. Mais tu vas rentrer chez toi, Morag. Et tout ce que tu trouves dur ici… c'est normal, je t'assure. Tout va bien. Tu es en sécurité.

L'entendre me dire « tu es en sécurité » menaça de libérer quelque chose en moi et de déclencher un nouveau déluge de larmes. Je dus lutter pour ne pas craquer. Je ne m'étais pas sentie en sécurité depuis… eh bien… depuis l'incident. Et comme je n'avais pas vraiment été capable de parler de ce que j'éprouvais, ni avec papi, ni avec Hayden, ni avec personne, personne n'avait pu me le dire. Que j'étais en sécurité.

— Merci, répondis-je d'une voix étranglée, avant de me diriger vers la maison, au cas où j'éclaterais vraiment de nouveau en sanglots.

Je remis de la tourbe dans le poêle du salon. Le soleil était chaud, mais la maison restait froide, parce qu'elle était vieille et sombre, supposai-je. Sauf la cuisine, où l'Aga brûlait en ronronnant. Je me demandai combien il restait de fioul. Non, c'était stupide. Un hélicoptère arriverait d'un instant à l'autre. Un avion ne disparaissait pas sans que personne le remarque. Ils s'efforceraient de venir nous chercher. Je savais que Nalitha ferait de son mieux. Mais il fallait quand même que je m'en assure.

J'allai fouiller sur les étagères du cellier et y trouvai un trésor : un rouleau de gaffer presque entier. Il était couvert de poussière, mais ça ne me dérangeait même plus. Je dégotai aussi un foulard dans la petite pièce sombre, dont je me servis pour attacher mes boucles envahissantes et me dégager les yeux.

Je ressortis, armée du gaffer, et trouvai une échelle appuyée contre le mur d'un abri de jardin. Je levai les yeux vers le toit, puis fronçai les sourcils. Elle était là, je la voyais. L'antenne était bel et bien tombée. Et pas au cours de cette tempête : la radio ne fonctionnait plus depuis quelques jours, raison pour laquelle Gregor n'avait pas répondu pendant l'orage. Franchement, je n'en revenais pas que ce mec arrive à enfiler son pantalon le matin.

Avec un soupir, je posai prudemment l'échelle contre le mur. Barbara continuait de me suivre. Nos regards se croisèrent.

— Eh bien, je vais devoir grimper là-haut, lui expliquai-je. Sinon, je ne pourrai jamais partir d'ici.

Barbara me cria dessus.

— Oh, toi, tu t'en fiches. Tu voles !

J'aurais voulu demander à Gregor de venir me tenir l'échelle, mais j'eus beau l'appeler, il resta introuvable. Je testai le premier barreau. Il était assez solide. Et je n'ai pas peur du vide. Enfin, c'était ce que j'avais toujours pensé, vu mon métier. Mais, en m'approchant tout doucement de la gouttière, je ressentis une certaine nervosité, j'avais comme une boule au ventre. En vol, je pouvais contrôler ma hauteur. Ici, j'étais à la merci d'une échelle grinçante, du vent et d'une poule qui semblait tout à fait capable de renverser l'échelle, juste pour se marrer.

Je finis par atteindre la gouttière branlante, qui, pleine de feuilles, avait besoin d'être vidée. Je poussai un soupir. Mes mains tremblaient – je ne m'y attendais pas. Le côté positif, c'était qu'un parapet étroit courait le long de la toiture, à des fins décoratives de toute évidence, mais il s'avéra bien utile en la circonstance : je l'agrippai pour m'aider à me hisser sur le toit, dont la pente, heureusement, n'était pas trop effrayante.

Je gravis l'ardoise – il manquait quelques plaques ici et là –, puis m'assis contre la cheminée chaude, du côté opposé à la fumée, histoire de reprendre mon souffle et de me calmer un peu, même si je ne l'aurais jamais avoué. Puis je regardai autour de moi. D'ici, l'île m'appartenait. La vue était extraordinaire.

Notre position dans le chapelet d'îles m'apparut soudain clairement : au sud, en retournant vers l'île principale, je voyais Cairn et, au nord, de plus en plus petites, Larbh et Archland. Si l'envie nous en prenait, on pouvait s'imaginer assis sur l'épine dorsale d'une énorme bête, dont seules les vertèbres affleuraient. C'était ce que les gens croyaient, autrefois : qu'une créature dormait sous l'eau, et que, si on avait de la chance, elle nous laissait vivre sur son dos.

L'eau était calme, à mille lieues du tourbillon qui avait empli le ciel et mis le monde sens dessus dessous quelques heures plus tôt seulement : les bras de mer entre les îles ressemblaient à des lacs. L'île principale elle-même ne paraissait pas si loin – j'avais l'impression de pouvoir rentrer à la maison en deux bonds.

Il n'y avait pas d'embarcation sur l'eau, remarquai-je subitement. C'était inhabituel ; je n'avais jamais survolé l'archipel sans le voir piqueté ici et là de bateaux de plaisance, de ferries, de gens en train de naviguer ou de flâner, de pêcheurs. Même pendant les jours les plus rigoureux de l'hiver. Je clignai des yeux. Il devait sans doute y avoir des pétroliers, mais ils passaient bien plus loin au nord : ils n'aimaient pas trop s'approcher, de peur de s'ensabler dans les chenaux peu profonds et les ports imprévisibles. Mais où étaient passés les autres ? Je réalisai que j'avais espéré voir une flotte arriver à toute vapeur pour nous secourir.

Je m'interrogeais là-dessus quand une forme sombre sur ma gauche attira mon attention. Je me décalai un peu, savourant la chaleur de la cheminée dans mon dos et celle du soleil de l'après-midi sur mon flanc.

Devant la maison, au sud de l'abbaye, se trouvait une grande clairière que jouxtait un bosquet de jeunes arbres. Autrefois, les arbres prospéraient dans l'archipel, et on les y réintroduisait désormais pour combattre l'érosion des sols et du *machair*, en formant un solide entrelacs de racines contre la montée des eaux. Et des arbres résistants : des noisetiers, des sorbiers, des bouleaux. Papi m'envoyait le journal local de temps à autre.

Une silhouette se tenait au milieu de la clairière, parfaitement immobile. Ce devait être Gregor. Gregor ou un épouvantail, songeai-je, mais je reconnus les épaules carrées et la posture légèrement voûtée, méfiante. Mais qu'est-ce qu'il fabriquait ? Je m'apprêtai à le siffler, mais me rendis compte qu'il ne m'entendrait pas et ne me verrait pas, même en regardant autour de lui. Je le fixai. C'était un drôle d'oiseau, pas de doute. Qu'est-ce qu'il pouvait bien faire ?

Je l'observai, frustrée, quand je perçus soudain un mouvement rapide. Je plissai les yeux, et le mouvement prit la forme d'un faucon.

Je me rappelai alors que, quand nous étions repartis après avoir déposé la malle (j'avais complètement oublié ce détail), il s'était tenu ainsi, debout, immobile, devant les enfants. Était-ce ce qu'il faisait, à ce moment-là ? Sûrement. Nous avions dû rater la descente en piqué, preste, de cette créature au plumage marron. Je regrettai de ne pas avoir de jumelles.

Le faucon décrivit un cercle au-dessus de la clairière, puis un autre, et Gregor leva doucement son bras ganté. Le rapace vint aussitôt s'y poser.

D'où j'étais, je vis Gregor lui parler, le rassurer, en lui offrant quelque chose à manger. Ils donnaient l'impression d'être seuls au monde et pensaient sans doute l'être.

Gregor répéta son geste, laissant s'envoler le faucon, qui refit le tour de la clairière, montant en flèche dans le ciel d'un bleu vif.

Une seconde, il vola suffisamment haut pour se retrouver au même niveau que moi et, soudain, j'espérai de tout mon cœur qu'il viendrait dans ma direction afin de pouvoir mieux le voir – ou la voir ?

Mais ce n'était pas vraiment l'oiseau qui m'intéressait. Il décrivit un cercle, loin de la maison, s'inclinant sur une aile avec une telle indolence que je ne pouvais que rêver d'être aussi élégante en vol. Je voyais l'air rider ses plumes, s'écouler autour de ses ailes. Un avion était si pataud, en comparaison. Si mécanique, avec sa conception assistée par ordinateur, son carburant, ses engrenages, ses câbles. Pour les oiseaux, voler était facile, naturel : un mélange d'os creux et d'instinct pour suivre le vent.

Nous autres, êtres humains pathétiques, cloués au sol, luttions tant pour être capables d'évoluer en trois dimensions. Je contemplai cette créature, fascinée. L'immobilité de Gregor était on ne peut plus sensée. Il était l'arbre autour duquel tournait le faucon, la source de nourriture, de bien-être.

Le rapace décrivit un nouveau cercle, et je me demandai combien de temps il avait fallu pour le dresser, si une corde ou une longe avaient été nécessaires. Mais plus rien ne le retenait à présent : il vola, s'éleva dans les airs, tournoya à la cime des arbres, zigzagua entre leurs branches jeunes, encore grêles mais qui se paraient d'un vert tendre, puis revint se poser sur Gregor. J'aurais pu les regarder toute la journée. Mais j'avais une tâche à accomplir.

Par chance, l'antenne, bien que renversée, n'était pas complètement arrachée : le fil électrique la retenait toujours. Je la scotchai le plus solidement possible.

Elle ne survivrait pas à une autre tempête, mais tiendrait le temps qu'il faudrait – la journée, espérai-je, si la solution que j'avais en tête fonctionnait.

Je redescendis avec prudence. Gregor demeurait introuvable, ce qui m'agaça : j'aurais bien eu besoin d'un coup de main pour porter l'échelle.

Puis je me redirigeai vers l'appentis de la veille.

— Euh, il y a quelqu'un ?

En entrant dans la maison par-derrière, je me rendis compte que j'avais de nouveau faim, même après avoir dévoré tout le petit déjeuner. J'aurais cru être trop tendue, trop préoccupée, pour avoir de l'appétit, mais c'était tout le contraire : j'étais affamée. Une odeur exquise se dégageait de l'Aga. Je passai donc la tête à la porte de la cuisine.

Gregor sursauta, comme s'il ne s'attendait pas à me voir.

— Oh, voyons. Ça fait une journée entière que je suis là.

— Je sais, répondit-il tout en continuant à me fixer d'une manière déconcertante. C'est juste que je ne suis pas habitué à ce qu'il y ait des gens ici.

— Tu prépares le déjeuner ?

Il désigna la cuisinière.

— Quelqu'un a mangé le mien.

— Je crois que tu ne devrais jamais laisser tomber cette histoire et évoquer le sujet dans toutes nos conversations jusqu'à mon départ, lançai-je avec un sourire.

— D'accord. Bref, il y avait des choses dans le congélateur…

— Oooh !

— Oui, enfin, ce n'est que du ragoût. Il est en train de réchauffer.

— Hmm-hmm, fis-je, déçue, en pensant aux ragoûts infects de Peigi.

N'empêche, j'avais trop faim.

— Est-ce que je peux en avoir ? S'il te plaît ? Si je demande poliment et que je promets de ne plus jamais rien voler ?

Il me dévisagea.

— On dirait que tu me demandes de te récompenser avec de la nourriture pour avoir volé de la nourriture.

— Nooonnn. Je te demande de me récompenser avec de la nourriture, parce que je vais nous *sortir de là*.

Et, triomphante, je lui montrai le manipulateur morse. Mon plan B.

— Comment ça marche ? m'interrogea-t-il, le front plissé.

— On peut le relier à l'antenne, expliquai-je. Ça générera un signal radio. Enfin, ça devrait, si les piles fonctionnent.

Il me fixa, perplexe, tandis que j'essayai de l'allumer. Rien.

En ouvrant l'arrière, je constatai avec dégoût que les trois piles AAA étaient corrodées.

— Est-ce que je vais avoir droit à une engueulade parce que je n'ai pas stocké de piles AAA, au cas où une pilote furieuse et affamée s'échouerait sur l'île ? Et puis, tu es adorable, mais je n'ai pas besoin qu'on me sauve. J'aime cet endroit, et il s'avère que c'est aussi mon travail.

Mais je ne l'écoutais pas. J'étais concentrée.

— Est-ce que tu as des piles ? Je ne peux pas imaginer que tu n'en aies pas.

Il avait des tas de piles pour les lampes torches, découvris-je. Mais c'étaient toutes des AA.

— Il doit bien y avoir des AAA quelque part. Où est la télé ?

— Je n'ai pas de télé.

— Eh bien, tant mieux pour toi. Mais est-ce que tu es en train de me dire qu'il n'y a pas de télé dans *cette maison* ?

— Ah si, il y en a une, répondit-il après une seconde de réflexion.

Il fila dans la salle à manger, où je le suivis. Le poste de télévision était posé sur un gros buffet poussiéreux, face à la table qui ne servait à l'évidence jamais. La pièce, exposée au nord, était complètement glaciale. Cette télé devait être plus vieille que moi ; c'était un gros machin perché sur un énorme meuble, avec un magnétoscope intégré.

— Ouah ! De vraies cassettes. Tu en as ?

— Je ne sais pas.

Mais je me fichais des cassettes. Ce que je cherchais, c'étaient les…

— Ah, ah !

Je venais de trouver une minuscule télécommande antédiluvienne. Croisant les doigts, je fis glisser l'arrière et trouvai deux piles AAA à l'intérieur. Un poste de radio sur une étagère, qui devait lui aussi être plus vieux que moi, m'en fournit deux autres.

— Et voilà !

Puis je parcourus les étagères des yeux.

— Il doit bien y avoir un manuel de morse quelque part.

— Je croyais que tu connaissais le morse ?

— Je le connais ! Je suis juste un peu… rouillée.

Après avoir fouillé toute la maison, on finit par trouver un petit livre intitulé *Apprenez le code morse en deux semaines !*. Très peu de gens avaient dépassé la page quatre, *a priori*.

Je retournai à toute allure dans la cuisine, heureuse d'agir enfin, d'avoir une occupation concrète.

J'insérai les piles avec précaution dans la petite machine, qui se mit à biper.

— Ça alors ! m'exclamai-je, toute contente. Regarde-moi ça.

Concentrée, je griffonnai quelque chose sur une feuille de papier.

E-N-V-O-Y-E-R / A-I-D-E / I-N-C-H-B-O-R-N /
N-O-U-S / A-L-L-O-N-S / B-I-E-N /
A-V-I-O-N / E-N-D-O-M-M-M-A-G-É / M-O-R-A-G

Puis je fis quelques essais avant de brancher l'antenne et de me lancer.

Gregor m'observa, et je jure qu'il parut un rien impressionné. Puis il retourna remuer son ragoût, qui sentait divinement bon (rien à voir avec ceux de Peigi), et encore plus après qu'il se fut éclipsé dans le jardin pour couper du romarin, qu'il glissa dans la marmite. Un bol de pâte levait tranquillement à côté de l'Aga – presque comme un reproche, me sembla-t-il.

... −. −.. /......−...−−. /.. −.
— . −.−... −... −−−. −. −. /. —. /. −. −.
. /.. −... −.. /. —..−...− −.. / −..
. − —. − −−.. −.. / −− −−−. −.. − −−.

Bon. Ne restait plus qu'à répéter le message et à attendre, dans l'espoir que quelqu'un nous capte.

... −. −.. /......−...−−. /.. −.
— . −.−... −... −−−. −. −. /. —. /. −. −.
. /.. −... −.. /. —..−...− −.. / −..
. − —. − −−.. −.. / −− −−−. −.. − −−.

Je finis par le taper quatre fois. Quelqu'un devait être en train de nous chercher, n'est-ce pas ? Un bateau de passage qui pourrait appeler papi par radio ? Quelqu'un avec un portable en état de marche ?

Pendant ce temps, Gregor semblait préparer une salade de pissenlits et de légumes-feuilles précoces. Je repris du poil de la bête.

... −. −.. /......−...−−. /.. −.
— . −.−... −... −−−. −. −. /. —. /. −. −.
. /.. −... −.. /. —..−...− −.. / −..
. − —. − −−.. −.. / −− −−−. −.. − −−.

— Est-ce que tu… ?

Il me montrait le ragoût. Je faillis lui demander de se taire (il est tout bonnement impossible de taper en morse et de parler en même temps ; enfin, c'est peut-être possible, à condition d'être beaucoup plus doué que moi), mais, comprenant de quoi il parlait, je souris et hochai vigoureusement la tête.

Je m'éloignai de la machine pour manger et, oh, bon sang ! Ce n'était qu'un ragoût. Et je détestais le ragoût. Mais j'eus l'impression de n'en avoir jamais mangé jusque-là, que c'était le premier que je goûtais. Non, ce n'était pas ça non plus. C'était l'essence même d'un ragoût, mais le meilleur que j'avais jamais dégusté. La sauce, riche et épaisse, de la couleur du chocolat, était forte en goût : piment, vin rouge, herbes aromatiques. La viande, si tendre qu'on pouvait la couper à la cuillère, était accompagnée de carottes et de longs mange-tout sombres, le tout recouvert d'une couche de pommes de terre – bien salées et grillées, croustillantes, sur le dessus, moelleuses et fondantes dessous, baignant dans tout ce bon jus.

— C'est délicieux, dis-je.

La légère âpreté des feuilles de salade rendait le plat encore plus succulent : elle relevait les saveurs et équilibrait le tout. Cela paraît fou, mais, après tout ce temps passé dehors, au grand air, et le stress et l'anxiété de la veille, ce fut pour moi l'équivalent culinaire d'un câlin, comme si quelqu'un m'avait enlacée et dit que tout allait s'arranger, ce que la personne qui avait préparé ce ragoût n'avait visiblement aucune envie de faire.

J'engloutis mon assiette à une vitesse folle. J'étais tant habituée à manger des salades dans des bols en plastique, avec une fourchette en plastique… Je savais que j'aurais dû ralentir, savourer mon plat et la chaleur, le réconfort qu'il m'apportait, mais j'en étais incapable. J'ignorais pourquoi j'avais si faim. C'était comme si j'avais un trou en moi que je ne savais pas comment remplir, dont je ne soupçonnais même pas l'existence.

Je relevai les yeux. Gregor me fixait, l'air un rien horrifié.

— Je n'ai rien mangé de la journée, protestai-je.

— Enfin, il y a eu cette miche de…

J'entonnai le début de « Let it Go »[1], ce qui le fit sourire. Puis je cherchai une serviette du regard pour m'essuyer la bouche. Ce ragoût était trop exquis pour être mangé proprement. Il y avait un vrai décalage entre l'image que renvoyait Gregor et sa cuisine. C'était une cuisine tellement authentique, chaleureuse, servie par un homme tellement réservé. Je n'arrivais pas du tout à le cerner.

— Bon, dis-je avec regret en regardant mon assiette vide.

S'il n'avait pas été là, je l'aurais léchée.

Je parcourus la cuisine des yeux pour voir s'il en restait, mais cela ne semblait pas être le cas. J'imagine qu'il surgelait seulement des portions individuelles. Je faillis pousser un soupir. Puis une autre pensée me vint.

— Alors, comme ça, il y a plein de choses qu'on doit manger dans le congélateur ? demandai-je avec entrain. Enfin, quelqu'un va sans doute venir me chercher cet après-midi… mais je pourrais sûrement t'aider d'ici là. Des glaces ou des trucs du genre.

— La plupart se conserveront bien dans le ruisseau.

Il parlait de la petite rivière qui serpentait entre les dunes jusqu'à la mer. Et il avait raison, bien sûr.

---

1. Titre original de la chanson « Libérée, délivrée » de *La Reine des neiges*, que l'on pourrait traduire par : « Laisse tomber », « Laisse courir » ou « Oublie ça ». (N.d.T.)

— Les Cornetto ne se garderont pas bien dans le ruisseau.

— Je n'ai pas de Cornetto !

— Espèce de monstre !

Il sourit.

— Et comment je ferais venir des Cornetto, hein ? Comment ils pourraient arriver jusqu'ici ?

J'essayai d'imaginer : vivre si loin de la civilisation qu'il était impossible de rapporter un Cornetto chez soi. C'était quand même inouï.

— En effet.

— Mais tu sais, un camion de glaces passe presque tous les après-midi.

— C'est... ? Gregor !

Il me jeta un regard en coin.

— Je croyais que les pilotes étaient extrêmement intelligents.

— On est tous extrêmement intelligents, jusqu'à ce qu'on ait envie de manger une glace, répondis-je en commençant à débarrasser la table. Sinon, ton oiseau... C'est quelle espèce ?

Il s'anima aussitôt.

— Oh, ce n'est pas mon oiseau. Elle n'appartient à personne. Mais elle me laisse parfois la dresser. Pas toujours, mais parfois.

— Je vois.

— C'est un épervier. C'est plus petit qu'un autour des palombes. C'est une bonne fille.

Je souris.

— As-tu toujours aimé les oiseaux ?

— Je suppose, oui, répondit-il, songeur. Enfin, ils sont extraordinaires.

— Sauf quand ils se coincent dans le fuselage. Je rigole, précisai-je.

Mais il ne sembla pas trouver ça très drôle.

— Les avions sont un...

Il agita la main, comme s'il cherchait le mot juste.

— ... un substitut tellement *vulgaire*. Alors qu'il existe des créatures dans ce monde capables de voler à la perfection. Ce sont des copies laides et bruyantes d'une chose si belle.

— Tu ne trouves pas les avions beaux ?

— Ces énormes appareils bruyants ?

Il semblait sidéré qu'on puisse penser cela.

— D'énormes appareils bruyants et *utiles*, répondis-je, un peu attristée. Même pas le *Concorde* ?

— Le *Concorde* ?

— Tu ne trouvais pas le *Concorde* beau ?

— Tu as piloté un *Concorde* ?

— Non. Sans blague. J'avais douze ans quand il a été mis hors service. Je disais ça comme ça.

Il fronça les sourcils.

— Quand on observe un rapace dans le ciel, c'est un dinosaure qu'on regarde. En train de voler, sentant toutes les nuances du vent. En train de chasser, de tuer, de s'élever dans les airs. C'est une créature sauvage, libre : nous sommes privilégiés de partager la terre avec elle.

Je ne répondis rien.

— Non ?

— Eh bien... je me suis sentie privilégiée de partager la terre avec le *Concorde*.

— D'accord. Je comprends.

— Bon, dis-je en rinçant mon assiette. Je ferais mieux de m'y remettre, j'imagine.

Je lavai aussi son assiette, mais il ne me remercia pas, alors que l'eau était à peine tiède et qu'il n'y avait pas de liquide vaisselle, juste un vieux savon vert.

Puis je me rassis à la table de la cuisine pour transmettre à nouveau le message.

$$... -. -.. / ...... -. ... --. /.. -.$$
$$— . -. ... -. .. ---. -. -. /. —. /. -. -.$$
$$. /.. -. .. -.. /. —-.. -. .. - -.. / -..$$
$$. — —. - --.. -.. / -- ---. -. .. - --.$$

Mais, cette fois, il se passa quelque chose. La petite lumière verte s'alluma, indiquant un message entrant.

Je le fixai, incrédule – je dus d'abord le transcrire, puis le relire. Deux fois. Au bout d'un moment, j'envoyai un autre message :

« Vous êtes sûr ? »

« Oui. »

« Tout le monde va bien ? »

« Oui. »

« Rétabli quand ? »

Mon interlocuteur ne savait pas. Il signa son message, et je compris qu'il s'agissait de Donald, de l'aérodrome. Bien sûr. C'était un amour.

« Dis à tout le monde que je suis saine et sauve », réussis-je à taper.

« Roger. »

« Est-ce qu'Erno va bien ? »

« Oui. »

« L'avion est endommagé. »

« On sait. Attention à la marée de pleine lune. »

CHAPITRE 22

Quand j'eus fini, je me tournai vers Gregor.

— Il n'y a plus de courant sur l'île principale ! La tempête a tout fait sauter.

C'était terrible, bien sûr, même si j'étais malgré tout soulagée : Nalitha s'était efforcée de nous aider, évidemment, mais il n'y avait rien à faire.

— Oui, répondit-il sans changer d'expression.

— Tu étais au courant ?!

— Il n'y avait aucune lumière sur le cap ce matin. On en voit, en temps normal, surtout avant l'aube. C'est ce que j'en ai déduit.

— C'est ce que tu en as déduit, mais tu ne me l'as pas dit ?! Histoire de m'épargner tous ces efforts ?

— Mais si je t'avais dit : « Il n'y a plus de courant sur l'île principale », tu ne m'aurais jamais cru.

— J'aurais…

D'accord, il n'avait peut-être pas tort.

Je me calai dans ma chaise. Bon sang. Personne n'allait venir. Personne n'allait venir à notre secours. À mon secours.

— C'est pas vrai ! Combien de temps je vais rester *là*, moi ?

— Tu es la bienvenue.

— Oh, bon sang. Mon entretien ! Je dois être de retour à Londres d'ici à jeudi ! Je n'ai pas le choix !

— Eh bien, tu vas peut-être devoir y aller à la nage, lança-t-il avant de se lever. Je vais voir les colonies de mouettes pour m'assurer qu'elles vont bien.

— D'accord, répondis-je, hébétée. Attends… La dernière fois qu'il y a eu une coupure d'électricité, ça a duré combien de temps ?

— Trois semaines, déclara-t-il d'une voix un rien maussade.

— Tu *rigoles* ?

Mais il se dirigeait déjà vers la porte.

Non. Cela n'arriverait pas. C'était ridicule. Ils savaient où j'étais ; ils savaient que j'étais coincée avec ce drôle de type. Ils allaient venir me chercher. Bien sûr. Les ferries ne seraient pas affectés par la panne de courant, si ? Cela dit, ils avaient besoin de carburant et, si les dépôts n'avaient plus d'électricité, eh bien, j'imagine que tout pouvait s'effondrer assez vite.

Oh, non. Et puis, la tempête avait-elle seulement touché le sud de la Grande-Bretagne ? Qui saurait où j'étais, là-bas ? Qui s'en souviendrait ? Personne ne me croirait. Être coincée sur une île sans électricité ni accès Internet était l'excuse la plus bidon que j'avais jamais entendue pour ne pas se rendre à un entretien. J'étais comme Tom Hanks, sauf que j'avais une poule débile à la place d'un ballon de volley.

Et l'avion. Bon sang, l'avion.

Je sortis en courant pour rattraper Gregor.

— Qu'est-ce que Donald voulait dire avec cette histoire de marée de pleine lune ?

Il réfléchit une seconde.

— Ah oui, finit-il par répondre. On devrait sans doute se renseigner.

Bien sûr, se renseigner sur Internet était inenvisageable. Les gens devaient vivre ainsi, autrefois, m'émerveillai-je. Sans… savoir. Je veux dire, comment faisaient-ils ? Ils… se contentaient de supposer, puis vaquaient à leurs occupations ?

Gregor se rendit dans la salle à manger, où il régnait à présent une chaleur agréable, le soleil inondant la pièce, le feu se consumant lentement. Je regardai autour de moi. Après ce déjeuner copieux et cette matinée riche en événements, ç'aurait été l'endroit idéal pour piquer un somme si je n'avais pas été aussi tendue. C'était sans doute ce que Gregor avait prévu.

Je me demandai si Hayden était dans tous ses états, fou d'inquiétude à mon sujet. Je me demandai s'il s'était rendu compte qu'il m'avait appelée par mégarde. Sans doute pas : nous échangions des centaines de coups de fil. Un de plus ou de moins, il n'y prêterait sans doute pas attention. *Avant*, nous échangions des centaines de coups de fil, clarifiai-je tristement dans ma tête.

Gregor attrapa un gros livre relié, tout poussiéreux, sur les étagères. Le mot « Almanach » était écrit sur le dos.

— Qu'est-ce que c'est ?

— Ça va nous donner les horaires des marées.

— Quoi, pour aujourd'hui ? Ou à l'époque des Vikings ?

— Eh bien, ça devrait marcher pour aujourd'hui, plus ou moins. On peut prédire les marées futures à partir de celles du passé. C'est comme ça que ça marche.

— Ouah ! m'exclamai-je en regardant le livre, imprimé bien avant l'invention d'Internet. Et le changement climatique, la montée des eaux, tout ça ?

— Ça nous dit quand la marée sera haute, pas jusqu'où elle va monter.

— Ah, d'accord, répondis-je, me sentant un peu idiote.

— C'est basé sur les phases de la lune. Ce n'est pas si compliqué.

Il remit ses petites lunettes rondes pour examiner de minuscules tableaux de chiffres imprimés très serrés, laissant glisser son long doigt sur la page.

— Ah voilà, voilà… Oh, il y a une note.

Il tourna rapidement les pages.

Je m'apprêtais à faire remarquer, non sans sarcasme, que Google aurait été beaucoup plus rapide, mais, curieusement, je trouvais rassurant d'obtenir ces renseignements dans un livre écrit par un expert, avalisé par d'autres experts, à jamais couché sur le papier. Alors que, si j'avais cherché sur Google, je serais peut-être tombée sur des gens affirmant que les marées étaient une *fake news* inventée par le gouvernement pour cacher que la Terre était plate ; qu'on pouvait apprendre à contrôler les marées par cette astuce toute simple que les médecins nous cachaient ; ou que, de nos jours, les marées étaient problématiques.

— C'est une... oh ! fit-il, l'air surpris. C'est... eh bien, c'est une « lune chaste ».

— Une quoi ?

Il coinça un doigt dans le livre pour garder la page, puis entreprit de feuilleter les autres.

— Voilà. C'est de ça que devait parler le type du code morse. La troisième pleine lune de l'année, appelée la lune chaste ou la lune de la faim.

— Les pleines lunes ont un nom ?

— Oui...

— Pourquoi la lune de la faim ?

— Eh bien, c'est évident. C'est la fin de l'hiver, le printemps commence juste. Il n'y a plus rien à manger.

— D'accord, et pourquoi chaste, alors ?

— Parce que le printemps est une saison pure.

— Si tu n'étais pas en train de lire ça dans ce livre, je t'aurais trouvé très intelligent.

— Mais c'est ça, être intelligent, rétorqua-t-il avec un regard presque ironique. C'est ce qu'on apprend dans les livres.

— Comment s'appellent les autres pleines lunes ?

— Eh bien, celle de juin s'appelle la lune des fraises, répondit-il en parcourant la page du doigt.

— Oh, comme c'est joli !

— En mai, c'est la lune des fleurs. La lune du chasseur, en octobre. La lune du loup, en janvier.

— Ouah ! Je n'avais jamais pensé... Enfin, j'imagine... Je veux dire, pourquoi on ne leur aurait pas donné de nom, après tout ?

— C'est vrai. Ça date des Amérindiens. Même si ce n'est pas ce qui est écrit ici. Ce livre date un peu.

— Bon, et qu'est-ce que ça veut dire pour nous, la lune chaste ? Pourquoi est-ce que Donald m'en a parlé ?

— Ça va être une super lune. Énorme. Avec de très grandes marées. C'est le changement de saison, expliqua Gregor, l'air sombre.

Dehors, la lumière de l'après-midi commençait déjà à décliner.

— Quoi… ? Attends ? Qu'est-ce que ça veut dire ? Je pensai à *Dolly*.

— La plage… la marée… jusqu'où elle va monter ?

— Eh bien… enfin… assez haut, je crois.

Pendant une minute, aucun de nous ne parla.

— Et merde, lâchai-je au bout d'un moment.

Le jour fuyait, et le soleil bas déversait une lumière dorée, profonde. La journée avait été belle : un air aussi frais que des framboises, un soleil chaud, clément, un ciel d'un bleu de violette qui n'aurait même pas encore éclos. Mais je n'avais pas eu le temps d'admirer le paysage. Nous avions dû élaborer un plan.

Nous observâmes tous les deux l'engin dans le garage : une Land Rover, une vraie antiquité, celles qui n'ont qu'une toile à l'arrière, qu'on voit souvent dans les vieux films de guerre, en train de conduire des hommes vers une mort certaine dans le désert.

— Rassure-moi : tu sais conduire, au moins ? lançai-je.

Il me jeta un regard en coin.

Ce n'était pas la Land Rover que j'avais vue sur la plage. Celle-ci pouvait transporter des choses, mais elle n'était pas équipée de ce dont nous avions besoin : une barre de remorquage.

— Ce n'est même pas ta voiture, hein ?

— Aussi curieux que ça puisse paraître, pour observer les oiseaux, les moteurs bruyants ne sont pas franchement utiles.

— Mais s'il n'y avait plus assez d'essence ? Plus du tout, même ?

Je me rappelai alors les bidons dans la dépendance, à l'arrière de la maison. J'avais fait remarquer qu'ils représentaient un risque d'incendie majeur. Et si la foudre avait frappé ce bâtiment ? Gregor, serein, avait répondu que, comme la maison était en hauteur et avait une girouette sur le toit, nous aurions sans doute été frappés en premier, ce que je n'avais pas vraiment trouvé réconfortant, contrairement à ce qu'il pouvait imaginer.

— Et où sont les clés ? demandai-je, en pensant au bazar qui régnait dans l'appentis.

— Ben…, fit-il, et je vis qu'elles étaient sur le contact.

Il y avait un treuil à l'arrière, ainsi qu'une grande quantité de corde. Je les considérai.

— Tu crois vraiment qu'on va pouvoir tracter un avion sur la plage ? m'interrogea Gregor.

— Je ne sais pas. Mais je n'ai pas d'autre idée.

— Tu pourrais dire adieu à ton avion, proposa-t-il d'un air sombre.

— Allez ! Dépêche-toi !

On s'habilla chaudement, enfilant un ciré et un pantalon imperméable par-dessus nos vêtements. J'avais le sentiment d'être méconnaissable ; Gregor n'était qu'une masse informe, lui aussi. Mais j'étais au chaud, au sec, et c'était le plus important – ces dernières vingt-quatre heures me l'avaient appris.

La nuit nous avait surpris, même si j'avais senti que l'air se rafraîchissait. Après la tempête de la veille, il régnait un calme presque anormal. Je regardai la mer à la pointe sud de l'île : elle était lisse comme un miroir. Et, au-dessus, la plus grosse lune que j'avais jamais vue se levait peu à peu.

C'était le genre de lune qu'un enfant aurait pu dessiner en s'emparant d'un crayon jaune flambant neuf pour tracer un énorme rond sur une feuille de papier bleu marine. Elle brillait d'un tel éclat qu'on aurait dit qu'elle avait échangé ses heures avec celles du soleil. Elle scintillait à la surface de l'eau, traçant un chemin lumineux, tel un pont féerique. J'avais presque l'impression de pouvoir l'emprunter, de pouvoir regagner l'île principale en gravissant ses marches dorées.

— Allez, dit Gregor. C'est toi qui as toujours plein de projets.

— C'est ton île. Tu devrais en avoir encore plus.

— Hmm-hmm.

La Land Rover commença à descendre le sentier cahoteux – ce n'était pas une route, loin de là, juste une piste pierreuse. On avait à peine besoin des phares : je n'avais jamais vu une nuit aussi claire.

On dut rejoindre la crique par le nord pour éviter de s'enfoncer dans les dunes. En approchant, je laissai échapper un gémissement horrifié. La veille, pendant la tempête, les vagues étaient énormes, mais elles ne s'écrasaient pas contre la falaise, elles n'atteignaient ni les galets ni les dunes. Or la situation avait évolué depuis le matin. Il n'y avait plus de vagues – la mer était toujours belle, calme, tranquille –, mais je n'avais jamais vu l'eau monter si haut. Le milieu de la plage, où l'on atterrissait en temps normal, était encore découvert.

Mais, aux coins de la baie, près des falaises, c'était une autre histoire.

Nous nous rapprochâmes le plus possible, puis Gregor coupa le moteur de la Land Rover, et nous contemplâmes cette scène déchirante en silence.

Dolly – l'avion de ma famille, la plus grande fierté de papi, le petit joyau de notre couronne, dans le cockpit duquel je m'asseyais, enfant, mes pieds n'atteignant pas les pédales – penchait de plus en plus, inexorablement entraînée vers le large, l'eau assaillant ses roues sans relâche, les flots écumeux empiétant toujours plus sur le rivage.

— Oh, non, gémis-je.

Gregor scruta l'avion, puis fit demi-tour sur le sable et commença à reculer vers lui. Je le regardai. Je m'étais apprêtée à lui tomber dessus, croyant qu'il avait abandonné.

— Allons-y, dit-il. Attachons-le.

Il m'impressionnait, pour une fois : il passa aussitôt à l'action, sortant d'un bond pour fixer la corde à la voiture.

— Bien. Est-ce que tu sais où attacher l'autre bout ?

— À l'essieu, je pense, répondis-je.

— Tu comptes monter dedans pour le diriger ? me demanda-t-il en se redressant. Ce serait une très mauvaise idée, d'après moi, ajouta-t-il après une seconde de réflexion.

— Je ferai de mon mieux. Il faut juste qu'on le tracte sur la plage, jusqu'ici, où il ne risquera plus rien. Bon sang, mais pourquoi on ne l'a pas fait ce matin ? Je sais pourquoi. Je pensais qu'il ne risquait rien, que je pouvais le laisser un peu. Je pensais qu'on nous aurait déjà secourus à cette heure-ci.

— Inutile de ressasser. Fais ce que tu peux maintenant.

J'attrapai la corde, prête à me diriger vers le minuscule appareil.

— Bon sang. Est-ce que tu sais faire un nœud marin ? Je ne me souviens d'aucun. Je ne sais pas faire.

Il prit un faux air choqué.

— Tu es en train de me dire que tu ne sais pas faire quelque chose ? Toi ? Je croyais que tu savais tout faire.

— On ne fait pas souvent de nœuds marins quand on est pilote !

— Tu passais tous tes étés ici et tu n'as jamais appris à naviguer ?

Je le regardai, sur le point de répondre par un sarcasme, quand une énorme vague se creusa, et, soudain, sous la grande lune blanche, l'impensable se produisit.

Le petit Twin Otter se dégagea du sable et, sans bruit, sans tambour ni trompette, commença à flotter vers le large.

Nous restâmes plantés là un instant, à fixer du regard ce spectacle désolant. *Dolly* se souleva mollement et, après avoir penché et glissé sur la plage, se retrouva de nouveau à l'horizontale, dansant doucement sur l'eau. L'énorme vague l'avait entraînée loin, ses roues ne touchaient plus le fond marin.

Elle paraissait presque paisible là-bas, se balançant tranquillement sous les étoiles.

— Non ! hurlai-je, avant de courir jusqu'au rivage et de me jeter à l'eau.

— Attends ! Attends ! me cria Gregor. N'y va pas : c'est profond ! Et glacial. Attends ! Laisse-moi reculer la voiture.

Mais il était trop tard. J'avais plongé dans la mer. Elle était incroyablement froide, affreusement froide, même avec mes vêtements imperméables, qui commencèrent aussitôt à prendre l'eau, naturellement. Mais c'était plus fort que moi : *Dolly* s'éloignait, tanguant sur les flots, et il fallait que je la rattrape. Je n'avais pas le choix : je devais enlever mes bottes et nager.

— Nom d'un chien ! hurlai-je en me débattant dans l'eau glacée, maintenant ma tête à la surface.

Tous les ans, des gens essayaient de me persuader de participer au bain du Nouvel An, quand on se jette dans l'eau glaciale pour pouvoir le crier sur les toits. Je n'avais jamais trouvé le temps de me joindre à eux (autrement dit, je n'avais jamais eu envie de me joindre à eux) et, maintenant, je savais pourquoi. C'était horrible. Je nageai maladroitement vers *Dolly*, progressant avec difficulté, alourdie par mes vêtements mouillés. Je finis malgré tout par attraper sa grande dérive et me hisser hors de l'eau. Puis je me secouai comme un chien, haletante.

Stupéfait, l'air furieux, Gregor se tenait sur le rivage, la corde à la main.

CHAPITRE 23

— Tu n'aurais pas pu attendre *deux secondes* ?

Je regardai autour de moi. L'eau était calme. Au moins, elle ne m'entraînait pas vers le large. Il régnait un tel silence que la voix de Gregor porta au-dessus des vagues sans qu'il ait besoin de crier. Comme je m'évertuais à contrôler ma respiration angoissée et précipitée, encore sonnée par la température de l'eau, je me rendis compte qu'il ne m'était pas venu à l'esprit que je pouvais me faire entraîner au large, moi aussi. J'aurais sans doute dû y réfléchir avant que cela ne devienne une possibilité. J'avais la tête douloureuse, comme dans un étau.

— Oh, bon sang.

Gregor me montrait à nouveau la corde. Je plongeai les bras dans l'eau, puis essayai de ramer pour rapprocher l'avion de la côte. Sans surprise, ce fut un fiasco.

Sur la plage, Gregor poussa un profond soupir, ôta ses bottes et les posa avec soin au bord de l'eau. Puis, à ma grande surprise, il enleva son ciré, son pantalon imperméable, son pull et son tee-shirt, se retrouvant en caleçon. J'ouvris des yeux ronds. Il était plus fin, ses épaules étaient plus larges que ne le laissaient deviner ses vêtements informes. Sans perdre de temps, il plongea dans la mer glacée, tête la première.

J'essayai de prendre un air navré quand sa tête reparut un instant, avant de disparaître à nouveau sous l'eau profonde. Il me rejoignit en deux minutes.

— Je suis désolée, dis-je en retirant aussitôt mon blouson pour le lui tendre.
— Ça va. Je nage presque tous les jours.
— Tu rigoles.
— Non.

Il frissonnait à peine.

On se tut un instant, le temps qu'il trouve son équilibre et prenne ses marques. Je détournai le regard : je ne voulais pas donner l'impression de m'ébahir du spectacle d'un homme à demi nu assis sur un avion flottant au milieu de l'océan. Il n'y avait pas un bruit, excepté le doux clapotis des vagues. Je levai les yeux vers le ciel.

Les étoiles resplendissaient, tels des diamants suspendus dans le firmament. La ceinture d'Orion se détachait nettement : je la voyais encore mieux que pendant un vol de nuit. En réalité, j'avais l'impression d'être plus proche d'elle ici, en mer, que lorsque j'étais à plusieurs kilomètres d'altitude. Vénus, également visible, brillait, splendide.

Je me rendis compte que Gregor contemplait le ciel, lui aussi.

— Belle soirée pour observer les étoiles, commenta-t-il en esquissant un sourire. Laquelle tu cherches ?

— Bételgeuse, répondis-je en la montrant du doigt. Regarde. Juste là, au bout de la constellation d'Orion. Elle est en train de mourir. C'est une supergéante rouge. Elle explosera un jour. On pourra la voir, on pourra la voir en plein jour.

— Ah oui ? Quand ? Bientôt ?

— Dans quelques milliers d'années. Bientôt, en termes astronomiques.

Pour la première fois, il me considéra avec respect.

— Est-ce que tu sais naviguer à l'estime ?

Je haussai les épaules.

— Si je n'ai pas le choix.

— Ouah. Donc, tu peux savoir où tu es en regardant les étoiles ?

— En regardant les étoiles et l'horizon, et si j'ai un rapporteur sous la main. Et un peu de temps. Généralement, il est juste plus simple de se servir du GPS.

— Mais tu sais toujours où tu es ?

— C'est un peu le principe de mon travail. Savoir où je suis.

Il me dévisagea, et un drôle de frisson me parcourut, pas seulement dû à mes vêtements mouillés.

— Où es-tu, en ce moment ?

— Complètement perdue.

Il me donna la corde. Assis sur l'avion, nous dérivions le long de la plage, vers la Land Rover, et la corde n'était pas attachée. Je scrutai le toit lisse de l'appareil. Bien sûr, pour des questions d'aérodynamisme, le fuselage des avions comporte très peu de trous ou d'éléments en saillie. Je ne voyais nulle part où l'accrocher. Gregor suivit mon regard.

— Où veux-tu… ? Tu crois toujours que l'essieu est le meilleur endroit ?

J'y réfléchis.

— Sans doute.

— OK. Je vais plonger pour l'attacher. Puis je tirerai l'avion hors de l'eau avec la Land Rover, d'accord ? Une fois qu'il sera sur la plage, tu pourras monter à bord et le diriger. Ça marche ?

On s'enfonçait, remarquai-je. *Dolly* prenait l'eau.

— On coule.

— Oui, répondit Gregor. Et vite. Ne tardons pas.

Il avait raison, bien sûr. Sans compter que nous étions frigorifiés, exposés à la nuit nordique, froide, claire, illuminée par les étoiles et l'énorme lune chaste. La situation était grave à de nombreux égards.

Mais c'était plus fort que moi : j'avais envie de m'attarder encore un peu. Il faisait froid, les conditions étaient extrêmes, et des choses terribles se produisaient. Mais, curieusement, je ne m'étais pas sentie aussi vivante depuis des années.

La seconde suivante, Gregor plongeait sur le côté de l'avion et disparaissait. Je m'inquiétai un peu pour lui, avant de réaliser que, bientôt, je devrais moi aussi retourner dans l'eau gelée, idée qui ne m'enchantait pas du tout, et encore moins maintenant que je savais à quoi m'attendre, mais je n'avais pas le choix. Je me fis donc violence, poussant un cri inutile en entrant dans l'eau, puis regagnai la plage en nageant comme un petit chien, sans grâce, pour donner du mou à la corde.

Gregor ne reparut pas avant un long moment. Je fus de nouveau prise d'inquiétude : depuis combien de temps était-il sous l'eau ? J'eus peur, tout à coup, qu'il ne soit piégé quelque part – l'avion s'était peut-être renversé sur lui, l'écrasait de tout son poids ? Sa jambe s'était peut-être coincée dans les roues ? Il se débattait peut-être, en difficulté, incapable de comprendre pourquoi je n'allais pas le chercher ? Ce n'était pas l'homme le plus habile qui soit, c'était un fait établi. Oh, non. Je me préparai à pénétrer dans l'eau une troisième fois, même si j'étais transie de froid et que je ne me faisais guère d'illusions sur ma capacité à soulever l'avion ou à secourir Gregor, mais je ne savais pas quoi faire d'autre. J'eus une montée d'adrénaline. Au moment où je me lançais, curieusement insensible à la température glaciale, j'eus la surprise de voir Gregor apparaître juste à côté de moi, sortant de l'eau d'un bond, remontant du fond à toute vitesse.

Rien qu'un instant, dans le clair de lune, avec ses cheveux bruns trempés qui retombaient autour de son visage, il ressembla à un phoque à la peau lisse et argentée.

— C'est bon, dit-il, à bout de souffle. Tu allais quelque part ?

— Euh...

Je baissai les yeux, peinant à me reconnaître. J'avais de l'eau jusqu'aux cuisses, mais je me sentais parfaitement bien, je n'avais pas envie d'en sortir. Cela sembla inquiéter Gregor.

— Allez, monte dans la voiture ! Jusqu'à ce que l'avion commence à bouger.

J'obtempérai, remontant la plage à toute vitesse, mes pieds nus s'enfonçant dans le sable, mes bottes en caoutchouc sans doute perdues pour de bon. La zone au bas de la falaise était complètement submergée à présent, et l'eau touchait presque la Land Rover, que nous avions pourtant laissée loin du rivage. La vitesse à laquelle montait la mer, sa force, étaient terrifiantes.

Je grimpai dans la voiture, Gregor sur mes talons.

— Regarde derrière : dis-moi si ça marche.

Il n'était pas question que je monte dans l'avion pour l'instant.

Gregor alluma le moteur, qui ronfla, et la voiture avança jusqu'à ce que la corde soit tendue, puis s'arrêta.

— On n'y arrivera pas. *Dolly* est trop lourde.
— Si, répondit-il en serrant les dents.
— C'est un avion rempli d'eau.
— Qui flotte.

Il essaya à nouveau, en première, appuyant doucement sur l'accélérateur, avançant de quelques centimètres sur le sable.

Cette fois, je sentis l'énorme poids derrière nous, qui nous retenait. Mais, peu à peu, l'avion s'ébranla. On commença à en venir à bout et, petit à petit, la Land Rover se mit à progresser sur le sable mouillé.

Je regardais toujours derrière moi. Au début, je ne voyais que la dérive, le haut des hélices et les ailes. Mais, à présent, le nez de *Dolly* commençait à sortir de l'eau.

— Elle sort ! Elle sort ! m'émerveillai-je.

Gregor, impassible, continua à avancer sur la plage, tout doucement, mètre après mètre, pour mettre l'avion en sécurité.

C'était incroyable à voir. Scintillante, recrachant de l'eau qui miroitait sous les étoiles, pareille à des diamants, *Dolly* surgit lentement des flots.

— Tu y arrives ! hurlai-je à Gregor, euphorique, débordant d'enthousiasme.

— On n'y est pas encore, grogna-t-il, quand la roue avant (attachée avec un beau nœud marin, remarquai-je) finit par toucher le sable.

Je n'aurais jamais cru cela possible, mais Gregor ralentit encore, s'efforçant de garder l'avion droit. *Dolly* était dégoulinante ; l'eau s'écoulait par tous les trous.

— Bon, dit-il, comme *Dolly* continuait à sortir peu à peu. Il faut que tu montes à bord pour diriger. Avec le gouvernail, ou la gouverne, je ne sais pas comment vous appelez ça.

— La gouverne.

— Peu importe. Est-ce que tu peux sauter de la voiture en marche ? Je ne voudrais pas nous stopper dans notre élan.

J'acquiesçai, puis sautai, atterrissant en douceur dans le sable, pieds nus.

Je regardai l'avion émerger, toujours insensible au froid. Voir cette créature sortir des profondeurs, sous le clair de lune, était extraordinaire : la vieille *Dolly*, l'énorme *Dolly* semblait faire partie des éléments, tandis qu'elle progressait pesamment sur le sable. J'enlevai les galets sur son chemin, puis, quand elle fut suffisamment loin, je fis signe à Gregor de s'arrêter et ouvris la porte. L'eau jaillit, m'éclaboussant et dévalant l'escalier. J'en laissai s'écouler le plus possible, puis montai les marches détrempées.

À l'intérieur, c'était le chaos. L'espace d'une seconde, je me dis que j'aurais mieux fait de ne pas y toucher : *Dolly* était déjà en piteux état avant, mais maintenant, elle était jonchée de papiers mouillés et de détritus. Les sièges étaient complètement imbibés d'eau, fichus. Je préférais ne pas penser aux circuits électriques. Aurais-je dû la laisser sombrer au fond de l'océan ? Enfin, je n'avais pas le temps d'y penser. J'avançai jusqu'au cockpit, prenant garde où je posais mes pieds nus.

Je voyais distinctement la Land Rover à travers le parebrise. J'ouvris la fenêtre pour faire signe à Gregor : il pouvait redémarrer. Bien sûr, j'avais l'habitude de voir de plus gros avions être remorqués sur une piste – mais certainement pas par une Land Rover, à l'aide d'une simple longueur de corde. Pourtant la corde tint bon, et nous avançâmes lentement, mais sûrement. Je me contentai de serrer le manche à balai, de façon à suivre la voiture le plus droit possible dans le sable, les flots venant toujours lécher les roues, jusqu'à l'endroit où nous atterrissions en temps normal, plus haut sur la plage. On s'arrêta avec un bruit de succion, l'eau continuant de s'écouler, rendant *Dolly* un peu bancale.

— On l'a sauvée ! On l'a sauvée !

Étonnamment, pendant tout le trajet retour, je débordai d'énergie et d'enthousiasme. Gregor, lui, demeura silencieux. Néanmoins, le temps d'arriver à la maison, je me rendis compte que j'étais frigorifiée. La Land Rover, qui n'était pas fermée à l'arrière, n'avait pas le chauffage : je tremblais, claquais des dents de manière incontrôlable. Et j'avais très mal à la tête.

Pourtant, j'étais toujours aussi exubérante en entrant dans la maison plongée dans le noir, où le seul endroit chaud était le salon. Gregor se hâta de remettre de la tourbe dans le poêle et d'attiser le feu jusqu'à ce qu'il ronfle, puis alluma une dizaine de bougies (des cierges, d'épais bâtons blancs de tailles différentes collés dans des assiettes), qu'il disposa autour de nous. Leur fumée s'élevait en volutes, mais cela faisait déjà un peu de lumière. Puis Gregor ouvrit les rideaux, et le clair de lune inonda la pièce.

— Déshabille-toi, me dit-il d'un ton brusque. Tu es toute bleue. Tu es sans arrêt trempée jusqu'aux os, je n'ai jamais vu ça.

Puis il m'apporta des serviettes propres, aux couleurs passées. Je ne pouvais pas prendre de bain, bien sûr, sans chauffe-eau.

— Hé ?

Je n'entendis pas tout de suite qu'il me parlait, mais finis par tourner la tête.

— Hé ? répéta-t-il. Ça fait cinq minutes que je t'appelle.

Je ne m'en étais pas rendu compte. Immobile, les yeux rivés sur le feu, je tremblais, corps et âme. J'étais incapable de bouger.

— Oh, bon sang, lâcha-t-il.

— Je vais…

Pendant une seconde, je ne sus plus où j'étais. Je me sentais toute chose.

— Je vais monter me changer.

— Pas question, répondit-il en secouant la tête avant de s'approcher de moi.

Comme j'essayais malgré tout de bouger, le sang afflua à mon cerveau, et tout devint trouble, blanc, autour de moi. Je me sentis vraiment mal. Soudain, sans pouvoir réagir, je tombai en avant, dans le vide… puis, tout aussi soudainement, je me sentis rattrapée par deux bras forts.

Sa voix me parut lointaine, un peu déformée.

— Hop-là… OK, ça va, je te tiens. Je te tiens.

Nauséeuse, chancelante, je n'étais pas très sûre de savoir où j'étais, mais les deux bras forts me soutenaient toujours. Je sentais un pull marin rêche contre mon visage et j'eus le sentiment d'être en sécurité, tout à coup.

— Allez, tu vas devoir… Tu es toute bleue. Tu vas devoir enlever ces vêtements mouillés.

J'entendais ce qu'il me disait, mais ses mots n'avaient aucun sens pour moi. Je ne pouvais rien faire, excepté rester appuyée contre cette personne qui me tenait dans ses bras.

— Allez, allez… Oh, bon, d'accord.

Il me fit asseoir loin du feu, ce qui ne me plut pas vraiment. Puis il commença à tirer sur mes manches, ce qui me plut encore moins.

— Qu'est-ce que tu fais ? demandai-je en claquant des dents.

— Il faut que tu enlèves ces vêtements mouillés. Tout de suite.

— Nooonnn !

— J'ai bien peur que si. Bon sang, arrête de te débattre : j'ai l'impression de faire un truc horrible.

— Je vais avoir froid !

— Tu as déjà froid ; c'est pour ça que tu perds la tête. Allez, Morag. Allez. Je ne regarde pas, promis, ajouta-t-il d'une voix douce. Je vais le faire en fixant le plafond. Qui est plein de toiles d'araignées, je remarque.

Je dus bien admettre qu'il était plus simple de le laisser s'en charger. Il m'enleva mon pull et ma marinière trempés, déboutonna ma salopette, mais me laissa mon soutien-gorge et ma culotte. Puis il m'emmitoufla dans une grande couverture toute douce, me prit à nouveau dans ses bras et me ramena près du feu, s'assurant que la couverture m'enveloppait bien.

— Assieds-toi, me dit-il, et je lui obéis, comme une enfant docile, m'asseyant en tailleur devant le feu, la tête lourde.

Puis il traîna une chose volumineuse (une couette, découvris-je plus tard), qu'il posa sur la couverture, me donnant l'ordre de rester exactement où j'étais et de ne pas bouger. Je me pliai volontiers à ses désirs et fixai les flammes, l'esprit vide. Gregor disparut pour revenir avec une tasse de thé bien chaude.

— Bois-le doucement. Ne te brûle pas.

Le sang regagnait peu à peu mes doigts et mes orteils : le simple fait de tenir ma tasse entre mes mains était douloureux. J'avais cessé de trembler comme une feuille, mais de petits frissons me parcouraient les membres, telles des décharges électriques, et, de temps à autre, secouaient mon corps entier. Je ne parvenais pas à me réchauffer.

Gregor, qui sembla s'en apercevoir, se rapprocha de moi, m'entoura doucement d'un bras, puis me frotta les épaules et le dos à travers les couvertures, me parlant à voix basse, prononçant des mots que je ne comprenais pas, jusqu'à ce que je me sente peu à peu revenir à la vie. J'ignore combien de temps on resta assis devant le feu, mais je me rappelle bien la douleur que je ressentis quand mes membres se réveillèrent.

— La vache, dis-je au bout d'un moment, avant de siroter mon thé qui refroidissait.

Je n'avais jamais rien bu d'aussi bon.

Gregor retira aussitôt ses mains, comme si je lui avais crié dessus.

— Désolé, s'excusa-t-il.

— Non, non, merci, bredouillai-je en allongeant le cou pour pouvoir le voir. Merci. Je ne sais pas ce qui s'est passé.

— Tu as pris un bain.

— Toi aussi.

— Oui, mais j'y suis habitué. Et je me suis d'abord déshabillé, j'avais des vêtements secs à remettre. Alors que j'ai cru que tu allais te congeler en prenant la forme de ton pull.

Je me secouai, l'esprit plus clair.

— Je n'ai jamais eu aussi froid de ma vie.

— C'est le printemps dans les îles, pour toi, observa-t-il d'un ton neutre.

Il semblait un peu brusque, un peu gêné de se trouver aussi près de moi. J'acquiesçai en me frottant les bras sous la couette.

— Est-ce que tu veux te rhabiller ? Je t'ai descendu...

Et il me montra un étendoir à l'ancienne à côté du poêle, sur lequel était posé un autre pyjama de prêtre. J'éclatai presque de rire.

— Eh ben. C'est vraiment le temple de la mode, ici.

Il sourit à son tour.

— Je n'en reviens pas qu'ils aient ouvert une boutique Harvey Nichols à Édimbourg plutôt qu'ici.

Pour ma part, je n'en revenais pas qu'il ait entendu parler de Harvey Nichols, mais ne montrai pas que j'étais impressionnée, me contentant de sortir une main de sous la couette pour attraper le pyjama en flanelle, qui s'avéra incroyablement chaud et doux.

— Euh, est-ce que tu as faim ? me demanda-t-il en se levant.

En y réfléchissant, je me rendis compte que j'étais affamée. Encore.

— Oui.

— Oui, ça t'arrive souvent, commenta-t-il avec douceur. On a toujours un congélateur à manger.

— D'accord, mais je te laisse les poignées, répondis-je mollement.

Il esquissa un sourire, puis disparut, pendant que j'enfilais le pyjama. Avoir de nouveau chaud fut un bonheur sans nom.

Ce que Gregor rapporta était tout bête : deux longs pics à rôtir, une tranche épaisse de son beurre maison et un petit pot en argile rempli de sel. Et, dans son autre main, un grand plat, qui contenait des triangles jaunes décongelés. Je les considérai, avant de réaliser ce dont il s'agissait.

— Ça alors ! m'exclamai-je. Est-ce que ce sont des… ?

— Je n'ai rien préparé, je ne voulais pas te laisser seule trop longtemps. Sans oublier qu'il n'y a pas de lumière et que je n'avais pas très envie de cuisiner dans le noir. Ça ira ?

— Oh que oui.

Le sang revenait dans mes extrémités. Je me sentais de nouveau moi-même. Gregor me jaugea du regard.

— Comment te sens-tu ?

— Bien… je crois. Un peu vidée, répondis-je en m'examinant. J'ai vraiment été dans les vapes, pendant un moment.

— Je sais. Je me suis inquiété. C'est sérieux, l'hypothermie.

— Je n'ai pas…, hésitai-je. Enfin, je me suis sentie toute chose.

— Désolé d'avoir dû te demander de te déshabiller.

Je rougis.

— Euh, ne t'en fais pas pour ça.

— C'est juste qu'il fallait que tu enlèves…

— Non, non, sincèrement, je comprends, le coupai-je.

Je jetai un nouveau coup d'œil au plat qu'il avait à la main. Il l'approcha.

— Des scones de pommes de terre ! m'exclamai-je, ébahie.

Mais ils ne ressemblaient pas à ceux qu'on achète en sachets. Je levai les yeux vers lui.

— C'est toi qui les as faits ?

Ma stupéfaction le fit sourire.

— Pas besoin d'être un génie pour faire des scones, je t'assure.

— Non. Mais il faut quand même être un peu sorcier.

Il s'empourpra à son tour.

— Eh bien, voyons ça. Faisons-les cuire.

Je ne me rappelais pas la dernière fois que j'avais mangé un scone de pommes de terre. Ceux qu'on trouvait en Angleterre étaient infects.

Il en enfila un sur chaque pic, puis m'en tendit un, dont je ne sus pas trop quoi faire. Voyant que mon scone s'apprêtait à s'embraser, il me montra comment le tenir juste au-dessus des flammes pour le laisser gonfler, dorer, puis brunir lentement, tout en me reprochant mon impatience à vouloir le manger.

— Tu es trop patient, toi, dis-je en tamponnant mes lèvres légèrement brûlées.

Ça le fit rire.

— Tous les fauconniers le sont, répondit-il d'une voix empreinte d'une certaine tristesse.

— C'est ce que tu es ?

— Oh, non, je suis ornithologue... La fauconnerie, c'est un hobby.

Il plissa le nez.

— Et je ne suis pas très doué.

— Mais un ornithologue doit aussi être patient, non ?

— Oui. Mais pas autant qu'un pilote, tu vois ?

Je tendis à nouveau la main et, cette fois, je me brûlai les doigts.

— Oh, eh bien, pas vraiment. Il y a toujours des choses à faire... ce sont les passagers qui doivent poireauter s'il y a un problème, pas nous. Nous, on doit être ponctuels, pas patients.

— C'est pour ça qu'il faut toujours que tu t'actives, dit-il avec un sourire.

— Ce n'est pas vrai !

— Tu n'as pas arrêté de grimper sur mon toit depuis que tu es arrivée. Et de bricoler des trucs avec du barbelé.

— Il y avait beaucoup à faire...

— Rien qui ne puisse attendre, répondit-il tout bas. Il y a toujours des choses à faire. Pas besoin de se presser.

Je voulais lui opposer qu'il le fallait, parfois ; il y avait des heures de vol à accumuler, des examens à passer, des caractéristiques techniques à mémoriser, des garçons à rencontrer, des promotions à obtenir...

Mais, curieusement, pour la première fois, je ne me rappelais plus vraiment pourquoi j'avais cru devoir accomplir tout ça, et pourquoi aussi vite. Pour qui est-ce que je disputais cette course, au juste ? Pour papi et Ranald ? Pour les garçons de l'école de pilotage ? Pour mes camarades de classe qui m'appelaient Morag Grobag ? Pour Jamie ? Pour prouver quelque chose à mon frère ?

Sans se presser, avec prudence, Gregor tira les pics vers lui, déclarant que les scones de pommes de terre étaient *enfin* prêts à être dégustés.

— Mais laisse-leur une minute, précisa-t-il.

Trop tard, j'avais déjà attrapé le mien. Je mis mes doigts dans ma bouche.

— Ne me dis pas que c'est précisément ce dont tu étais en train de parler.

Il éclata de rire.

— Je n'en reviens pas que tu te sois brûlée trois fois. Sérieusement, depuis combien d'années tu n'as pas mangé ? Mourir frigorifiée et brûlée vive dans la même soirée, c'est…

— Sans doute un concept bien-être très lucratif qui attend d'être développé.

— … le signe qu'on doit ralentir.

Ce fut à mon tour de rire.

— Je crois que si l'univers avait voulu m'envoyer ce signe, il aurait pu se contenter de me faire crasher sur une île déserte et me laisser savourer mes scones tranquille.

Gregor s'approcha des étagères, puis sortit une bouteille poussiéreuse d'un vieux whisky, posée à côté d'une pile de romans de sir Walter Scott. Il m'interrogea du regard, j'opinai, et il en versa un fond dans ma tasse de thé vide.

— C'est thérapeutique, expliqua-t-il.

Le scone avait enfin suffisamment refroidi pour que je puisse mordre dedans. Oh, quel délice. Recouvert d'une généreuse couche de beurre et de sel, croustillant à l'extérieur, mais fondant à l'intérieur, c'était un cauchemar de cardiologue, mais un vrai régal. Je le trouvai chaud, réconfortant, surtout après avoir vécu si longtemps loin de l'Écosse, loin de chez moi – après avoir parcouru tant de chemin. Et il m'en restait tant à parcourir, aujourd'hui encore, à ce tournant de ma vie. Après une si longue soirée, ce goût du pays, divin, dégusté au coin du feu, me réchauffa le corps et l'âme.

— Tu en veux un autre ? me demanda-t-il avec un sourire en me voyant fermer les yeux, et je hochai vigoureusement la tête.

On ajouta un peu d'eau dans nos whiskys, puis on trinqua avec nos scones, et ce fut l'un des repas les plus mémorables de ma vie.

— Alors, pourquoi ici ? l'interrogeai-je à la fin du repas, que l'on avait terminé en s'empiffrant de framboises, dont la récolte avait été si généreuse l'été précédent qu'il avait fallu les congeler. Je veux dire, est-ce qu'Inchborn est un super poste pour un ornithologue ?

Il haussa les épaules.

— Plutôt, oui. On a des macareux, des sternes. On a même eu une cigogne, une année. Ça a failli provoquer un incident diplomatique.

— Et tu aimes être seul ?

Il y eut un très long blanc.

— Eh bien, oui, manifestement.

— C'est vraiment vrai ?

— Oui, vraiment. Les autres n'aiment pas Frances et mangent toutes les provisions.

— Hmm-hmm.

— Et toi, tu aimes la foule ? Être toujours en mouvement, constamment entourée, pressée ? *Go, go, go!*

Je secouai la tête.

— Je ne suis pas tou...

Mais je ne pouvais pas vraiment le nier. C'était la vérité, c'était ma vie. Ou ça l'avait été.

— Pourquoi tu étais aussi bougon dans l'avion ? lui demandai-je subitement, changeant de sujet.

— Tu ne mâches pas tes mots, dis donc.

Je le regardai.

— Alors ?

— D'accord, répondit-il en détournant les yeux. Mais ne ris pas.

— Quoi ?

— Je... j'ai peur de l'avion.

— Oh, c'est pas vrai !

— C'est bon. Ils ne m'ont pas laissé prendre le ferry, parce que Fraser rentrait en avion.

— Ha, ha ! Mais comment as-tu atterri ici, la première fois ?

— C'est... c'est une longue histoire.

— Je ne sais pas si tu as remarqué, mais on n'a rien d'autre à faire, répondis-je avec douceur.

Il jeta un coup d'œil à la bibliothèque, l'air dérouté par ce que je venais de dire. Des oiseaux, des animaux, des livres : il n'avait besoin de rien de plus, supposai-je.

Mais il parut hésiter à me raconter son histoire. Je le regardai contempler le feu, les traits tendus, les yeux mi-clos. Il grattait sa barbe brune avec une certaine nervosité. Il ne portait pas ses lunettes ; elles étaient posées sur le fauteuil, juste à côté du livre qu'il venait de terminer, *The Goshawk*[1], de T. H. White, dont je n'avais jamais entendu parler. Il garda les yeux rivés sur le feu. C'était un homme très peu pressé, et cela semblait contagieux.

Je bus ma dernière gorgée de whisky, qui m'avait bien réchauffée, tout comme la nourriture et la couette, et je cessai enfin de me repasser cette journée historique dans ma tête. *Dolly* était en sécurité, le plus possible du moins, et, en cet instant, je ne pouvais absolument rien faire. Je ne pouvais communiquer avec personne, aller nulle part, accomplir aucune des tâches que je m'étais fixées, remplir aucun de mes objectifs de vie. Pas de téléphone, pas de bip, pas de rappel désapprobateur. C'était dingue, réalisai-je. Je ne savais même pas quelle heure il était, parce qu'on avait amélioré un instrument qui fonctionnait parfaitement bien depuis des centaines d'années, soi-disant pour le rendre plus performant. Du coup, la montre à mon poignet comptait mes pas, mais était déchargée, elle aussi.

---

1. Non traduit en français, un *goshawk* est un autour des palombes, une espèce proche de l'épervier d'Europe. (N.d.T.)

— Ça va paraître idiot si je le dis à voix haute, finit-il par répondre tout bas, de sa voix mélodieuse.
— Plus idiot que « je me suis crashée sur cette île » ?
— Euh. Peut-être pas. Mais peut-être que si.
Il poussa un soupir.
— J'ai eu... une séparation difficile. Très difficile.
Je lui jetai un coup d'œil. Avec tout ce qui s'était passé, j'avais réussi à ne pas penser à Hayden, ou presque, réalisai-je. J'avais réussi à me le sortir de la tête, parce que, sans téléphone, je ne pouvais pas me tourmenter. J'étais concentrée sur ce que je faisais.
— Du coup, tu t'es transformé en ermite ? Bon sang, mais qu'est-ce qu'il ou elle t'a fait ?
— Elle, précisa-t-il avec un sourire ironique.
— Mais c'est bien une personne, hein ? Pas la chèvre avant Frances ?
— D'accord, oublie ça.
— Non, non. Excuse-moi. Je suis désolée.
Je l'étais. Je faisais des blagues stupides pour ne pas penser à mes propres émotions.
— Hmm.
— Donc, tu es devenu ermite à cause d'une femme ?
— Je ne suis pas un ermite !
— Qu'est-ce que tu appelles un ermite, alors ?
— Je suis ornithologue... Je suis ici pour la saison. Je ne vis pas là toute l'année !
— Oh.
— Je ne... je ne vais pas vivre seul pour le restant de mes jours parce que je me suis fait larguer par une fille. Je viens pour la saison de la ponte. Je suis maître de conférences en ornithologie à l'Université des Highlands et des îles écossaises !

Je n'étais même pas au courant de cette information élémentaire : je trouvai ça bizarre.

— Oh, répétai-je. C'est pour ça que tu ne sais pas où sont rangées les affaires chez toi ?

— Tu me prenais juste pour un gros tordu ?

— Je ne vais pas prétendre le contraire.

Il eut un petit rire.

— Oui, c'est ça, le fantôme du pilote.

— Je ne suis pas un fantôme !

— C'est exactement ce que dirait un fantôme. Ça fait des semaines que je suis tout seul ici.

— Je pense que j'aurais de plus jolis cheveux, si j'étais le produit de ton imagination.

— Et tu ne mangerais pas tout ce qui traîne.

Nous restâmes assis dans un silence complice. Je trouvai cela curieusement réconfortant. Je n'étais plus aussi susceptible.

— Alors... elle était comment ?

— Oh, elle était super. Et elle m'a quitté. Et j'ai... j'ai très mal réagi.

— Tu es parti de manière théâtrale.

— Elle d'abord. Elle est partie explorer le monde. Et j'en avais tellement marre de saouler mes amis, d'être triste chaque fois que je me rappelais une chose qu'on avait faite ensemble...

Mes pensées s'envolèrent aussitôt vers Hayden : nos sorties, les cafés, les restaurants. Me remémorer ces moments me rendit nostalgique.

— ... chaque fois que je devais passer devant un endroit où on était allés tous les deux.

J'opinai vigoureusement du chef.

— Tu as vécu ça, toi aussi ?

Ma gorge se serra, je fus incapable de répondre. Gregor parlait d'une vieille histoire, finie depuis longtemps. Tandis que moi, je me trouvais dans une situation digne de Schrödinger : une relation ni morte ni vivante. Et il n'y avait qu'une façon de le savoir : il fallait qu'on se voie.

Je ne répondis pas, et il eut un sourire triste. Il devait supposer que cela m'était arrivé.

— J'ai envoyé ma candidature sur un coup de tête, poursuivit-il. Mais, quand je suis arrivé ici… C'est Fraser qui s'est chargé de mon entretien, je ne suis pas vraiment sûr qu'il était très attentif. Il m'a beaucoup parlé de psaumes, bizarrement. Bref. Dès que je suis arrivé ici, j'ai su. C'était si beau. Pendant que j'étais là, à m'occuper des oiseaux, je ne pouvais pas penser au reste. Je ne pouvais pas m'appesantir sur mes erreurs passées ni sur ce qui se passait dans le monde alors que je ne pouvais rien y faire.

— C'est ce que je ressens en vol.

Il me regarda.

— Eh bien, tu comprends, alors.

Je comprenais.

— Je pensais que ce serait temporaire… une façon de me remettre les idées en place. Et puis… j'ai commencé à me plaire ici. J'ai commencé à… aimer cet endroit. Je n'aime pas venir jusqu'ici, mais j'aime que chaque jour soit si différent dans ce petit monde miniature. Toutes les créatures changent, aucun brin d'herbe ne reste le même. Les nuages se dissipent puis se reforment, ils projettent sans cesse de nouvelles ombres, et la vie continue, le vent tourbillonne, et j'ai le sentiment d'en faire partie et…

Il fixa son verre.

— Je délire. Plus de whisky pour moi.

— Ça ne me dérange pas, répondis-je d'une voix endormie.

C'était vrai. J'aimais l'écouter parler. Et puis, savoir que ce n'était pas *vraiment* un ermite bizarroïde me réconfortait.

— Pourquoi est-ce que tu étais aussi à cran ? Quand tu es arrivée. C'était juste à cause de l'atterrissage d'urgence ? Tu avais l'air très en colère.

Je me penchai en avant.

— Non, répondis-je lentement et, pour la première fois, je commençai à me confier. Ce n'était pas juste à cause de ça. J'ai évité de justesse une collision, il n'y a pas longtemps. Le pilote et la passagère de l'autre avion sont morts. Et j'avais… j'avais peur. Peur de piloter.

— Oh, bon sang, murmura-t-il.

— J'étais copilote. Je faisais des graphiques et des vérifications. Je ne pouvais pas… je ne pouvais pas me résoudre à…

Il resta muet, me laissa le temps.

— À poser l'avion… J'ai été obligée. C'était la première fois que je reprenais les commandes.

Je l'avais dit. À voix haute. Il faisait bon, le feu crépitait tranquillement. Je me sentis libérée d'un poids.

— Eh bien, tu t'en es très bien sortie.

Nous cessâmes de parler, je ne saurais dire combien de temps, le feu continuant de se consumer lentement, le silence nocturne s'abattant sur la vieille maison grinçante. J'avais les paupières de plus en plus lourdes, et la sensation de pouvoir enfin m'apaiser.

La journée avait été très longue. Je piquais du nez, quand je crus entendre Gregor s'éclaircir la voix, comme s'il s'apprêtait à ajouter quelque chose.

— Bon, si on se fait des confidences, commença-t-il. Après…

Mais les flammes dansaient devant mes yeux, et j'étais si bien, si au chaud, si en paix, que je n'entendis rien de plus.

CHAPITRE 24

— Hé.

Il ne restait que des braises dans le poêle à mon réveil. J'étais si bien, si au chaud, c'était si confortable que, pendant un moment, je n'eus aucune envie de bouger. Puis je réalisai où j'étais : emmitouflée sous une couette, allongée devant le feu, comme un chien. Et je me rappelai que j'étais sur Inchborn et tout ce qui s'était passé. L'énorme lune blanche s'était déplacée dans le grand bow-window. Gregor était debout, c'était sans doute ce qui m'avait réveillée. Ses grands yeux bruns semblaient doux, las, tristes. Il avait son livre à la main, et ses lunettes de nouveau sur le nez.

— Tu t'es endormie.
— Je vois ça, dis-je en me frottant le visage.
— Au lit ?
— Quelle heure est-il ?

Il haussa les épaules.

— Va savoir. Il fait nuit. Va te coucher.

— D'accord, répondis-je, me rendant compte que j'avais envie d'aller aux toilettes.

Je lui tendis la main pour qu'il m'aide à me lever et me retrouvai subitement tout près de lui. Il sentait le feu de bois, et je me rappelai ses bras forts, réconfortants, quand on était rentrés. Je m'appuyai à nouveau légèrement contre lui, un peu vaseuse, encore ensommeillée, souhaitant juste me reposer contre un autre être humain – cet être humain-là – après cette journée forte en émotions.

— Merci, murmurai-je d'un ton songeur, le visage presque posé sur son épaule.

Il était très confortable, pensai-je confusément. J'aimais être là. J'étais bien. Je le sentais, fort, contre moi. J'étais à moitié endormie, mais j'avais l'impression qu'on bougeait presque en même temps, lentement, doucement : moi, docile, somnolente ; lui, carré, puissant, sous ses couches de vêtements...

Soudain, il se raidit, puis se recula brusquement.

— Euh, je ne... Ce n'est pas approprié...

Je sursautai, clignant des yeux, parfaitement réveillée tout à coup, pas certaine de ce qui venait de se passer. Me rendant compte qu'il était de nouveau mal à l'aise, je m'écartai aussitôt, horrifiée.

— Je ne voulais pas... ! m'exclamai-je, mais au fond de moi, je me demandais si je disais la vérité.

Qu'est-ce que je voulais ?

— Tu es très fatiguée, dit-il en levant les mains.

— Mais je ne cherchais pas à...

C'était vrai. Je n'avais pas cherché à le séduire, pas du tout. Si ?

Certainement pas... Je m'étais juste sentie en sécurité. En sécurité et au chaud, tout ce qui m'avait manqué ces deux derniers jours. Rien de plus. Mais il réagissait comme si je venais de lui faire une *lap dance* : il semblait si épouvanté que je ne trouvai pas les mots pour m'expliquer. Ou, plutôt, je ne savais pas comment m'expliquer sans que cela ne paraisse encore pire. À mes yeux. Car, coincée au bout du monde avec un ermite, c'était moi qui me sentais seule.

— Va te reposer, dit-il, le visage de nouveau fermé.

Je me souvins subitement qu'il s'était apprêté à me confier quelque chose tout à l'heure, mais que je m'étais endormie devant le feu. Je culpabilisai, honteuse, me demandant ce que cela pouvait être.

Il me tendit une bougie, puis me fit signe de monter me coucher, et j'obéis docilement, telle une petite fille, rouge de honte, mortifiée. Il resta debout au pied de l'escalier, comme pour s'assurer que je partais bien, que je n'allais pas l'attaquer sournoisement par-derrière, toutes griffes dehors. Je grimaçai. Oh, bon sang.

Je me faufilai dans la salle de bains plongée dans l'obscurité, m'efforçant de ne pas sursauter, de ne pas me prendre pour un fantôme terrifiant en apercevant mes cheveux ébouriffés et mon visage éclairé à la bougie dans le miroir, puis je me glissai sous les draps raides et l'édredon du vieux lit, toujours emmitouflée dans ma couverture pour m'aider à me réchauffer. Je pensai que je ne fermerais pas l'œil de la nuit. Puis j'éteignis ma bougie et, la seconde suivante, je me réveillai : un grand rayon de soleil pénétrait par la fenêtre, inondant la pièce, dessinant des carrés jaune vif sur l'édredon.

CHAPITRE 25

Il faisait un temps splendide. Je me tenais près de la fenêtre, subjuguée, fixant le large. Quelque chose apparut. Un point gris, d'abord, qui se transforma en un genre de mouvement. J'avais beau ne rien connaître aux oiseaux, excepté comment les éviter (les oies, en particulier), je savais ce dont il s'agissait : une murmuration d'étourneaux qui revenaient des terres chaudes du Sud. Ils devaient suivre le soleil, des champs magnétiques ou des lignes imaginaires – allez savoir – pour rentrer chez eux. (En fait, Gregor le savait sans doute, mais je n'étais pas d'humeur à lui poser la question.) Ils tournoyaient dans les airs, dansaient, tels des grains de poivre en suspension, dessinant des formes en trois dimensions dans le ciel. Ils volaient tous ensemble, en parfaite symbiose, beaux, élégants. Je réalisai quelque chose en les contemplant : il ne m'était même pas venu à l'idée de sortir mon téléphone pour les photographier.

Je les regardai piquer, passer d'une forme géométrique fabuleuse à une autre, puis je fixai la mer, qui scintillait d'un éclat irrésistible, alors même que la veille elle avait essayé de nous tuer, *Dolly*, Gregor et moi. Je secouai la tête. Incroyable. J'avais renoncé si facilement à cette vie pour intégrer l'école de pilotage, pour aller là où se trouvaient les gros avions. J'avais à peine jeté un regard en arrière.

Je commençai à en avoir assez de laver ma culotte chaque soir, mais, bon, elle était presque sèche. Cette fois, dans l'armoire à linge, je trouvai une chemise de grand-père qui sentait à peine le renfermé, ainsi qu'un pull gris troué qui exhalait une odeur de tourbe et qui, sur quelqu'un avec des cheveux moins indisciplinés (ou plus, peut-être), aurait pu paraître chic. Mon uniforme avait séché, mais il était taché, froissé, moins tentant que le vieux pull tout doux et confortable.

Mes souvenirs de la veille s'étaient cristallisés dans mon esprit. J'étais diminuée, rien de plus. J'étais fatiguée, un peu malade. Je n'avais pas essayé de l'embrasser. Il fallait qu'il le sache. Cette espèce de tordu, ce solitaire barbu, binoclard, obsédé par les oiseaux. Mais bien sûr. C'était plutôt lui qui avait profité de moi, en se montrant aussi gentil alors que j'étais trempée jusqu'aux os... D'accord, ce n'était peut-être pas la bonne approche. Être gentil ne justifiait pas de lancer une vendetta. N'empêche, il fallait que je puisse nier de façon plausible. Je devrais peut-être opter pour la confusion mentale ? Ou feindre d'avoir tout oublié ?

Je vérifiai la lampe sur ma table de chevet, juste au cas où le groupe électrogène se serait réparé tout seul, comme par magie. Ce n'était pas le cas.

Puis je descendis, m'efforçant de paraître digne, ce qui est délicat quand on porte un pull troué aux poignets pour pouvoir y passer les pouces. J'étais prête à me comporter en adulte, à lui dire que je n'avais jamais rien tenté de ce *genre*, bien sûr, que, quand bien même je l'aurais fait, c'était simplement parce que j'étais désorientée (cette partie-là était vraie, au moins), que je ne me souvenais de rien et que c'était un peu sa faute, à bien y réfléchir. Mais, en descendant, je sentis une odeur exquise s'échapper de la cuisine et, une nouvelle fois, toutes ces pensées me sortirent de la tête. Qu'est-ce qui m'arrivait ? Pourquoi étais-je à ce point affamée ? Même si des scones de pommes de terre et des framboises, aussi délicieux soient-ils, ne constituaient pas vraiment un repas consistant.

Gregor remuait patiemment une grosse casserole sur l'Aga, me tournant le dos. Il faisait tout patiemment, lentement, remarquai-je. En temps normal, j'aimais – et je devais – être méticuleuse, oui, mais, plus important, je devais être vive et sûre de moi. Je devais être capable de prendre des décisions rapides, cela faisait aussi partie de moi.

Dans mon métier, tout changeait constamment – chaque jour, il y avait de nouvelles équipes, des retards à répétition, des incertitudes, d'énormes appareils remplis de gens que je ne connaissais pas et ne connaîtrais jamais ; je me rendais dans des pays que je n'avais jamais la chance de découvrir, passé les couloirs climatisés de l'aéroport à l'éclairage terne, le *duty free* et les cafés qui se ressemblaient tous d'un pays à l'autre. J'étais un rouage dans une machine. J'étais formée au plus haut niveau pour m'adapter à tous les pilotes avec lesquels je volais (que je n'avais jamais rencontrés auparavant, pour la plupart) : on prenait notre place dans ce monde en perpétuel mouvement sans sourciller.

Et, ici, c'était tout le contraire.

Voir quelqu'un remuer une casserole, tout bêtement, me faisait beaucoup cogiter – d'autant que, quand Gregor se retourna, je vis qu'il ne préparait que du porridge, en fin de compte.

— Salut.

— Il faut que tu saches que je n'ai rien tenté hier soir, dis-je d'un trait, d'une voix haletante, étranglée. J'étais juste fatiguée et j'ai cru qu'on se faisait un câlin. Ça ne voulait rien dire de plus.

Je pensais que, de son côté, il s'excuserait de sa réaction excessive, grossière et précipitée, de m'avoir repoussée comme si j'étais un genre de Méduse obsédée, si hideuse qu'il était impensable que je puisse embrasser qui que ce soit. Enfin, si les rôles avaient été inversés, je me serais sans doute excusée. Mais il n'en fit rien. Il se contenta de hocher la tête.

— Tu veux du porridge ? J'ai du miel, de la crème… du sirop de cynorhodon du jardin. Mais tu devras le manger sans pousser ces drôles de petits grognements que tu pousses quand tu manges.

— D'accord, répondis-je avec une certaine gêne.

— Alors, tu en veux, oui ou non ?

— Euh. Oui, s'il te plaît.

— Qu'est-ce que tu veux, dessus ?

— Je ne sais pas : tout ?

— Non, ce serait dégoûtant.

— D'accord. Choisis pour moi, alors.

Il posa devant moi un grand bol à rayures bleu et blanc, un peu ébréché, ainsi qu'une cuillère à soupe au manche émaillé, que je portai à ma bouche. Soucieuse de ne pas passer pour une maniaque sexuelle, comme cela avait apparemment été le cas la veille, je parvins à ne pas faire de bruit. Et puis, ce n'était que du porridge, hein. Certes, il était onctueux, un tout petit peu croquant, la consistance parfaite : crémeux, intense mais pas trop fort, avec juste ce qu'il fallait de sirop. Mais bon. Tout le monde pouvait en faire autant. J'en oubliai presque que Gregor était pénible, maussade, paresseux, et qu'il s'était indigné de façon ridicule quand il avait cru que je le draguais, ce qui n'était pas le cas. Mais *bien sûr*.

— C'est bon ? m'interrogea-t-il.

Non sans un petit sourire en coin, il fixait mon bol, déjà mystérieusement vide. J'étais en train de le racler avec mon doigt. Je fronçai les sourcils, en colère contre lui.

— C'est pas mal. Où est-ce que tu as appris à cuisiner ?

— Ce n'est que du porridge, s'étonna-t-il, avant d'ajouter : À la Haute École du porridge, à Paris.

— C'est ça, oui, très drôle.

— Mon ex ne cuisinait pas. Il fallait bien que l'un de nous s'y colle.

J'attendis, pour voir s'il allait développer, mais il n'en avait manifestement pas l'intention. J'avais du mal à savoir s'il était simplement triste, s'il était toujours amoureux d'elle, ou s'il n'avait tout bonnement pas eu l'occasion d'en parler avec quelqu'un. Connaissant les hommes, cette dernière option me semblait tout à fait probable. J'avais passé de nombreuses nuits à survoler les plaines d'Europe centrale en écoutant des hommes que je connaissais à peine me raconter leurs déboires de divorcé à voix basse, parce qu'ils n'avaient personne d'autre à qui se confier. J'aime les hommes, je les ai toujours aimés, mais ils peuvent vraiment être stupides parfois.

Je regardai par les fenêtres sales. Il faisait un temps splendide dehors. Le ciel était d'un bleu pâle et de jeunes brins d'herbe parsemaient la pelouse. J'aurais mieux fait d'aller voir *Dolly*. Et d'envoyer un message à l'île principale, mais pour dire quoi ? S'il vous plaît, envoyez-moi un bateau, même si vous avez peu de carburant, une crise à gérer, et que je me porte à merveille ?

— Il y a assez d'eau chaude pour que je prenne un bain ?

Gregor parut dubitatif.

— Il en reste un peu sur l'Aga, mais je ne pense pas qu'un bain serait très agréable. Le chauffe-eau n'a pas de…

— De courant, oui, je sais. Je me demandais juste si le poêle chauffait l'eau.

— Je ne crois pas, non, répondit-il en secouant la tête, avant de verser le reste du porridge dans mon bol sans me demander si j'en voulais.

— Qu'est-ce que tu vas faire aujourd'hui ?

— Je vais tuer une poule, lança-t-il avec désinvolture.

— Quoi ?!

— Eh bien, on n'a que des légumes qui décongèlent vite dans le congélateur. Et c'est la saison des semis, donc on n'a rien à récolter. Il faut bien qu'on mange.

— Tu ne peux pas préparer du pain, plutôt ?

— Si. Mais on ne peut pas se nourrir exclusivement de pain.

— Moi si. Et de petits pois surgelés. Et de sirop de cynorhodon. Ça couvre à peu près tous nos besoins.

Il changea de sujet.

— Il faut aussi que je compte les mouettes et les couples qui nichent, puis que j'entretienne le potager, ajouta-t-il avant de jeter un coup d'œil au ciel. Et que je tonde la pelouse aussi, sans doute. Ensuite, je saumurerai tous les légumes que je peux sauver dans le congélateur et je couperai de la tourbe. Normalement, j'aurais dû accueillir un groupe scolaire aujourd'hui, mais ils ne viendront pas.

— Sacré programme !

— Et toi ?

— Je vais monter sur le toit.

Il sembla désapprouver.

— Je me doutais que tu dirais ça. Pourquoi ? Ils savent que tu es là. Ils savent que tu es vivante. Ils viendront quand ils le pourront, et tu pourrais peut-être même quitter cette île sans te briser la nuque.

— J'ai un rendez-vous professionnel très important. Jeudi. Je dois m'assurer que quelqu'un viendra me chercher d'ici là.

— Ah oui. J'avais oublié, répondit-il avec un sourire.

— Enfin, tu comprends.

Il eut l'air désolé. Moi aussi.

— Même si j'adorerais rester et saumurer des légumes pour ne pas mourir de faim…

— Parle-moi de ton nouveau boulot.

— C'est un bon poste, assez prestigieux, en fait, lui expliquai-je en m'essuyant la bouche, venant de réaliser qu'elle était couverte de sirop et que je manquais de dignité, surtout dans ces circonstances. Je vais être premier officier sur des long-courriers. Des A380. Je vais voyager dans le monde entier.

— Qu'est-ce que fait un premier officier ?

— Je suis la copilote.

Il me regarda.

— Donc, tu ne pilotes pas ?

— Je suis là si on a besoin de moi, répondis-je en virant au rose.

— C'est pour ça que tu as postulé ?

— Je pensais... Je ne comptais pas accepter. Si je n'étais pas capable de piloter ici...

— Ils ne t'ont pas fait passer de tests avant de t'embaucher ?

— Si, dans des simulateurs. Ça s'est bien passé. C'est pour ça que je dois y retourner jeudi.

— Ouah. Tu veux dire qu'un incident aurait pu se produire en vol et que tu n'aurais pas été capable de prendre les commandes ?

— Il s'est produit un incident ! Et j'ai réussi !

— Tu es guérie, alors ?

C'était bizarre, songeai-je : je me sentais... est-ce que « guérie » était le bon mot ? Je me sentais mieux. Beaucoup, beaucoup mieux. Mais pas parce que j'avais pris les commandes de l'avion : je m'étais fiée à ma formation, à mon instinct, à ce moment-là. Parce que je l'avais dit à quelqu'un. Parce que je le lui avais dit, à lui.

— C'est épanouissant ? Les long-courriers ?

— J'aime piloter. En temps normal. J'aime le moment où le pilote automatique s'éteint, juste avant la descente, et que le contrôle aérien nous débite ses instructions ; j'aime sentir le poids de l'appareil, ramener tout le monde sain et sauf, l'avion qui se balance dans le vent... J'adore ça.

— Mais les long-courriers, ce n'est pas comme ça, si ? Tu passes surtout beaucoup de temps à attendre, non ?

— Oui, enfin, je ne regarde pas de films pendant le vol, quand même.

Il avait raison. Voler sur des long-courriers apportait moins de joie, moins de plaisir ; on passait beaucoup plus de temps à arpenter les aéroports, à poireauter et à survoler des terrains très, très similaires – traverser la Russie prend très longtemps, quand on se dirige vers l'est ; de même pour le Sahara, quand on se dirige vers le sud.

— Et c'est une promotion, ajoutai-je. Je veux dire, la plupart des gens n'ont pas la chance d'avoir un logement de fonction.

Il acquiesça.

— Je sais. Et je ne paie même pas l'électricité !

Cela me fit sourire.

— Je trouve juste ça bizarre, reprit-il. Ce que tu aimes le plus dans ton métier : atterrir, emmener les gens à bon port, suivre le vent...

J'opinai du chef.

— ... plus tu avances dans ta carrière, plus tu t'en éloignes.

— Mais c'est pareil pour tous les métiers. Si tu aimes enseigner, on te promeut au poste de directeur d'établissement, et tu passes ton temps à t'occuper de la paperasse. Si tu aimes être médecin, on te nomme à la tête de comités hospitaliers, et ainsi de suite. Tu finiras sans doute administrateur à l'université.

— Jamais ! se récria Gregor.

Et je n'eus aucun mal à le croire.

Oh, je l'avoue malgré moi, mais, ce matin-là, en sortant sur la pelouse émeraude couverte de rosée, j'eus l'impression d'être au paradis. Les jonquilles et les pâquerettes enchevêtrées semblaient faire la course pour voir qui s'ouvrirait en premier, le vert de la pelouse était si éclatant qu'il en devenait presque fluorescent, et toutes sortes d'oiseaux pépiaient dans l'air doux. C'était peut-être toujours comme ça au printemps, songeai-je, mais, enfermée à l'intérieur, je ne le remarquais pas.

Dès que je franchis le portillon, Frances s'approcha de moi pour me donner de légers coups de tête.

— C'est bon. Il est tout à toi. Tu n'as pas à être jalouse, la rassurai-je en la caressant, avant de lui tendre l'une des pommes que j'avais cachées dans la poche de ma salopette au cas où j'aurais une petite faim.

L'air marin était vif, empli de l'odeur du sel, qui se mêlait à celle des chélidoines en train de fleurir dans les massifs, comme si l'île entière se parait de beauté et de fraîcheur pour attirer ses amis à plumes. Je faillis m'arrêter net, réalisant que c'était précisément ce que faisait Inchborn : le ciel, la terre et la mer y étaient en parfaite harmonie.

En toute logique, deux jours après le crash, j'aurais dû être plus impatiente de rentrer. On était lundi, le temps passait. Les messages devaient s'accumuler dans mon téléphone ; les gens devaient être soucieux, anxieux. J'allais avoir tant de choses à régler.

Mais, curieusement, cela ne me tracassait pas. Ça devrait attendre. J'étais impuissante et, avec un temps pareil, rien ne pouvait me stresser ni m'inquiéter. Je ne pouvais pas répondre au téléphone ni lire mes e-mails ; je ne pouvais pas assister à des réunions, faire de shopping, passer chercher mon linge au pressing, gérer mes prélèvements automatiques ; pas plus que je ne pouvais compter mes pas, acheter des aliments régime, me peser, aller à la salle de sport, appeler mes parents, écouter un podcast inspirant, regarder la dernière série que tout le monde avait vue sauf moi, me faire épiler les sourcils, mettre à jour mon compte Instagram ou regarder celui des autres, envoyer des messages mignons à Hayden…

Être incapable de faire l'une ou l'autre de ces choses – aucune, en réalité – était étonnamment libérateur. J'avais l'impression que personne ne savait où j'étais. Je me sentais… je me sentais libre. J'avais le sentiment que cette journée était à moi, rien qu'à moi. Que j'étais libre de choisir ce que je faisais, où j'allais. Je n'avais aucune idée de l'heure qu'il était, mais n'y prêtais même pas attention, réalisai-je avec étonnement, puisque je n'avais aucun moyen de le savoir. Je ne me rappelais pas la dernière fois que cela m'était arrivé.

J'avais du temps pour moi. Et ce n'était pas du temps perdu, inutile, pesant, comme pendant le confinement, quand on ne pouvait que scroller sur un écran, ou quand j'attendais la décision de l'enquête, ce qui était angoissant, harassant. J'avais du temps libre, du vrai, aussi vaste que l'océan.

Heureuse, je pris une profonde inspiration, croquai dans une petite pomme sucrée légèrement bosselée, puis partis en exploration.

Je commençai par aller voir *Dolly* sur la plage. J'ouvris la porte pour laisser circuler l'air frais, doux, et lui permettre de sécher un peu. Sa superstructure était probablement intacte : elle était conçue pour être exposée au froid et à l'eau. Les sièges sécheraient bien, eux aussi ; ils seraient peut-être un peu tachés, puisqu'ils étaient en cuir. Les ailes n'étaient pas endommagées, et les roues – eh bien, il nous fallait juste un nouveau pneu.

Le vrai problème, bien sûr, c'étaient les instruments de vol. Ils ne devaient plus fonctionner, comme quand on fait tomber son téléphone dans la cuvette des toilettes. Et, comme pour un téléphone, il faudrait attendre plusieurs jours avant de savoir dans quel état ils étaient. Sinon...

Oh, bon sang, *Dolly* était si vieille. Je caressai affectueusement son tableau de bord. Au moins, elle n'avait pas sombré. Mais papi... il serait bouleversé. Je pensai à Callum Frost. J'ignorais ce qui allait se passer maintenant. Cela pousserait probablement papi à vendre. Ce n'était pas censé se terminer ainsi.

On pourrait sans doute mettre *Dolly* sur un camion à plateau, puis la transporter par ferry. L'assurance paierait. Ce serait un retour bien triste, pour un avion aussi adoré. La ramener à l'aérodrome ne servirait peut-être pas à grand-chose ; on ferait peut-être mieux de l'expédier directement à la casse.

J'avais une boule dans la gorge, constatai-je, surprise. Je caressai *Dolly*, comme si j'envoyais un chien se faire piquer. Ce n'était pourtant qu'un avion, pas un être vivant.

— Ça va aller, lui dis-je. Des petits morceaux de toi voleront dans le monde entier ! Ce sera génial !

Mais je n'arrivais pas à me convaincre moi-même.

Pour cesser de déprimer, je sortis d'un bond, laissant la porte ouverte, puis partis visiter l'abbaye.

Sans les hordes habituelles de pèlerins et de touristes que déversaient les bateaux quotidiens, qui prenaient des photos et s'amassaient dans la boutique de souvenirs pour acheter des Edinburgh rocks, des magnets ou des torchons, j'avais l'endroit pour moi toute seule. C'était étrange. Je pouvais déambuler à mon rythme, m'émerveiller devant l'énorme cheminée et les vieux ustensiles toujours accrochés aux murs dans les vestiges de la cuisine. Je pouvais profiter en toute tranquillité de la vue parfaite qu'offrait chaque fenêtre cintrée sur les îles et le ciel, tel un cadre. Cela montrait que les moines n'étaient en rien insensibles à la beauté ou à l'ornementation, bien qu'ils soient censés mener une existence austère.

Du reste, leur existence était-elle vraiment si austère ? Ne pas avoir à mendier, ni à se battre, ni à trimer pour gagner sa vie en ces temps cruels – être moine ne devait pas être la plus difficile des vocations. Je regardai autour de moi, m'interrogeant sur l'isolement, et il m'apparut qu'ils n'étaient pas esseulés du tout, à l'époque : on se déplaçait beaucoup par bateau, et il y avait peu de routes maritimes, de sorte que vivre sur cette île équivalait à peu près à vivre à côté de l'autoroute. Tous ceux qui se rendaient dans l'archipel, l'une des plus anciennes communautés permanentes des îles britanniques, s'y arrêtaient ; tous les voyageurs, tous les marins qui allaient et venaient entre l'Écosse et les grandes civilisations avancées des pays nordiques passaient par ici. L'île était isolée aujourd'hui, mais ne l'avait sans doute pas toujours été.

Leur vie devait être agréable : ils récoltaient des légumes, chantaient, guidaient les navires en lieu sûr, dans un esprit de bonne camaraderie, à l'écart des guerres tribales. Ils jouissaient des richesses de l'océan pour se nourrir, étaient relativement protégés contre les invasions.

Par un temps pareil, on pouvait envisager les choses ainsi. On pouvait imaginer que les gens étaient heureux ici.

En s'abritant du vent, il faisait assez bon pour s'asseoir au soleil, aussi m'éloignai-je tranquillement de l'abbaye pour me diriger vers la plage est, sur le *machair*, où se trouvait un monticule protégé par le seigle de mer. Je m'y allongeai et fermai les yeux.

J'étais si bien que je faillis m'assoupir. De petits nuages cotonneux traversaient le ciel ; le cri des oiseaux, le clapotis des vagues m'apaisaient. On entendait les vagues partout sur cette île minuscule : je trouvais cela très réconfortant.

Je commençais à rêvasser, quand j'entendis un cri furieux et sentis quelque chose sur ma poitrine.

Je me redressai en sursaut, stupéfaite, tandis que Barbara, tout aussi surprise que moi, roulait sur mes genoux en battant des ailes.

— Barbara ! Tu es une poule très mal élevée.
Elle répondit d'un cri.
— Qu'est-ce qui se passe ? Tu essaies de me dire quelque chose ?
Elle criailla à nouveau, hérissa ses plumes, puis se tourna sur mes genoux de manière un peu brusque.
— Hé, ne prends pas tes aises ! Hors de question que tu pondes sur ma salopette.
Je commençais à m'attacher à cette salopette, moi.
Barbara caqueta, comme pour dire qu'elle ferait ce qu'elle voudrait, et ce fut ainsi que nous trouva Gregor, quand il apparut sur le *machair*.
— Ah, te voilà.
Il me cherchait. Il marqua un temps d'arrêt.
— Est-ce que tu es en train de te disputer avec une *poule* ?
— Je ne fais rien du tout avec Barbara : elle m'a sauté dessus. J'espère que tu ne comptes pas la tuer. N'en tue aucune !
— Je ne suis pas sûr que tu comprennes comment fonctionne le cycle de la nourriture.
— Moi non plus. Je suis officiellement végétarienne, à partir de maintenant.
Il haussa les épaules.
— OK.
— Est-ce que ça t'empêchera de tuer une poule ?
— Non.
— Oh, bon sang.
J'imaginais la torture, s'il s'adonnait à la sorcellerie en cuisine et que l'odeur de poulet rôti me parvenait.
— Elles n'en sauront rien.
— Oui, mais moi si !

— Comme tu veux.

— Comment peux-tu aimer les oiseaux, t'en occuper, mais tuer des poules ?

— Comment peux-tu penser ça, alors que, jusqu'à il y a trente secondes, tu mangeais de la volaille… et des volailles, permets-moi d'ajouter, qui ne vivent pas en liberté, heureuses, dans des conditions extraordinaires comme ici, en particulier Barbara.

— Personne ne mangera Barbara !

— D'accord.

Il s'interrompit, et j'eus l'impression qu'on se trouvait dans une impasse.

— Bref, il semble qu'on ait des visiteurs à plumes sur la falaise au nord de l'île. Ça te dirait de venir les voir ?

Je le dévisageai, surprise de sa proposition. Je pensais qu'il en avait assez de moi.

— Euh, oui, bien sûr, mais je suis en train de réchauffer les fesses de Barbara.

Il s'approcha.

— Ne la tue pas !

— Je ne vais pas la tuer ! s'écria-t-il en l'attrapant d'une main experte.

La poule lui caqueta dessus, puis partit d'un pas raide dans la direction opposée, sans même un regard en arrière.

Je suivis Gregor tant bien que mal – il marchait vite. On gravit la dune, passa devant l'abbaye, franchit une crête, avant de s'enfoncer dans les rochers couverts de mousse verte derrière lesquels se dressait la falaise austère qui dominait le nord de l'île.

Je ne l'avais jamais escaladée, et son ascension se révéla plus difficile que je le pensais : la mousse rendait les rochers glissants. Le soleil brillait, et je commençais à avoir chaud, aussi m'arrêtai-je pour enlever mon pull et le suspendre à un petit crochet dans la pierre. Mais Gregor ne se retourna pas, et je dus le rattraper en courant de manière peu gracieuse – même si je préférais ça, à tout prendre, plutôt qu'il marche derrière moi, avec vue sur mes fesses, pendant que je progressais avec difficulté. Et puis c'est un bon exercice de cardio, songea mon cerveau, avant que je ne le somme de se taire.

Gregor s'arrêta sur une partie plane pour s'asseoir au soleil, les jambes pendant dans le vide. Il contemplait le ciel, les yeux plissés, quand je le rejoignis, m'efforçant de cacher mon essoufflement et mes joues rouges.

D'ici, le point de vue était époustouflant. On voyait chaque île de l'archipel, dans les deux directions, telles des empreintes de géants. Tout en bas, *Dolly* ressemblait à un jouet oublié sur la plage par un enfant étourdi. Je la considérai avec tristesse.

— Qu'est-ce qui va lui arriver ? m'interrogea Gregor.

Je haussai les épaules.

— Je ne sais pas. Elle sera peut-être trop lourde pour le ferry. Et ses circuits électriques sont grillés, il serait dangereux de voler. Le mieux serait peut-être que des gens viennent la démonter pour les pièces détachées.

L'émotion me gagna à nouveau.

— Papi pourrait s'en charger. Faire venir quelqu'un. Les… les pièces détachées lui rapporteraient de l'argent. Puis on pourrait transporter la carcasse, la vendre comme… de la ferraille, conclus-je d'une voix tremblante.

— Et ce sera la fin ?

J'acquiesçai, incapable de répondre.

— On aurait dû la laisser couler, commenta Gregor d'un ton songeur. Des coraux se seraient formés dessus. Ils auraient offert un habitat aux poissons. Les gens seraient venus plonger pour l'admirer. Ç'aurait été cool.

Je le dévisageai.

— Vraiment ?

— Oui. C'est pour ça qu'ils n'ont pas le droit d'enlever les vieilles plateformes pétrolières. Leurs pieds sont devenus d'incroyables lieux de reproduction pour les poissons, les krills et toutes sortes d'organismes vivants. Ils réensauvagent l'océan.

Je secouai la tête, incrédule.

— C'est extraordinaire. Mais non. Je n'aurais pas pu… je n'aurais pas pu la laisser couler.

— Il y a un millier d'épaves dans le coin. Plusieurs milliers. Des drakkars, des navires de guerre, et bien d'autres, qui n'ont pas réussi à traverser l'archipel. Elle aurait eu sa place.

Nous contemplâmes l'étendue d'eau turquoise autour de nous, qui s'étirait à perte de vue, jusqu'à l'horizon ; elle était si calme aujourd'hui, si tranquille, comme si rien de mauvais ne pouvait arriver. On voyait aussi jusqu'à l'île principale. Le ciel était clair, dégagé.

Je regardai à nouveau *Dolly*. De là, elle ne semblait pas en trop mauvais état. Sa superstructure n'était pas endommagée.

— Il existe une toute petite possibilité…, commençai-je, une idée germant dans mon esprit.

Je fixai *Dolly* avec attention. Je savais qu'il ne fallait pas se fier aux apparences, que la distance déformait ce qu'on voyait. En vol, il fallait faire confiance à ses instruments, pas à ses sens. Le cerveau croit distinguer le haut du bas, mais il se trompe constamment, et il arrive qu'on le remarque trop tard.

Gregor, avec sa lenteur habituelle, ne m'encouragea pas ; il attendit que je poursuive.

— Je veux dire... Par un temps très, très dégagé... Enfin, ce n'est pas loin... Techniquement, on pourrait essayer de voler sans instruments. Juste avec les yeux.

— C'est dangereux, non ?

— Oui, très. On commet des erreurs, on ne peut pas évaluer sa propre vitesse. Et, si on traverse des nuages, on peut vite se mettre à vriller.

— Tu devrais sans doute t'abstenir, alors.

— Ils volaient comme ça, avant, répondis-je, les yeux toujours fixés sur le petit avion en contrebas.

— Mais il y avait beaucoup de morts, non ?

— C'est vrai, concédai-je. Il y avait beaucoup de morts.

— Il me semble que tu as déjà utilisé plusieurs de tes neuf vies.

— Tu as raison. On n'aurait jamais l'autorisation du contrôle aérien, de toute façon. Jamais de la vie. Et, si je me faisais prendre, je n'aurais plus le droit de voler, poursuivis-je avec un sourire triste. J'imagine que je vais devoir me résoudre à faire ce qui est raisonnable : contacter la compagnie d'assurances. Les laisser venir la démonter.

Je poussai un soupir.

— Est-ce que tu fais toujours ce qui est raisonnable ?

Je repensai à la soirée de la veille. Pas vraiment. Et puis, je trouvais que le « raisonnable » était un peu surfait. Le « raisonnable » était à Dubaï, en train de feindre d'être pilote pour impressionner les filles.

Gregor me tendit une bouteille d'eau, que je pris avec gratitude : il ne m'était pas venu à l'esprit d'en apporter une. Cette eau froide, pure, était délicieuse, vivifiante, et j'en bus une longue gorgée, laissant mes jambes pendre au bord de la corniche, avec rien au-dessous jusqu'au rivage.

— Allez, viens, dit Gregor. La partie suivante n'est pas facile. Mais ça vaut le coup, d'après moi.

Il ne plaisantait pas. La pente abrupte nécessitait de progresser avec prudence. Je n'avais pas fait d'escalade depuis longtemps – ou jamais, plutôt – et je trouvai épuisant, mais fascinant, de repérer mon chemin, puis de mettre mes pieds et mes mains dans des prises, comme si j'assemblais un puzzle. En deux ou trois endroits, quelqu'un avait même attaché des cordes, dont on pouvait se servir pour se hisser. Toute rouge, fière de moi, je finis par atteindre le sommet, où la vue était encore plus renversante. Loin dessous, *Dolly* n'était plus qu'un minuscule point sur la plage, qui évoquait un coup de pinceau doré ; autour de nous, le ciel, la mer, le soleil chaud emplissaient tous nos sens.

Mais le plus impressionnant restait le bruit. De longs cris retentissaient dans l'air. La falaise grouillait de mouettes – nous étions arrivés par le flanc, heureusement, car, en haut, tous les monticules herbeux étaient constellés de fientes blanches. Il y avait des nids un peu partout, des brindilles égarées traînant ici et là.

— Tu m'as fait monter jusqu'ici pour voir des mouettes ? Parce qu'elles me piquent mes frites dans toute la Grande-Bretagne, tu sais.

— Non, regarde là-bas.

Il désigna le sommet de la falaise, sur le côté, et je poussai un cri de surprise.

— Chut, fit-il en prenant ses jumelles.

Une colonie enjouée, turbulente, de petits oiseaux noir et blanc rondelets s'était établie au-dessus des mouettes, à l'écart, comme s'ils préféraient rester dans leur coin. Ils piaillaient, tournoyaient dans le ciel.

— Des macareux !

Gregor me dévisagea.

— Comment on a pu te laisser voler ? Ce sont des guillemots !

Effectivement, ces oiseaux très élégants n'étaient pas aussi ronds et potelés que des macareux.

— Oh.

Je n'avais jamais entendu parler des guillemots. Pour moi, c'était un groupe de rock.

— Et ils sont là tôt, cette année. Ça doit être la chaleur. Ils nichent, regarde. Ils sont en couples, tu vois ?

Je voyais : les plus petits, l'air suffisant – les femelles vraisemblablement –, attendaient tranquillement dans le nid, pendant que les mâles allaient et venaient, s'élançant parfois du bord de la falaise pour plonger en piqué dans les flots en contrebas, tels des bombardiers.

En les contemplant, je me rendis compte que les voir ainsi, dans leur intimité, en train d'exécuter leurs drôles de petits rituels, était un grand privilège, un vrai cadeau. Un mâle, qui revint avec quatre poissons dans le bec, regagna son nid en se pavanant, l'air de frimer devant ses congénères, tandis que sa partenaire ébouriffait ses plumes.

Gregor prenait solennellement des notes dans un carnet tout en filmant des séquences d'une main, mais je ne pouvais m'empêcher de lui tirer la manche pour lui montrer chaque fois que l'un d'eux faisait quelque chose que je trouvais amusant ou extraordinaire. Ils plongeaient vers la mer à une vitesse folle : ils passaient en un éclair.

— Il y en aura deux fois plus la semaine prochaine, expliqua Gregor d'un air satisfait. Je suis censé accueillir des groupes de touristes venant des Orcades tous les jours pour les voir. Enfin, qu'ils viennent ou pas, les oiseaux s'en moquent.

— Je suis contente, lançai-je spontanément. Je suis contente d'avoir eu la chance de les voir, et toute seule.

Il me regarda, puis sourit, révélant des dents blanches.

— Tu n'es pas la seule à voler sur cette île, hein ?

On continua à les observer. Je ne me lassais pas de ce spectacle, en admiration devant eux – surtout quand Gregor me prêta ses jumelles : je les vis alors de si près que je pus les regarder communiquer entre eux. J'aperçus aussi quelques œufs (mais pas encore de bébé) et, soudain, je me sentis profondément investie, curieuse de connaître la suite des événements, surtout pour M. et Mme Big Fish.

— Ils sont très actifs, constatai-je.

— Oui. Ils s'agitent en permanence, comme toi.

— Je ne m'agite pas en permanence !

— « Oooh, pourquoi est-ce que tu ne sais pas refaire l'installation électrique d'une maison ? » « Oooh, laisse-moi construire un poulailler ! »

— Arrête ! dis-je en m'esclaffant.

Le soleil déclinait quand on finit par se lever pour redescendre. Et je me rendis compte que je n'aurais voulu être nulle part ailleurs qu'ici, sous ce ciel écossais vaste et toujours changeant, à écouter ces étonnantes créatures caqueter, avec la douce odeur des ajoncs dans les narines. Il y avait de la lumière, de l'air, de l'espace. J'étais libre. J'étais à ma place ; je pouvais respirer. Papi avait raison depuis le début : quelle piscine pourrait bien rivaliser avec ça ?

J'étais plongée dans mes pensées lorsqu'on repartit. La descente s'avéra plus ardue que la montée, et je fatiguais, remarquai-je, puisque je perdis l'équilibre à plusieurs reprises. Quand Gregor s'en aperçut, il me fit signe d'approcher de la corniche sur laquelle on s'était assis à l'aller. Le soleil l'avait bien réchauffée, et je trouvai très agréable de poser mes vieux os dessus. Puis Gregor fouilla dans son sac à dos pour en extraire un thermos à motif écossais.

Si l'on m'avait dit que la vue d'un thermos à motif écossais pourrait m'enthousiasmer à ce point, je ne l'aurais pas cru, mais le thé chaud qu'il contenait fut le plus exquis que j'avais jamais bu. Puis Gregor sortit un Tupperware, l'ouvrit, et j'eus le plaisir de découvrir deux énormes scones à l'intérieur, encore tièdes, garnis de beurre et d'une confiture maison sucrée et parfumée.

— Tu as apporté un *goûter* ? m'étonnai-je.

Il parut presque gêné.

— Ben, ça fait du bien. En général, on a envie d'une petite récompense à ce stade. Enfin, moi, j'en ai envie.

— *Moi* aussi. Je suis *vraiment* ravie que ton ex ait été aussi mauvaise cuisinière.

Tandis que nous dégustions nos énormes scones en partageant le thermos de thé chaud, j'admirai le croquis qu'il avait dessiné du couple de guillemots avec le plus de poissons. Il était beau, très délicat, magnifiquement exécuté, d'un simple trait de crayon sur un bout de carton.

— Il est ravissant. Est-ce que je peux le garder ?

— Non. C'est un document officiel.

— Oh.

— Je rigole ! Bien sûr. Je les dessine seulement pour le plaisir.

— Eh bien, il est magnifique.

Il posa son sac à dos, nettement plus léger à présent.

— Est-ce que tu es vraiment déterminée à ne plus manger de volaille ?

Je fronçai les sourcils.

— Je décevrais trop Barbara.

— D'accord, répondit-il en hochant la tête. Mais est-ce que ça vaut pour les poissons ?

Je pensai à tous ceux que les oiseaux venaient de rapporter.

— J'imagine que non. Si les guillemots sont déjà passés par là…

— C'est vraiment deux poids deux mesures, avec toi, me reprocha-t-il.

— Oui ! Je refuse de manger quoi que ce soit qui me crie dessus !

Cela le fit rire.

— OK. Tu veux bien porter le sac à dos ?

— Euh, pourquoi ?

— J'ai des pièges à langoustines. Je pourrais aller voir s'ils sont pleins.

Je me décomposai.

— Oh, non, les pauvres...

— Il faut que je mange, moi.

— Elles ne souffriront pas ? Je culpabilise.

— C'est bien. Il faut réfléchir à ce que l'on mange, c'est la bonne approche.

Je songeai, un rien honteuse, à tous les plats préparés que j'avais engloutis en vol, sans même les regarder.

— C'est vrai.

Sur ce, il se leva, enleva son haut, puis son pantalon. Il portait un maillot de bain. Je m'efforçai de ne pas le regarder, de ne pas voir que, sous ses épais vêtements informes, il était large d'épaules, musclé, avec la taille fine. Il avait le physique de quelqu'un qui nage dans l'océan tous les jours, en l'occurrence, comme il me l'avait dit. N'empêche, nous étions toujours très haut.

— Mais qu'est-ce que tu fabriques, bon sang ?

— *Toi*, tu n'es peut-être pas habituée à l'eau froide. Mais moi, si, comme je te l'ai dit, lança-t-il en me tendant le sac à dos. On se voit à la maison.

Puis il s'avança jusqu'au bord de la corniche, s'arqua et exécuta un plongeon parfait.

— GREGOR !

Mais je l'appelai en vain : il avait disparu. Mon cœur cessa de battre un instant. J'avançai doucement jusqu'au bord de la falaise, avec précaution, craignant de tomber, et, des kilomètres plus bas, aurait-on dit, je vis une tête noire apparaître à la surface, tel un phoque, secouant l'eau de ses yeux.

« On n'est pas censé attendre pour se baigner, après avoir mangé ? » me demandai-je à moi-même.

C'était peut-être un mythe. Quoi qu'il en soit, en bas, la silhouette contournait déjà la falaise et filait vers le bout de la plage, où je distinguais désormais des cordes orange. Bon sang. C'était incontestablement le chemin le plus rapide. Mais il était hors de question que je le suive.

Après m'être assurée que nous n'avions rien laissé traîner (Gregor n'avait rien oublié, bien sûr), je m'apprêtais à me mettre en route, quand quelque chose attira mon regard en mer. Un reflet. Je plissai les paupières, me demandant si quelqu'un essayait de nous transmettre un nouveau message en morse. Il faudrait que je vérifie ça avant le dîner.

Puis, me rappelant que Gregor avait des jumelles, je fouillai dans le sac jusqu'à mettre la main dessus. Prenant soin de ne pas regarder directement le soleil, je mis un certain temps à repérer d'où venait ce reflet. Mon cerveau devait déjà savoir ce dont il s'agissait, mais, avec les jumelles, il n'y eut plus aucun doute possible. Un bateau se dirigeait vers l'île.

CHAPITRE 26

Le plus bête, c'était que ma première réaction aurait dû être : hourra ! Enfin ! J'allais pouvoir partir, quitter cette île, voir ma famille et me rendre à mon entretien. Puis on trouverait un moyen de mettre *Dolly* sur un bateau ; tout finirait bien, tout rentrerait dans l'ordre.

Pourtant quelque chose me frappa, à ma plus grande surprise. Je me rendis compte que cela m'ennuyait un peu. On devait manger des langoustines au dîner ! Et je devais dire à Barbara qu'elle était sauvée, comme moi ! Et Frances voudrait peut-être un câlin ? Et comment saurais-je ce qui arriverait à M. et Mme Big Fish ? Et il me tardait de me coucher, ce soir : je dormais si bien ici, le grand air m'assommait, je tombais comme une masse et passais d'aussi bonnes nuits que dans le plus luxueux des hôtels.

J'étais profondément surprise de m'être laissé piéger par tout cela.

Je le fus encore plus par ce que je fis après.

Ils ne viendraient pas nous chercher tout de suite, songeai-je. Ils devaient d'abord se rendre dans les îles où il y avait des enfants. Et il y avait aussi les comédiens, bon sang. Ils devaient avoir peur. Tout comme les filles, qui n'avaient pas du tout les vêtements appropriés pour séjourner sur une île en pleine tempête, sans électricité. Ils ne viendraient donc pas nous chercher avant une éternité. Je n'avais même pas besoin d'en parler à Gregor.

Je redescendis lentement la falaise, récupérant mon pull au passage, regardant mes pieds afin de ne pas trébucher sur les rochers. Le chemin emprunté par Gregor était décidément plus rapide. Le soleil me réchauffant le dos, je remontai les dunes, puis passai devant l'abbaye, que je ne trouvais plus sinistre, comme le premier soir, mais accueillante, dans la lumière rougeoyante de l'après-midi, avec ses sols anciens recouverts d'un tapis de minuscules pâquerettes qui se fermaient pour la nuit. Je me penchai pour en ramasser quelques-unes. Frances vint à ma rencontre dès que j'atteignis le portail de la maison : elle me donna de petits coups de tête dans la main, et je la laissai gentiment manger mes pâquerettes. Manifestement, elle s'habituait à moi. Barbara, elle, était introuvable, bien que ses copines moins aventureuses soient en train de picorer autour des chemins de galets – elle n'avait sans doute pas perdu un mot de notre débat sur les volailles, me surpris-je à penser.

Je me faufilai dans le cellier pour prendre l'une des bouteilles couleur rubis rangées sur une étagère : du vin de rhubarbe, qui datait probablement du temps des religieux. Cela ne les dérangerait pas. J'attrapai aussi deux verres et un tire-bouchon dans la cuisine. Je me dirigeais vers le petit salon, quand j'entendis un bruit. Je poussai la porte, intriguée. C'était bien ce que je pensais. En me voyant, Gregor vira au rouge vif, essayant de cacher ce qu'il tenait dans son dos.

— Bon sang, lâcha-t-il.

— Je sais. Oh, la vache ! Ç'aurait été moins embarrassant si tu avais été en train de feuilleter un magazine cochon.

— Oublie ça.

— Hum, hum. Trop tard, je l'ai vue.

Nos regards se portèrent sur la guitare qu'il essayait en vain de cacher dans son dos. Frances, qui avait déjà franchi la porte, était maintenant allongée devant le feu, se préparant à piquer un somme.

— Je ne pensais pas que tu rentrerais si vite.

— Est-ce que tu connais « You're Beautiful », de James Blunt ?

— Arrête !

— Est-ce que tu l'apportes en soirée ?

— Tu ne seras pas surprise d'apprendre que je ne vais pas souvent en soirée.

— Hmm. Je ne suis pas surprise : tout le monde déteste le mec à la guitare.

— Je ne suis pas le mec à la guitare !

— Est-ce que tu prends la pose devant le miroir, comme un vrai dieu du rock ?

— Non !

— Ne mens pas dans la maison de Dieu !

Il éclata d'un rire qui sonna comme un aveu, et je sortis le vin.

— Je pense que « Rhubarbe 1998 » est le parfait millésime pour accompagner des langoustines.

— Je n'ai jamais osé goûter ce truc. Ce serait de l'inconscience. Est-ce que tu bois le vin servi en première classe ?

Je le dévisageai.

— Pendant que je *pilote un avion* ? Oh, bon sang, il ne suffit pas d'appuyer sur des boutons, tu sais ! Je ne bois presque jamais !

J'ouvris malgré tout la bouteille. Le vin sentait bon, une odeur profonde, fruitée, comme de la confiture alcoolisée. Je nous servis deux petits verres et lui en tendis un.

— Quoi ? fit-il en voyant mon regard interrogateur.

— Vas-y. Joue-moi quelque chose.

— Ça non.

— J'ai bien peur que tu ne sois obligé : j'ai vu la guitare. C'est la règle. Surtout dans une maison sans Internet *ni* télé.

— Je ne…

— Je m'en fiche. Je n'ai pas l'oreille musicale, de toute façon. Ce n'est pas grave si tu es mauvais.

— Eh bien, c'est encourageant.

Il faisait assez doux pour s'asseoir dans le jardin devant la maison et admirer les derniers rayons dorés du soleil. Et puis, il est vivement recommandé de passer le moins de temps possible dans un endroit clos avec une chèvre qui dort devant le feu.

Comme l'herbe était haute, couverte des algues et des galets apportés par la tempête, on sortit deux vieux transats bancals. Je pensais que Gregor bouderait, mais il avait apporté sa guitare, aussi m'installai-je confortablement, ravie. Le vin, le soleil, l'exercice physique… ç'avait été une belle journée. Je fermai les paupières.

Il joua quelques accords, puis s'arrêta. J'ouvris les yeux.

— Quoi ?
— C'est gênant de jouer devant quelqu'un.
— Arrête tes bêtises. Tu sais jouer d'un instrument. La plupart des gens en sont incapables. Partager ça avec les autres... c'est un don. Tu me ferais un cadeau. Peu importe qu'il soit génial ou non, c'est l'intention qui compte. C'est égoïste de garder ta musique pour toi. T'ouvrir aux autres... c'est important.

Je ne le taquinais pas, pour une fois. J'étais on ne peut plus sincère.

Il y réfléchit.
— D'accord.

Je me remis à l'aise, et il pinça doucement quelques cordes, puis, tout aussi doucement, commença à chanter d'une voix basse :

When I feel like the words
Are breathing in and out of me
And I'm standing beside you,
There's a shadow where a man should be...

Je ne connaissais pas cette chanson, mais je fus frappée par sa tristesse et la mélancolie avec laquelle il l'interprétait.

I would be glad enough
If, wherever you might be,
People would remember
We're woven in a tapestry...

Il chantait plus fort à présent, comme s'il avait oublié ma présence. Il avait un joli timbre, rauque, un peu traînant.

While we steal what we can
In our courage to be free
And I find where I belong –
Among the poorest company...

Je souris à ces mots, mais il ne me regardait pas.

When I feel like the world
Is ruthless, spinning far from me,
A country on my shoulders, its flag flies from a gallows tree
I won't let it get me down.

Sa voix resta coincée dans sa gorge, comme s'il avait du mal à prononcer ces mots.

I know there are people now
People who have made it through
Who live their lives like I'd want to...[1]

Il s'interrompit, visiblement incapable de poursuivre. Puis il se leva, le visage défait.

— Est-ce que ça va ? l'interrogeai-je en me levant d'un bond, moi aussi.

Il secoua la tête.

— Ça fait... ça fait longtemps que je n'ai pas chanté cette chanson.

---

1. « The Poorest Company », chanson figurant sur l'album *Before the Ruin*, des musiciens Kris Drever, John McCusker et Roddy Woomble. (N.d.T.)

Il se retourna.

— Ça fait longtemps que je n'ai pas chanté tout court.

— C'était joli, le complimentai-je en le suivant. C'était vraiment bien, pas bien comme quand un mec énervant sort sa guitare à une fête.

Il pinça les lèvres, puis entra dans la maison.

— Reste dehors, me dit-il. Je vais préparer le dîner.

Je ne l'écoutai pas et le suivis à l'intérieur. Debout dans la cuisine, il faisait lentement revenir de l'ail noir dans du beurre. L'odeur était divine.

— Je suis désolée que tu n'arrives pas à oublier ta petite amie.

— Oh, je l'ai oubliée. Pour de bon. Il n'y a pas... il n'y a pas que ça.

Et il se retourna. Je me rappelai qu'il avait voulu m'en parler la veille au soir, mais que je m'étais endormie. Je me rappelai aussi le bateau, qui arriverait tôt ou tard, qui viendrait me chercher pour me ramener... eh bien, dans le monde réel, supposai-je. Je voyais au dos de Gregor (je déchiffrais facilement son humeur désormais) qu'il n'avait plus envie de parler.

— Ne sois pas triste, lui dis-je, avant d'avoir une idée.

Comme il surveillait l'eau sur le feu, j'allai remettre les piles dans le poste de radio, puis l'allumai. Aussitôt, de la pop se mit à retentir, tout le contraire de sa chanson douce. Mais je m'en fichais. J'étais contente, en réalité : il avait besoin qu'on lui remonte le moral. Et puis je passais ma dernière soirée ici. Peut-être même moins. Je remplis donc à nouveau nos verres, puis tripotai les boutons jusqu'à tomber sur une station qui passait de la musique des années 1980, au moment où débutait « You Make My Dreams Come True », de Daryl Hall et John Oates.

— Oui ! *Ça*, c'est de la guitare.

Ce fut plus fort que lui : il se retourna, me regarda et sourit.

— Quoi ? On n'a pas le droit d'aimer plusieurs styles de musique ?

— Donc, si je comprends bien, tu peux me descendre en me traitant de mec à la guitare, mais tu comptes danser sur cette musique dans ma cuisine.

— Je ne danse pas, répondis-je, avant de réaliser que j'avais bu pas mal de vin et de baisser les yeux.

Je bougeais bel et bien les jambes.

— Tu es en train d'insinuer que les pilotes ne savent pas danser ?

— Les ornithologues ne savent vraiment pas danser, répondit-il en faisant sauter l'ail d'une main experte.

— Eh bien, voyons ça.

Puis, sans réfléchir, tandis que le couchant dardait ses rayons roses par la porte de derrière, je m'approchai de lui. On commença par danser en riant et en faisant les idiots, puis, d'un coup, on se mit à danser sérieusement, et la musique changea. Je reconnus « Alive and Kicking », de Simple Minds. Ce n'était pas une chanson idiote, c'était une belle chanson, un peu sensuelle, et Gregor n'était pas du tout mauvais danseur.

Et ce fut ainsi que nous trouva Finn, après avoir amarré le bateau et être monté jusqu'à la maison, sans doute curieux de découvrir pourquoi nous ne l'avions pas vu accoster et pourquoi nous ne l'attendions pas quand il s'était tranquillement dirigé vers le port.

CHAPITRE 27

— Eh ben, je vois que vous vous en sortez très bien tout seuls, lança Finn à la porte.

Nous nous séparâmes d'un bond, comme si on nous avait surpris en train de faire quelque chose de mal. J'éteignis la radio.

— On va bien, répondis-je, un peu gênée.

— Et l'avion ?

— Il est de l'autre côté, sur la plage est, on l'a remonté…

Il fit un signe approbateur.

— Tu vas vouloir retourner dans le Sud, j'imagine.

— Oui, j'ai des choses à faire, confirmai-je.

Finn regardait dans la direction où se trouvait *Dolly*, derrière les dunes.

— *Dolly* ne peut pas voler.

Finn et Gregor échangèrent un regard.

— Je vois. Et toi, Gregor ? De quoi tu vas avoir besoin ? C'était la pagaille sur l'île principale : la panne de courant a duré plusieurs jours.

Gregor lui emprunta un stylo et une feuille, puis, avec mon aide, nota les pièces dont il avait besoin pour le groupe électrogène et l'antenne radio. Je montai récupérer mes quelques vêtements et mon téléphone inutile, pendant que Gregor allait chercher un fromage entier pour Finn.

— C'est du chèvre, m'apprit-il en me voyant le lorgner. Tu n'aimeras pas ça.

— Tu n'as vraiment besoin de rien d'autre ? l'interrogea Finn.

Gregor haussa les épaules.

— Je me débrouille pas mal.

La lumière du crépuscule était dorée, l'air, parfumé, et je regrettais profondément de ne pas goûter les langoustines : il était impossible de ne pas être d'accord avec son constat.

— On ferait mieux d'y aller, lança Finn. On a encore du monde à passer voir.

Gregor se tourna vers moi. Nous nous montrions très timides l'un envers l'autre, tout à coup.

— Bon. Rentre bien, alors.

— Merci. Des gens viendront sans doute démonter *Dolly*. Ou voir s'ils peuvent la charger sur un bateau ou autre.

Il acquiesça.

— Les touristes seront bientôt de retour, de toute façon. Bien assez tôt, ajouta-t-il d'une voix mélancolique.

On échangea un sourire, et je baissai les yeux.

— Ça paraît idiot, mais... je n'aime pas te laisser seul ici.

Il haussa les épaules.

— Il n'y aura personne pour me voler ma nourriture. Et toi... est-ce que ça va aller, le retour dans... cette frénésie ?

Je réfléchis.

— Je crois. Je crois, oui. J'en suis capable.

— Essaie de t'occuper, dit-il avec un signe de tête.

— Et toi... de ne pas trop t'occuper.

Je me tournai pour partir, stupéfaite de me sentir aussi tiraillée. Je regardai Gregor, puis détournai les yeux. C'était idiot. Complètement idiot.

Il me regarda aussi, comme s'il avait voulu dire quelque chose, puis avait changé d'avis.

— Euh...

— Oui ? répondis-je avec un peu trop d'empressement.

— Tu es... euh. Enfin, je pense que Barbara dirait que tu es la bienvenue quand tu veux.

— Merci.

— Barbara dit que tu es la bienvenue quand tu veux.

— Non, je veux dire, merci... pour tout.

Il ne répondit pas, se contentant d'un brusque hochement de tête. Puis il tourna les talons pour rentrer à l'intérieur – sans doute pour se préparer à aller retrouver son faucon. Il passa devant la malle que je lui avais livrée, il y avait une éternité, me semblait-il, et je réalisai que je n'avais jamais eu l'occasion de lui demander ce qu'elle contenait. Enfin. Cela n'avait plus d'importance, à présent, supposai-je : il devait retourner à sa vie étrange, solitaire, et moi, à la mienne – ou du moins à ce qu'il en restait. Dans nos mondes si différents.

— MADAME LA PILOTE !

Les comédiens en tournée, qui s'étaient eux aussi retrouvés bloqués à cause de la tempête, s'agglutinaient déjà dans le bateau. Ils étaient si contents de me voir que j'en fus touchée. Ils tinrent à me raconter en détail qu'ils avaient dû jouer toutes les pièces de leur répertoire, y compris celles de Shakespeare, pour les habitants privés d'électricité de Larbh, qui s'étaient montrés très reconnaissants. Assister à une représentation de *Macbeth* éclairée à la bougie semblait plutôt amusant. Boona m'interrogea sur l'avion, mais, en voyant son air horrifié, je regrettai de lui avoir répondu.

Le groupe de filles était à l'étage inférieur : elles avaient trouvé le bar et insisté pour l'ouvrir. Toute cette aventure les avait à l'évidence beaucoup amusées. Elles tentèrent de nous embrigader, et les comédiens furent heureux de leur faire plaisir. J'aimais bien les groupes bruyants, en temps normal, mais, après le calme d'Inchborn, c'était trop pour moi. Il y avait trop de bruit, trop d'agitation.

Et puis, je savais qu'en arrivant, j'allais devoir expliquer à papi que j'avais perdu son avion.

CHAPITRE 28

Quand on approcha du port, sous un ciel de plus en plus rose, dans la fraîcheur du soir, mon cœur se serra. Je réalisai que je portais toujours ma salopette. Il faudrait que je renvoie les vêtements, à un moment ou à un autre, supposai-je. Enfin non. Peut-être pas.

Papi m'attendait sur le quai. Puis je distinguai deux silhouettes à côté de lui. Papa et maman. Bien sûr.

Mes craintes – qu'ils m'aient crue morte – se confirmèrent lorsqu'on débarqua : ma mère se jeta sur moi sans crier gare, m'enlaça et m'étreignit à m'en faire perdre haleine.

— Morag ! Ma chérie ! Oh, ma chérie !

Mon père ne se montra pas aussi expansif, mais il avait sans conteste les yeux humides en s'approchant de moi.

— Quand la tempête a frappé et qu'on est restés sans nouvelles pendant des heures, me dit-il, c'était… Tu ne peux pas savoir comme ça a été horrible.

— Mais Nalitha vous a dit que j'avais posé l'avion.

— Elle nous a dit que tu étais au pied de la falaise !
En pleine tempête ! Et qu'elle t'avait laissée là-bas !
Elle s'en veut beaucoup, expliqua ma mère. Elle était
à ramasser à la petite cuillère.

— Elle n'avait pas le choix ! Comment va Erno ?

— Bien, bien, répondit mon père avant d'agiter la
main, et papi nous rejoignit.

— Est-ce que tu es guéri ? l'interrogeai-je timidement.

Il laissa échapper un rire caverneux.

— Je n'ai jamais été malade, espèce de nunuche !
Je me suis dit qu'il fallait que tu reprennes confiance
en toi, c'est tout, répondit-il avant de baisser la voix.
Ça nous est arrivé à tous, une quasi-collision.

Puis il me serra fort dans ses bras.

— Tu n'as pas osé faire ça ?!

Mon premier réflexe fut d'être furieuse contre lui.
Il m'avait menti, dupée, fait monter dans cet avion sous
de faux prétextes.

Puis je me rappelai mon tout premier vol, quand
il ne m'avait appris qu'à la toute dernière seconde
qu'il ne m'accompagnerait pas. Il savait que je devais
me débrouiller seule. Il me connaissait mieux que
je ne me connaissais moi-même. J'imagine que c'est
ça, la famille, en fin de compte, même si c'est plus
qu'agaçant parfois.

— Je t'en voudrais encore plus si ça n'avait pas
marché...

Il m'adressa un grand sourire.

— ... enfin, jusqu'à ce que je plante *Dolly*.

— Ce n'est pas ce qu'on m'a dit, répondit-il avant
de me tapoter dans le dos. Bravo, ma p'tite !

— Elle s'est pris une bonne rincée, expliquai-je.

Il hocha la tête.

— Mais je pense… Tu pourrais la démonter ?

— Elle commençait à se faire vieille. Comme moi, je suppose.

Je le regardai.

— Allez, papa, dit mon père. Ramenons-la à la maison, qu'elle puisse se changer. Elle a subi un sacré choc.

— Mais…, déclara ma mère d'un air entendu, et je suivis son regard.

Je m'étais efforcée de ne pas y penser, de mettre ça de côté, le temps de retourner dans le Sud : on ferait le bilan à ce moment-là. Il n'avait même jamais vu où je vivais ; il n'avait pas encore rencontré ma famille.

— Quelqu'un est ici pour te voir, annonça ma mère.

Et, debout au bout de la jetée, les cheveux ébouriffés, un large sourire aux lèvres, je vis Hayden.

Il ouvrit grand les bras.

— Oh, ma chérie. J'étais inquiet. *Tellement* inquiet ! Tu ne peux pas savoir… Enfin, je t'ai laissé plein de messages.

Ma mère était radieuse.

— Il est si gentil ! Tu ne nous avais pas dit qu'il était aussi gentil !

Ma gorge se serra.

— Oui, il… il est gentil.

Hayden s'approcha de moi, toujours aussi souriant. Il était très séduisant, dans son élégante chemise bleue, son chino impeccable et les baskets qu'on avait achetées ensemble.

Il ne sait pas, songeai-je. Il ne sait pas que je l'ai entendu. Il croit que tout va bien.

— Madame MacIntyre, vous permettez que j'embrasse votre fille ? demanda-t-il, les bras tendus vers moi.

Ma mère gloussa comme une adolescente.

— Oh, vas-y, espèce de grand bêta, répondit-elle, comme s'ils étaient amis depuis des années.

Tout était là, devant moi. Tout ce que j'avais toujours voulu. L'homme dont j'avais commencé à tomber amoureuse. Je n'avais qu'à avancer. Tout pourrait s'arranger. Je pourrais obtenir tout ce que j'avais toujours voulu – un bon boulot, un homme bien, une vie qui allait de l'avant, comme il se devait.

J'entendis une mouette crier dans le vent. Je ne regardai pas derrière moi. La tête de ma mère. La petite Morag, timide, intello, avec toutes ses heures de vol, et jamais un homme bien. Je me figeai une seconde. Le doute se lut sur le visage de Hayden.

— Oh, ma pauvre chérie. Tu dois être traumatisée. J'ai réservé un hôtel. Viens, je vais prendre soin de toi.

— Et, bon sang, tes cheveux ! lança ma mère. On dirait que tu as fait la guerre !

Tous ensemble, ils m'installèrent tant bien que mal dans la voiture, ma mère insistant pour que je m'asseye à l'avant. Je ne desserrai pas les dents.

De retour à la maison, le chauffage était allumé, et Peigi avait fait du feu : c'était bel et bien une grande occasion. On mangeait du poulet rôti, constatai-je avec regret. Je m'en tins donc aux légumes et aux pommes de terre.

Je commençai par brancher mon téléphone. Dès qu'il fut assez chargé, il se mit à biper et à se remplir de messages. Je le fixai, presque apeurée. Je craignais de me laisser submerger.

— Tu es passée aux infos ! s'enthousiasma ma mère en ouvrant son iPad. « L'avion qui a disparu ! »

— Mon avion n'a pas disparu ! Il s'est posé à la perfection.

— Ils n'auraient pas dû mettre le nom de l'île, commenta mon père d'un ton désapprobateur. Des pillards vont venir.

— Pour piller quoi ? Un coucou au système électronique trempé ?

Papi, très silencieux, fixait sa tasse de thé.

— *Dolly* n'est pas dans l'eau ?

— Elle l'était, répondis-je avec honnêteté. On l'a sortie.

Il me regarda d'un air étonné.

— Vraiment ?

— Ouah ! s'extasia Hayden.

Je lui lançai un regard noir. Ma réaction me surprit, mais j'étais furieuse contre lui. Qu'est-ce qu'il allait en faire, de cette histoire ? La garder pour plus tard ?

Il semblait pourtant si normal, assis là, avant de se lever pour aider ma mère à débarrasser. Elle avait l'air plus mordue que moi. Cela aurait dû me rendre heureuse.

— Oui. On l'a sortie de l'eau avec Gregor. C'est lui qui garde l'île.

— Ben ça alors, s'émerveilla mon grand-père.

— Mais le circuit électrique…

Il opina de la tête.

— Je sais.

— Tu t'en es sortie comme une cheffe, me complimenta ma mère, qui ne pouvait arrêter de me dorloter. Nous sommes si fiers de toi.

— Ma petite aéronaute, ajouta mon père d'une voix légèrement étranglée.

CHAPITRE 29

Me laver et enfiler mes propres vêtements me fit tout drôle. Je pris une très longue douche, très chaude. Je me shampouinai les cheveux avant d'appliquer un masque – on aurait dit des queues de rat. Puis je m'hydratai tout le corps, me rasai les jambes, m'épilai les sourcils – je n'avais pas été absente pendant si longtemps, mais tout était parti à vau-l'eau. Je faisais peur à voir dans le miroir.

Je me lissai les cheveux avec soin et me maquillai. C'était un peu bizarre. Après avoir trouvé une robe et une paire de collants dans mon sac, j'ajoutai une touche de rouge à lèvres et descendis.

— Oh ! s'exclama ma mère.

— Quoi ?

— Rien. C'est juste que je t'ai trouvée si jolie quand tu es descendue du bateau, répondit-elle avec un sourire. J'aime quand tes cheveux bouclent. Et tu avais un joli teint. Tu avais l'air si fraîche, si jeune.

— Alors que j'ai l'air d'une vieille chouette, maintenant ?

— Mais non ! répondit-elle en m'embrassant. Maintenant, tu as l'allure d'une grande professionnelle qui a sauvé la vie d'un homme !

Mon frère, Jamie, venait d'arriver, lui aussi. Il se faufila vers moi, feignant de ne pas être content de me voir.

— Salut, sœurette. Il faut toujours que tu fasses ton intéressante, dis donc.

— Salut. Hé, j'ai vu des guillemots en train de nicher !

Il haussa les sourcils.

— Je n'en reviens pas que tu arrives à prononcer ce mot. Tu t'intéresses à quelque chose qui n'a pas besoin de carburant ?

— Oui, oui. C'était génial, en fait.

— Bien sûr qu'ils sont géniaux ! C'est pour ça que j'ai passé neuf jours dans les Orcades, allongé dans l'herbe, sous la pluie battante, pour les photographier pour le magazine *Outside*, mais vous vous en fichiez totalement, tu te rappelles ?

— Oui, oui, répétai-je.

Comme la soirée était belle, on retourna tranquillement sur le port acheter une délicieuse glace. Hayden alla faire la queue pour nous, mais Jamie ne me parla pas de lui.

— Comment va Gregor ? me demanda-t-il à la place.

— Tu le connais ? répondis-je, surprise.

J'avais supposé que c'était un nouveau venu, que personne ne le connaissait.

— Oh, oui. C'est une grosse pointure dans le monde des ornithologues. Est-ce que tu as rencontré son faucon ?

— Pas de près. Mais j'ai rencontré sa chèvre.

— Il a une chèvre maintenant ? Cool.

— Il est bizarre ! lançai-je, catégorique, en jetant un coup d'œil à Hayden. Mais il cuisine bien.

— Est-ce qu'il tient le coup ? s'enquit Jamie. Je veux dire, comment tu l'as trouvé ? se reprit-il, l'air soudain mal à l'aise.

— Ça m'a semblé un peu excessif. De s'installer sur une île pour oublier une fille. Il est plutôt réservé.

Cependant, il n'avait pas été réservé cette dernière journée, songeai-je. Quand il avait plongé de la falaise, le corps parfaitement arqué. Quand on avait dansé dans la cuisine. Ce n'était pas le comportement d'une personne réservée.

— Oui, enfin, la vie ne l'a pas épargné.

— Comment ça ?

Jamie haussa les épaules.

— S'il avait voulu que tu le saches, il te l'aurait dit.

Je fronçai les sourcils, mais Jamie partit devant à grandes enjambées, comme il le faisait toujours quand on était petits. Simple réminiscence, ou parce qu'il craignait qu'il n'y ait plus de bâtonnet de chocolat pour accompagner sa glace.

— Il... il a voulu me dire quelque chose, lui criai-je, le regrettant aussitôt.

— Et ? demanda-t-il en se retournant.

— Mais il n'a pas pu. Je... je me suis endormie.

— Il a voulu te confier une chose très personnelle, et tu t'es endormie ?!

— Ces deux journées ont été super intenses.

— C'est tout toi, ça.

— Mais non !

— Si. Laisse-moi deviner : la conversation s'écartait de ton incroyable carrière et de tes histoires extraordinaires de pilote ?

— Je... je ne suis pas comme ça !

— Oooh, Hayden ! Oooh, Dubaï ! Oooh, la Barbade ! Des avions, des avions, des avions ! Hou hou, tout le monde ! Faites attention à moi ! Je suis tellement occupée, tellement importante.

Il essayait de le dire sur le ton de la plaisanterie, sans y parvenir.

— C'est... ce n'est pas vrai.

— Oh, ça alors ! Elle met du mascara ET elle pilote un avion ! Elle est géniale, non ?

Je ne comprenais pas pourquoi Jamie se montrait aussi agressif envers moi. Je n'avais pas encore réalisé qu'il venait de passer soixante-douze heures avec nos parents au bord de la crise de nerfs à l'idée de m'avoir perdue, alors qu'il s'absentait régulièrement plusieurs mois d'affilée, dans l'indifférence générale, pour aller peindre des émeus dans le bush australien. Et, bien sûr, j'étais devenue pilote. Ils avaient pourtant voulu que ce soit lui. Ils l'avaient littéralement supplié d'intégrer l'école de pilotage, mais il avait refusé.

— Je ne pense *pas* ça.

— Et voilà ! lança Hayden en revenant les mains pleines, l'air victorieux. Un bâtonnet de chocolat en plus pour notre célèbre pilote !

Jamie leva les yeux au ciel.

Nalitha était allée voir Erno. Il allait bien. Il était au lit, chez lui, et râlait parce qu'il devait modifier son alimentation, mais il appréciait de pouvoir dormir tout son saoul.

— Au fait, j'ai entendu dire que le joli cœur s'était précipité à ton chevet, dit-elle alors qu'on se promenait dans la petite rue principale.

Je la regardai. Elle était toujours la seule à savoir.

— Alors, qu'est-ce qu'il a dit ?

— Je… je ne lui en ai pas parlé.

— Chiffe molle !

Je haussai les épaules.

— Nalitha, il est adorable. Tout le monde l'aime. Il a commis une erreur, une fois, c'était stupide.

— Non, tu l'as surpris une fois ! Il l'a peut-être fait *tous les soirs* ! Il pourrait être en train de le faire *en ce moment même*, pendant que tu me parles ! Il essaie peut-être sur Peigi… tu sais comment elle est avec les pilotes.

— Il faudrait que tu le rencontres.

— Vaudrait mieux pas, non, m'avertit-elle.

Je fermai les yeux. Je me sentais perdue. À mon grand étonnement, j'aurais aimé être de retour sur l'île. De retour là où je n'avais pas de problème, où je pouvais vivre au jour le jour. Je me demandai ce que Gregor était en train de faire, mais chassai vite cette pensée. J'avais une vraie vie, ici. J'avais de l'ambition et des projets.

Papi nous accompagna à l'aérodrome pour qu'on prenne l'un des vols *low cost* de Callum Frost en direction du sud.

— Il faut que je te dise. Il nous a fait une proposition d'achat. Incroyable, non ? Quelle enflure.

— Vraiment ? s'étonna mon grand-père.

— Oui. Désolée. Il s'est passé beaucoup de choses. Mais ne t'inquiète pas : je l'ai envoyé promener.

— Ah oui ?

— Papi ! Ses avions ne peuvent même pas se poser sur Inchborn ! C'est une ordure. Et tu ne veux pas vendre, de toute façon !

— Tu m'as l'air de savoir un tas de choses à mon sujet, Morag. Tu as l'air de croire que j'ai envie de venir te voir à Dubaï. Et de me prendre pour un imbécile, qui ne saura pas quand il sera temps d'arrêter de voler.

— Tu n'es pas un imbécile. Mais ne vends pas... pas à lui ! Il est odieux.

— Hmm-hmm, répondit-il, avant de me serrer l'épaule. Ce simulateur devrait être de la tarte, maintenant, hein ?

J'inclinai la tête.

— Le ciel m'attend.

— Le monde t'attend, ajouta-t-il, avant de me faire un gros câlin, puis de saluer Hayden avec cérémonie.

Dans l'avion, Hayden voulut me prendre la main, mais je détournai les yeux, faisant semblant de ne pas le remarquer. Je regardais par le hublot, comme si je quittais l'Écosse pour toujours, essayant de repérer chaque crête pourpre et d'avoir la meilleure vue sur l'archipel : Carso, Cairn, Inchborn, Larbh, Archland, puis retour à la maison. Ç'aurait été une belle journée pour une balade. En ce moment, papi aurait dû être en vol, en train de distribuer le courrier, de faire des grimaces aux enfants qui fêtaient leur anniversaire, de réunir des familles, d'épater des touristes. Je me demandais combien de temps la compagnie d'assurances mettrait à payer pour un nouvel appareil. Je me demandais si Gregor lèverait la tête à son passage, et s'il penserait à moi.

CHAPITRE 30

Après la fraîcheur printanière du Nord, dans le Sud, tout se précipitait, comme en accéléré. Il faisait lourd, gris ; les jonquilles étaient déjà fanées. Mon silence troublait visiblement Hayden. Comme je continuais à regarder fixement par le hublot, il avait renoncé à essayer de me tenir la main, mettant sans doute mon comportement sur le compte du traumatisme.

Mais je n'étais pas traumatisée. À mesure qu'on se rapprochait de Londres, je me sentais de plus en plus mal. Je voyais les cumulonimbus se raréfier, s'éclaircir, tandis qu'on volait vers des cieux plus cléments. Mon cœur, à l'inverse, semblait de plus en plus oppressé, comme comprimé dans un étau qui se resserrait.

— Alors, c'était comment, Dubaï ? parvins-je à lui demander sur le chemin de mon appartement.

Il haussa les épaules.

— Oh, j'ai surtout bossé. J'ai rencontré beaucoup de monde. Mais je crois que tu vas adorer ! La plupart des résidences ont une piscine et le soir, c'est sympa, il fait chaud. On peut aller au souk faire des emplettes, ou dans les hôtels, les parcs d'attractions ou les parcs aquatiques... Il y a des tas de trucs à faire...

Je n'en doute pas, songeai-je. Mais l'archipel était en lui-même un parc aquatique, peuplé des espèces les plus remarquables, avec l'eau la plus limpide que je n'avais jamais vue.

— Tu es nerveuse à cause de ta simulation ?

Je secouai la tête.

— Je ne crois pas.

C'était vrai. L'angoisse terrible (la manifestation du stress post-traumatique, supposai-je, même si le mot était fort) avait disparu. Poser *Dolly* en catastrophe semblait m'avoir aidée à la surmonter, et peut-être aussi que ces quelques jours de répit m'avaient guérie. Je n'avais plus peur de voler.

Mais j'avais très, très peur de ce que l'avenir me réservait.

Il faisait chaud et humide, dehors, un nuage de pollution flottait dans l'air, et l'énervement m'empêchait de trouver le sommeil. Hayden, qui s'était montré compréhensif quand je n'avais pas voulu faire l'amour avec lui, dormait tranquillement, ses cheveux lui tombant sur le front. Il ne ronflait pas. Oh, cet homme avait tant de qualités.

Je gagnai la pièce à vivre minuscule, dépouillée, et m'assis au comptoir de la cuisine. J'avais besoin de mettre les choses au clair dans ma tête, de trouver comment gérer cette situation. Je savais ce que me dirait

Nalitha : ça impliquerait sans doute une paire de ciseaux rouillés. Mais elle ne connaissait pas Hayden. Et moi, est-ce que je le connaissais ? Bon sang. Je le regardai à nouveau dormir, attendrie. Puis je retournai dans la cuisine et me surpris à chercher Inchborn sur Google.

Je me retrouvai bientôt à regarder, hypnotisée, un documentaire sur l'abbaye, qui m'apprit de nombreuses choses : des rois et des reines légendaires d'Écosse et de Scandinavie avaient visité l'île et y avaient trouvé l'hospitalité ; de grands navires (l'*Erebus*, le *Terror*) s'y étaient arrêtés avant de partir à la recherche du passage du Nord-Ouest, lors d'une expédition vouée à l'échec ; et, étonnamment, l'abbaye avait été construite sur des vestiges d'anciens habitats. Les religieux qui s'étaient établis sur l'île en l'an 1200 non seulement savaient qu'ils n'étaient pas ses premiers occupants, mais respectaient aussi leurs prédécesseurs. J'essayai de m'imaginer ces moines, des siècles plus tôt, essayant eux aussi d'imaginer la vie de ces populations, à une époque si lointaine.

J'eus même la surprise de découvrir qu'une caméra était installée sur l'île pour pouvoir observer les couples d'oiseaux en direct. Il faisait évidemment nuit, mais la caméra disposait de la vision nocturne. Je regardai, dans l'espoir de voir mon adorable petite famille, mais je peux vous dire que, pour être capable de distinguer des guillemots dans le noir, il faudrait être meilleur ornithologue que moi.

Me sentant presque coupable, je cherchai Gregor.

Je savais avant de commencer qu'il ne serait pas sur les réseaux sociaux. Pas d'Instagram, même pas de Facebook – franchement, qui n'avait pas un vieux compte Facebook inactif, datant d'un million d'années ? Un grand Canadien au visage fin, fan de hockey sur glace, portait le même nom que lui, tout comme un universitaire de Seattle. Mais sur l'ornithologue réservé, rien. Il était trop occupé à lire, ses lunettes sur le nez, imaginai-je. Ou à penser à son ex.

Je culpabilisais rien que d'avoir la fenêtre de recherche ouverte. Ça aussi, c'était étrange : qu'est-ce que ça pouvait bien faire, que je me renseigne sur lui ? Je veux dire, en quoi cela pouvait-il avoir de l'importance ? Je fixai l'ordinateur avec tristesse, me remettant à penser à Inchborn : aux ombres qui passaient sur cette longue plage vide, à la lune si basse qu'elle venait toucher l'eau, au crépitement du feu et au doux bruit des pages d'un livre.

Puis je vis la vidéo, tout en bas de mon écran. Et mon cœur bondit dans ma poitrine. Je cliquai aussitôt dessus.

Il était là, les cheveux plus longs, avec une petite barbe, vêtu d'une chemise et même d'une cravate, alors que je n'aurais jamais imaginé qu'il en possède une. Ses lunettes, en revanche, étaient les mêmes.

Je jetai un coup d'œil dans la pièce voisine, puis attrapai mes écouteurs, ce qui me donna encore plus l'impression de mal agir. Ce qui n'était pas le cas. Je n'arrivais pas à dormir, voilà tout. Je... je revenais sur ce que j'avais vécu ou quelque chose comme ça. Je venais de vivre une expérience éprouvante, après tout, songeai-je. N'importe quel thérapeute me dirait qu'il est fondamental de bien l'intégrer. Et, de toute façon, ce n'était pas comme si Hayden avait le droit de me dire à qui je pouvais m'intéresser...

Je chassai cette pensée, enfilai mes écouteurs et appuyai sur lecture. Gregor donnait une conférence devant un auditoire nombreux et attentif, visiblement. Derrière lui, un tableau montrait la photo d'un épervier – sans surprise, songeai-je.

Son accent roulant m'était si familier qu'il me fallut un moment pour me rendre compte qu'il ne s'exprimait pas en anglais.

Je grimaçai. Murdo parlait le gaélique, et les petits Écossais l'apprenaient à l'école, aujourd'hui. J'appartenais à la dernière génération à qui l'on avait dit que cela ne servait à rien, que nous ne devions pas apprendre notre langue maternelle, mais celle de... enfin, je n'irais pas jusqu'à dire de l'envahisseur. De la collectivité britannique, disons. Quand je voyageais dans le cadre de mon travail, j'étais capable de baragouiner en français, en espagnol ou en allemand pour me commander un café ou une bière. Mais j'étais incapable de parler le gaélique écossais. J'avais honte.

Gregor poursuivit son allocution d'une voix basse et douce, rauque, mélodieuse, donnant plus l'impression de chanter. Le regarder parler me berçait ; je me sentais bien, en sécurité – je n'avais jamais été aussi près de m'endormir depuis mon retour. Puis je me rendis compte que je pouvais activer les sous-titres en anglais. Grrr !

Il discourait (sans surprise, là encore) sur les oiseaux d'Inchborn, lors d'une conférence du Scottish Ornithologists' Club à Aberlady, appris-je. Je ne voyais pas le public, mais j'entendais de nombreux toussotements et raclements de gorge approbateurs.

Je le regardai, fascinée, écoutant sa voix profonde, gutturale, tomber, telle une cascade, puis remonter, légère, suivant le rythme syncopé de la langue des Hébrides extérieures. J'aurais pu l'écouter toute la nuit. Puis je lus ce qu'il disait en concluant son allocution.

« *Rainnig mi Inchborn...* »
« Je me suis installé à Inchborn... »
« ... *aonar...* »
« ... seul... »
« ... *cuin a bha mo beatha dona...* »
« ... à un moment difficile de ma vie... »
« ... *agus an t-eilan...* »
« ... et l'île... »
« ... *leighis e mi...* »
« ... m'a guéri... »

J'appuyai sur pause pour regarder son visage. Je ne pouvais détacher mes yeux de lui. Puis je relançai la vidéo, mais il se remit à parler des habitudes migratoires et ne redit plus rien d'un tant soit peu personnel, même après avoir reçu de chaleureux applaudissements.

Je repassai la vidéo, sans les sous-titres cette fois. Dans la fraîcheur de ma petite cuisine vide et inhabitée, dans le silence de l'impasse où des gens bien, au grand cœur, dormaient dans de jolis lits John Lewis en faisant des rêves innocents, je restai assise à écouter un homme réservé, étonnant, parler d'un sujet auquel je ne connaissais rien, dans une langue que je ne comprenais pas, et je me sentis réconfortée, somnolente, comme si j'étais de retour là-bas, éclairée à la lueur des bougies et de la kyrielle d'étoiles suspendues dans le ciel, si proches que je croyais pouvoir entendre leur musique.

Je passai un coup de fil à Jamie. Je sais que téléphoner ne se fait plus trop aujourd'hui, mais je ne pouvais pas aller le voir, et il fallait que je sache. Je ne suis pas un monstre : aux premières lueurs du jour, avant de l'appeler, je lui envoyai un message sur WhatsApp.

« Est-ce que je peux t'appeler ? »

Comme il me répondit aussitôt : « Quoi ? Est-ce que maman va bien ? Qu'est-ce qui s'est passé ? Qu'est-ce qui ne va pas ? », je l'appelai sur-le-champ, même s'il n'était que 6 heures du matin.

— Salut, lança-t-il.

Il n'avait pas du tout la voix endormie, et le vent sifflait dans le téléphone.

— Tu es dehors ?

— Des colverts nichent sous les saules, répondit-il tout bas. J'essaie de les dessiner avant qu'ils ne se réveillent et ne viennent me casser un bras.

— Je ne m'étais pas rendu compte que c'était aussi dangereux.

— Eh oui, tu n'es pas la seule à risquer la mort au quotidien.

— Je ne décrirais pas les choses *exactement* comme ça.

— Qu'est-ce qu'il se passe ? m'interrogea-t-il avec méfiance. Personne ne semble sur le point de mourir ?

— Non, répondis-je, soudain un rien honteuse de l'avoir appelé avec une telle urgence. Je… j'ai besoin de savoir… enfin, je me demandais…

J'entendis cancaner au loin.

— Oh, non, ils sont levés !
Je l'entendis s'éloigner en hâte.
— Je tombe au mauvais moment ?
— Ce n'est jamais vraiment le bon moment, dans mon boulot. Mais, bien sûr, je ne suis pas en train de dépenser neuf cents kilos de carbone pour déposer des groupes de jeunes fêtards à Magaluf.
— Jamie…
Il dut percevoir quelque chose dans ma voix, car il s'adoucit un peu.
— Je t'écoute, sœurette. Oh, non, ils s'en prennent à mon chevalet !
J'entendis un bruissement, puis un cancanement très fort.
— Oh, je te rappellerai…
— Qu'est-ce que tu veux ?
— Je me demandais, pour Gregor…
— Qu'est-ce que tu te demandais ? m'interrogea-t-il après un très long silence.
— Ce que tu allais me dire. Ce qu'il allait me dire.
Jamie marqua une nouvelle pause.
— C'est à lui que tu devrais poser la question, je crois.
— Je ne peux pas. Il n'a pas Internet ni le téléphone, et il n'est pas sur les réseaux sociaux. Enfin, je pourrais lui écrire une lettre, mais il n'y a plus d'avion pour livrer le courrier… et il est *nul* en morse.
— Ça oui.
— Alors… ?
Nouveau silence.
— Je ne te le demanderais pas si ce n'était pas important.
— Important comment ?

— Important pour moi, répondis-je à voix basse.

— Est-ce que tu es sûre de toi ? Parce que tu es ma sœur et je t'aime, mais c'est un bon ami à moi.

Tout à coup, cette conversation prit un tour sérieux, urgent, et je sentis mon cœur battre plus fort.

— Ce n'est pas ça. Je… je voulais juste savoir.

— Tu ne feras rien de stupide ?

— Quoi, comme tout plaquer pour faire les Beaux-Arts ?

— Ouais, bon.

— Dis-moi, Jamie. S'il te plaît…

Il poussa un soupir.

— D'accord. Il avait une petite amie, Monifa. Elle était super. Médecin. Elle travaillait pour Médecins sans frontières… Je veux dire, elle était vraiment super. Ils allaient partout ensemble. Il observait les oiseaux et, quand il n'obtenait pas de financement, il cuisinait.

— J'imagine, lançai-je, surprise de l'accès de jalousie qui s'empara de moi, me nouant le ventre. Alors, qu'est-ce qui s'est passé ? demandai-je le plus nonchalamment possible.

Elle l'avait peut-être appelé par inadvertance pendant qu'elle faisait la fête avec plein d'autres garçons. Mais j'en doutais : elle avait l'air géniale.

— Ils ont eu un enfant mort-né.

J'en restai sans voix. Je regrettai aussitôt d'avoir posé la question. De ne pas pouvoir revenir en arrière. J'étais sidérée que Gregor ait voulu m'en parler.

— Oh, non.

Il n'y avait pas de mots. Soudain, imaginer Gregor en train de surmonter cette épreuve tout seul, s'entourant d'animaux, me parut presque insoutenable.

— Oh, Jamie.
— Tu as voulu savoir.
— Qu'est-il arrivé à... ?
— Monifa ? Elle est partie à l'étranger. Elle est partie. Elle ne supportait plus toute cette tristesse. Ça s'est mal terminé. Elle lui a dit qu'elle n'était restée avec lui que pour le bébé, ce genre de trucs.

Je me remémorai son regard patient, intense, quand il observait les guillemots couvant leurs œufs.

— C'est quoi, son nom de famille ?

Il me répondit, et je la cherchai aussitôt sur Internet.

Comme on pouvait s'y attendre, elle était sur Instagram, un grand sourire aux lèvres. Elle était sublime : teint éclatant, cheveux bouclés, un corps de rêve en bikini dans des endroits ensoleillés. Y compris... oui. Dubaï. Je grimaçai. Bon sang. Sur Instagram, on ne soupçonnerait jamais ce que les gens ont pu traverser. Jamais.

Pas étonnant que Gregor ne veuille pas en entendre parler. Il n'était pas bizarre. C'était une question de survie.

— Je comprends... Et il s'est replié sur lui-même...
— Oui. Tout le monde n'a pas envie de passer son temps à parcourir le globe.
— Oui, répondis-je pensivement. Oui, c'est vrai.

J'entendis un nouveau cancanement sonore.

— Oh, non, se lamenta Jamie. Est-ce que tu peux chercher sur Google si les canards peuvent manger de la peinture ? Je ferais mieux d'y aller.

Et il raccrocha.

CHAPITRE 31

Le centre de simulation se trouvait dans l'aéroport. Il n'était donc pas loin, mais je tremblais, à cause du café et du manque de sommeil. Pas l'idéal pour poser un très gros avion, même factice.

Mais je n'y pensais pas vraiment. Je pensais à Gregor, à la peine immense, insupportable, qu'il avait dû et devait toujours ressentir. La pire. En comparaison, un entretien professionnel, aussi éprouvant soit-il, ne me paraissait plus si effrayant.

Une dizaine de boîtes en métal *a priori* banales s'alignaient le long d'une galerie. Je suivis mon évaluateur, Mo, un homme discret à l'air intelligent, jusqu'à l'un des simulateurs de Boeing 777. Après *Dolly*, j'avais oublié à quel point leur cockpit était grand.

L'intérieur d'un simulateur est très réaliste. On a réellement l'impression d'être dans les airs, les fenêtres donnant sur le paysage programmé par l'évaluateur – ce matin, un jour brumeux à l'aéroport de Birmingham. J'avais beau être fatiguée et anxieuse, ma formation et l'adrénaline entrèrent en action (comme toujours), et j'effectuai sans difficulté les vérifications et les procédures pré-vol, pendant que Mo cochait en silence des cases sur son iPad. Le commandant de bord en formation (Meredith, une belle femme plus âgée que moi à l'air sévère) me salua d'un signe de tête qui me signifia clairement qu'elle comptait se montrer professionnelle, pas amicale. Cela me convenait parfaitement.

Je préparai le plan de vol pour Dubaï – forcément, songeai-je, avec un sourire triste. Il ne pouvait en être autrement.

Quand Meredith commença à rouler pour rejoindre le centre de la piste de décollage, je sentis le poids de l'avion – tout était si bien pensé, organisé, que je percevais chaque secousse. J'effectuai les dernières vérifications, puis on s'ébranla en douceur. Sourire aux lèvres, je pensai à mon Twin Otter, qui cahotait et rebondissait sur la piste. Le 777 était la Rolls-Royce des avions, une vraie beauté.

Si Gregor avait pu panser ses plaies, moi aussi, j'en étais capable.

Une alarme retentit au moment même où les roues quittaient le sol dans l'épais brouillard. Panne du moteur gauche. Je m'attendais à ce genre d'incident, je m'y étais préparée un million de fois : je passai aussitôt à l'action. Meredith s'adressa au contrôle aérien, se préparant à décrire un cercle au-dessus de l'aéroport pour se poser à nouveau. Mo était derrière moi, je ne le voyais pas, mais je sentis quand il coupa le second moteur.

Là encore, il s'agissait de suivre le protocole. Le 777 possède de nombreux systèmes de redondance : cet avion peut presque voler sans moteur. Je le savais, mais le brouillard emplissait désormais tout le pare-brise du cockpit.

Une alarme très forte, terrifiante, se déclencha : « Arrêt des deux moteurs. » J'échangeai un bref regard avec Meredith. Très peu de choses peuvent m'effrayer en avion, mais une panne des deux moteurs... Imaginez que vous êtes sur l'autoroute et qu'une voix très forte se met à vous hurler à l'oreille que vous roulez trop vite et que la voiture risque de perdre ses roues. En même temps, une autre voix tout aussi forte vous dit que vous roulez trop lentement et que vous vous apprêtez à caler – et vous êtes sur la voie rapide. Votre tâche consiste à bien réfléchir et à trouver la bonne vitesse. Cela exige une extrême précision.

Toujours en contact avec le contrôle aérien, Meredith maintint notre vitesse et stabilisa l'appareil, tandis que je passais toutes les commandes en revue afin de déterminer la source du problème. Je ne repérai aucun dysfonctionnement évident. Je gardai mon calme, mais quand l'indicateur de vitesse ne fonctionne plus, on oublie qu'on se trouve dans un simulateur, croyez-moi. On n'a plus qu'une idée en tête : identifier le système électrique en panne, parmi les neuf mille que compte ce fichu avion, pour qu'il nous donne notre cap et notre position avant qu'on ne grille un moteur et qu'on ne commence à vriller. Meredith, les yeux fixés sur l'altimètre, tentait désespérément de maintenir l'appareil à l'horizontale, sans tenir compte de notre vitesse.

L'alarme bipait toujours.

— Est-ce que tu as un visuel ? m'interrogea Meredith avec calme. Vérifie bien qu'on ne plonge pas.

Je jetai un coup d'œil dehors, mais un épais brouillard nous enveloppait. On pouvait être en train de piquer du nez, mais je n'avais aucun moyen de le savoir, puisqu'on ne pouvait pas se fier aux instruments. On pouvait aussi être sur le point de percer les nuages cinquante pieds au-dessus d'une montagne. Vous pensiez sans doute que je le saurais, qu'on peut savoir si on monte ou si on descend. Je suis là pour vous dire que c'est impossible. Fermez les yeux dans un ascenseur, si vous ne me croyez pas. Le liquide qui se déplace dans le système vestibulaire, situé dans l'oreille interne, pour indiquer au cerveau notre position par rapport au bas, au haut ou à l'horizon, ne nous informe pas en temps réel – raison pour laquelle on peut être pris de vertige quand on tourne sur soi-même à toute vitesse. Dans les airs, on peut croire être à l'horizontale, alors qu'on plonge vers l'océan, sans se douter de rien.

Mais j'étais là. J'étais présente. Je n'avais pas peur, je ne paniquais pas, ne m'inquiétais pas. Je savais quoi faire.

— Je réinitialise ? demandai-je à Meredith, qui acquiesça.

J'éteignis, puis redémarrai le système de contrôle électronique. Pendant quelques secondes terrifiantes, on vola en silence, maintenant un cap inconnu, conservant notre sang-froid, dans l'attente que les lumières se rallument.

— Réinitialisation terminée, annonçai-je, et je vis un petit voyant rouge clignoter au-dessus de nous.

J'appuyai dessus, croisant les doigts et, heureusement, l'alarme s'arrêta ; le compteur kilométrique se ralluma et l'avion se stabilisa. Tout à coup, on connut notre cap, notre position et, plus important encore, notre vitesse, et je pus corriger notre trajectoire.

Nous nous efforçâmes de cacher notre sourire quand Mo nous somma de faire demi-tour et de nous poser en urgence à Birmingham – on n'arrive jamais à destination, dans un simulateur. Sans cesser de communiquer avec le contrôle aérien, nous suivîmes le protocole pour poser en douceur un avion plein de carburant sur une piste conçue pour les appareils vides, mais nous maîtrisions la situation. Nous nous faisions confiance à présent, nous travaillions en équipe, et nous atterrîmes sans incident. De toute évidence, Mo était formé pour ne rien laisser paraître, mais nous savions que nous nous en étions bien sorties, même s'il fallut attendre de rouler sur la piste pour nous rappeler que nous ne venions pas de sauver quatre cent soixante-douze âmes, mais que nous étions assises, en sécurité, dans une boîte en métal dans le quartier londonien de Hounslow.

— Beau travail, me complimenta Meredith. Est-ce que tu veux passer commandant de bord, un jour ?

— Peut-être.

Dans le couloir, je tournai les talons, tirant sur la veste de mon uniforme. Mon téléphone sonnait. C'était papi. Je décrochai.

— Ah, mauvaise nouvelle de la compagnie d'assurances, m'apprit-il.

— Quoi ? Qu'est-ce que tu veux dire ?

— Si j'ai bien compris… Je… euh… Enfin, on n'a pas souscrit la bonne prime…

— Vous n'avez pas payé *l'assurance* ?

— Il se trouve qu'on a assuré les passagers... mais l'avion, euh...

— ... pas tellement ?

— C'est une antiquité, apparemment. Morag ? Tu es là ?

— Laisse-moi réfléchir.

J'eus l'impression que c'était la fin de tout. Pas d'assurance. Pas d'espoir, excepté cet affreux bonhomme.

Et, à moins d'une surprise, j'avais réussi mon entretien. Mais je commençais à savoir – même s'il m'avait fallu du temps – ce que je voulais vraiment.

Hayden m'attendait dans la zone passagers – il n'avait plus l'habilitation pour accéder aux zones sécurisées. Mais il parcourait l'aéroport des yeux, l'air parfaitement à l'aise, adossé nonchalamment près de l'entrée.

Bon sang.

Tout était là. À ma portée. Un homme. Un avenir. De l'argent. Une vie palpitante. Un bon travail, sur long-courriers. Tout ce dont on pouvait rêver. Ce que je m'apprêtais à faire me stupéfiait.

On choisit un café parmi la longue rangée d'établissements franchisés, aseptisés, qui étaient tous les mêmes et proposaient tous les mêmes boissons, dans le monde entier, dans les mêmes aéroports blancs et vitrés, avec la même climatisation à 19 °C et la même odeur dans les narines – mélange de *duty free*, de café, de sanitaires et d'angoisse diffuse.

— Il s'est passé quelque chose.

— Je sais. Je comprends parfaitement. Ça a été une telle expérience pour toi. Prends le temps qu'il te faudra, Morag.

Et il planta ses yeux dans les miens. Tomber amoureuse de cet homme avait été la chose la plus facile au monde.

— Non. Ce n'est pas ça.

Et je lui racontai ce que j'avais entendu.

Il devint blême. Je vis, avec une certaine froideur, les pensées qui lui passèrent par la tête : nier, prétendre que je m'étais trompée, que j'avais appelé la mauvaise personne ou… Elles lui traversèrent toutes l'esprit, je le vis, clair comme de l'eau de roche.

Puis il redressa les épaules et prit une profonde inspiration.

— J'ai vraiment été stupide, dit-il à voix basse.

Je m'attendais à ce qu'il démente, tente d'étouffer l'affaire ou bégaie des demi-vérités, réalisai-je.

Au lieu de cela, il fixa sa tasse.

— C'est vrai. J'ai toujours voulu être pilote. Mais je n'arrive pas à penser en trois dimensions, expliqua-t-il, résigné. J'ai échoué à tous les tests d'aptitude.

Il tritura son gobelet en papier, et je songeai à mon père, qui avait lui aussi choisi un métier où il côtoyait des pilotes. Bon sang.

— Mais pourquoi… ?

— Tu… tu es tellement étonnante, Morag. Ce que tu fais, c'est génial. Je veux dire. Bon sang. Poser ces avions… C'est fabuleux.

— Mais… pourquoi est-ce que tu t'es approprié mon histoire ?

Il poussa un soupir.

— Parce que... je suis barbant, Morag. Rasoir. Tu l'as dit toi-même.

— C'était un compliment !

— *Comment* ça pourrait être un compliment ?

— Tu as un poste de haute volée, qui te fait voyager dans le monde entier !

— De haute volée, peut-être, mais je ne *vole* pas, n'est-ce pas ? rétorqua-t-il d'un ton amer. Je voulais juste... je voulais juste savoir ce que ça faisait.

— Oui, pour draguer une fille.

Il se tortilla sur son siège.

— Et ça a marché ? Comment tu as fini la soirée ? Vous vous êtes envoyés en l'air en plein vol ? Oh, non, j'oubliais. Tu ne sais pas faire décoller un avion.

— Il ne s'est rien passé ! Je te le promets ! C'était juste... pour me faire mousser. Je... je suis le roi des cons, Morag. Le roi.

Je le dévisageai.

— Mais... enfin, je t'ai entendu cette fois-là, parce que tu t'es assis sur ton téléphone, par pur hasard. Je dois donc en déduire que ça a pu se produire plein d'autres fois. N'importe quand. Tu l'as fait quand, pour la première fois ?

Son silence fut éloquent.

— Et si tu t'intéressais autant à moi et à mon métier... c'était parce que tu faisais des recherches pour ta fausse vie cachée ?

— *Non !* Morag, je te le promets. Au début, je trouvais ton travail captivant, c'est vrai, mais, non, Morag : c'était pour toi. Toi. Je voulais qu'on se construise une vie tous les deux. J'essayais simplement... j'essayais simplement d'être une personne plus intéressante.

— La personne que tu étais, cette personne rasoir, était bien. Mieux que bien. Parfaite, en réalité. Ou c'est ce que je croyais. Je le croyais vraiment.

— Tu ne peux pas tirer un trait dessus, alors, m'implora-t-il, le visage angoissé. Tu ne peux pas, Morag. Ce qu'on a, c'est... c'était super, non ?

— Oui, abondai-je. Super. J'aurais aimé... j'aurais aimé que tu sois cet homme. L'homme pour lequel je te prenais. L'homme qui était bien dans sa peau. Qui... était gentil avec ma mère et avec les enfants, qui m'appelait quand il le disait, et que ça ne dérangeait pas d'aller chez Ikea le week-end. Bon sang, j'aimais beaucoup cet homme. J'avais tant de projets avec lui. Mais ç'aurait fini par te peser. Forcément. Au fond de toi. Et, au bout d'un moment, ç'aurait commencé à se voir. Et si j'ai appris quelque chose...

Je ne pouvais m'empêcher de penser à un homme étrange, debout dans une clairière, parfaitement immobile, silencieux, tendant le bras pour qu'un faucon lui accorde sa confiance.

— ... c'est que, si tu n'es pas vraiment honnête avec toi-même... tu ne peux pas être heureux. C'est impossible. On n'aurait pas pu être heureux. Pas à long terme.

Je me levai.

— Et c'est pareil pour moi, je crois. Je ne pense pas pouvoir vivre à Dubaï. Je ne suis pas sûre de pouvoir un jour. Je crois que quelque chose m'a toujours retenue. Pas seulement la quasi-collision. Au fond de moi, j'ai toujours senti que ce n'était pas ce qu'il me fallait. Même si je le voulais sincèrement. Et, Hayden, bon sang, je te voulais, toi. Ce toi-là...

Je tentai de sourire, mais j'étais trop triste.

— S'il te plaît, dit-il. S'il te plaît. Laisse-nous une autre chance. Je t'en prie.

Il se leva aussi, et je lui lançai un regard plein de regrets. Toutes ces choses que j'avais cru qu'il pourrait devenir… Le bel homme souriant devant l'autel. Le papa marrant qui passait prendre les enfants au foot en chino et allumait des barbecues le dimanche. Qui blaguait pendant les soirées entre parents. Tout ce que j'avais vu en lui. Tout ce que j'avais imaginé, espéré, tout comme il avait imaginé, espéré, des choses qu'il pensait avoir vues en moi. Ce bonheur avait été aussi éphémère qu'un nuage à tribord un jour d'été – une fine volute.

Je secouai la tête.

— Je suis désolée, Hayden. J'ai un avion à prendre.

CHAPITRE 32

À Carso, la matinée était fraîche et lumineuse. Tous les jardins coquets, impeccables, de la ville prenaient vie. Chacun d'eux était aménagé pour être à l'abri du vent, le mieux exposé possible, sans aucune ombre, de façon à ce qu'on puisse s'asseoir dehors et profiter pleinement des rayons du soleil, même quand les vents froids soufflaient encore du large. Je souris en voyant les plantes vivaces, résistantes, plantées dans les rocailles ; les minuscules fleurs violettes, blanches et jaunes, en forme d'étoile, qui se battaient contre vents et marées pour pousser.

Mais je ne m'arrêtai pas. Je ne prévins même pas Nalitha de ma présence. Je ne prévins personne. Les prévenir me couperait dans mon élan, je ne mènerais pas mon projet à terme, je renoncerais. Je ne pouvais en parler à personne. Cela ne me ressemblait pas du tout.

Je n'étais pas en train d'obéir à ma famille en intégrant l'école de pilotage parce que c'était ce qu'on attendait de moi. Je ne me pliais pas aux désirs de mon petit ami en allant m'installer dans un pays que je n'aimais pas, en prenant un poste dont je ne voulais pas, éternellement insatisfaite. Je ne me lissais pas les cheveux, ne suivais pas de régime, toujours en quête de nouveauté, du dernier truc à la mode.

Déterminée, je me dirigeai droit vers le hangar pour prendre ce dont j'avais besoin. Puis je passai acheter un sandwich au pub (le glauque, pas le sympa, dans l'espoir que personne ne me voie et ne me balance à papi), où je tombai sur les comédiens.

— QUEL PLAISIR DE VOUS RETROUVER, MADAME L'AÉRONAUTE ! lança une voix retentissante.

— Euh, bonjour, répondis-je avant de froncer les sourcils. Qu'est-ce que vous faites ? Pourquoi vous êtes toujours là ?

— On nous a demandé de prolonger la tournée, déclara solennellement Leopold.

— C'est super.

— Oui, enfin, ça le serait si on trouvait autre chose que du lait de vache, ici, intervint le beau jeune homme avec une moue. Certains d'entre nous sont intolérants au lactose, vous savez ?

Je songeai à l'orienter vers Frances, mais préférai m'abstenir.

— On était censés aller sur l'île de Mure, m'expliqua Boona. Mais le courant n'est pas rétabli là-bas. On leur laisse un jour de plus.

— Je vois, dis-je, réalisant qu'ils ignoraient que je n'étais pas la pilote habituelle, que je ne vivais pas ici.

Puis autre chose m'apparut.

— C'est bien *Peter Pan* que vous jouez, hein ?

Ils opinèrent du chef.

— Le garçonnet et la fillette qui savent voler ?

Je me grattai le menton. Ça pourrait m'aider à mener mon projet à bien.

— Le ferry part dans vingt minutes. Ça vous dirait de donner une représentation privée ? Vous aurez sûrement droit à un excellent déjeuner en contrepartie.

Je dois avouer que, pour des comédiens qui n'auraient pas de cachet, ils acceptèrent avec beaucoup d'empressement. Mais il faisait beau et, à vrai dire, ce pub ne donnait pas envie de s'y attarder plus que nécessaire.

On se dirigea vers le ferry, qui quitta lentement le port. Je ne me déplaçais jamais en bateau dans la région, en temps normal, mais par une belle journée comme celle-ci, sentir les remous de l'eau était un pur plaisir, et le ronronnement du moteur m'apaisait.

Jimmy nous déposa sur Inchborn (il n'y avait pas d'autres passagers à bord : la plupart des gens réparaient toujours les dégâts de la tempête, et aucune sortie scolaire n'était prévue ce jour-là), et je montai la colline à grandes enjambées, pleine d'assurance.

Je n'étais partie à Londres que quelques jours, mais l'air semblait s'être adouci, et j'avais le sentiment que les fleurs sauvages et l'herbe sur le *machair* étaient plus hautes. L'île grouillait, bourdonnait, de vie. Au loin, des oiseaux tournoyaient dans le ciel, piaillant au sommet des falaises. Le vent agitait les longues tiges du seigle de mer, tandis qu'on avançait vers le petit portail en contrebas de la vieille maison en pierre. Je me sentais nerveuse, anxieuse.

Gregor était à l'arrière de la maison, debout près du bosquet, qu'il fixait des yeux. Sa main était vide.

— Qu'est-ce qu'il fabrique ? demanda Leopold de sa voix tonitruante, mais les autres le firent taire.

Frances, qui était avec Gregor, vint aussitôt à ma rencontre en galopant, comme un chien, son sourire de chèvre toujours aussi énigmatique. Elle me donna de petits coups de tête et je lui grattai les oreilles.

Gregor se retourna, l'air furieux de cette intrusion. Son faucon n'était pas là.

— Qu'est-ce… ? commença-t-il en se dirigeant vers nous, avant de finalement me reconnaître.

Il avait peut-être besoin de ses lunettes, en fin de compte. Je lui fis un grand sourire.

— Surprise !

Il secoua la tête.

— Bon sang. C'est une habitude chez toi d'apparaître comme par enchantement.

— Et, cette fois, j'ai amené des amis !

Il parut perplexe.

— Mais pourquoi êtes-vous là ?

— Eh bien, j'ai quelque chose à faire.

— Toujours occupée, commenta-t-il, mais un sourire se dessinait sur ses lèvres.

— Et puis, je t'ai apporté… un cadeau pour te remercier.

— Un cadeau qui ne t'a rien coûté ! tonna Leopold.

Les autres le firent taire une nouvelle fois.

— Je n'avais pas besoin de cadeau, répondit Gregor, pinçant les lèvres.

— Mais c'est tout l'intérêt des cadeaux. Regarde !
— Qu'est-ce que c'est ?

Je lui tendis un panier pique-nique préparé à la hâte, rempli de chamallows au chocolat et de gaufrettes au caramel. C'était le mieux que j'avais pu faire, en si peu de temps. Il jeta un coup d'œil à l'intérieur.

— Je n'ai rien contre les chamallows, mais si vous voulez, on pourrait…
— Tu as cuisiné ? Bien, mangeons plutôt ça, dis-je avant qu'il ne change d'avis.

Il sourit franchement pour la première fois.

— Tu es revenue seulement pour ma cuisine ?
— Oui, répondis-je sans hésitation.
— D'accord. Mais vous avez fait fuir mon faucon.
— Tu n'es peut-être pas très doué en fauconnerie.
— Tu es revenue pour manger mes provisions et pour m'insulter…
— Admets-le, dis-je. Je t'ai manqué.

Et il esquissa un nouveau sourire.

Il sortit des tartelettes au fromage de chèvre (je préférais ne pas l'imaginer en train de traire son animal de compagnie, mais le jeune comédien intolérant au lactose les mangea sans se poser de questions), accompagnées d'un délicieux coleslaw, d'un pichet d'eau claire bien fraîche et d'une grande théière.

— Où est le… ?
— Le pain, oui. Laissez-moi aller vous le chercher, madame, dit-il en inclinant la tête avant de me dévisager. Il y a quelque chose de différent chez toi.

— Je ne suis pas trempée jusqu'aux os ?

— Ce n'est pas ça. On dirait que tu es soulagée d'un poids. Comment s'est passé ton entretien ?

— Bien, répondis-je en détournant vite les yeux. Bref, j'ai apporté quelque chose.

— Des tas de gens. Je vois ça.

— Non ! Ils sont venus donner un spectacle.

— Quoi ?

J'allai chercher une chaise dans la cuisine.

— Assieds-toi. Est-ce que tu as besoin de tes lunettes ?

— Seulement si je m'ennuie et que je lis pendant la représentation, répondit-il de mauvaise grâce. Ce qui n'est pas exclu.

— Ça va être bien, dis-je en croisant les doigts.

— Pourquoi est-ce qu'il n'y a qu'une chaise ?

— J'ai… j'ai quelque chose à faire, expliquai-je en hâte.

— Est-ce que ça implique d'embêter les guillemots ?

— Non !

Il plissa le front, mais il était trop tard : Leopold venait de s'avancer.

— Bienvenue, visiteur, tonna-t-il en poussant plus ou moins Gregor dans sa chaise. Bienvenue sur l'île imaginaire de Neverland.

Je clignai des yeux : c'était vraiment ce que m'évoquait Inchborn.

— Installez-vous confortablement et vous verrez un garçon capable de voler comme un oiseau.

— Et moi aussi !

C'était Boona, mais j'eus la surprise de constater qu'elle ne ressemblait plus à la maman un rien anxieuse qui refusait de monter dans mon avion. Vêtue d'une chemise de nuit bleue, les cheveux coiffés en une longue natte qui lui tombait dans le dos, une expression inquiète sur le visage, elle avait l'air... eh bien, elle avait l'air d'une petite fille. C'était vraiment étrange.

— Je veux voler, moi aussi !
— Oh, Wendy, je n'en suis pas sûr !
— Mais, Peter, où est ton ombre ?

Gregor me regarda.

— Ça parle d'un enfant perdu, lui murmurai-je. Mais qui vit des aventures merveilleuses.

Il acquiesça, soudain tendu, comprenant que je savais.

— Luke, me dit-il au bout d'un moment. Il s'appelait Luke.

J'avais envie de rester, me rendis-je compte. En cette belle journée, j'avais envie de m'asseoir dehors, sur cette île étrange, magique, pour regarder des comédiens formidables raconter une histoire à l'aide de simples couvertures et de vieux vêtements.

Mais j'avais du travail.

Je hissai mon sac sur mon épaule, puis je disparus sur la crête, les voix s'évanouissant derrière moi quand je dévalai une fois de plus la dune.

Dolly était là : elle n'était plus au bout de la plage, mais ne paraissait pas pour autant en meilleur état. Du sable recouvrait son pare-brise.

Je plissai les yeux pour observer le ciel : il était calme, dégagé. On n'aurait pu rêver plus belle journée. Une visibilité d'au moins dix kilomètres. Pas un souffle de vent. Un temps rare, par ici. Mon ventre se noua. Si je devais le faire, c'était maintenant ou jamais.

Je me penchai pour sortir mes outils, dont le cric terriblement lourd, puis trouvai ce dont j'avais besoin sur la plage (un énorme morceau de bois flotté) pour assurer la stabilité de *Dolly* sur le sable. J'étais nerveuse, mais je savais comment procéder. J'avais vu papi faire, il m'avait montré, puis m'avait demandé de l'imiter. Je m'en sortirais. J'étais compétente.

Effectivement, en jurant et en m'énervant un peu, je réussis à changer le pneu crevé, tandis que des bribes de chansons de pirates enjouées me parvenaient par-dessus les dunes.

OK. Je pris une profonde inspiration et ouvris la porte.

Il régnait une odeur infecte à l'intérieur, comme si du linge mouillé était resté trop longtemps dans la machine à laver. Mais quoique désagréable, ça ne sentait pas le rance. C'était supportable. Et l'avion avait séché.

Je fermai la porte derrière moi, ouvris celle du cockpit, et ramassai les déchets qui jonchaient le sol.

Il n'y avait pas d'électricité, bien sûr, mais le soleil brillait, radieux. Ma gorge se serra. Ce que je m'apprêtais à faire – bien que ce ne soit pas illégal, en théorie – était si peu conforme aux restrictions et aux réglementations en vigueur que je perdrais mon brevet de pilote si quelqu'un l'apprenait.

Après avoir vérifié le niveau du carburant qui, heureusement, n'avait pas fui, je fermai les yeux, pris une profonde inspiration et insérai la clé dans le contact. Les moteurs haletèrent, toussèrent, crachotèrent. Puis rien. J'inspirai à nouveau profondément, me disant de me calmer, tournai encore la clé – et les moteurs s'allumèrent. Je les entendis, mais, plus encore, je sentis au creux de mon ventre le vrombissement familier quand les hélices commencèrent à tourner. Je jetai un coup d'œil alentour. Rien ne fonctionnait dans le cockpit – ni l'indicateur de vitesse, ni l'altimètre, ni l'ordinateur de bord, ni le gyroscope. Rien. J'ouvris manuellement les volets hypersustentateurs des ailes. Bon, ils marchaient encore. Check. Tout se passerait bien.

Je regardai par la fenêtre. Quand avions-nous eu une journée pareille, par ici ? Si claire ? Si ensoleillée ? Jamais. Si je devais voler sans instruments (ce que l'on n'est censé faire en aucun cas), c'était aujourd'hui ou jamais.

J'avais une heure, précisément, pour effectuer un vol de vingt minutes. Pendant une heure, le ciel serait vide. Aucun vol n'était prévu, aucun avion à réaction ne passerait à vingt mille pieds, en route pour l'Islande ou le Canada. Pendant ce court laps de temps dans l'après-midi, j'aurais le ciel pour moi.

Mais c'était aussi ce que Luis et Serenata avaient cru. Que le vaste ciel bleu leur appartenait.

J'y réfléchis encore. Je n'étais pas obligée.

Mais cela signerait la fin de tout. La compagnie de papi. Le rêve de toute une famille. Les prouesses de mon arrière-grand-père ; le lien vital avec les petites îles de l'archipel ; les livraisons de cadeaux de Noël ; les passionnés d'aviation ravis de photographier un Twin Otter ; les vacanciers, les jeunes mariés et les jeunes mamans qui rentraient prudemment chez elles avec leur nouveau-né ; les journaux qui apportaient les nouvelles du monde entier ; les soldats qui rentraient au pays ; les réunions familiales, les escapades au grand air. Tout ce que *Dolly* représentait serait perdu, et ce bonhomme ridicule débarquerait avec ses avions gigantesques, qui ne pouvaient même pas se poser sur les pistes minuscules. Cela transformerait la plus grande des merveilles, le plus grand des miracles – la capacité de s'envoler au-dessus des nuages et de s'affranchir des liens terrestres, tels des oiseaux, à laquelle les hommes rêvaient depuis qu'il y avait des hommes – en une usine à passagers sinistre, sordide.

— Non, me dis-je en me glissant hors du cockpit. Hors de question.

De retour à la maison, j'entrai discrètement par la porte de derrière, remarquant par la fenêtre que le jeune homme s'était transformé en belle princesse attachée à un rocher. Gregor et Frances semblaient tous les deux captivés.

— *Cot cot codec* ! fit Barbara, qui m'avait suivie à l'intérieur.

— Chut !

Je me faufilai dans le petit cellier, puis cherchai des piles neuves dans ma poche. Sans surprise, il était toujours là : le manipulateur morse. J'avais prévenu Donald, qui avait juré de garder le secret. Il aurait dû refuser, bien sûr, mais il n'avait pas envie de perdre *Dolly*, lui non plus. Aucun vol n'était prévu pour cet après-midi, il n'y aurait aucun appareil dans les airs, et si quelqu'un s'avisait de vouloir décoller, il était prêt à leur refuser l'autorisation.

Je commençai à appuyer sur le bouton.

. −... −...-.. −. --. /. − ---... − -
... / −... −. /... ---.. − −...

DÉPART 14 HEURES PLEIN SUD

La réponse mit si longtemps à arriver que je crus avoir commis une erreur ; que Donald n'était pas là ou qu'il avait changé d'avis et averti l'aviation civile.

Enfin, alors que je commençais à m'inquiéter pour de bon, pas certaine de pouvoir occuper Gregor encore longtemps, la réponse arriva.

---. −.. −... −. −.. −.. /.. −. ---. −.
/ −. − −. −. −... − ---.. −...-.

Je fermai les yeux.

AUTORISATION DE DÉCOLLER

Je retournai à l'avion, consciente que le moment était venu. J'avais le ventre noué. Cependant, j'avais beau être nerveuse, je ne pouvais pas reculer. Barbara m'accompagna, sautillant à côté de moi, battant des ailes, mais j'avais d'autres préoccupations pour le moment.

Une fois arrivée, je gravis les marches, retenant mon souffle, et entrai dans le cockpit. Maintenant ou jamais. Barbara, vexée de ne pas avoir le droit de monter à bord, me cria dessus, furieuse, quand je fermai la porte derrière moi.

Je tournai la clé et, cette fois, les hélices se mirent plus facilement en route. Je posai les mains sur le manche, prenant une profonde inspiration, pour commencer à me diriger vers le bout de la plage, d'où je pourrais filer tout droit sur le sable scintillant, avec ses ondulations étranges, à la fois éternelles et éphémères, puis m'envoler vers l'est. En virant aussitôt vers le sud, je verrais le littoral de l'île principale. Je le verrais, me persuadai-je. Je n'avais qu'à maintenir mon altitude, à bien regarder. Je connaissais ces terres comme ma poche, j'avais été élevée ici, elles faisaient partie de moi. Je savais exactement où j'allais.

Mes yeux vagabondèrent malgré moi vers le gyroscope et vers l'altimètre, dont l'aiguille ne bougeait pas. Je ne savais même pas à quelle vitesse je roulais.

J'avançai jusqu'à la falaise qui nous avait causé une belle frayeur, puis fis demi-tour de façon à avoir toute la longueur de la plage pour décoller. Il faisait beau. Le soleil dansait sur l'eau qui scintillait jusqu'à la côte, comme recouverte de diamants. Les vagues, toutes petites, étaient tentantes ; rien à voir avec celles, monstrueuses, qui se fracassaient sur le rivage l'autre soir.

Il fallait que ce soit maintenant. Je faillis même m'adresser à mon copilote – les vérifications habituelles –, avant de me rappeler que, bien sûr, je n'en avais pas. Ni de radio. Ni de réseau téléphonique.

Pense à Amelia Earhart, m'encourageai-je. Pense à Aida de Acosta. Pense à ton arrière-grand-père, Ranald, et à tous ces pilotes courageux qui n'ont pas connu le GPS, les systèmes de redondance, les ordinateurs de bord et les commandes de vol électriques.

Je préférai ne pas penser au sort que nombre d'entre eux avaient subi.

Je ne connaîtrais ni ma position, ni mon cap, ni mon altitude.

Je poussai la manette des gaz.

— STOP ! STOP !

Une silhouette minuscule arrivait en courant sur la plage. Une silhouette minuscule avec un front plissé, des sourcils épais et une expression inquiète, talonnée par une chèvre.

Je m'arrêtai, contrariée, les hélices de l'avion ralentissant dans un hennissement, puis j'ouvris la porte. Je ne descendis pas.

— Il faut que j'y aille ! J'ai une petite fenêtre, une toute petite fenêtre où il n'y a rien d'autre dans le ciel ! Écarte-toi !

— Je sais, répondit-il, haletant.

Il se retourna. Les comédiens arrivaient à sa suite, traînant une chose qui paraissait lourde.

— Je suis venu dès que j'ai compris ce que tu faisais.

— Tu ne pourras pas m'en empêcher.

Il fronça les sourcils.

— Je ne veux pas t'en empêcher. Je veux venir avec toi.

— Tu ne peux pas.

— Bien sûr que je peux ! Je viens de voir cette pièce.

— En entier ?

Il me regarda. Mystérieusement, il ne semblait plus aussi mélancolique ; il avait même une expression malicieuse.

— Eh bien, apparemment, mourir serait une grande aventure.

— Oh, bon sang. C'était censé détourner ton attention pendant que je faisais décoller *Dolly*, pas *t'inspirer*.

— Je pensais que c'était censé me réconforter.

Je croisai son regard.

— Oui, aussi.

— Merci. Ça m'a réconforté. Beaucoup.

Il s'éclaircit la voix, et son ton changea.

— Enfin, bref, tu as besoin de moi, de toute façon.

— J'en doute fort. Et tu as peur en avion !

— Oui. Mais il paraît que tu es très douée.

Les comédiens, qui venaient de nous rejoindre, posèrent la lourde malle sur le sable.

— Vous ne venez pas, leur dis-je.

— On prendra le ferry, merci, répondit Boona en examinant la carcasse du Twin Otter. Ça alors, et dire que je pensais que cet avion était en piteux état *avant*...

Ils hissèrent la malle. Je la reconnus : c'était celle que nous avions déposée, il y avait une éternité, me semblait-il. Mais cela ne faisait pas si longtemps, en réalité.

— Qu'est-ce que c'est que ce machin ?

— Un gyroscope, m'expliqua Gregor. Je me le suis procuré pour tracer avec précision les mouvements migratoires. Les boussoles ne sont pas...

— D'une grande utilité, non, finis-je en le fixant, éberluée.

— Alors ? me demanda-t-il, le regard plein d'espoir.

Ce gyroscope pouvait me sauver la vie.

— Monte, dis-je. Dépêche-toi.

Les comédiens se reculèrent sur le *machair*, restant à bonne distance, pendant que je faisais de nouveau demi-tour, me demandant combien de temps *Dolly* tiendrait le coup ou si un court-circuit surviendrait au pire moment. Dans le siège du copilote, Gregor boucla sa ceinture, puis sortit le gyroscope.

— Je n'en reviens pas que tu fasses preuve d'esprit pratique !

— Et toi, de spontanéité, rétorqua-t-il, avant de regarder le large. C'est dangereux à quel point ?

Je ne répondis pas.

— Prépare-toi au décollage.

On parcourut toute la longueur de la plage, le sable grondant sous nos roues. Puis – au moment où il semblait qu'on s'apprêtait à foncer droit dans la mer sans pouvoir s'arrêter et qu'on allait mourir noyés, attachés sur nos sièges – je poussai la manette des gaz, avec douceur mais fermeté, comme papi me l'avait appris, et, lentement, mais avec une confiance accrue, *Dolly* roula encore un peu sur le sable, toute cliquetante, avant de décoller, un centimètre, deux, s'élevant au-dessus d'Inchborn, avec légèreté, vers le ciel bleu. Du coin de l'œil, sur le *machair*, je vis les comédiens sauter de joie.

— On doit aller vers le sud-sud-est, dis-je. Et si les volets des ailes se lèvent, dis-le-moi *tout de suite*.

Quand on vira à droite, la mer emplit toute la fenêtre du cockpit. En temps normal, j'aurais vérifié mon plan de vol à ce stade, pour m'assurer que l'ordinateur de bord suivait le bon itinéraire. Ne pas savoir à quelle vitesse je montais, ni jusqu'à quelle altitude, était inquiétant.

Mais je pouvais y arriver, me dis-je. J'étais pilote. Soudain, on entra dans un petit nuage, et tout devint blanc autour de nous : je n'avais aucune idée d'où on était. Je ne regardai pas Gregor, mais le sentis se raidir. J'eus l'impression de rester dans ce nuage pendant une éternité, sans savoir si on montait toujours. J'avais la gorge sèche.

On entendit alors un caquètement à l'arrière de la cabine.

— C'est une blague.

— On a une passagère clandestine. Super. Trois âmes à bord, lançai-je, juste avant de percer la couverture nuageuse.

Et, tout à coup, la visibilité revint autour de nous. On voyait tout : sous nous, Inchborn, où les comédiens, trois minuscules points au sommet des dunes, agitaient encore plus furieusement les bras. Une tache marron tournait autour de la maison, à peine visible. Gregor jura entre ses dents. Son faucon.

Et, dans l'axe du gyroscope, sous le ciel printanier d'un bleu délavé, l'île principale. Tout s'étalait sous nos yeux. L'extrémité nord du monde qui m'était familier. Et, au-delà, l'Angleterre, l'Europe, le Moyen-Orient – le monde entier, à ma portée.

Mais je souhaitais simplement rentrer chez moi.

Gregor me parlait de temps à autre, pour m'aider à rester à l'horizontale : « Un peu plus à droite. » « Un peu plus à gauche. » « La mer penche. » C'était d'un grand réconfort.

Je poursuivis ma route, me rapprochant de l'île principale, mais j'étais plus nerveuse que jamais à l'idée de survoler la terre ferme. Où vivaient des gens.

Dolly toussota, haleta, ce qui alarma Gregor, mais elle ne s'arrêta pas. Ce vieil avion, qui avait failli sombrer au fond de l'océan, renaissait de ses cendres. Sentir le soleil sur mon visage, derrière mes lunettes de soleil, était si agréable.

— Comment va *Dolly* ?

— Elle se porte comme un charme, répondis-je, et j'étais sincère.

On allait y arriver ! Sûr et certain.

CHAPITRE 33

Je réussis grâce à un excès de confiance. Je sentis mon pouls accélérer quand Carso se profila à l'horizon. On y était presque. Je n'eus aucun mal à trouver l'aérodrome. Puis, par réflexe, je voulus prévenir le contrôle aérien de notre arrivée, mais, bien sûr, je ne le pouvais pas. En temps normal, on nous aurait dit à quelle hauteur descendre – et j'aurais su à quelle hauteur j'étais, pour commencer. L'ignorer (le gyroscope nous avait été d'une aide précieuse pour maintenir l'appareil à l'horizontale et garder notre cap, mais était incapable de nous donner notre altitude) me désarçonnait.

J'essayai de calculer la vitesse à laquelle il faudrait que j'arrive, mais c'était vain – l'avion n'avait aucune idée de ma vitesse. J'avais tant réfléchi à décoller en toute sécurité que j'étais partie du principe que je me débrouillerais pour atterrir, si on arrivait jusque-là.

J'aperçus alors quelque chose sur la piste de l'aérodrome.

Cela suffit à me déconcentrer alors que je tentais d'amorcer ma descente. On allait vite, bien trop vite : on allait se fracasser contre la piste. La ville apparaissait à une vitesse folle devant nous. Gregor ne céda pas à la panique – c'était tout à son honneur. Mais il ferma peut-être les yeux. Barbara, elle, caquetait comme une folle.

Je descendis, mais renonçai, voyant que c'était impossible. Nous reprîmes de l'altitude dans un vrombissement. Pour l'atterrissage discret, on repassera : on avait dû nous entendre jusqu'à Wick.

Je refis un tour (sans trajectoire de vol, sans avertisseur d'altitude) et, effectivement, j'avais bien vu : plusieurs silhouettes s'alignaient sur la piste, s'abritant les yeux de la main. Elles nous observaient, manifestement. Oh, non.

Cette fois, je volais si lentement que je crus qu'on allait décrocher. Si on décrochait, notre avion se transformerait aussitôt en tas de métal incapable de résister à la gravité.

Je remis les gaz, et on remonta à nouveau, effleurant presque le toit du hangar. Gregor blêmit.

Je fermai les yeux. Je pensai à mon grand-père, à mon arrière-grand-père, à ma formation. À *Dolly*, que je connaissais depuis toujours.

Je pouvais y arriver. Je le pouvais. On ne se transformerait pas en statistique, ni en examen psychologique, ni en leçon pour les apprentis-pilotes.

Puis je sentis une main chaude sur la mienne, et une voix murmura :

— « La deuxième à droite, et ensuite tout droit jusqu'à l'aube[1]. »

---

1. Chemin menant au Pays imaginaire, dans *Peter Pan*. (N.d.T.)

Je remis les gaz afin de refaire un tour, priant pour ne pas rater une nouvelle fois mon approche. Je me rappelai mon grand-père. Balance-toi, me dirait-il. Balance-toi sur le vent, comme un oiseau sur un doigt. Je pensai à Gregor avec son faucon, puis trouvai l'équilibre entre ma vitesse et le vent. Pour nous ramener sains et saufs au sol.

Sentant une bourrasque nous pousser, je surfai dessus, puis réduisis notre vitesse, lentement mais sûrement, percevant notre altitude à travers le plancher, jusque dans ma chair.

Puis les roues embrassèrent délicatement le tarmac, et on se posa tout en douceur.

CHAPITRE 34

Nous étions attendus : papi, Peigi, forcément, Donald, bien sûr, et une autre silhouette, grande, familière. Ils m'applaudirent, encore et encore, quand je sortis du cockpit, d'un pas un rien tremblant.

— Qu'est-ce que c'est que ce *machin* ? demandai-je en montrant ce qui m'avait tant déconcentrée lors de ma première approche.

Callum Frost s'avança.

— Je pensais que ça vous ferait plaisir.

C'était une copie de *Dolly*, restaurée avec soin, magnifique. Un Twin Otter de seize places... conçu pour se poser sur une plage.

— Pas possible ! m'écriai-je, stupéfaite.

— Il s'avère que votre grand-père me tient en meilleure estime que vous.

Je regardai papi, qui leva les mains.

— Je pensais que je ne reverrais jamais *Dolly*, expliqua-t-il en secouant la tête. Bien joué, ma p'tite !

— Et vos gros avions ? interrogeai-je Callum Frost d'un ton accusateur, même si je mourais d'envie d'aller explorer le petit appareil, une vraie splendeur.

— Ah oui, on pourra peut-être en reparler, répondit-il. Maintenant que vous avez la chance d'être une grande compagnie aérienne avec deux avions.

Tout le monde se tut quand quelque chose apparut à côté de moi sur les marches.

— ... et une poule, apparemment, ajouta-t-il.

Je clignai des yeux.

— Je lui ai vendu la liaison aérienne, ma chérie, m'expliqua papi avec un large sourire. Mais merci de t'être énervée à ma place.

— J'ai peut-être dit que cela dépendait de vous, expliqua Callum Frost en hâte. Si vous acceptiez de piloter l'avion.

Un petit toussotement nous parvint alors des profondeurs de la cabine. Oh, bon sang, Gregor. Il avait dû croire qu'on allait s'écraser. Il allait vouloir retourner se cacher au plus vite sur son île, comprenant que le monde réel n'était pas fait pour lui. Je ne pourrais pas le lui reprocher.

Je leur demandai de me laisser une minute, puis regagnai vite le cockpit.

— Je suis sincèrement désolée. Je t'ai fait sortir de ta zone de confort, mais c'est allé trop loin. Je suis sincèrement désolée.

— C'est vrai, répondit-il en se levant, un peu pâlot, les jambes flageolantes. Mais tu ne peux pas imaginer à quel point j'en avais besoin.

Il me regarda longuement, troublé, sa bouche charnue hésitante.

— Tu... tu es revenue.
Je hochai la tête.
— Pour l'avion ?
— Pas seulement.
— Pour Barbara aussi.
— Pour Barbara aussi.
Je me rendis compte, un peu surprise, qu'on se tenait la main. Il paraissait toujours sous le choc.
— Il faut que je te prévienne, dit-il. Je suis... Je suis un peu paumé.
— Je sais. Moi aussi.
— La nuit où tu es arrivée...
Sa bouche se tordit, comme s'il allait sourire.
— ... j'étais tellement triste. Tellement seul. Et j'espérais... j'espérais que quelqu'un viendrait. Et puis...
— Un monstre des marais a débarqué.
— En gros, oui. Tu comprends ma surprise.
Il me dévisagea.
— Mais j'ai... j'ai changé d'avis à ton sujet, depuis.
— Quand j'ai mangé tout ton pain ?
— Non, pas là.
— Quand je me suis disputée avec ta poule ?
— Non, pas là non plus.
— *Cot* !
— Tais-toi, Barbara, lança-t-il en se frottant la bouche.
— Quand j'ai fait fondre ta... ?
Il m'interrompit.
— Quand tu as plongé dans l'eau glacée pour sauver une vieille épave rouillée pour ton grand-père... tu étais déchaînée, libre, courageuse, intelligente... c'était pas mal.

Je souris, puis me rapprochai de lui. Il baissa les yeux vers moi.

— Est-ce que tu fais ça parce que tu as de la peine pour moi, que tu me trouves tragique, tout ça ?

— Hé, on a tous un passif. Mais non, ça n'a aucun rapport. C'est parce que je t'ai vu en caleçon.

Il éclata de rire, pris au dépourvu, et j'éprouvai un sentiment inhabituel : j'avais envie de faire quelque chose simplement parce que j'en avais envie. Pas parce que je pensais devoir le faire, ni parce que c'était ce que d'autres personnes attendaient de moi, ni parce que j'avais l'âge approprié ou que cela me permettrait de gravir les échelons.

Parce que je ne pouvais pas faire autrement.

— Je me suis dit que j'aurais un regret, si on s'écrasait, reprit-il.

— Ah oui ?

Et il me prit dans ses bras, puis m'embrassa divinement bien. Ses lèvres étaient souples, les poils de sa barbe, caressants ; il était en tous points parfait, en réalité, à la fois doux et ferme. Puis, tout à coup, il se recula.

— Quoi ? demandai-je, inquiète.

— Eh bien, c'est juste que dans cet avion..., commença-t-il. J'ai peur qu'on fasse tomber les ailes ou un truc du genre, non ?

— Arrête ! répondis-je en lui donnant une petite tape sur le bras.

Il me fit un grand sourire.

— Enfin... je n'ai pas envie de m'envoyer en l'air dans un avion au sol.

Je plantai mes yeux dans les siens.

— Je ne me rappelle pas te l'avoir proposé.
— Et puis Barbara me donnerait des coups de bec dans les fesses.
— *Cot* ! fit l'intéressée.
— D'accord. Je crois qu'on ferait mieux de descendre de cet avion, de toute façon.
— Merci. Rien ne me ferait plus plaisir.

Il me prit la main, puis j'actionnai la porte de la cabine, qui s'ouvrit à nouveau sur un grand ciel bleu et une brise vivifiante. Et, tout au fond de moi, lorsqu'on descendit dans l'air parfumé du soir, j'eus une prise de conscience : après avoir parcouru près de dix millions de kilomètres, j'étais enfin rentrée chez moi.

ÉPILOGUE

C'est un genre de passe-temps, mais qui nous occupe bien. Mon père, au comble du bonheur, s'y adonne avec passion : se procurer des pièces d'origine et parler aviation avec des aficionados du monde entier. Et papi, qui se prépare doucement à la retraite, est ravi d'avoir une clé à molette à la main. Sur le plan technique, Gregor n'est bon à rien, mais je lui ai demandé de dessiner notre nouveau logo, et il a accepté. Il est très beau – un guillemot en train de s'envoler. Et, lentement mais sûrement, *Dolly* reprendra forme. Elle ne pourra plus jamais effectuer de vols commerciaux, mais ce vieux coucou branlant sera parfait pour nous.

Et puis, j'aime rentrer à la maison le soir.

Nous ne pourrons pas vivre éternellement sur Inchborn, bien sûr : la demeure, l'île appartiennent à la nation ; elles appartiennent à tout le monde.

Mais on a le temps. Nous avons l'été devant nous, pour tremper nos pieds dans les ruisseaux, explorer les falaises où nichent les oiseaux, pêcher et nous promener sur le *machair*. Le soir, quand les touristes reprennent le ferry, l'île nous appartient. Les jours de forte chaleur... eh bien, on ne porte pas grand-chose. Quand je l'ai fait pour la première fois, je me suis étonnée moi-même. Gregor a ri, me demandant comment j'avais pu croire que j'allais survivre à Dubaï, terrée dans un appartement aux parois vitrées. Je lui ai tiré la langue, lui reprochant son insolence, et il m'a poursuivie dans le petit bosquet, ce qui était peut-être mon but depuis le début.

Avec Frances, on est devenues bonnes copines, ce qui rend Barbara très jalouse, mais le faucon, lui, n'est qu'à Gregor. Celui-ci passe beaucoup de temps immobile, à communier avec cette créature parfaite, sauvage. Je comprends et respecte ce besoin.

Tous les quinze jours, Callum Frost nous passe un appel vidéo pour se plaindre. Il nous accuse, Nalitha, Indirah (je n'avais plus de parents sous la main, mais il me fallait un nouveau pilote, alors autant rester entre femmes, me suis-je dit) et moi, de ne pas respecter les horaires, de nous arrêter trop longtemps pour déposer les voyageurs et de ne pas appliquer de franchise bagages : nous le fixons, bras croisés, sans rien dire, comme les dures à cuire de l'école, et il finit toujours par céder. Mais je crois que ça lui plaît.

Gregor essaie de m'apprendre à cuisiner. C'est une vraie catastrophe. Mais il se trouve que je suis bonne pâtissière. « Ça ne me surprend pas », a été son seul commentaire. « Faire des choses très précises en suivant des instructions à la lettre, c'est tout toi. »

Et, au-delà, nous n'avons pas d'autres projets – pas un seul, si ce n'est que je vais l'aimer, et aimer la vie, aussi fort que je le peux, parce que je sais que le bonheur est fragile, aussi fragile qu'une aile d'oiseau, qu'une coquille d'œuf, qu'un cœur brisé.

REMERCIEMENTS

Merci à : Jo Unwin, Lucy Malagoni, Rosanne Forte, Nisha Bailey, Kate Burton, Matilda Ayris, César Casañeda-Gámez, Joanna Kramer, Hannad Wood, David Shelley, Charlie King, Deborah Schneider, Rachel Kahan, Gemma Shelley, Stephanie Melrose, Fiona Brownlee et à toute l'équipe de Little, Brown and Company et de Jo Unwin Literary Agency.

Merci aussi aux habitants de l'île de Barra, Kursty en particulier, et au National Museum of Flight d'Écosse. Enfin, merci au commandant de bord Colin Rutter ; au commandant instructeur Alastair McKinnon ; au commandant de bord Laura Savino et au commandant de bord A. N. Other. Une fois de plus, ne vous servez pas de ce livre comme d'un manuel du pilote : cela tournerait mal.

Composition et mise en pages
FACOMPO, Montrouge

Achevé d'Imprimer en mars 2025
par Grafica Veneta S.p.A.
à Trebaseleghe (Padova)

POCKET – 92, avenue de France, 75013 Paris

S34750/01